『역』의 시인 심종숙의 페이스북 단상집

불어오는 한 줄기 바람에 기대어

새로운 세상의 숲
신세림출판사

『역』의 시인 심종숙의 페이스북 단상집

불어오는 한 줄기 바람에 기대어

나는 처음에는 페이스북이라는 것을 몰랐다. 그런데 나의 아들이 2016년 무렵에 페이스북을 혼자된 어머니를 위해 만들어 주었다. 한동안 나는 이것을 어떻게 써야할지를 몰랐다. 그 때만 해도 카톡, 카스, 인스타그램, 페이스북, 라인, 한고트, 유투브 등의 SNS소통 도구들이 대중적으로 선풍적일 무렵이었다. 스마트폰을 통하여 날마다 쏟아져 나오는 뉴스를 비롯한 각종 정보와 이미지, 음악, 교양 등의 모든 콘텐츠들은 어느 듯 일상생활에 익숙하게 되어 유저들의 필요에 따라 공유되고 있었다. 그러는 가운데 글을 쓰는 것도 수첩이나 노트, 원고지, 컴퓨터의 파일, 이메일 등에 남겨왔으나 페이스북이라는 소통 도구를 통해 글을 써서 올리는 것은 편했다. 언제 어디서나 스마트폰을 열고 페이스북을 클릭하면 바로 접속이 되고 그때 그때 떠오르는 생각들을 써서 공유할 수 있었다. 물론 나의 글은 극히 소수에 의해 공유되곤 하였다. 그리고 글의 성격도 여러 가지였는데 주로 문학, 사회, 영성생활, 나의 고향에 관한 것들이 글의 중심이었다. 아무래도 글은 글 쓰는 이의 생활과 관심사가 담겨있을 수밖에 없다. 스마트폰에다 글을 쓰는 것은 그날의 인상이나 떠오르는 것을 자유롭게 쓸 수가 있는 점이 좋았다. 물론 내가 가끔 쓰는 일기처럼 완전한 자기 고백이 될 수는 없지만말이다.

페이스북으로 여러 가지를 할 수가 있다. 사람을 만나거나 사업을 하거나 교양, 종교, 정치, 방송 등을 할 수가 있다. 사실 나의 경우는 처음에 페이스북을 했을 때 분명히 목적이 있었다. 정치나 사회적인 문제에 소통과 공감을 하고 깨어난 시민들의 소통 공간을 만들고자 했던 것이다. 물론 그런 목적이었다 보니 나와 비슷한 성향을 지닌 분들을 친구로 받아들였다. 처음에 만들었을 때가 2016년이었고 2017년 대선 무렵에 해킹을 당하여 5천명에 가까운 친구들을 잃었다. 물론 나는 이 많은 사람들과 다 소통하지는 못했다. 내가 소통했던 사람은 아주 극소수였다. 그러나 나의 페이스북에 있었던 사람들은 나와 사회를 바라보거나 정치를 바라보는 입장이 엇비슷한 사람들이었다. 그 무렵 유명 정치인들이 나의 페이스북에 친구요청을 해왔다. 나는 그분들을 받아들이지 않으려고 했다. 이분들이 들어와서 자기를 중심으로 세력화하면 다른 사람들이 불편해질 수도 있기 때문이었다. 그때만 해도 나의 페이스북에는 진보적 성향을 지닌 시민들이 대부분이었다. 가급적이면 그런 생각을 가진 분들만 친구로 받아들였다. 그 후 해킹으로 친구를 잃는 고통을 겪었지만 2018년 되어 다시 아들이 만들어 주어서 현재에 이르고 있다. 새로 만들면서 나는 비교적 다양한 사람들을 받아들였다. 사회나 정치를 바라보는 비슷한 입장을 지닌 사람, 종교인, 문인 및 타 장르의 예술인, 언론인 등이 주로였다. 종교인들과 문인들 중에는 나의 성향과는 다른 분들도 많았다. 그러나 대개가 사회나 정치에 대한 입장이 비슷한 이들이 늘 글을 많이 게시하다 보니 전체적인 분위기를 보았을 때 나와 비슷한 입장을 보였다. 그러나 내 개인적으로는 나에 관한 것을 많이 썼다. 간혹 사회적 문제나 정치적인 입장을 글로 올리기도 하였지만 삼각산을 바라보는 동네에 사는 덕분에 나는 단상들을 많이 올렸다. 나는 생각이 떠오를 때마다, 고독할 때, 무료할 때, 잠깐 쉴 때, 어떤 현장에서의 소감 등을 끊임없이 올렸다. 글을 써오면서 나는 말수가 갈수록 적어졌다. 침묵하는 경우가 많았고 그 대신 고요 속에서 쓰는 일이 많았다.

이 책에 올린 글들은 지난 2018년에서 현재까지 나의 페이스북에 올렸던 글 중에서 책으로 남기고 싶은 글들을 뽑았다. 물론 그 선택의 기준도 나만의 심미적인 것이라고 해야할 것이다. 한 줄기 바람이 불어오면 그것을 어떻게 붙잡아 둘 것인가? 이것은 나무가 생각할 몫이다. 그것처럼 한 줄기 영감이 떠오를 때 그것을 받아적어서 페이스북에서 소통을 하고 책으로 묶어서 남겨두는 것 또한 나의 몫이며 즐거움이 될거라고 믿었다. 여기에 실린 글들은 삼각산을 오르내리면서, 시민사회에 나가거나 영성생활 속에서 떠오른 것들과 나의 고향을 오가면서 생각나는 것들을 적었다. 많은 부분 어린시절의 기억을 소환하기도 하였다. 이렇게 굳이 책으로 묶을 생각을 한 것은 갑작스런 해킹의 기억 때문이다. 그 때도 나는 꽤나 글을 게시하였으나 그 글들이 한 순간에 사라져 버렸다. 나는 친구들도 잃었지만 나의 분신들인 글이 사라지는 고통을 겪었다. 그 고통을 또 겪고싶지 않기 때문에 남겨두고 싶은 것이다. 물론 여기에 실린 글들은 단상이어서 어떤 장르의 글들이라 할 수가 없다. 수필도 아니고 소설도 아니며 완전한 일기도 아니다. 단상이라고 하는 편이 좋겠다. 나는 이 단상들을 더욱 발전시켜 써볼까도 생각하였다. 그러나 그것을 그만 두기로 했다. 나는 페이스북에 올린 그대로의 느낌을 잃고 싶지 않았다. 심지어 글도 구어적으로 표현한 것이 많다.

　나는 페이스북을 하면서 스위스의 어느 국제기구사무실에서 근무하는 여성으로부터 많은 위로를 받았다. 그녀는 라이브방송을 통해 그녀가 가끔 오르는 스위스 마을의 작은 숲길로 데려가 주었다. 나는 그녀의 산책로를 따라 숲으로 들어갔다. 그녀는 또 제네바 여행을 갈 때도 동영상을 올려주어서 현장감을 느끼게 해주었고 풍경들을 사진으로 올려주는 걸 잊지 않았다. 나는 그녀의 이미지와 방송을 통해 머나먼 나라 스위스를 느꼈다. 어느 때는 영적으로 아주 잘 맞는 페이스북 친구와 8개월간 우정을 나누기도 하였다. 그는 매우 문학적인 감수성이 있었고 표현의 영감을 지니고 있었다. 불행히도 그는 진실하지 않는 사람이었다. 그러나 그가 나의 영어 회화 공부를 위해 한 달동안 느리게 하루에 두 시간을 통화해준 것은 잊지 않는다. 그 덕분에 나는 그 무렵에는 작문과 회화가 유창하였던 기억이 난다. 아마 페이스북을 하면서 나에게 가장 인상적이었던 사람은 이 두 사람이었던 것 같다. 물론 나는 한국을 방문한 그녀를 만나지는 못했다. 그녀에게 연락을 하지 못한 것은 나의 탓이었다. 나는 그 무렵 한없이 가라앉고 있었기 때문이다. 그녀는 자신의 페이스북에 폰번호도 남겨주었다. 한국에서 보자고. 마음 속으로 그녀에게 한없이 미안했다. 나는 지금도 간혹 그녀가 데려다준 스위스의 오솔길에서 만났던 나무들을 생각하면서 내가 가장 고통스러웠을 때 그녀가 멀리서 나를 위로해주었다는 것을 잊지 않는다. 그녀의 행복을 멀리서나마 빌고싶은 것은 한 때 그녀가 페이스북 친구에게 보여준 사랑 때문이었으리라.

2022. 3. 20.

심각산 밑 무녀비에서 **심 종 숙**

불어오는
한 줄기 바람에
기대어

🌿 눈, 침묵과 고요

눈이 내린다. 원고를 정리하다 창문을 여니 조용히 내리고 있다.

그는 멀리 군산에 일하러 내려갔다. 원단 물류관계 일을 하러 한 달간 군산에 머무르면서 하기로 한 모양이다. 그는 보고 중간에 내려오던지라고 하는데 나는 갈 생각이 없다고 했다. 그랬더니 자기가 주말에 올라오면 보자고 했다. 주말에 와도 그 사람은 집안 일에다가 친구들이나 선후배가 늘 보자고 찾아온다. 혼자 이 때까지 살아서 그런지 사람들도 많이 만나러 찾아온다. 돈 빌리러 오는 사람, 일을 같이 하자고 오는 사람, 그냥 오랜만에 얼굴 보자고 오는 사람, 한 잔 하자고 오는 사람, 또 집안 대소사로 찾아오는 친척들, 그의 집은 자주 술상을 차려서 먹고 마시고 친구나 선후배들은 바깥에서 만난다.

나는 어릴 때 우리 집에 사람들이 늘 들끓어서 고요하게 우리 식구들만 살았으면 좋겠다는 생각을 한 적이 있다. 특히 아버지가 동장을 수 년간 하셨을 때는 더욱 그랬다. 내가 방과 후 돌아오면 눕고 싶은 방은 동네 어른들의 차지가 되어있었고 나는 가방을 던져두고 바깥에 나가 놀아야 했다. 그 느낌은 참 그랬다. 내 집에 내가 쉬지도 못 하고 바깥에 가서 해가 빠질 때까지 놀다와야 한다는 중압감은 당해보지 않은 사람은 이해가 안될 것 같다. 그게 특히 내 몸이 학교에서 지칠 때 더욱 짜증이 났다. 말할 수 없는 분노가 속에서 올라오는 적도 있었다. 그 분노를 삼키고 나는 가방을 던져두고 화가 나는 걸 센 뜀박질로 마당을 달려나가곤 하였다.

물론 내가 이문동에서 수유리로 들어오고 나서는 외아들과 둘이서 사니까 그야말로 적막하기 이를 때 없다. 어떨 때는 너무 적적하여 눈물이 날 지경이기도 하지만 고요가 필요한 나의 일 때문에 이것이 나은 것이다. 이렇게 지내다가 여자가 몇 명이 큰 목소리로 떠드는 데에 가면 견딜 수가 없다. 그리고 전철도 5호선 같은 시끄러운 노선은 괴롭다. 소음이 듣기 싫어지는 것이다. 또 복잡하고 시끄럽게 떠들면서 먹는 식당은 밥을 먹는 것 같지가 않다.

옛날 초기 사막의 어떤 수도자는 침묵, 내적 고요를 지키기 위해 입에 돌을 삼 년간 물고 있었다고 한다. 침묵은 내적 고요로 이끌고 영적 평화로 이끈다. 봉쇄수도원은 하루에 수도자들끼리 이야기 하는 시간이 따로 얼마간 정해져 있고 나머지 시간에는 침묵을 지켜야 하며 그 시간 동안에는 글을 써서 소통한다.

눈이 오는 날은 고요하다. 눈이 오는 날 사람들은 눈을 봐서도 기쁘지만 고요하고 포근하기 때문에 기분이 더욱 좋아지고 온 세상이 하얗게 되어 참으로 정결해지는 느낌을 받기 때문에도 그런 것 같다. 고요 속에서 일렁이는 설레임은 눈이 가져다 주는 작지만 소박한 기쁨이다.

🌿 눈 오는 밤에

누군가
겨울밤에 울고있다

뿌리에 닿은 얼음이
상처를 처맨 곳에서 언다
얼어터져도 피 한 방울
흐르지 않는 거기에는
터진 자국이 깊다
몸져 누워
깊이를 알 수 없는 슬픔은
자꾸만 부풀고 부푼다
밑도 없이
끝도 없이
하얀 솜을 타더니
하염없이 눈이 내리는 밤에도 누군가는
묵고묵어 쩔은 뭉치를
타고 또 탄다
어찌 저리도 부풀어
가벼워지는지
푸르고 검은 하늘마저도
둥둥 떠다니듯
오늘 밤에는 희고 긴 다리의
몽유병 환자되어
둥둥둥 떠다니듯
밤새 걸어다니리

🌿 구령 救靈

춥고 쉬이 어두워지는 겨울에는 그저 따뜻한 집 안에서 머무르는 게 좋다. 아들은 이미 집이 좋아진 지 오래다. 남과 잘 어울리지 못 하기도 하여 집은 자기한테 더 없이 좋은 공간인 모양이다. 그동안 밖으로 많이 나갔는데 사실 언제부턴가 나가는 걸 별로 좋아하지도 않는다. 학령기 때는 매일 나갔어야 하지만 대학을 1년 다니고 내가 그만두게 하면서 이제는 매일 나가야할 일이 없다. 그 대신 직업을 위해 좀 나갔고 그런 정도다. 집에 있으면서 성경을 읽고 묵상하고 쓰거나 운동하러 산을 가거나 우이동 명상의 집까지 산책하러 나간다. 겨울이라서 많이 나가지 않는 것이다. 더구나 코로나 방역 패스를 못 한 탓에 요즘은 좋아하는 외식도 차 마시러도 가지 않는다.

인터넷으로 관심 분야를 강의 듣거나 어학 공부를 좀 하고 자기가 좋아하는 드라마나 영화, FM음악을 듣고 지낸다. 그래도 일주일에 두 세번은 공동체 관련으로 온오프라인에서 모여야 하고 전례를 한다. 어젯밤에도 내가 원고 정리하는 중에 아들은 줌으로 말씀전례를 준비하는 모임을 했다. 하루 하루 마음이 양단으로 갈라지고 마음이 확고하게 뭉쳐지지 않는 모양이다. 성소聖召를 두고 아직도 어려서 그런지 결정하기가 쉽지 않은 모양이다.

아들은 중1 때부터 교구성소국에서 하는 예신 모임을 매월 1회 나갔다. 거기 친구들을 마음에 들어했다. 그리고 중 2 때는 가지 않겠다고 버텨서 안 가다가 다시 중 3때부터 고 2 때까지 나갔다. 그런데 고 2 말 때 성소국 담당신부님과의 면담에서 신부가 될 생각이 없다고 말씀 드리고 돌아왔다. 그냥 평신도로서 말씀 따르면서 살아가겠다고 말씀 드렸다고 했다. 그러고는 고3 수능시험도 치르지 않은 채 아들은 연기에 관심이 있어서 서울에 있는 어느 예술전문학교를 올 실기 면접으로 들어갔다. 그 실기도 학원을 보내지 않고 내가 준비시켜서 보낸 것이다.

어려서부터 책보다 영상을 좋아했고 특히 영화광이었던 아들은 고3 때에 가서는 일주일에 두 번을 혼자 영화관에 갔다. 영화로 고3 스트레스를 풀듯이 하였다. 머리는 두 번이나 삭발했다. 예술전문학교에 입학하여 1년을 다니는 동안 이론 과목은 낙제하고 실기 과목에는 어느 정도 점수가 나왔는데 학생들끼리 술 마시는 일이 잦았고 늦게 들어오는 일이 잦아서 그만두게 한 것이다. 그러다가 자활프로그램도 하고 현재의 엑스트라 배우를 하기에 이르렀다. 생활이 무질서 하거나 술에 빠지는 걸 경계하여 그만두게 했을 때 본인은 더 다니고 싶어는 했었지만 부모로서 바로 잡지 않으면 안 된다고 생각했다. 물론 아들은 고교 때까지 술을 마신 적이 없다. 그러나 대학에 가고 젊은 친구들이 그렇게 지내니까 이런 생활 모습이 내 눈에 거슬린 것이다. 어차피 과친구들과 잘 어울리고 연기 연습을 해야하고 그랬겠지만 술에 취하고 그런 생활모습은 안 좋다고 생각했다.

스무살 때 네오까떼꾸메나도 공동체에 들어와서 올해 햇수로 4년이 되었다. 학교를 그만두는 대신 이 공동체에서 아들은 많이 영성적으로 다듬어졌다. 얼마전 신부님을 뵙는 자리에서 사제 성소의 뜻을 밝혔다. 공동체 자매들이 있는 자리에서 신부님께 어렵게 말씀 드리고 왔다. 물론 앞으로도 얼마를 더 기다려야 할지는 우리도 모른다. 그리고 그 힘든 길을 해낼지도 모른다. 사제 양성기간은 10년이 걸리고 신학대학과 대학원을 졸업해야하고 집을 떠나 기숙사생활과 규칙에 따르고 기도생활을 해야한다. 그리고 어려운 연학을 해야한다. 연학을 할만큼 아들의 지적 수준도 솔직히 그렇다. 이럴 때마다 아르스의 성자 요한 마리아 비안네 신부님을 생각하면 위로를 받는다. 그러나 비안네 신부님은 사제가 되어 구령에 힘써야겠다고 굳게 결심하였다. 아들은 아직도 뜻이 분명치가 않다. 그 길이 힘들다 보니까 어렵다는 생각도 하고 그 길을 선뜻 선택할 용기도 안나는 모양이다. 신부님한테 어렵게 말씀 드리고도 마음이 편치 않는 모양이다. 비안네 신부님은 신학교에서 낙제생이어서 거의 쫓겨나다시피 했으나 다시 불려갔다. 그리고 겨우 사제 서품을 받아 프랑스의 오지 아르스라는 작은 마을에 첫사목지로서 보내졌다. 그 이름 없는 작은 마을이 신부님께 고해성사를 하기 위해 프랑스 전역에서 사람들이 찾아왔고 신부님은 고해소에서 거의 돌아가시다시피 했다. 그 분의 일생이었다.

나는 명동성당 상설고해소를 보면 늘 비안네 신부님이 생각난다. 사람이 하느님 앞에, 아니 누군가에게 자기의 모든 걸 털어놓는다는 건 어려운 일이다. 물론 칠성사의 하나인 고해성사는 단순히 남에게 못 할 이야기를 털어놓는 건 아니다. 하느님께 마음을 다시 돌아오게 하는 자기의 고백이다. 회개의 삶으로 가는 첫발이 바로 고해성사이다. 그 강력한 삶을 위해 얼마나 다른 데 가있는 마음을 털어놓으면서 참회해야할 것인가말이다. 십계명에 어긋나는 일에 대해, 칠죄종에 대해 되돌아보고 진솔한 고해를 하고 자신을 바로 세워가는 길, 참그리스도인으로 살아가는 데에 고해성사는 그 길을 끝없이 쇄신해준다.

아들의 마음이 하느님께 머물고 성소에 머물 때 그 길을 갈 수 있을 것이다. 우리 공동체는 사제나 수도자가 아니더라도 신부님 곁에서 보좌하는 이떼리란떼라는 것도 있다. 그리고 독신 선교사도 있다.

16

날로 영상선교의 필요성이 강해지고 있다. 유투브로 선교하는 시대가 되었다. 스마트폰 안에서 유투브로 말씀을 들으며 살아가는 선교환경이 나날이 달라지고 있다. 세상은 날로 살아가기 어려워지고 있고 이런 시대에 말씀의 사도, 신앙의 목자 역할은 너무나 중요하다. 세상을 따라가기 보다 하느님의 것을 선택함으로써 우리가 구령에 이르기를 간절히 소망해본다. 참그리스도인이 많아져서 이 세상이 살기 좋은 세상이 되었으면 좋겠다. 나눔의 삶 그것은 자신과 이웃을 구하는 길이다.

🌿 목자와 양

예수 그리스도는 나는 착한 목자다라고 하셨다. 착한 목자는 양을 위해 자신의 목숨을 내놓는다고 했다. 삯꾼 목자는 이리가 오면 양들을 버리고 도망간다고 하셨다. 이리는 양떼를 흩어지게 하고 양을 잡아먹는다고 하셨다.

착한 목자는 양의 목소리도 알고 양들도 목자의 목소리를 안다고 하셨다. 그 양들은 목자가 이끄는 문을 통과하여 우리로 들어오거나 우리 바깥으로 나간다고 하셨다. 이 비유의 가르침은 참으로 깊고 깊다.

요 며칠 전 어떤 할머니가 장미원시장 길에서 글을 적은 종이를 나누어주길래 읽어보니 원래 200평 가량의 토지를 교회 건축에 주었고 그걸 토지 증여사 없이 팔거나 할 수 없다고 했딘다. 그리고 지신은 2

억 가량을 교회 건축기금으로 내놓았고 대신 4층에 자신이 살고 1층 가게의 임대권을 받았는데 그 임대권이나 수입의 상당 부분을 목사가 강탈하였다는 것이고 교회로 쓰는 층은 모두 목사들의 소유로 되어 있다고 한다. 이 기독교 신자 토지 증여자는 목사와 재산 분쟁을 겪고 있었다.

맙소사! 최소한 교회에 일어나지 말아야할 일이 일어나서 장미원 시장을 오가는 사람들이 이 소식을 접하고 뭐라고 하겠는가. 그리스 도인들이 빛과 소금이 되지는 못할망정 저희끼리 재산 분쟁이 일어났구나 생각할 것이다. 집에 와서 읽어보니 그걸 하소연하는 사람의 입장은 재산을 되찾아야겠다는 생각이었다. 아마 상가 임대 수입을 보장 받는 계약이었는데 목사가 임대권이나 수입을 가져가니 어르신이 생활하시는 데 지장이 생겨서 재산권 분쟁을 겪는 듯 했다.

나는 언젠가 어떤 수도원에 갔는데 큰 집이 두 채 있었고 원래는 가족이 살았던 가정집이었다. 수녀님들은 그 공간을 손님이 머물 곳이나 모임방으로 쓰시다가 지금은 피정소로 만드셨다.

어떤 신자가 수녀원에 기증하였다고 한다. 그 은인은 준 것을 다시 달라고하지 않았다. 수녀님들은 은인들을 위해서 늘 기도하신다. 수녀원을 처음 지을 때 이것 저것 마련해주시는 분들이 있다. 그 분들을 은인이라고 하고 그분들을 위해 기도하신다. 그 은인들은 하느님께 드린다는 생각으로 잠시 잠깐 소유했던 것을 다시 돌려 드려야겠다고 생각하였다.

🌿 배추

흰 색과 노랑색의 조화, 한 포기의 알배추에 감탄한다. 천상의 색채인 흰색과 노랑색의 아름다운 모습을 우리나라 채소 배추에서 얻다니 참으로 기쁜 날이다. 녹색 겉잎을 떼내고나면 배추의 속이 나온다.

어린 시절, 어머니는 마당 한 켠에서 오후의 흐린 햇살이 비치는 가운데 내리는 눈 속에서 칼을 들고 배추 밑둥의 뿌리를 잘라내고는 푸르고 뻣뻣한 배추잎을 뜯어내셨다. 가마니떼기 위에 배추를 몇 통 가져다 놓고 말이다. 그 당시 어머니들이 많이 입던 월남치마를 입고 엷은 핑크색 실로 짠 쉐타를 입고계셨다. 집에서 신는 파랑 플라스틱의 앞이 막힌 슬리퍼를 신고 발에는 두꺼운 목양말을 신고 계셨다. 눈은 약하게 부는 바람에 날리어 비스듬히 내렸다. 눈이 오는 추운 날씨임에도 하늘빛이 맑은 가운데 내리는 흰 눈이란 참으로 감탄스러웠다. 그러나 어머니의 손은 자꾸 빨개져갔다. 고무장갑이 없던 시절 맨손으로 배추를 다듬어 짠지를 담던 때의 일이었다.

어떤 때는 이 배추잎으로 배추전을 하옇게 부쳐주셨다. 물과 소금으로 밀가루를 약간 묽게 반죽하여 배추잎에 묻혀서 구워내었던 배추전, 아주 담백하고 줄기가 겨우 익어서 서걱서걱하면서도 시원한 맛을 주었던 배추전은 식으면 더욱 맛이 좋았다. 그런 어머니는 이제 없다. 아니는 살아계시지만 음식을 전혀 만들지 못하신다. 싱크대에 서 있을 수 없기 때문이다. 어머니가 음식을 만들 수 없게 되신 지는 재작년부터인 것 같다. 우리들은 이제 어머니가 만들어주시는 음식을 먹지 못한다. 평생 음식을 만들었던 귀한 몸이 이제는 말을 듣지 않는다. 우리 가족을 먹이고 키워주셨던 어머니는 이제 자녀의 손에 음식을 먹어야한다. 그러나 우리는 어머니가 우리한테 해주신 만큼 음식을 못해 드린다.

오뎅국에다 무, 배추, 파, 마늘, 왕새우 4마리를 넣고 끓여서 아점을 먹었다. 어머니는 뭘 드시고 계시나 걱정이 된다.

🌿 오뎅

아들이 오늘 신학원 미사 가기 전에 노점에서 떡볶이와 튀김 사달라고 해서 들어가 먹었다. 오뎅을 보니 오래 전에 강사할 때 수업 마치고 먹었던 오뎅이 생각났다. 그 때의 오뎅은 참 맛이 있고 국물도 구수했다.

🌿 새사제 파비아노

파비아노 새신부님과 미사를 드렸다. 처음에 한국에 왔을 때 한국말도 몰랐던 이탈리아 청년은 오랜 신부수업 끝에 사제가 되었다. 이제는 우리말도 잘 하신다. 열심히 한국어를 배우고 사제 수업을 성실히 하면서 부르심에 응답한 세월 속에서 그 청년은 변화되어 하느님의 종이 되었다. 오늘 신부님께 참회를 하고나니 마음이 편해지고 내 안에 새 예루살렘이 세워지는 것을 느꼈다. 미사 끝에 안수를 주시고

신부님으로부터 서품 성구가 적힌 상본을 받았다. 은혜로운 미사였
다.

🌱 길을 걷는 사람들

은총이 내렸던 어제, 토요성찬전례에서 새 신부님께서 안수해 주셨
다. 공동체 자매님께서 찍은 사진을 카톡으로 보내주셔서 공유한다.

어제는 아들과 광화문에서 국가보안법 철폐 1인 시위를 하고 사순
이라 작은 자선을 하고 아들이 좋아하는 양평해장국으로 점심을 먹고
시간이 촉박하여 택시로 일터에 갔다. 일터에 가기 때문에 옷도 차려
입어야 했고 사무실에 와서 강의자료 출력하여 줌으로 화상 강의를
하였다.

시창작에 대한 강의와 한국시사에 대한 것이었다. 피곤해서 그런지
말이 조금 꼬였지만 2시간 반의 강의를 마쳤다. 이것으로 8기 문예
교실은 종강이다. 일본어를 오래 가르치다가 시창작에 대한 걸 가르
치게 되었다.

아들과 사무실을 나와서 일식집 하루미에서 간단하게 뭘 좀 먹고
신학원으로 가려고 전철 타고 버스를 바꾸어 탔다, 수유역에서. 신학
원 성당은 항상 고요하고 평화로워서 세상으로부터 피신하기에 제일
안성맞춤이다. 외국인 신학생들도 방학 동안 공동체 형제자매들의 집
에서 1개월 머무르면서 지낸다고 한다.

나가베네는 키리바시에서, 이주호는 중국에서, 홀리오는 남미 어느 나라에서 왔다. 한국말을 배우면서 신학교 다니고 이 젊은 청년들은 한국 천주교회에서 신부가 되기 위해 머나먼 곳에서 왔다.

파비아노 새신부님과의 첫미사는 은총이 가득했다. 2시간 조금 넘게 미사는 계속 되었다. 중고등학생들도 몇 명 와서 좋았다. 우리 공동체에는 선교가족의 형제 자매들이 있고 멀리 몽골에 선교사로 가 있는 젊은 자매가 있다. 마리아는 한국을 떠나기 싫어했지만 오늘 이스라엘로 다시 돌아간다. 더 많은 시간을 함께 해야 했었구나 뒤늦게 후회를 했다.

네오까떼꾸메나도의 길에는 떠남도 많다. 늘 떠남에 대한 생각을 하는 나에게 맞는 영성단체라는 생각이다. 외국에서도 국내에서도 새로운 선교가족이 오거나 가고 선교사로도 파견이 되기도 한다. 나는 우리 공동체 책임자로부터 1독서 선포를 부탁 받아 읽었는데 창세기에서 아브라함이 이삭을 바치는 장면이었다.

아브라함은 하느님의 부르심으로 자신의 고향 칼데아 우르에서 친지들을 두고 멀리 떠나왔다. 하란에 처음에 다다랐고 젖과 꿀이 흐르는 땅 가나안에 마침내 정착하여 살게 되었다.

어느 무더운 날에 마무레의 상수리 나무 밑에 앉아 있었더니 왠 두 사람이 그를 찾아왔고 그들을 환대하였더니 내년 이맘 때 아들을 얻을 것이라 말해주었다. 그 때 그들의 말에 그냥 코웃음을 쳤다. 그의 아내 사라도.

"오 나의 주여, 가지 마십시요. 그냥 이대로, 그냥 이대로 가지 마십시요. 그냥 이대로."

이 노래는 아브라함이 그들이 하느님이 보낸 천사라는 걸 알아보고 하느님을 붙잡는다. 늙은 노인이 되어서도 자식이 없던 아브라함의 소망은 자식을 얻는 것이었다. 모든 것을 약속대로 다 얻었으나 그에게는 남들이 다 있는 자녀가 없었다. 만약 하느님을 만났다면 어떻게 할까? 믿든지 믿지 않든지 모든 사람은 전지전능하신 그분에게 의탁하고 소원을 말할 것이다.

백세가 되어 얻은 아들 이삭을 다시 거두어가시려 한다. 인간 아브라함은 얼마나 많은 생각을 했겠는가! 번제물로 바치라고 하여 생각 끝에 칼과 장작을 지니고 아들을 데리고 모리야산으로 갔다. 그 길을 가는 아브라함의 마음을 상상해 보라. 그의 믿음의 시련기였다.

아들을 장작더미 위에 올리고 칼을 쳐들었을 때, 하늘에서 천사가 그 아이에게 손대지 말아라고 말하신다. 이로써 아브라함의 순종은 하느님의 약속으로 귀결된다. 모든 민족들이 너를 통하여 복을 받으리라.

신약성서 복음 말씀에서는 다볼산에서 예수님의 변모가 일어난다. 어제 말씀에서 두 개의 산과 제물이 된 이삭과 예수님이 나온다. 구약의 번제물 이삭은 신약에서 예수 그리스도가 된다. 신부님께서 메아리로 여러분들이 하느님께 바치기 제일 어려운 것이 무엇인가를 생각하고 나누어 보라고 하셨다.

나는 생각해보니 시간, 노력, 금전, 자존심, 떠나는 것 등 여러 가지였다. 바치기 어려운 것들을 하나하나 바치다 보면 온전한 그리스도인이 될 수 있을 것이다. 지난 시간들에서 순간순간 어려운 걸 그분의 이름으로 드렸을 때 나에게 기쁨으로 돌아왔다는 걸 알고 있다.

영세를 받고 이곳저곳 부르심이 있는 대로 그 자리에 갔다. 어떤 때도 기쁨도 어떤 때는 능력의 부족도, 어떤 때는 어려움도, 어떤 때는 왜라는 물음도 있었고 그러면서도 계속 해왔다.

어제 메아리 중에 신학생 시절 신부님에게 한국어를 가르쳤던 자매가 그 시절 신부님의 모습에 대해 이야기 해주었다. 한국어 시험에 통과되지 않으면 안 되었던 모양이다. 자매는 신부님을 위해서 기도하였고 신부님은 성실히 공부하셨고 무사히 시험에 통과 되었다고 하였다.

시련의 시기에 그 벽을 잘 넘어가는 것도 하느님의 도우심이었을 거라고 생각한다. 물론 그분이 용기를 내고 열심히 한국어 공부를 하셨던 것도 결과를 이루는데 한몫을 하였다. 외국인들에게 한국어 공부는 쉽지만은 않다. 내가 일본어를 오랫동안 공부하고 가르치기도 했던 것처럼. 그 때도 남의 나라 말을 공부한다는 것이 쉽지는 않았다. 어려운 일이었다.

주님, 지난 시간 관계에서 어려웠던 사람들에 대한 모든 생각들을 당신의 십자가 아래 내려놓겠습니다. 미워하거나 원망하거나 판단하거나 차별했던 사람들에게 사과하고 용서를 구합니다.

신부님들은 사제로 서품 되실 때 서품 성구를 정하고 사목의 중심으로 삼고 매사에 임하신다. 그래서 어떤 성구를 택하셨는가에 따라 그 분의 영성을 알게 된다.

새 신부님의 서품 성구는 시편 18편 30절의 말씀이었다.

"정녕 당신의 도우심으로 제가 무리 속에 뛰어들고
제 하느님의 도우심으로 성벽을 넘었습니다."

🌿 사회 정의

"정의를 위해 일하는 사람들을 계속 도와라"

시민운동하는 사람들에게 협조할 때 하느님께서 주신 말씀이다.

저 나무들 뒤에는 푸른 하늘과 태양이 빛납니다. 사회적 정의는 바로 태양과 같습니다.
하느님, 이 땅에 정의가 태양처럼 빛나게 하시고 공정이 푸른 들판처럼 펼쳐지게 하소서!

주님, 사순절에 한 가지 더 청합니다.

🌿 소고기국

오늘 종일 원고를 손질하여 보내고 점심 넘어서 끓이게 된 소고기국을 퍼담아 기꺼이 시시는 작가님께 좀 갖다드렸다. 비 오는 날이라

소고기국를 먹고싶었다. 한우는 나같은 무산자는 잘 먹을 수가 없다. 아는 박사님이 한우 선물로 보내온 거 이외에 내가 거의 사먹는 일은 없었다. 비싸기 때문이다. 오늘 국거리로 한 근을 샀는데 33,200원이었다. 원고 정리하면서 좀 지치면 부엌에 가서 국을 끓이고 냄새가 얼마나 좋은지 역시 한우구나 싶었다.

"소야 미안하다 이렇게 먹어서."

무를 썰어넣고 지난 늦가을에 삶아서 물을 빼고 냉동실에 쟁여둔 무우청 우거지를 넣고 마늘 넣고 끓이다가 대파 길쭉하게 썬 것과 숙주나물을 넣어서 푹 끓였다. 온 집안이 고깃국내로 마음이 풍요로워졌다. 어릴 적에 무를 썰어넣은 고깃국과 비슷했다. 뜨거운 국에다 밥을 말아서 한 그릇 옹차게 먹고나니 이마에는 땀이 흐르고 잘 먹은 것 같았다. 씹으면 씹을수록 꼬시한 한우꽤기, 달큰한 무우, 너물너물한 우거지, 미끌한 대파, 풀 죽은 숙주, 후루룩 먹는 진한 국맛. 다시다를 안 넣고도 이 맛이야 하는 감탄사.

초등학교 때 가을 운동회날에는 흰 차일을 치고 아침 일찍부터 부인네들이 무쇠솥을 걸고 이 소고기 우거지국을 끓여서 팔았다. 그 때의 그 맛은 말로 표현할 수 없이 사람을 행복하게 했다.

🌿 진눈깨비 내리는 봄 밤에

종일 비가 내리다가 밤이 되어 기온이 떨어지면서 진눈깨비가 되어 내리다가 눈으로 내린다. 우수도 지났는데 아직도 겨울의 끝에 있다.

한 가닥 하는 겨울이 쉬이 물러나겠는가. 성깔 있게 끝을 보는 게지.

이런 밤이면 시골에서는 무우나 고구마, 그리고 이른 봄에 나오는 배추도 아니고 무우도 아닌 긴 개상종 배추의 뿌리를 깎아 먹었다. 매우면서도 달큰했던 뿌리는 이상하게 먹고나면 자꾸 방귀가 나왔다.

겨우내 길게 뿌리 내린 냉이, 나세이(냉이)를 캐다가 잘 다듬어서 물에 씻어 물기를 빼고 난 뒤 날콩가루에 묻혀서 찐다. 그것을 조선간장에다 무쳐서 냉이낌이라는 요리를 만들어 먹었다. 뭉글뭉글한 뿌리와 약간 팍팍한 냉이잎은 허옇게 콩가루가 익어 고소한 낌이 된다. 우리 나라 음식은 고소한 게 많다. 고소한 맛은 봄철에 입맛을 잃은 나를 건강하게 해주었다.

냉이낌을 먹고 입맛이 돌아오면 어느 듯 봄이 한창이었다. 뒷산을 가서 참꽃을 한 아름 꺾어다가 책상에 올려두고 뒷산을 바라보면 문중의 큰 어르신이 누워계셨다. 삶과 죽음, 봄은 생명이지만 봄의 우울이 나를 사로잡았다. 문득 나는 혼자 있는 시간을 즐기면서도 울적한 마음을 참꽃을 보며 달래곤 하였다. 모든 것에 자신감을 잃고 침체했던 때에도 그 참꽃은 나에게 기쁨을 주려고 하였다. 진달래라는 참꽃은 봄마다 붉게 피어 언니네들은 제실에서 화전을 구워 먹고 놀았다. 옥색저고리를 입고 환하게 분을 바른 큰언니네들은 시집 갈 나이가 되어 봄의 나무처럼 싱싱하고 꽃처럼 한껏 피어올랐다. 분을 바른 뽀얀 얼굴에 봄빛은 빛나고 노랫가락 따라 제실 앞 냇가의 물은 유유히 봄의 시간을 흐르곤 하였다. 강가에는 돌들이 희게 빛나고 덤 밑에 소에는 물이 휘돌면서 푸르고 깊이 원을 만들었다. 소 치는 아이들과 소가 강가의 작은 숲 속에 언뜻언뜻 보이면서 소를 따라가며 풀피리를 만들어 불며 무료한 시간을 달랬다.

냉이꾹

당신의 손끝에서
돋아나는 봄
혀끝이 먼저 알아
입맛이 돌았네
서러운 세월을
고운 베보자기 깔고
노란 콩가루 쓰고
푹 한 눈물 솥전에 흘리면
언 땅에 내린 굵고 흰 뿌리도
뭉글뭉글 씹힐테지
진한 조선간장에 버무려
짭짤한 살림살이
구수한 넋두리
꾹이 되어
누덕누덕 불어오면
한 접시 수북히 담아
겸상에 올린다
두 그릇 이밥 위에는
김이 허옇게 올라
손님의 얼굴이 풀린다

한 저분씩 집어 올리면
당신의 수고가
냉이꽃 되어 피어오른다

 냉이낌을 올린 아침상

저의 시 〈냉이낌〉과 냉이낌 한 접시 올립니다. 냉이낌 요리 가르쳐 드립니다.

두 가지 방법:

1. 냉이를 다듬어 깨끗이 씻어서 물기를 뺀다.

날콩가루에 묻혀 허옇게 버무려둔다.

냄비에 물을 조금 붓고 산발이를 얹고 그 위에다 고운 베보자기를 깔고 콩가루 묻혀둔 걸 얹는다. 센 불로 하여 김이 나면 2~3분 안에 불을 끌 것. 냉이가 너무 익지 않도록 뚜껑을 열어둘 것.

뚜껑을 열고 살짝 식혀서 갖은 양념을 해주면 된다. 조선간장이나 진간장으로 하고 고추가루는 안 넣지만 취향에 따라 조금 넣어도 된다. 매실청 조금, 소금이나 진간장, 조선간장으로 간을 하고 깨부스러기 정도로 양념하세요. 고소합니다.

2. 냄비에 물을 바닥에서 국물이 될 정도로 붓고 무를 채썰어 넣는다, 콩나물을 넣는다. 콩나물이 물높이 보다 높아야 된다는 점이 주의할 점이다. 끓기 시작하면 콩가루 묻혀둔 냉이를 제일 위에 넣고 다시 끓여 김 한번 내면 된다. 냉이찜을 꺼내어 갖은 양념으로 묻힌다. 냉이찜의 일부는 국에 넣어도 된다. 국물은 다시마와 소금 조금으로 간을 맞춘다. 국은 무우, 콩나물, 냉이찜 조금 정도로 하면된다. 파는 썰어서 냉이찜과 같이 해도 된다.

1보다 2가 냉이찜이 더 뭉글뭉글해진다. 뭉글뭉글한 거 좋아하면 조금 더 찌면된다. 2의 방법은 국과 냉이찜, 두 가지가 동시에 되는 방법이고 1의 경우는 냉이찜 요리만 되지만 물기가 2의 경우 보다 적어서 나름대로 좋다. 어릴 때 1의 경우의 냉이찜이나 머위, 취나물, 토란대, 고사리, 고구마줄기 등 여러 종류의 나물을 찜요리로 하여 사각이나 둥글고 큰 나무그릇에 담아두고 대보름이 지나고도 며칠을 오곡밥과 함께 먹었는데 그럴 때는 콩나물무국이 제격이었다. 여기에다 배추전과 동태포전을 곁들이거나 가자미전, 안동식혜를 곁들여도 좋다.

전통 찜요리의 장점은 담백하고 고소하다. 그리고 나물에 들어있는 섬유질이 풍부하고 식물성 단백질인 콩이 들어간다는 점이 좋다. 말하자면 식물성 나물과 식물성 단백질인 콩이 나물에 옷을 입혀 보얗게 쪄내는 것이다. 이렇듯 우리 나라 사람들은 음식도 흰 색을 입히는 게 많다. 유과, 찜, 백찜 이런 음식은 대표적으로 흰 색깔을 지닌 음식이다. 백의민족의 백식민족이라고나 할까. 집도 흰 횟칠을 한 거 보면 흰색으로 멋을 낸다. 상을 당해도 흰 무명으로 상복을 만들어 입고 삼베 도포에 굴건을 하였다. 의식주에 백색의 아름다움과 정결성을 소중히 한 우리민족이다.

🌿 사람을 행복하게 만드는

사람을 행복하게 만드는 레시피

사람을 행복하게 하는 풍경

사람을 행복하게 하는 옷

사람을 행복하게 하는 만남

사람을 행복하게 하는 이야기

🌿 삼각산 계류

습기를 머금은 눈이 삼각산을 하얗게 뒤덮었다. 온 산에 눈꽃이 활짝 피었다. 나뭇가지들이 이렇게 아름다운 손을 지니고 있는지 몰랐다. 비도 오고 진눈깨비로 변하다가 눈이 온 어젯밤 새에 계류가 창창하게 흐른다. 눈이 온 고요 속에 찰찰 흐르는 물소리가 깨끗하게 느껴진다.

🌿 정릉 산비얄 동네

어제는 오랜만에 그래도 제대로 차려입고 외출했다. 가까운데 계시는 조각가 선생님의 차를 타고 임선생님을 태워서 수유리에서 정릉으로 향했다. 사순절이라 보라를 입고 싶어서 붉은 보라 코트에 굵은 허리 살짝 묶고 안에는 간절기 모직 원피스를 입었다. 살이 쪄서 헐렁하던 원피스가 겨우 들어간다. 갱년기가 지나면서 살은 계속 찐다. 아직까지도 날씬한 그는 살찐 나에게 경고하다가 포기한 모양이다. 다만 운동은 건강을 위해하라고 한다. 까만 스타킹에 보라색 인조 세무 구두를 신고 토드백을 들었다. 지난 겨울에 백화점에서 산 흰 밍크 모자는 가방에 넣어두었다. 봄날씨는 쉬이 변하여 갑자기 추워지면 쓸 생각으로.

정릉 산비얄마을에 도착해서 예술인 부부집에 초대되어 갔다. 작은 마당에 연탄이 쟁여져 있었다. 오랜만에 보는 연탄이었다. 전에 연극했던 신랑은 지금은 통장이 되었고 아내는 대금 연주하다가 지금은 가르친다고 했다. 부부는 산수유를 가지치기 한 걸로 큰 병에 담아 마당과 거실 탁자 위에 놓아서 봄의 정취를 느끼게 해주었다.

6인용 식탁에는 바깥분의 솜씨로 새우샐러드, 갈비, 보리굴비, 계란찜이 올라왔다. 화이트 와인을 조금 하면서 점심을 먹고 우리들은 풍요로운 식탁과 함께 풍성하게 이야기를 나누었다.그 댁의 인테리어나 부엌 살림들도 세련되면서도 마음에 들었다. 식사 후 과일과 보이차를 나누고 1시 10분에 출발하여 정릉에서 삼청터널을 지나 성북동으로 나와서 삼청각을 지나고 아직은 가지들만 앙상한 드라이브코스를 지나 광화문 세종문화회관에 도착하였다. 2시에 창작오페라 〈열애〉 공연을 보기 위해서였다. 티켓이 VIP석으로 20만원이나 되었지만 그 댁의 안주인 덕분에 초대권이었다. 내 형편에는 얻을 수 없는 티켓은 임선생님 덕분에 그 예술인 부부가 주신 모양이었다. 고마웠다.

오래 전 언젠가 나는 늘 우리 자매를 따라 다니며 즐겁게 말을 걸어 주고 내가 고향 내려갈 때 따라와 준 성당 형제에게 미샤마이스키 내한 공연 티켓을 준 적이 있다. 그게 90년대 후반 정도에 15만원짜리였다. 그 때 그 형제님은 오늘에야 은혜를 갚는구나 하시면서 흥겨워했다. 자신이 미샤마이스키를 너무 좋아한다고.

공연은 일제시대 주기철 목사의 신사참배 반대와 그 저항, 순교를 다룬 오페라였다. 중앙무대에 악단이 있고 그걸 둘러싸고 오페라 가수들의 공연이 펼쳐졌다. 나는 몇 군데에서 눈물이 났다. 나중에 임선생님도 울었다고 하셨다. 공연을 마치고 조각가선생님이 미아리 고개까지 차를 태워 주셨고 나는 택시로 갈아타고 장위동 레뎀또리스마떼르 신학원으로 갔다. 성찬전례 준비조가 우리 조여서 일찍 도착하려고 했다. 토요일이라 다소 막혔지만 15분 전에 도착하였다. 나는 토요일은 늘 성찬전례가 있다보니 토요일 저녁 약속을 안 한다. 이렇게 된 건 오래 되었다. 네오까떼꾸메나도 공동체에 들어오기 전부터 본당에서 토요특전미사 성가대여서 미사를 마치고 가끔 그를 만나곤 했다. 그는 나를 기다리느라고 1시간은 더 기다렸다. 그래도 그는 아직도 주님의 집에 돌아오지 않고 있다. 청년기에 열심이었고 청년부 회장이었던 그는 올 사순절에도 아무 말이 없다. 사람의 마음도 하느님이 아니시면 바꿀 자가 없다.

그리스도인에게 길은 십자가의 길이다. 고난 속에서도 부활하여 승리와 영광에 이르는 그 길, 예수님이 가시고 주기철 목사가 걸었던 그 길, 나는 그날 2독서해설에서 공연에서 감동이 왔던 몇 마디 대사를 인용하여 우상을 따르는 길과 십자가의 길에 대해 말하면서 하느님께 흰 백합을 드리는 그 길을 이야기했다. 사순 제 3주일을 맞이하는 오늘 나는 지난 나의 우상과 현재의 우상에 대해 생각해본다. 우상을 선택할 때 십자가의 길을 멀어진다. 우상을 따르다가 한평생을 살고싶지 않다. 늘 우상의 그늘에서 괴로워하고 있었던 나를 바라보면서 십자가의 길 하나를 내 마음 속에 내본다.

그분 댁, 벽에 걸린 임선생님의 그림 중 몽환적인 분위기의 이 그림이 어제는 나의 답답한 마음을 모처럼 시원하게 해주었다. 지난 일주일은 연일 사람들을 만나느라 조금 지치고 있었다. 그래도 만나야할 사람은 만나야 한다. 부르는데, 보고프다는 데 안 만나주는 것만큼 서운한 것도 없지 않은가!

이번 사순절엔 사람을 서운하지 않게 하고 기쁘게 해주는 걸로 보속하겠나이다. 성찬전례에서 돌아오는 길에도 돌아오는 토요일 성찬전례가 있는 저녁시간에 와달라는 요청이 들어왔지만 나는 다른 날로 약속을 정하면 어떻겠느냐고 했다. 그녀도 좋다고 했으나 전선상으로 전해오는 그녀의 기분이 늘 그녀가 말하는 '퍼펙트'는 아닌 게 미안했다.

🌿 우리 말

우리 말은 부드럽고 온유하다. 약간 철자가 어려울 때도 있지만 우리 말은 써보면 신비롭다는 걸 느낀다. 그 신비롭고 오묘함에서 시어는 의미의 확장과 탈주를 꿈꾼다. 눈처럼 깨끗하고 따사로운 우리 말의 매력에 나는 빠진다 초봄의 정오 무렵에……

🌿 천문대를 꿈꾸는 사람

어제는 종일을 퇴고하고 그 중간에 임선생님께 전화 드려 저녁에 같이 식사하자고 했는데 명태코다리찜을 해놓았다고 댁으로 오라고 하셨다. 와인이나 한 병 사가지고 오라 하셨다. 고마운 마음에 집을 나와 마트에서 몬테스 두 병과 카르네쇼비뇽 한 병을 사가지고 작업실로 갔다. 100호짜리 캠버스를 몇 개 새로 사놓으셨다.

내가 도착하고 곧 조각가님도 오셨다. 우리는 셋 다 예술하고 외아들을 두었고 혼자 되었다. 몬테스가 생각보다 괜찮아서 조각가님과 두 병을 마시고 적포도주는 선생님네 작업실에 놔두라고 했다. 명태코다리찜에다 마른 명태찜, 치즈 김치전, 봄동 생절이, 겉절이, 중간에 나가서 사온 홍어회 등으로 많이 먹고 마셨다.

조각가님은 언제 천문대에 가자고 하였다. 아무도 따라가주지 않는다고. 나도 가고 싶지만 같이 가줄 사람이 없었다고 했다. 그녀는 천문학이나 은하우주에 관심이 있어서 조각작품들도 그런 소재이다.

나는 어제 임선생님의 그림 한 점을 가져와 우리 집 거실 벽에 걸기로 했다. 남녀가 둘이서 비스듬히 서서 팔을 원형으로 붙잡고 있는 그림으로 지난 겨울 모진 추위 속에서 그리신 것이다. 전설의 하늘말 페가수스를 타고 모자 쓴 사람이 하늘을 날아가는 그림이 그려진 100호짜릴 들여놓고 싶지만 나중에 큰 집에 들어가면 들여놓기로 하고 10호 정도로 임선생님의 그림을 매일 보려고 한다. 그러나 그날이 오지 않아도 나는 가끔 선생님의 작업실에 들러 모자 쓴 사람이 되어 하늘을 나는 꿈을 꾸는 것으로 만족하련다.

🌿 왕관과 칼

왕관을 썼으면 그 무게를 감당해야하고 댓가를 치루어야 한다.
장부가 칼을 빼어 들었으면 무우라도 베는 게 아니라 자기의 못 되어 먹은 마음을 베버려야 한다.

"먼저 그 형제와 화해하여라."

세상에 제일 어려운 일은 사람의 마음을 얻는 일,
마음을 모아서 묶어 세우는 일에는 자신의 나쁜 마음부터 잘라버리는 일. 참 어렵다……

적

적은 늘 안에 있다. 우리들의 적은 우리들 주위에 있었다. 이 적을 물리치지 않으면 이 나라의 미래는 여전히 부정부패로 타락한 나라에 지나지 않는다. 부정부패와 불공정으로 젊은 세대들이 등을 돌리는 나라가 되고 있다. 젊은 세대들에게 희망을 주는 나라가 될 수는 없는가!?

건망증

어제도 조각가님과 점심하고 저녁은 임선생님이 볼일 보고 들어오셔서 저녁에 맥주 한 잔에 치킨, 도토리묵, 떡볶기, 명태 양념구이, 오뎅 이런 걸 차려놓고 부르셔서 갔다. 작업실에 100호 그림이 작업 중에 있었다. 함께 먹으면서 그림이 3점 나가게 되었다고 하시면서 기분이 좋아 보이셨다.

토요일 저녁을 즐겁게 해주신 그 분은 체리를 먹고싶어 하셨다. 오늘이라도 샘터문학 사무실 가는 길에 중랑 동부 시장을 지나는 길이니까 체리를 사다 드려야겠다.

조각가님은 2월 22일쯤 외아드님을 군대에 보내고 무기력하고 공허감이 밀려오신다 한다. 자주 전화 드리고 산책이나 산행도 하고 밥도 먹고 이야기도 나누어야겠다. 오늘 주치장에서 니오시디기 정신 위해 카드 넣는 곳을 순간의 실수로 엉뚱한 곳에 넣어서 한참을 진땀 빼셨다. 멍해지고 있다고 하신다. 금방 잊어버리기도 하고. 역시 아드 님이 빈 자리 때문이신 것 같다.

🌿 생강나무

오전에 아들과 산행을 하고 일터로 간다. 어제 줌으로 성찬전례를 하고.

오늘 산행에서 아침에 아들과 두 개의 오렌지를 나누어 먹었다. 내 려오면서 북어국과 선지해장국으로 우리 모자는 주일 아침을 보낸 다. 산에는 참꽃-진달래-가 피기 시작했다. 우리는 진달래 능선 초입 에서 오른쪽으로 꺾어 내려왔다. 생강나무가 남몰래 생강내를 피우며 노랗게 말없이 피어있었다. 갈색의 산림에서 노란 꽃과 진달래 연분 홍색 꽃이 얼굴을 내밀고 소담하게 피어있다.

🌿 도덕 교과서

LH직원의 "공부 못 해 LH도 못 들어와놓고"라는 말은 정말 분노하 게 한다. 공부 잘 해서 LH에 들어간 너희가 한 짓거리가 뭐냐!? 민중 을 속이고 배반하는 작당들이 되지 않았느냐!

바른 말 좀 해보자.

이 나라가 아직도 분단국으로 부정부패로 가득 찬 나라가 되어 젊은 이들이 믿지 않는 사회로 된 지 오래다. 누구의 책임인가? 부정부패는 악화가 양화를 구축하는 것처럼 연쇄적으로 일어난다. 부패의 고리를 끊는다는 말이 있지 않는가.

전에 이○○이란 전 국회의원의 뇌물수수 기록이 법정에서 판사가 40분을 읽어낼 정도로 많았다. 나는 그 법정에서 이 나라에 50여년을 살아왔던 것이 솔직히 참담했다. 도덕 교과서가 무용지물인 이 나라는 학벌, 부, 권력 등으로 다 해먹는 나라였나보다. 대한민국은 드러나면 드러날수록 민낯이 황당한 나라다. 그나마 선량한 시민들과 뜻있는 사회 진보를 외치는 분들이 있기에 이렇게라도 굴러가는 나라였다.

🌿 사막일기

아무도 사막을
생명이 없다하지 마라
머나먼 산의 바위가
수수만년 비바람에
깨지고 깨져
흐르는 피가 모래강 되어
고요히 흐른다네

아무도 사막을
고독하다 말하지 마라
머나먼 산의 바위가
수수만년 홀로 구르고 굴러
한 알의 알갱이가 될 때까지
지나온 세월이 흐른다네

사막은
부서지고 낮추인 마음이
산을 이루고
내를 이루어
수수만년을 흘렀다 솟았다
해가 뜨고
해가 기울어간
태초의 눈부신 빛이
거룩한 마음에
큰 구멍을 내어
뭇 생명들이 드나들던
정든 고향이었다네

🌿 헤어부러시

삼주 전쯤 아들은 전기 헤어부러시를 샀다. 나는 왜 그걸 사지 생각
했다. 알고보니 엄마가 머리가 길어졌다고 그걸로 빗으면서 스타일을

만들어라고 산 것이라 한다. 정신없이 살아오면서 머리가 언제 길어 진지도 모르게 어깨를 넘어 내려왔다. 헤어드라기가 있어도 잠깐 말리는 거 외에는 특별히 쓰지 않는다. 그것도 겨울철에만. 나는 봄부터 가을까지 젖은 머리를 바람에 말리는 걸 좋아한다. 바람을 쐬면 머리카락도 생생해지고 신체가 모두 치유되는 걸 느낀다. 그래서 바람 부는 날이면 산에 가서 실컷 바람을 쐬고 싶다.

언젠가 초여름에 하루 종일 신비스런 미풍이 불었다. 그날은 마음이 붕붕 떴다. 그 바람은 샘물이 퐁퐁 솟아오르듯이 불었다. 온종일 그 바람에 취하여 괜히 기분이 좋았던 하루였다. 나는 따사로운 태양과 시원하게 긁어주는 바람과 검고 넓은 밤하늘이 좋다. 한밤중이나 새벽에 하늘을 올려다 보고 있으면 나는 우주의 일부가 된다.

엄마를 생각해주는 아들이 고맙다. 함께 일터까지 따라가준 것도 고맙다.

🌿 두 편의 시

어제는 거리에서
두 편의 시를 주었습니다
그 두 편의 시는 모두
슬픔이란 이름이었습니다
한 편은 탑골공원 담벼락 가에
낡은 이불을 뒤집어 쓰고 누운

집을 나와 오갈 곳 없는 사람
그러나 그 사람은
남자인지 여자인지
어떤 눈과 어떤 코를
가졌는지도 모른 채
누워있었습니다
다른 한 편의 시는
이메일로
권고사직 통지를 받고
늦은 밤 허겁지겁 비품을 챙겨들고
팔과 손으로 그거라도
떨어뜨리지 않으려고 부여잡고
버스를 타는 청년이었습니다
그의 오른 손에 든
인조 장미꽃 디퓨져
향기를 날라주면서
서러운 그의 해고를
울고 있었습니다

조카

  1박2일의 고향 나들이를 하고 상경 중이다. 86세의 노모는 오랜만에 파마를 하셨다. 세째언니가 먼저 와서 청소도 하고 어머니가 드실 요리도 해놓았다. 막내동생네도 제부랑 같이 와서 어제 가고 언니와 나는 오늘 나왔다. 남동생이 나를 안동역까지 데려다 주었다.

안동역은 작년 12월 17일부터 신안동역으로 옮겼다. 서울 청량리 역에서 신안동역까지 ktx로 2시간이면 오게된다. 그러나 나는 누리로를 타서 3시간 걸렸다. 고속으로 달리면 어찔하기 때문이다.

우리 집 담벼락 밑에는 정구지(부추)와 취나물, 그리고 텃밭에는 파와 부리(상추)가 올라와 파랗다. 그리고 상사화도 싹이 돋아나서 잎이 파랗다. 그러나 여기는 아직은 춥다. 오늘은 바람이 심해서 나오다가 안동댐 근처 전통향토마을에서 하는 힐링체험행사장에서 조카인 아윤이와 언니와 언니의 아들, 남동생 이렇게 둘러보고 아윤이 이것저 것 체험하게 하면서 놀다가 헤어졌다. 아윤이는 즐거워하였다.

같은 경상북도 북부 지방이지만 산간지방에 있는 청송은 안동보다 봄이 조금 늦다. 안동에 나오니 꽃이 피기 시작하였으나 청송에는 아직 꽃이 피지 않는다. 그러나 텃밭에는 냉이, 씀바귀, 취, 머위 대궁이가 올라와 있었다.

지난 설날에 코로나 5인이상 모임 금지로 나는 고향에 갈 수가 없었다. 공무원 부부인 동생이 설 지나고 왔으면 했기 때문이다. 어머니는 딸들이 보고싶어서 울었다고 한다. 설 지나고 일주일 후부터 계속 격주로 딸들이 댕겨오고 있는 셈이다.

남동생이 지난 1월에 아들을 낳았는데 이번에 아기를 데리고 내려왔기 때문에 다같이 아기를 볼 수 있었다. 어머니는 나에게 아기를 안아보라고 했고 나는 고모여서 아윤이도 안고 아기 주원이도 품에 안

아보니 마음이 기쁨으로 가득찼다.

이번에는 혼자 내려왔고 아들은 5박6일 동안 촬영을 나갔다. 짧지만 가족들과 즐거운 한 때를 보내고 아윤이와 주원이를 보게해주신 하느님께 감사 드린다.

🌿 고 이경진 누님

고향에 다녀오고 그날, 청량리에서 내려서 곧바로 고 이경진 선생의 빈소에 갔다. 오랜만에 혼자 다닌 먼 거리 여행에서 돌아와 복잡한 서울시내를 이동하였다. 다행히 청량리역에서 중앙선을 타고 옥수에서 3호선 환승하여 고속터미널역에 내리니 7시 추모식에 맞출 수 있었다. 나는 그 전날 내려가면서 부고를 받고 먼저 대구에 있는 우리 단체 지부장에게 부탁하여 화환을 보냈다.

고인께서는 작년 가을에 이미 나에게 먼 길 가시게 될 거라고 말씀하셨다. 그 때는 그러니까 그 분을 마지막으로 뵙고 청귤차를 대접한 날이었다. 나는 믿을 수 없었다. 그 때만 해도. 그런 말씀 하시지 말라고 했던 기억이 난다. 담소 잘 나누고 난 뒤에 뜬금없이 그런 말씀하시기에...... 그만큼 오랜 시간 동안의 스트레스가 신체의 병으로 쌓여 있어 더는 버틸 수가 없으셨던 것이다.

생각하니 어느 누가 이 세상에서 그런 사랑을 할 수 있을까싶다. 말씀에 형제를 위해 자신을 바치는 것도 하느님께 봉헌하는 일이라고 하셨다. 결혼한 누님이 친정 남동생을 위해 그렇게 투쟁하시다가 가셨다. 나는 어느 땐가 여쭈어본 적이 있었다. 이렇게 오랜 시간 노숙 투쟁하시면 가족분들이 뭐라고 하시지 않느냐고. 역시 그 가족분들은 누님처럼 보통분들이 아니였다. 누님이 하는 일에 대해 어떤 소리하기보다 오히려 누님을 걱정하고 지원해주셨던 가족들이 그 분 곁에는 있었다. 처남이 되고 외삼촌이 되었던 이석기 전 의원. 고 이경진 선생의 남편분과 아드님은 아내와 어머니의 뜻을 따랐던 것이다. 그리고 국가가 개인에게 국가보안법을 씌워 조작, 날조한 채 8년이나 감옥에 가두어 한 인간의 인권을 철저히 짓밟는 부당성에 대해 저항하는 분을 지지했다. 나는 이 분들에게서 가족의 사랑을 보게된다. 참으로 우리가 잘 생각해봐야 할 것 같다. 누나가 남동생에게, 남편이 아내에게, 아들이 어머니에게 어떤 마음으로 서로를 위하고 사랑했던가를.

고 이경진선생의 삶에서, 소녀같은 그분이 남긴 것은 사랑이었다. 견결하고도 지고지순한 사랑이었다. 체구가 작고 소녀같은 분에게서 어떻게 저런 무서운 저항정신이 나올까, 그것은 내 형제를 내 몸같이 여기는 치열한 사랑, 처절한 사랑 때문이었다. 나는 그 분의 사랑에 그저 목이 메였다.

🌿 고 이경진님께

누님
당신의 병상에서
누군가 함께 한다면

마음 놓이겠습니다

한 잔의 청귤차를 마시고
기나긴 싸움 중에도
소녀처럼 웃던 누님

한 잔의 청귤차에
철같은 심장도 녹아

내가 병원 들어가면
다시 못 나올거야

그런 말 마세요
무서워요
안 들은 걸로 할게요

이석기 누님은 그렇게 병원에 갔다
1000여일을 이석기 석방 외치고
불치의 병이 들었지만
어느 정치인들도 들어주지 않았다

이석기 누님은
청와대 앞에서 천막 치고
노숙투쟁 하다가
쓰러졌다
한 여인이 모든 것을 버리고

목숨마저 불사하다가
쓰러졌다

🌿 분리 불안

시골에서 돌아온 날 밤에 이것저것 집을 치우고 잠이 안 와서 2시 넘어서 잠든 모양이었다. 그러니까 4시가 좀 넘었을 때 누군가 온 듯 해서 눈을 떠보니 아들이 내 방에 들어와 침대가에서 나를 불렀다. 잠 결에 깨서 5박6일 촬영이라는 아들이 일찍 돌아왔기에 믿어지지 않 았지만 반가웠다. 아들이 없는 집은 텅 빈 듯 하고 잠이 안 오는 것이 었다. 점차로 분리 되어야 하는데 아직도 우리는 이렇게 의지하고 지 내고 있다. 분리를 감당하는 것도 쉽지는 않을 듯 하고 한동안 그 생 활을 적응하려면 꽤 힘들 것 같다.

어떤 자매가 한 때 외아들을 신학교에 보내고 1년을 방황하며 돌아 다녔다고 한 말을 이제야 이해를 할 수가 있을 것 같다. 결국 그 아들 은 신학교에서 나와 지금은 직장생활하면서 살아가고 있다. 하나뿐인 자녀를 신학교에 보내는 일은 결코 쉽지 않고 본인도 사제의 길을 가 는 데는 결코 쉬운 길이 아니다.

결국 다시는 촬영 안 나간다고 하는 말이 되돌아왔다. 집에서 지내 다가 심심할 때쯤이면 한 번씩 나가보겠지 정도로 생각한다. 이번에 는 다녀와서 자격증 공부는 해야겠다고 하였다.

🌿 숭어야 고마워!

어제는 박선생님과 명동성당에서 만나서 성당 안에서 잠시 묵상 기도하고 한 바퀴 마당을 돌아나와 전에 중앙극장이 있었던 길을 곧 바로 걸어가는데 서울노동청 앞에 노동자들이 투쟁 중이었다. 춘투가 시작되는 모양이다. 언제 맘 놓고 편안하게 일할 수 있을지 모르겠다. 청계천 지나고 인사동에 방자네집에서 점심 먹고 난 후 귀천에 들러 차를 마셨다. 그리고 같이 사무실로 돌아와 담소를 좀 나누다가 나와서 헤어졌다. 비대면시대에 가르치는 선생님들도 학생들도 힘들다. 선생님께서 하루 빨리 마음이 편안해지길 바란다.

버스를 타고 수유리로 들어오는데 꽃이 피어 길이 환하다. 괜히 마음은 들뜨고 멀리 남도 유람이나 다녀오고 싶기도 하다. 큰언니는 아들과 같이 와서 농사일 좀 도우라고 한다.

버스를 타고 우이동쪽에 가서 김작가님을 댁에서 뵙고 1시간 반 정도 담소 나누고 나와서 임선생님 아틀리에에서 조각가님과 저녁을 먹었다. 나오다가 골목시장에서 이선생님이 사주신 숭어를 사다가 매운탕을 끓였다.

로케지에서 돌아온 아들은 얼굴이 벌겋게 타고 눈밑에는 다크서클에다가 울은 듯 해서 물었더니 피곤하기도 하고 사는 게 힘들단다. 마을버스를 타고 오는데 옛노래가 나오는데 갑자기 눈물이 쏟아졌다고 했다. 눈도 얼굴도 빨개져서 지친 채 들어온 아들이 가여웠다. 숭어 매운탕으로 저녁을 먹으니 얼굴에 생기가 돌아왔다.

숭어야 고마워, 고단한 날이 갔구나!

🌱 세 들었던 시절의 추억

바다는 에메랄드, 바다는 봄을 실어온다. 황사가 심한 날, 바닷가를 산책하다 해무인줄 알았더니 심한 황사였다. 남쪽바다 포구에서...... 오전의 해와 노닐다...... 한 때 서울생활에 지쳐 잠시 살았던 곳. 그곳을 다시 가본다. 내 피붙이들이 젊은 시절 머물렀던 곳, 셋은 각각 다른 지방으로 떠나고 언니네만 살고 있다. 형부도 언니도 낯선 고장이었던 여기, 호남의 총각과 경상도 아가씨가 객지에서 만나서 사랑을 하고 결혼하여 살았다. 남매를 낳고 그 아이들이 처녀총각이 되었다.

일본어학원 강사를 하며 번 돈으로 옷과 책을 사고 젊은이들이 모이는 문화공간을 가고 거기에는 늘 의식을 넓혀주는 책이 있었다. 주로 사회과학과 인문학 도서였는데 그때는 이런 유의 책들이 나에게 의욕을 주었다. 그곳을 떠날 때 120여권의 책을 둘째 언니네로 보내고 나는 여동생과 화물을 실은 트럭에 가재도구와 얼마간의 책을 싣고 서울로 다시 돌아왔다. 어느 안개 낀 가을날의 기억이었다. 양덕동에서 석전동으로 다시 봉암동으로 그리고 경희대 근처 은행나무가 있었던 이층집 방 한 칸에 세 들었다. 세 들었던 시절의 추억이다.

🌿 사막에서 사막으로

　일본어를 가르치며 마산으로 서울로, 서울에서 기차나 일반버스, 스쿨버스를 타고, 영주로, 천안으로, 강원도 영월로, 청주로, 수원 화서로, 제물포 등지로 다녔던 시절이 있었다. 생각하니 젊었기에 서울에서 그 먼 곳도 다녔다. 그러나 나는 늘 혼자였다. 그나마 서울에서, 용인에서 외대 선생님들과 같이 커피나 차를 마시며 잠깐 이야기를 나누었다. 이렇게 다녀도 통장에는 늘 간당간당 했고 방학에도 뭔가 일을 찾아야 했다. 학기말의 피로를 뒤로한 채. 일주일의 스트레스를 나는 아들과 장난감 사러 다니기, 아들과 놀이공원 가기, 백화점 쇼핑, 마지막에는 나가기 싫어서 홈쇼핑 이렇게 소비하고 벌고 소비하고 벌어들여야 하는 소모적인 삶이 나를 좀 먹고, 서서히 그러면서도 지쳐 고갈되어 가고 있었다. 주말이면 나가지 않으면 살 수 없었던 시절의 우울한 추억이다. 나와 아들은 무슨 용수철처럼 집에서 튕겨 나가서 거리로 놀이공원으로 쇼핑가로 궁궐로 돌아다녔다. 그러고 나면 주말은 공허하게 지나곤 했다.

　길 위의 날들에서 객지의 밥알은 체온을 낮추었고 삼십대 후반 40대 초반에 나의 고독과 우울은 극에 달했다. 아들이 초등학교 3학년 때 첫영성체할 무렵, 이 울화는 터지기 시작하고 가슴에는 휑한 바람이 소리없이 차갑게 불기 시작했다. 그 무렵의 나는 심신이 지쳐 여기 저기 아프고 자주 눈물이 났다.

🌿 성주간

집에서 저녁 해서 혼자 먹었다. 6시에 촬영 마친다해서 그 시간을 대중해서 식사준비를 했다. 기다리다 배가 고파서 먼저 먹었는데 내가 다 먹도록 아들이 돌아오지 않아 두 번 연락했는데도 폰은 꺼져있다...... 걱정 된다 괜히...... 촬영이 연장되었나?

10시쯤 들어왔는데 전에 보다는 지쳐 보이지는 않고 강남에 어디들러 바람 좀 쐬고 들어왔다고 한다. 늦은 저녁을 먹으면서 당분간 이번 사순 성주간(부활 전 세족례를 하는 성목요일, 예수의 십자가상 죽음을 기념하는 성금요일, 부활 성야인 성토요일을 말한다)에는 일 하지 말고 쉬면서 정중동해야 할 것 같다고 한다.

🌿 부활성야

공동체 부활성야 전례...... 어젯밤 11시부터 새벽 5시까지.

은혜로운 밤이었다.

주 예수 참으로 부활하셨나이다. 알렐루야!

빛의 예식으로 시작하여 부활대축일 미사 장엄축복까지. 밤새워 깐토를 부르면서 십자가의 고난과 죽음을 이기고 부활 승리하신 주님을 찬미하였다. 창세기에서 탈출기, 이사야서, 에제키엘서 등의 말씀이 선포되었다. 세 명의 여자 아기들이 세례를 받았다. 부활성야 미사 세례식에서 물에 잠깐 잠긴 아기들이 자지러지게 울던 소리가 귓가에 아직도 쟁쟁하게 들여오는 듯 하다.

🌿 우울과 공허감을 잊게 하는 것

패션, 음식, 산책, 산행, 음악 감상, 정다운 사람들 만나기, 여행, 새로운 것을 찾아가기, 공연 관람, 좋은 일 하기, 좋은 글쓰기, 좋은 독서, 영성 생활 등...... 우울과 공허감을 잊게 하는 좋은 것들을 찾고 누려야겠다.

🌿 문학상과 시비

요즘은 온갖 이름의 문학상과 시비가 난무한다. 욕망들의 우상인가 싶다. 문학사를 만들어 사업하면서 문학상을 제정하고 시비를 세우고 뭐하는 건가?

나는 결혼도 못 하고 어떤 이는 지독한 가난, 질병과 싸우면서 치열하게 쓰다가 죽어간 젊은 작가들을 사랑하고 존경할 따름이다. 헝가리의 시인 요제프 어틸러, 마야코프스키, 미야자와 겐지, 김유정, 권정생, 기형도 등을 잊지 못한다. 이들은 나의 문학의 영원한 친구이자

연인들이다.

　글 쓰는 사람한테 필요한 건 절대 고독과 종이와 필기구, 비바람을
피할 오두막, 부끄럼과 추위를 막아줄 옷, 얼마간의 먹을 양식으로 충
분하지 않을까……
그리고 하늘의 별과 바람……

🌿 사월

사월은 공허다 메마른 바람이 간혹 꽃잎을 스쳤다고해도
아무 일 없듯이 사월은 공허다
한 지름 붉은 쇠고기가 걸린 정육점 네온사인
꺼졌다 켜졌다를 반복해도 아무도 관심 없이
하루가 지나간다 텅 빈 가게 앞 작은 주차장에서
바람은 어떻게 공허와 몸을 썪었는가
먼지가 뒹구는 바닥에서 바람의 날개는 꺾인 채 퍼덕인다
퍼덕댈 때마다 먼지는 어둠에 먹혀 들어간다
냉동고 돌아가는 소리가 단조롭게 점두에서 들린다
누군가 검은 비닐 봉지를 들고 가게를 나온다
어둠 속으로 들어간 그녀는 꽃 진 자리처럼 휑하다
두통이 일어 한 알의 아스피린 천천히 풀리듯 아이들이
집으로 돌아간 동네 놀이터, 앞으로 뒤로 흔들리는 그네
연한 녹색의 잎들을 단 나무들은 빈 하늘에 손을 찔러 넣는다
붉으죽죽한 노을에 물든 초승달, 한 인노여사가 코에 코걸이를 끼

고

    뭉툭하고 넓직한 발을 가진 코끼리의 등에 타고

    좁은 담벼락 사이에 난 골목길을 지난다

    길게 공허가 따라간다

    그녀는 강가강에서 남편의 시신을 태우느라

    종일을 입에는 비쉬누신에게 빌고 빌었다

    다 탄 재 한 줌 물에 뿌리고 그녀는 간다 그녀는 간다

    인연에 대한 공허의 한숨을 몰아쉬고 길 위를 느릿느릿 간다

🌿 요제프 어틸러의 시집 『너무 아프다』와 번역에 관한 기억

나는 기다린다. 갈망한다. 내 존재를 바꾸어줄 한 편의 문학작품을! 헝가리의 시인 요제프 어틸러의 시집 『너무 아프다』를 기다린다. 번역자인 진경애 선생님으로부터 우송해주시겠다는 소식 받았다. 주일날의 선물이다. 번역하신 수고는 문학작품을 번역해본 사람만 안다.

한 때 나는 미야자와 겐지의 『바람의 마타사부로』를 번역하다가 가슴에 심한 바람이 불고 그 길로 나는 인생의 폭풍 속으로 들어갔던 적이 있다. 바람은 나의 생활을 송두리째 흔들고 파괴하는 막강한 힘이 되었다. 육신도 정신도 모두 무너뜨린 것이다. 이상에 가까운 집중 뒤에 오는 심각한 현상이다. 나는 이런 집중을 하다가 몇 번인가 이상을 겪은 적이 있다. 첫번째는 어린시절 괴기담에 미쳐 헛것을 보게 된 기억이고, 두번째는 『바람의 마타사부로』를 번역했을 때, 세번째는 지

인의 부탁을 거절 못하는 내가 일을 몇 가지 동시에 진행하다가 드디어 가슴이 열리는 폭발을 겪었다. 특히 그 일 중에 번역에 관한 거였는데 우리가 어린시절 읽었던 인어공주에 대한 번역서 간의 차이점이나 이야기가 재화 되는 현상에 관한 연구였다. 몇 개의 텍스트를 동시에 모든 문장을 세심하게 읽어가면서 비교한다는 것은 힘들었다. 심지어 기독교적 이야기가 용궁설화, 용궁신으로까지 재화되는 것이나 기독교적 내용을 완전히 삭제한 일본측의 번역은 다분히 의도적이라 생각 되었다.

잊혀지지 않는 것은 원전의 신의 섭리에 관한 인어공주와 왕자의 맺어지지 않는 사랑에 대한 것이었다. 신의 섭리가 아닌 만남의 파국은 나를 절망케 하고 끝없이 그렇게 몰입하고 있는 나에게 너는 혼자라고 누군가 나를 궁지로 몰아넣고 있었다. 그것은 내 안의 또 다른 내가 나에게 외쳐대고 있었다.

그때 어두운 반지하방의 책상에서, 그 무렵 갑자기 심장마비로 돌아가신 아버지의 죽음을 슬퍼하면서, 슬픔과 냉철한 이성 사이에서 슬픔을 눌러두면 그것이 이성을 뚫고 올라와 대폭발을 일으킨다는 것을 그 때 알았다. 그러고 보니 슬픔을 위로하고 그 감정이 지나가길 기다리는데 10년이 넘게 걸린 것 같다. 그 당시 나는 전문가로부터 정신과 약 안정제를 권유 받았다. 나는 약에 의존하기 보다 일을 쉬고 영성생활을 하면서 슬픈 마음을 처매어 위로하고 있었다.

🌿 김해화 시인

　그저께부터 김해화 시인의 시를 처음으로 읽어본다. 부정적인 감정이 늘 올라와서 참는 게 힘드는 나는 책을 읽는 게 느리다. 머리가 복잡해지기 때문이다. 예를 들어 우울감, 공허, 권태, 슬픔, 답답증 등이다. 책 읽기도 한 동안 안되고 하여 산행을 하면서 마음을 고치고 있었다.

　나를 정신 차리게 하는 김해화 시인의 시.
한 편 한 편이 박혀온다 가슴에.

🌿 화가와 고양이

　주일날 모처럼 본당에서 가서 몇 년전 성체조배회 임원을 같이 했던 회장님과 점심을 먹고 회계사 주위에서 산행했다. 연한 녹색의 새잎을 단 나무들이 나에게 생명감을 주었다. 그리고 깨꽃이라고 하는 연달래가 피어 봄이 무르익어 있음을 깨달았다.

　내려오는 길에 채석화를 그리시던 분과 2년 전에 사별하신 사모님이 하는 전통찻집에 들러서 차를 마셨다. 뒷쪽 산이 바라다 보이는 베란다에서 차를 마시는데 들고양이가 산에서 내려왔다. 검은 고양이인데 목 주위에는 희었다. 배가 묵직해 보이는 게 새끼를 밴 듯 했다.

작년에 여기 왔을 때 사모님은 이 고양이가 3마리의 아기 고양이를 낳았는데 모두 안 좋은 걸 먹었는지 피흘리며 죽었다고 하셨다. 올해는 그런 일 없이 아기 고양이들이 잘 자라길 바란다고 고양이와 눈이 마주칠 때 이야기해 주었다. 사모님은 정말 이 들고양이를 정성껏 돌보신다. 사모님은 고양이에게 그릇부터 좋은 것에 먹이를 담아서 차반에 받쳐서 갖다 주셨다. 녀석은 잘 먹고 산으로 나있는 계단에 누워 봄볕을 마음껏 쬐면서 한숨을 자는 것이었다.

돌아가신 화백님의 채석화는 주로 갈빛이 났다. 채석화 특유의 부드러움이 동양적인 산수의 전경에 흐르듯 하였다. 부드러우면서도 고요하고 마음의 평화를 주던 화백님의 그림은 순수로 돌아가는 인간의 초연한 경지를 표현하셨다.

저녁에 김작가님, 이시인과 저녁을 먹었다. 가게 이름이 물맑인데 우이천 옆에 자리한 넓은 마당을 가진 식당은 꽃나무들이 가득해서 좋았다. 그리고 임선생님 아뜰리에에 혼자 들러 차를 마시며 이야기하다 들어왔다. 100호짜리 몇 개를 완성해 놓으셨는데 특히 녹색이 들어간 그림에 반했다. 임선생님과 이야기하다 보면 그분의 신작을 보다보면 어느 새 마음이 한결 나아진다. 오늘은 마실을 잘 다녀왔다.

🌱 엄마 언제 와

엄마 언제 와? 이 말은 이 땅의 수많은 아이들이 일하는 엄마에게 물었던 질문입니다.

민족작가연합 임경일 회원님이 보내오신 강미정 시인님의 시를 공유합니다.

자녀에게 부모는 하늘입니다. 그것과 같이 부모에게 자녀는 하늘입니다. 그들의 하늘은 바로 사랑이라는 이름의 빛나는 하늘바다입니다.

시 읽는 아침!

강미정,
1962~
경남 김해 출생.

참 긴 말

일손을 놓고 해 지는 것을 보다가
저녁 어스름과 친한 말이 무엇일까 생각했다
저녁 어스름, 이건 참 긴 말이리
엄마 언제 와? 묻는 말처럼
공복의 배고픔이 느껴지는 말이리
마른 입술이 움푹 꺼져 있는 숟가락을 핥아내는 소리같이
죽을 때까지 절망도 모르는 말이리
이불 속 천길 뜨거운 낭떠러지로 까무러지며 듣는
의자를 받치고 서서 일곱살 붉은 손이
숟가락으로 자그락자그락

움푹한 냄비 속을 젓고 있는 아득한 말이리
잘 있냐? 병 앓고 일어난 어머니가 느린 어조로
안부를 물어오는 깊고 고요한 꽃그늘 같은 말이리
해는 지고 어둑어둑한 밤이 와서
저녁 어스름을 다 꺼뜨리며 데리고 가는
저 멀리 너무 멀리 떨어져 있는 집
괜찮아요, 괜찮아요 화르르 핀 꽃처럼
소리 없이 우는 울음을 가진 말이리
시간이 너무 오래 걸리는 저녁 밥상 앞
자꾸자꾸 자라고 있는 너무 오래 이어지고 있는
엄마 언제 와? 엄마, 엄마라고 불리는 참 긴 이 말
겨울 냇가에서 맨손으로 씻어내는 빨랫감처럼
손이 곱는 말이리 참 아린 말이리

🌿 참새

한 마리 참새가 하늘을 날다
베란다 난간을 들이받고
바닥에 떨어진다
나는 다가가 손에 들고
작은 나무 바구니에 올려놓는다
가느다란 숨이 오르고 내리는 가슴
깜빡깜빡 하는 눈
사월의 바람이 불고

따사로운 볕이 참새에게 내려온다
죽음이 다가오는지
참새는 발가락을 접고 꼼짝하지 않는다
침묵이 바람 되어 불고
침묵이 햇살 되어 내리고
다시 생이 돌아오는지
참새는 부딪친 몸을 내놓는다
바람에
햇살에
아픈 곳을 내어놓지 않으면
참새는 살 길이 없다
아프기에 꼼짝 않고 바닥에 누워있다
무엇을 생각하는가 참새여
너의 단조로운 숨소리에
정오를 지난 태양은 번쩍 빛나고
너는 그저 아픔을 널어놓고
바람에
햇살에
작은 몸을 맡기며 생명이 돌아오길
눈을 깜빡대며 침묵 속에서 기다린다

저 깊은 사월의 하늘 바닥에서
길어올린다 너에게 줄 한 줄기 생명수를
유리창가에서 간절한 기도가 바쳐지고
어디선가 듣고 계신 하느님은
참새에게 숨을 불어넣는다

티없이 맑은 이의 기도가 끝나자
기운 차린 참새는 날아간다

빈 나무 바구니에 이제 참새는 없다
그 대신 한 순간 치열했던 사랑을 찾았다

개복숭아

개복숭아 빨간 꽃송이
주저리주저리 매달린 가지
저렇게도 생이 무거워
가지가 쳐졌는가
아래 흐르는 계곡 물소리가
씻어내고
씻어내고
황량했던 마음에 녹빛 물이 흐른다

어떤 산책

흉상을 만들고파 하는 소설가
천문대를 가고파 하는 조각가
머리 속으로

가슴 속으로
애인에게 복수를 꿈꾸는 시인이
두 사람을 뒤따르며
솔밭공원을 산책한다

세상에서 가장 지독한 복수는
그저 한 방울 물처럼 증발하는 것이다
자취도 없이
연락도 없이

삶에게 억울한 사람은
죽을 때까지 꿈꾸어야 한다
어떻게 잘 사기 당할지를

🌿 나의 둥지 1

그는 몸이 약하다
점심 먹고나면 골아떨어져
일을 할 수 없다
신장이 약하기 때문이라고 한다
그래서 일터를 전전한다

그는 돈이 없다
핸드폰도 끊겨서 걸 수가 없어

내게 걸어달라고 한다

그는 계좌가 있어도 있으나마나다
송금을 해도 압류되어
어디론가 흘러가버린다고 한다

어쩔까
돈은 전해야 하는데
누군가는 말한다
그런 사람을 왜 만나냐고
그 없고 몸이 약한 사람이
혁명을 한다기에 만나야한다고 했다
내가 기차를 타고 가서 전해주던지
택배로 보내든지 해야한다고
누군가는 말한다
그런 사람이 무슨 혁명씩이나 하냐고
나는 소리친다
배가 부른 사람이 누가 혁명하냐고

안중근의사는
굶주림과
무일푼과
연락 끊긴 동지에게 서운했지만
하르빈으로 가는 기차를 탔고
품 속의 권총을 만지작거리며
이토를 본 적 없는 내가

그 놈을 쏠 수 있을까만 생각했다고 한다

🌿 나의 동지 2

세상에 누가 그렇게 뜨거우랴
돈이 없어 컴퓨터도 없이
PC방에서 작업하여 만들어낸 신문
세상에 있을까말까한 신문

그는 아프고 돈이 없지만
그의 손으로 만들어낸 신문엔
그의 피가 묻어있다
고통을 남모르게 숨기면서
어두운 곳에 앉아
노동 뒤의 피로를
이를 악물고 참으면서
단정하게 교열을 하고
알뜰하게 면을 채우고
아침해처럼 붉게 풀어낸 열정
조국해방을 꿈꾸며
자주통일을 앞당기려
반제혁명을 외치며

오늘도 피를 흘린다

몸이 약하고
가난한 그가

 ## 자본주의의 결혼

무엇을 사랑하고 결혼하는가

돈
집
차
일터
외모
성격

원하는 게
상대방에게 있으면
고르고 싶은 물건 사기
택을 뗐다가
다시 붙이고 싶은 사람

🌿 혁명 부부

공작원 남자는 세 번째 잠입에서 잡혔네 더러운 자본가놈이 국정원 프락치 되어 남자를 유인했네 호텔에서 체크아웃하다 잡힌 그는 다시 비행기를 타지 못하고 감옥에 들어갔지 수 년이 지나 출옥한 그는 아무 것도 없었네 살 집도 지닌 돈도 없는 그는 어느 산골에 집을 지었네 어느 여성 동지가 전재산을 들여 터를 사고 집을 지었다네 공작원 남자는 북쪽에 가족이 있네 그들은 부부가 되었네 그 집에는 미나리 꽝과 조그만 연못이 있었네 연못에는 버들치가 놀고 오각형의 집에는 손님방으로 만들어졌네 영원한 동지이자 부부가 된 두 사람, 국정원에서 이들을 감시하네 동지들은 씨씨티브이를 달아서 국정원놈들 감시하네 아무리 국정원에서 감시해도 이들의 마음은 감시 못 하네 가령 공작원 남자가 북에 두고온 아내와 아이들을 그리워 해도 국정원은 모르네 곁에 있는 아내가 질투해도 모르네 혁명하면서 만난 두 동지는 부부가 되어 산 속에서 산다네 새와 나무들이 친구가 되어 산다네 세상에도 없는 부부의 탄생 이야기 그래서 혁명은 좋은 거야 더러운 자본가놈은 어떻게 되었냐고 공작원남자를 현장에서 덮친 국정원놈들은 7900만원 상금과 상을 받아 저희들끼리 파티했지 프락치는 죽 써서 개들 주고 억울해서 지금도 국정원을 상대로 소송 중에 있다는 후문 이렇게도 고소한 야그는 잘 없다우

밑에 사진을 잘 보시면 철제 울타리가 있고 그 옆에 철조망이 있습니다. 울타리 너머에는 민간인 출입이 통제되는 국가 시설인데 그 안에 드문드문 초소도 보이는 국정원과 비슷한 곳이라고 합니다. 우리 동네에 이런 시설이 겹벚꽃 핀 보광사 가는 길 옆에 있답니다. 저 안

에서 무슨 일이 일어나고 있을까요? 저의 호기심을 자극하네요......!

🌿 양수리 두물머리

팔당댐 지나 양수리 두물머리의 봄 풍경. 여기서 오랜만에 3천원짜리 소스 듬뿍 발린 핫도그를 먹고 하염없이 버드나무길을 걸었다. 호수가 된 강물을 바라보며 셋이서 즐거운 일요일 한 때를 보냈다. 거의 3주만에 셋이서 보냈다. 둘은 나의 천진난만함이 낯선 모양이다. 저녁으로 닭갈비에다 막국수, 볶음밥을 먹었는데 아들은 이렇게 먹고 또 배가 나온다. 아니 셋이서 모두. 분명 먹는 것도 많이 못 먹던 시절은 지나갔다.

매사에 조심스럽고 주의 깊은 그에게 나는 천방지축이다. 그러고 보니 그 긴 시간 동안 나는 그의 타박도 답답하다는 소리도 황당해 하는 표정도 많이 봤다. 그러다가 안 되면 "두 모자는 아주 특이해 똑같아" 하고만다. 아들도 어떨 때는 우리랑 맞지 않는 거 아닌가 한다. 술과 친구 좋아하는 그와 술을 멀리 하고 사람들과 어울리고 영성생활 좋아하는 우리들은 그와는 많이 다르다. 최근에 민족작가연합 사무총장 맡은 걸 안 좋아하였다. 그것은 내가 일 때문에 힘들어할까봐 그런다. 나는 우리 단체에서 나온 신문도 주지 않았다. 이걸 보면 결별을 선언하고도 남을 사람이다. 그는 평범한 소시민이고 중산층이고 저쪽은 아닌 노무현 빈소에는 다녀온 사람이다. 한 번도 결혼한 적이 없는 그에게 가족과 술친구는 전부인듯하다. 한 때 열심히 성당 청년회장이었던 그는 3년 사귄 자매와 결별하고 성당을 떠났다고 한다. 기기에는 본인이 그 여자를 책임질 자신이 없어서였다고 했다. 그리고 책임질 짓도 안 했다고 했고 3년을 사귄 걸 아는 성당 청년들은 그를 나쁜 놈이라고 비난했다고 한다. 그 여자를 위해 성당을 나왔다고 한다.

그는 그 여자를 사랑하지 않았다. 사랑한다면 책임 보다 함께 끝까지 갈 생각을 먼저 해볼 것이다. 정신과 신체가 건강한 젊은 두 사람이 살아나가지 못한다면 그들은 사랑의 장애가 있던가, 즉 덜 사랑하던가 이 사회가 잘못되었던가 셋 중 하나이다.

몇 년 후 알게 되었지만 그에게는 마법에 걸려있는 뭐가 있었다. 나는 그에게 마법이 있다는 예감을 가졌고 그게 풀려질 날을 기다렸다. 우연한 기회에 알았고 나는 2년간을 그와 침묵했다. 그 2년 후 만난 그는 이미 처음 내가 만났을 때의 빛을 잃고 있었다. 자포자기한 심정이었다는 흔적을 느낄 수 있었다.
그의 마법은 그에게도 괴로움이고 두려움이며 종생에는 앞이 캄캄해질 것도 감당해야 한다. 그걸 안고 살아가고 이 때까지 견디면서 그가 살아온 것도 쉽지는 않았다. 물론 그는 인간의 실수로 운 나쁘게도 마법이 온 것이다. 어차피 이 세상의 모든 것은 잠시 지니거나 겪거나 하다가 가는 것이다. 다윗왕의 반지에 이 또한 지나가리라라는 문구는 잘 생각해볼 내용이다.

오늘 날씨가 흐리니까 기분이 내려앉는데 이렇게는 안 되겠다. 저녁에 쫄면을 매콤하게 만들어 먹고 기운내자.

두물머리에서

사람아 이제 가을이 되었구나
여기 두 강이 만나
너인듯 나인듯
무늬 없이 고요히 흐르는 물에서
너는 얼마나 많은 추억을 쌓았느냐
삶은 깊어져 물이랑도 잠들었는데
군락을 지어 서 있는 버드나무들
머리를 헹구고
청둥오리 한 쌍 헤엄치는 물가에
두고온 상념을 부려놓는다
두물머리에 오면
빡빡했던 시간들도 허리 띠를 풀고
가팔랐던 사람 사이도
남한강이 북한강을 쓰다듬고
북한강이 남한강을 쓰다듬듯
함께 살을 섞으며
서로의 흠과 모난 곳을 감싸안고
너의 살이 내 살이 되고
나의 살이 네 살이 되어
이승의 육신도 투명한 물이 되어
그저 한강으로 흘러 들어가듯
손잡고 함께 가는구나

🌿 경희대앞에서

아들과 진료 다녀온 날 고대병원을 나와 고대, 경희대, 외대, 외대 앞 옷가게 모두 다니고나니 나의 20대 30대가 그쪽에서 저물었던 기억이 새로웠다. 삼각산 밑 수유리는 나의 40대 50대를 지낸다. 드라큐라성이라 여동생과 불렀던 경희대 대강당앞에서 아들과 사진을 찍어봤다. 이 길을 여동생과 나는 시간날 때 여동생이 산책하고 싶다고 할 때 가끔 걸었다.

이 세 학교는 나와 한 때 인연이 있었다. 고려대 대학원 연구생 시절의 대학원도서관, 경희대 대학원 건물에서 했던 시인 박이도 선생님과의 수업, 외대에서 일문학과 비교문학 했던 석박사 기간. 다 지나버렸다. 가방 끈 길고 20대와 30대를 그곳에서 나는 지내다 늙어버린 것이다. 어느 날 나는 그곳에서 피신하여 수유리의 삼각산 숲 속에 나를 숨겼다. 2009년에 와서 아직까지 산 속이나 숲 속에서 나는 나무들, 풀들, 꽃들, 새들과 어울려서 지낸다. 여기는 수많은 통로의 산길이 있다. 여기를 가도 저기를 가도 삼각산 인수봉이나 만경대로 갈 수 있다. 그 통로가 여기 저기 나있다.

나는 아들에게 막내이모와 살았을 때를 이야기해주었다. 경희대앞 미스 사이공에서 월남 쌀국수를 먹으면서.

🌿 삼각산 연달래(깨꽃)

어제는 성당 단체회장님과 셋이서 우이동 도선사옆 쇠귀골 골짜기를 올랐다. 골짜기 따라 시원한 물소리가 들렸다. 여긴 아직 연달래가 한창이다. 이미 피어서 꽃 진 자리는 흉한 대신 초록색의 열매를 달고 있다. 열매도 없는 꽃은 얼마나 허망한가! 봄꽃이 지고나면 한 해도 저문다. 다시 내년 봄을 기약한다. 하루하루가 정신없이 흘러간다. 임화가님은 그건 좋은 거라고 하셨다. 괴로우면 시간이 더디간다는 것이다. 한 때 시간에 짓눌려 몸과 영혼이 바닥에 가라앉는 적이 있었다.

맑은 물이 마음을 깨끗하게 하고 엷은 초록색의 사랑스러운 새잎을 바라보면서 산행을 마쳤다. 날씨가 후덥지근하였다. 돌아오다가 소나무숲 들어가는 들머리의 주택 앞 정원의 튤립을 찍었다. 그 집 안주인이 부지런히 작은 정원을 가꾸고 있었다.

산에서 내려와서도 우리는 오래 걸어서 집까지 도착했다. 오다가 치킨 두 마리를 튀겨서 둘이서 식탁에서 마주 보며 뜯고는 덥다고 쫄면을 만들어 먹었다. 쫄면에는 적채와 깻잎이 들어가야 맛난다.

🌿 코로나 난감

어제 병원에서 아들이 퇴원하였다. 지난 수요일날 사무실에서 경기를 일으켜 쓰러져서 119에 실려 병원 응급실로 갔다. 코로나로 응급실 출입이 까다롭고 내 몸에 열이 37.1도라 출입이 안되어 아들의 할머니께 다급하여 전화하여 늦은 밤에 응급실로 오시게 하였다. 나는 보호자 대기실에 있으면서 응급실 안에 있는 아들의 동태를 전화상으로 파악하였다. 그러다가 잠깐 집에 들어왔다가 입원 물품 챙겨서 밤중에 나가 보호자 대기실에 있다가 입원환자 보호자로 되어 입원실로 올라갈 때 아들의 할머니는 댁으로 보내드렸다.

노구에 다른 동네 병원까지 찾아와 주신 것이나 아들을 간호하게 해준 병원의 배려에 고마웠다. 물론 열이 좀 있다고 응급실 출입금지 당했을 때는 화가 나고 당황스러웠다. 아들의 동태를 지켜보고 엄마가 곁에 있어야 하는데도 못 들어가게 하니 난감하였다. 겨우 밤 늦게 코로나 검사하여 환자도 보호자도 음성이 나왔다는 결과를 나중에 문자수신하였다. 정밀한 검사도 하였고 약을 처방 받고 1주일 후 내원이라면서 퇴원을 할 수가 있었다.

힘든 고비를 또 한 번 넘었다. 휴우......

🌱 작은 꽃 조현옥 시인

그저께 대전에서 중앙위원 회의를 하고 난 후 김시인님이 운영하는 네팔문화 센터에서 민족작가연합 문우들과 함께 지냈다. 시인님과 사모님께서 만들어 주신 낭과 카레, 스파게티 비슷한 요리, 네팔 맥주 한 모금 마시니 나의 고통도 잊어져 갔다.

광주전남 지부장이신 조시인께서 90년대 초반에 안기부에 조사 출두 가셨다가 놈들의 고문에 갈비뼈가 부러져 심장이 찔렸던, 공권력이 자행한 폭력의 역사, 청소년기 미군부대에 오빠를 면회 갔다가 느꼈던 미군에 대한 기억 등을 이야기 해주었다. 얼굴도 연소한 소녀 같은 분이 그런 끔찍한 일을 겪으셨다는 게 가슴 아팠다. 지금도 죽기를 각오하고 쓰시는 시들이 한 편 한 편 감동이시다.

🌿 황사 속으로 길 가다

오늘도 황사가 심한 가운데 이음 ktx는 안동까지 2시간에 주파한다.
구 무궁화인 누리로는 안동까지 3시간이면 간다. 옛날에는 비둘기호라는 각역 정차 기차가 있었는데 제일 저렴하고 제일 시간이 오래 걸렸다. 청량리에서 안동까지 6시간 걸렸다. 이 열차를 딱 두 번 정도 탄 기억이 있다. 승차시간이 길어서 엉덩이가 배길 정도였다. 그리고 무궁화와 새마을이 있었다. 비둘기만큼 기차여행의 매력은 없다. 각역을 정차하다 보니 시골 농부들이나 장에 가는 분들도 많이 타곤했다.

이음 ktx는 작년 9월경에 개통했고 2시간에 주파하지만 경부선 ktx보다 훨씬 낫다.
이번에 처음 타보는데 봄안개가 낀 것인지 주위 산이 뿌옇다.

원고 쓰다가 잠시 접어두고 고향가는 날, 기분이 좋다. 역으로 나올 때 택시를 탔는데 정치권의 쓰레기를 치워야 한다고 속시원히 얘기하시는 기사 아저씨의 입담도 좋았다.

🌿 어머니를 씻기면서

어머니 목욕을 시켜 드리고 이불 빨래 널고 집청소 하고 아점을 먹고 상경한다. 남동생이 우리 모자를 신안동역까지 태워주었다. 나는 바란다. 내가 건강이 좋아서 이것저것 할 수 있기를······

어머니는 깡마른 몸을 씻어드릴 때 나에게 물으셨다. 당신이 불쌍하지 않느냐고, 나는 아니라고 했다. 어머니는 올해 86세이고 손자까지 보았잖느냐고 했다.

어머니가 덮는 이불은 손자의 엄마가 시집 올 때 해온 정성 이불이어서 근사하다. 어젯밤에는 이걸 엄마랑 같이 덮고자고, 물론 그동안 엄마가 덮고잤지만, 오늘 아침에 빨아서 마당에 있는 빨랫줄에다 널어놓고 왔다.

바람이 세차게 부는 오월, 어머니의 가슴에 카네이션 생화를 꽂아드리고 동생네는 카네이션 꽃화분을 가지고 왔다. 개울가에 가서 겨우 가져온 미나리로 부침개를 만들어 드리고 남동생은 달기 약물을 떠다가 녹두와 찹쌀, 한방약재를 넣고 닭백숙을 끓여주었다. 우리 모자는 잘 얻어먹었다.

🌿 충효

　나는 부모와 나라에 효도와 충성을 하라는 것은 싫어한다. 시키는 것은 싫고 마음에서 우러나오는 때만 하는 게 좋겠다. 나는 기본적으로 자유주의자여서 내 의지의 자유가 시킬 때 그렇게 할 생각이다. 나이가 들고 내 몸도 예전 같지 않아서 나는 늘 이 경계에서 머뭇거린다.

그래도 내가 부모를 위해서 일했던 때가 좋았다. 그 때는 건강했고 부모는 나에게 하늘이었던 때다. 내가 어릴 때 그래도 나는 부모를 기쁘게 해드리고 싶은 마음이 많았던 소녀였다. 누군가를 기쁘게 해준다는 것은 분명히 유쾌하고 기분 좋은 일이며 나의 자유가 승리하는 때이다.

　언젠가 떡호박을 키워 그것을 수확할 때 우리 부모가 남동생을 잃고 처음으로 얼굴에 웃으신 일이 오래도록 기억에 남는다. 9남매를 낳으신 어머니의 가슴은 껍질만 남았지만 지독하게도 먹었을 자식들의 본능적 식욕은 어머니의 기억에 오래 매달려 털렁털렁할 것이다. 젖이 꽉 차서 탱탱하던 젊은 어머니의 가슴을 나는 떠올린다. 별 볼일 없이 나도 너도 우리도 한 평범한 여인의 젖을 먹고 자란 젖먹이였다.

🌿 내가 인간이 되고 싶었을 때

　가장 불쌍한 것은 어릴 때나 젊어서 죽는 것이다. 이게 내 생각이다. 고로 우리 어머니는 불쌍하지 않다. 어머니와 나의 생각은 다를 때가 많다. 그게 어머니답고 나다운 부분이다.

그래도 내가 한 때 어머니가 편찮으셨을 때 늘 동네친구들이랑 놀 궁리만 하던 내가 어머니 병구완을 하면서 책을 펴고 있었던 제대로 철들었던 순간을 기억한다. 그러나 사람이 늘 이렇게만 지낼 수는 없다는 것까지도 나는 안다.

한 때 들일을 하시는 아버지 대신에 매일 쇠죽을 열심히 저녁이면 끓였을 때가 있었다. 그때도 내가 인간이 되어 교과서를 펴들고 아궁이 앞에서 읽고 또 읽었다.

나는 지금도 그런 순수함과 제대로 인간된 마음으로 살아보고 싶은 것이다. 그러나 그렇게 되기에는 쉽지가 않다는 것이 내가 여러가지 복잡해졌다는 증거다.

🌿 민물메기

생각하면 나는 부모님 때문에 눈물 흘리는 적이 많았던 것 같다. 그러고 보면 나는 우리 부모를 사랑했다고 생각한다. 부모가 아팠을 때 나는 많이 울었다. 어떻게 보면 효녀라기 보다는 내가 살기 위해 부모가 일찍 돌아가실까봐 두려웠다.

민물메기를 많이 잡아서 수대에 담아 아버지께 드렸을 때 나는 참 행복했다. 어린 내 손으로 미끈하고 꽤나 굵직한 민물메기를 잡는다는 것은 힘들고 두려웠지만 나는 아버지를 위해 이를 악물고 잡았던 기억이 난다. 원래 겁이 많은 나지만 부모 생각에 나약함을 극복하고 잡아다 드리니 나는 어느 순간 소년같은 소녀가 되어 있었다.

나는 앞으로도 죽는 그 순간까지 뭔가 멋진 걸 위해서 이런 용기를 또 한번 낼 수 있기를 늘 생각한다. 내 가족에게만이 아니라 이웃들에게까지도……

나는 그런 용기를 내고싶다. 나의 나약함과 병도 이기고 멋진 일을 위해서 용기 내서 돌진하는 그런 한 때를 갖고싶다.

🌿 길

길은 어디로 나있는가
기차가 아카시꽃 핀 숲을 지나
터널로 들어갈 때 눈을 감는다
한참을 달릴 때
속이 속이 아닌 어둠이 차창을 때릴 때도
끝이 보이지 않을 듯한 심연에서도
숨을 쉬고 있었다
인간의 엔진이 부수는 태양 아래
기차는 제 몸을 던진다

🌿 목단

어쩌자고 당신은 오시나이까
언젠가 먼 길 떠났던 날들의 기억을
하나둘 지우고 그 길에는
아무도 발자국 남기지 않은 채

어쩌자고 당신은 오시나이까
아직도 내 마음에는 당신의 자리를
비워두지도 못하고 무수한 날들이 흘러
메마른 나무가지엔 무시로 빈 바람만 걸린 채

어쩌자고 당신은 오시나이까
빈 집에서 옮겨온 한 그루 목단나무 가지에
밤새워 나리는 당신은 듣고 있나요
이십여년 피고진 저 꽃의 역사가
오늘은 하나둘 만발하는 소리를

🌿 미나리

청송에서 떠나기 40분전, 엄마와 나는 미나리전을 먹었다. 어제 저녁에 내가 부친 것을 저녁상에서 좀 먹고 놔두었는데 아침 겸 점심을 먹은 후 어머니와 먹었다. 어머니는 미나리 향기를 좋아하셔서 봄이면 미나리전을 굽곤하셨다. 나는 어머니에게 배워서 청소년기부터 전을 부칠 줄 알았다. 봄이면 개울가에 지천으로 나있던 미나리를 돌려서 미나리 생채, 미나리전, 미나리를 삶아 무쳐서 속을 넣은 김밥, 미나리 숙채를 하거나 미나리를 넣은 물김치를 만들곤했다. 다 미나리가 지천이었던 시절의 이야기다.

🌿 바위

오늘 이른 아침 산행에서 드디어 바위의 본모습을 보았다. 바위에 난 식물들의 모습. 바위가 이렇게나 매력적일줄이야...... 바위가 식물들까지 등에다 살리는 걸 보니 기특구나 생각하였다.

무념무상의 길고 긴 세월 속에서 저 바위는 드디어 자기를 내어주고 열었구나. 그와 동시에 이제 바위야 너는 변화하여 한 알의 모래가 되기 시작했구나. 얼마나 많은 초목들이 너의 등에다 뿌리를 내리고 스며드는 빗물을 품었다가 모진 생명 이울지 않고 이어가도록 바위야 너는 얼마나 네 몸을 부수어 바쳤겠느냐. 하아 깜깜한 세월이구나!

🌿 베란다

옥외 베란다에 지난 해 묵은 화분을 모두 다시 손 보고 상추 3포기, 방울 토마토 2포기, 다육이 두 녀석, 엽채소 2포기, 꽃 4포기를 심었다. 아들이 도와줘서 빨리 끝낼 수 있었다. 아들은 식물을 제법 잘 심었다. 어디서 배웠는지 꼭꼭 눌러주는 것도 잊지 않았다.

이 중에 달개비도 먼저 싹이 나 청자화분에서 지내고 있기에 뽑지 않고 두 포기 그대로 살게 해 두었다. 머리 하러 간 미용실네한테서 다육이 동생들을 몇 녀석 데리고 와서 조그맣게 심었다. 내일 아침 달라진 베란다 풍경을 보고 우리 집에 늘 오는 찌르레기는 어떤 생각이 들까!?

🌿 염색

머리 염색하러 갔더니 6개월만에 온 것 같다고 하였다. 그래서 길어진 바람에 5만원 받겠단다..... 달게 줬다. 대신 다육이 동생들을 얻어왔다.

미용실에는 들어가자 등을 돌리고 앉아 미용실네 아저씨가 점심 잡수고 계셨고 강아지가 왕왕 짖었다. 내가 낯선 까닭이다. 두 할머니가 한 분씩 들어왔을 때는 잠잠했다. 이 집에는 젊은 여자가 오면 강아지가 짖나!?

두 할머니와 미용실네는 친하다. 강원도 바다 근처 어디가 고향인 미용실네는 키가 커서 세발할 때 허리가 아프단다. 미용실네는 머리가 곱슬이라 염색도 파마도 안 해도 흰 머리가 보여도 멋있었다. 다육이랑 강아지랑 사는 미용실네. 아저씨는 택시기사. 오늘 휴일이라 집에 계셨던 거란다. 부엌 한 쪽에 머리 감는 세발대가 있었다. 그리고 세탁기도 있고. 미용실이 곧 이 집 거실인 셈이다. 세상에 이런 미용실은 난생 처음이지만 두 번째로 갔다.

20대 후반 때 멋내느라 여동생과 이대앞에 있는 은하미용실에 가니 머리 자르는데 1만 5천원이었다. 파마는 3만원에서 5만원 사이였다. 그게 90년대 후반쯤이었다. 멋쟁이 여동생 덕분에 그런 미용실도 가보고 옷이나 신발, 가방도 꽤나 괜찮은 거를 사들였다. 나는 강사생활 해서 번 돈으로 집세나 생활비, 책값 그 외는 이렇게 썼다. 우리는 그 때만 해도 메이커 없으면 안 입었다. 여동생은 눈이 높아서 시장 물건이나 싸구려는 쳐다 보지도 않았다.

나중에 여동생이 시집 가서 살림이 빠듯했을 때, "언니 그 때 언니 덕분에 화장품, 옷, 구두, 가방 이런 거 시골애가 좋은 거 걸치고 다녔었어"라고 했다. 나는 그 때도 강사료의 일정 부분을 여동생의 작은 사치를 위해서 기꺼이 쓰곤 했다. 언니는 그저 동생을 이쁘게 입히고 신기고 들게 하고 싶었던 거다. 그게 내 마음이었던 것 같다. 키가 크고 한 얼굴 하는 여동생이 그렇게 하고 나가니 나는 기분이 좋았다. 편입 준비할 때 학원 안 다니고 혼자 외대 도서관에서 열심히 공부해서 서울에 꽤 괜찮은 여대에 들어가준 동생이 기특하기만 했다 그 때는. 언니가 능력이 없어 학원도 못 보내주니 어쩌냐 했을 때 거기 돈 갖다 주지 말고 거기 정보를 알아내서 혼자 해도 된다고 했던 게 내 막내 여동생이었다. 학원에 돈 갖다 주지 말자고 한 것은 나의 여동생이나 나의 아들이나 둘 다 똑같다.

지금은 유명한 미용실에 찾아다니지 않는다. 귀찮아진 거다. 머리 하기 위해 좋은 데 찾아다니는 것도 그렇고 그런 데는 너무 비씨다.

동네 미용실 추헤어네도 만만치 않다. 염색 5만원이면...... 머리 염색 않고 검고 길게 기르니 강해 보이고 어두워 보여서 싫었다.

부드러워 보이고 밝은 게 좋다.

🌱 반추

어제 어머니집에서 아침상 마주 하며 아들이 식사 전 기도를 바치면서 외할머니를 위해 기도 드릴 때 "지나온 삶을 잘 되돌아보는 시간 갖게 해주세요"라고 하였다. 참 의젓한 기도였다고 생각한다.

지나온 삶을 잘 되돌아 보는 것, 뒤돌아 보는 것,
노년은 추억을 먹고 산다고 하지 않는가!

참으로 마음에 드는 아들 됐다싶다. 건강만 해다오. 이게 내 바램이다.

🌱 우이캠핑장

아들은 아직 걱정이나 강원도로 촬영 가고 나는 샘터문학 시상식에 간다. 둘 다 토요일 일 하러 가는 셈이다. 한낮이 되니 덥고 오전에 원고 쓰면서 아들 두 끼 밥 해 주고 의상 코디와 준비해주고 나니 진이 빠져 택시로 간다. 내 차가 없고 면허증도 없어서……

아들은 아프고 난 뒤라 집합지인 여의도역까지 택시를 타고 가게
했다. 의상 가방도 있고 마스크 쓰니 지하철 구내에서는 답답하다고
해서 편하게 가라고 했다. 우리 모자는 둘 다 신체가 부실하여 힘들게
는 다닐 수도 없다. 그리고 단상에 올라야 해서 빼딱구두 신어서 그렇
다.

어제 임선생님 생일이라 케익과 와인으로 축하해 드렸다. 함께 간
조각가님이 고기 잔뜩 가져와 배불리 먹고 우이캠핑장에서 텐트 치고
쉬었다가 밤 9시 넘어서 나왔다. 잘 먹고난 후 소화제 먹었다.

조각가님은 내가 부르주아 취향이라고 혁명은 어렵지 않겠느냐고
하셨다.

미제를 몰아내는 데는 폭탄 들고 미군 부대에 돌진하는 수밖에 없
다. 문제는 내게 그런 용기가 없다는 데 있다.

🌿 냉장고

비 오는 날 김작가님 댁에서 치킨 사가서 혼자 다 뜯어먹으며 선생
님의 이야기를 듣고난 뒤 같이 나와서 안작가님과 박작가님 만나서
비를 안주 삼아 이야기 하고 저녁 먹고 들어오니 하루가 다 지나갔다.

성당 자매님이 김치 담궜다고 싸들고 와서 주셨다. 나도 그분 댁 세 자매가 좋아하는 나의 오이피클과 약대추를 드렸다. 나눠먹고 주고받다 보니 음식이 엄청 냉장고에 쟁여진다.

나누니 더욱 풍성해져 가는 우리집 냉장고!
나를 닮아서 풍만하다!

미국

미국의 식민지 대한민국,
여기로부터 벗어나지 않으면 안 된다.
전민항전이다. 항미전선을 넓혀야 한다.

트럼프한테 갔더니 300조 무기구매 요구 받고
이번에 미국 재벌놈들한테
이재용 사면 요청 받다니
이놈들이 마구 간섭하고 협박하는군.

주한미군

젖먹이 달린 부녀자 두 명을 기차 간에서 강간하고 소년을 짐박스에 콜타르 뿌려 짐짝처럼 의정부에 보내고 윌슨 상사와 짜고 미군 보급품 빼내는 괴한 일당 조작.

윤금희 사건, 미순이효순이 사건, 두 쌍의 부부를 죽게 한 노 콤보이 사건 등등 미군 범죄, 한국전쟁 때 북녘 하늘에 B-29기 띄워 초토화한 놈들. 피카소 그림 '한국에서의 학살'(1951)에 나오는 신천 대학살, 영동 노근리학살 사건, 미군의 한반도 민중에 대한 제노사이드는 이루 말할 수 없을 정도로 많다. 이러고도 미국놈들은 전국에다 여러 군데 캠프 차려놓고 우리 땅에다 구멍을 내고 있는 것이다.

오후 3시

오후 3시가 되면 즐겁다. 여우는 내게 말했지. 그가 오는 발자국 소리로도 나는 기분이 들뜬다고...... 연애엔 바보인 어린 왕자는 여우에게 길들여지는 법, 길들이는 법을 배운다.

즐거운 금요일이다.

어제에 이어 오늘도 비가 내렸고 어제 오늘 오전에 내리는 빗줄기를 바라보았다. 멀리 산에서 함성을 지르는 나뭇잎들을 바라보았다. 말갛게 씻긴 꽃들과 풀들 그리고 나무들, 하늘은 엷은 흰 구름 사이로 언뜻언뜻 푸른 얼굴을 드러낸다. 아직은 숨어있는 태양의 빛은 하얀 연막에 가린다. 비 온 후 차갑게 느껴지는 바람과 대기에 불이 일어나는 가슴과 머리를 내놓는다.

저녁 모임을 만찬과 다과를 기대하고 가까이서, 멀리서 오는 이들은 지금 나의 마음과 같을까? 멀리서도 그들의 발소리가 사부직 사부작 들리는 듯한 금요일 하오 3시. 꿈같다. 죽음이 퍼져있던 나의 의식을 깨운다. 나는 서서히 죽음의 막을 걷어낸다. 죽음을 밀어낸 자리에 늘 오는 찌르레기와 화분 속 꽃들이 웃는다.

🌿 송고 후

주일에 모처럼 수유 1동 성당을 가니 신부님께서 오늘 삼위일체대축일이라신다. 그러고 보니 초가 제대 양쪽으로 3개씩 6개가 놓였다. 감사했다. 보잘 것 없는 인간을 천상잔치에 불러주시다니.

서분숙 시인, 문해청 시인의 원고를 거의 1달 곁에 두면서 겨우 평설을 다 써서 송고하고 나니 위장이 다 상하여 음식도 제대로 못 먹고 있는 중이었다. 오늘 미사 마치고 배가 고파 본죽집 두 군데를 찾아 찾아 갔으나 정기휴일이어서 월남쌈집에서 월남쌈과 쌀국수를 천천히 먹고 들어오는 길에 바나나, 키위, 망고, 샐러리, 브로콜리, 양상추, 비트 등 과일과 야채를 사가지고 들어왔다.

여행 가려고 옷가방 5천원 주고 하나 사고 매니큐어 2개 2천원에 사왔다.

🌿 은별이

오늘 우이동 명상의 집에 아들, 성당자매와 다녀왔다. 셋이서 수유역 근처 베트남음식점에서 점심을 먹고 자매의 애견 은별이를 데리고 택시로 갔다. 은별이를 데리고 버스를 탈 수는 없기에. 나는 모처럼 성당자매의 은별이를 데리고 다니는 애견 엄마가 되었다.

우리는 은별이를 수도원 마당에 산책시키고 성체조배도 하고 주위 풍경도 구경했다. 산 속에 있어서 녹음이 짙고 계곡물이 흐르는 소리가 정겨웠다. 전시관에는 여러 가지 성상이 조각되어 있었다. 거기에서 머리를 식히고 걸어서 차 타는 데까지 내려왔다. 오늘은 하루종일 독서도 않고 집에 오전에만 머물다가 오후 내내 바깥에 있다오니까 좋다. 산 속 풍경이 너무 좋고 공기가 좋아서 건강해지는 느낌이 난다. 내일은 출판사 편집부 아가씨가 서명 받으러 온다고 한다. 꼭 와서 받아야 한다고 했다.

집에 와보니 보험회사 소장님한테서 선물이 한 박스 배달 되어 왔다. 주방세제, 신라면, 히말라야소금, 치약, 미역, 내가 필요한 걸 보내셨다. 고마우신 분, 복 많이 받으시고 꼭 편찮으신데도 완쾌 되시길 빈다.

🌿 박흥순 화백

정말 오랜만에 박흥순 화백님을 만났다. 40대 초반 내가 아들을 데리고 수유리로 피신했을 무렵에 박시인님의 소개로 처음에 그분의 작업실에 같이 갔었다. 화백님의 소개로 황재형 화백과 손장섭화백의 그림 화집을 봤다. 대단한 그림이었다. 태백이나 철암 등 탄광촌의 풍경을 리얼리즘 화법으로 대작을 그리신 황화백님의 그림은 인상이 깊었고 손화백님은 조선화가의 그림을 보는 듯 했다.

박화백님의 그림도 구경 하고 그간의 이야기도 나누고 같이 샤브요리로 저녁을 먹었다. 화백님이 사주셔서 잔뜩 먹고 들어오니 낮동안 원고 때문에 생긴 피로가 가셨다.

오늘 오전에 산행에서 찍은 싸리사촌꽃이다. 무슨 이름인지 정확히 모르지만 자색의 이쁜 꽃이었다.

🌿 금요일의 전화

세상에 아프지 않았던 사람, 아프지 않은 사람이 있었을까?!

자폐아를 아들로 둔 어느 분이 술이 취한 채 전화가 왔다. 나는 아들과 금요일 저녁을 아들이 좋아하는 떡볶기에 쫄면 사리, 오뎅, 양배추, 파, 깻잎을 넣고 얼마 전 큰 언니가 직접 담가 준 고추장을 풀어서 맛있게 만들어서 먹고 있는 중이었다.

그 분은 내가 아들로 인해서 힘들거라고 한다.
힘들기도 하지만 나는 기쁨도 많이 누리고 있다.
다만 건강하게 살아줬으면 할 뿐이다. 그 외에는 바라는 게 없다.

나의 아들은 이제까지 자신의 입장에서 최선을 다해서 살아왔다. 그러고도 더 뭔가를 해보려고 할 뿐이고 하려다가 힘들어 쓰러진 것이다. 그러니 어미 마음을 안다면 더는 하지 말면 좋겠다. 대학도 가려고하지 말고 연기도 하지 말면 좋겠다싶다. 나중에 나랑 같이 뭔가 할 수 있는 일 정도로 하면 좋겠다싶다.

그 술꾼 서울대 출신 시민운동가에게 지금 선생님이 해야할 일은 아드님 잘 돌보는 것과 ids 사기꾼놈 박왕렬을 피해 호텔, 모텔 전전하며 피신살이하는 이○○ 후배를 돌봐주는 거라고 정곡을 찔러 말했더니 그 술꾼은 술에서 깨어나 정신이 드는지 말짱한 소리로 "교수님께서 정곡을 찌르는 소리했군요"하면서 서둘러서 전화를 끊는 것이었다.

금요일 저녁 식탁에 전화로 함께 한 술꾼은 그렇게 우리 모자의 식탁에서 떨어져 나갔다 ㅎㅎ.

🌿 술주정뱅이

　술꾼들이 많다. 심지어 술주정뱅이도.
도스토예프스키의 〈죄와 벌〉의 여주인공 소냐의 아버지 마르멜란도프는 술주정뱅이다. 심지어 밤새도록 술 퍼마시고 날밤 까고 새벽에 들어오다가 소냐를 길에서 만나 몸을 팔고 번 돈을 받아 술 마시러 간다. 소냐는 그런 아버지를 증오하지 않는다. 있는 그대로의 아버지를 받아들인다.

　아버지는 소냐의 생모가 죽고 어느 정도 가문이 있는 여자를 마누라로 들인다. 곤궁한 가족을 위해 소냐는 밤거리를 나간다. 돈을 벌 줄도 모르고 친정에서 돈을 가져올 줄도 모르고 소냐를 구박하는 계모는 소냐가 거리로 나가는 것에 대해 약간의 독려를 한다.
처음 그런 일을 겪고 온 소냐가 침대에서 눈물을 흘리며 울 때 계모도 소냐의 어깨를 두드리며 눈물을 흘린다. 이복동생과 아픈 자신의 동생, 계모, 해고된 술주정뱅이 하급관리인 아버지, 소냐는 이 가난하고 절망적이며 병든 가족이 얼마나 짐스러웠겠는가. 그러나 그녀는 거기에 불만하기 보다 자신을 희생하여 가족을 먹인다. 소냐의 아버지는 결국 마차에 깔려 죽음을 당한다.

　나의 아들은 술을 입에 대지 않는다. 그런데도 가끔 술주정뱅이 흉내 내는 걸 즐겨한다.

　그는 술을 즐긴다. 집에서도 바깥에서도 마신다. 내가 보기엔 거의 중독이다. 술, 여자, 도박, 게임, 약, 단 중독에 빠져 헤어나지 못하는 사람들이 있다.

중독도 사회 탓이다. 대한민국은 중독된 나라다. 잘못된 교육과 잘 못된 가치관, 잘못된 목표가 인간을 좀 먹는 사회다.

🌿 비치 원피스

코로나로 민생이 말이 아니다. 여름에도 해수욕장에서 수영도 못 하게 하므로 놀러가는 사람도 많이 없어 울상이다. 광장시장 구제점 에도 예쁜 옷을 걸어놔도 누가 사가랴...... 오성상가에 큰언니가 자주 가는 단골가게 사장님은 나에게 여우털을 5천원에 준다고 사란다. 나 는 여우 모양이 거슬려 안 산다고 하자 3천원 해줄테니 사라고 사정 해서 할 수 없이 샀다. 겨울에 따뜻해서 사장님이 떠오르면 기도해 달 란다. 잘 안 팔릴 것 같은 옷은 선교지에 보낸다고 큰 비닐봉지에 넣 으면서 그 중에 입을 만한 게 있으면 공짜로 가져가라 한다. 치마, 블 라우스, 가디건, 남방, 하프 원피스, 볼레로 스타일 자켓 등을 얻어왔 다.

아래 사진은 나의 오랜 단골가게 레알 언니네 집에 걸어둔 옷들이 다. 해변에서나 입을 법한 끈 달린 롱 비치원피스가 여름 바다로 부르 지만 손님이 많이 없고 코로나로 경기가 좋지 않다. 나는 가운데 사진 의 노랑 바탕 비치원피스를 샀다. 올해는 여름에 바다에 가고싶다.

바다는 나나. 나는 바나를 마음에 품는다. 태초 창세의 바다. 김은

물 위에 하느님의 영이 감돌고 어둠이 내려있었던 바다. 땅도 하늘도 각각 꼴을 갖추기 전에 커다란 원형의 궁창인 채 그대로 우주였던 바다. 그걸 생각하면 현실의 어려움도, 두려움도, 공포도, 고독함도, 무상함도, 병고도, 미래에 대한 불안이나 권태로움, 답답함도 사라져간다. 바다의 생명력을 내 안에서 키운다.

🌿 여행길에서

어머니는 우리 모자가 내려가는 걸 모르신다. 오늘은 햇살도 좋고 바람이 불어서 더욱 좋다. 바람은 항상 사람을 신나게 하기 때문이다. 어머니가 우리가 가서 신났으면 좋겠다. 안동에 1시경에 도착하였다. 진보행 버스를 타고 들어간다. 아들은 신안동역 바로 옆에 있는 버스 터미널에서 1시 40분 버스를 기다리며 롯데리아에서 햄버거 하나에다 감자튀김을 먹었다. 엄마에게 들어가는 중이라고 전화 드려야겠다.

도스토예프스키의 소설 〈죄와 벌〉에서 라주미힌과 라스콜리니코프는 친구다. 지식인으로 분류되던 대학생 룸펜들이다. 이 룸펜들은 좀 엉터리였다. 생산적인 룸펜 되기는 가능할까?

라스콜리니코프는 노파와 그녀의 여동생 리자베타를 살해하고도 죄의식을 갖지 않았다. 거사를 한 걸로 생각했다. 그러나 소냐가 신약성서의 한 대목인 죽은 나자로의 부활을 읽어주었을 때부터 그는 흔들리기 시작한다. 소냐의 사랑은 마음의 등불인 눈빛을 통해 순수함과 영원성으로 빛나고 라스콜리니코프의 완고한 마음에 균열을 낸다.

🌿 눈빛

나는 가끔 상상한다. 갈릴래아 호수 가에서 가난한 어부로 살면서 처자식과 장모를 거느린 베드로가 어떻게 젊은 예수의 눈빛에 홀려서 고향과 가족을 떠나 그를 따르겠다고 했는지, 그분의 어떤 눈빛에서 일까? 나도 그런 눈빛을 지닌 사람을 만난다면 다 버리고 떠날 수 있 겠는가고 자신에게 묻곤 한다.

엘리야가 길을 가다가 겨릿소를 몰고 밭을 가는 엘리사에게 겉옷을 벗어서 걸쳐주니 그가 작별인사를 하고 같이 떠날테니 잠시만 기다 려 달라고 한다. 엘리야는 '내가 뭘 했다고 그러느냐' 하고 반문한다. 가끔 이런 광풍과 같은 열정이 저 깊은 곳에서 뚫고 올라와 큰 걸음을 할 수 있기를 바란다.

언젠가 대선 캠프에서 안 사람인데 지방에서 올라온 남자가 있었 다. 그 분은 키가 작았지만 인품과 외모에 귀태가 흐르는 분이었다. 올라올 때 부인이 랜드로바 두 켤레를 사주면서 이거 다 떨어지도록 일하면서 뛰어다니다가 떨어지면 다시 돌아오라고 하더라는 것이 다. 사람의 마음에 그런 불꽃이 활활 타오르게 하는 무엇을 누구나 그 리워한다. 그게 인간을 살아있게 하기 때문에.

🌿 어머니와 왕버들

신안동역 오후 3시 6분 출발, 누리로 열차로 서울 간다. 짧은 기간을 어머니와 보내고 온다. 한 일주일을 편안히 시골집에서 보낼 수 있었으면 좋겠다. 어머니한테 삼시세끼 해드리면 좋을텐데 말이다. 칠월에도 내려올 생각이다.

어머니는 창가 의자에 앉아 퇴근하고 돌아오는 아들을 기다린다. 어머니는 천연기념물 왕버들처럼 고요하게 하루 종일 혼자서 지낸다. 티브이를 보면서 지낸다. 가끔 이웃에 놀러 가기도 하신다.

아들과 딸들을 기다리시는 어머니의 노년은 늙은 왕버들의 시간 같다. 이 왕버들은 늙은 왕버들에서 나온 새 줄기들이 현재의 나무가 되었다. 수령 600년이 넘는 이 왕버들의 원래 나무는 늙어서 벌레 먹고 썩고 병들어 가지가 삭아서 떨어져 내렸다. 큰 몸통이 병들고 벌레 먹었다. 그러나 그 몸통에서 나온 새 잎에서 줄기가 나오고 가지가 나와 현재와 같은 나무가 되었다. 우리 형제들은 어머니의 몸에서 나와서 새 몸이 되었다. 이 새 왕버들처럼. 어머니의 늙고 구부러지고 뼈만 남은 몸을 씻어주면서 거기서 나온 우리 형제들의 젊은 몸을 생각하는데 어머니는 앙상한 손으로 나의 팔을 만지셨다.

원래 이 왕버들의 어미 옆에는 가지가 옆으로 길다랗게 뻗은 소나무가 있었다. 오월 단오 무렵에는 그 길다랗고 우람하게 뻗은 가지에다 굵게 꼰 새끼줄로 그네를 매고 뛰곤 했다. 동네 처녀들과 총각들, 소년 소녀들이 그걸 타려고 작은 줄을 서곤 했다. 내가 초등학교 들어

가기 전후의 기억이다.

🌿 몸과 말하는 여자, 미류 이미숙 표현예술심리상담사님

어제는 미류 이미숙 문학박사님과 11년만의 해후를 했습니다. 선생님은 한국외대 대학원에서 저와 함께 박사공동연구실을 쓴 인연으로 알게 되어 학위 취득 후 행동표현치료사로서의 길을 걸어오셨습니다. 그걸 공부하기 위해 미국에 다시 유학을 가셨고 이 첨단적인 치유 프로그램을 만들기 위해 열심히 달려오신 분입니다. 선생님 자신의 치유와 함께 고통 속의 여성들을 치유하는 춤, 꿈 표현예술상담사가 되신 것입니다.

아름다운 미류 선생님의 인품과 그 길을 가신 선생님의 용기에 박수를 보냅니다. 허먼 멜빌의 『백경』 연구로 문학박사를 취득하셨고 멜빌 작품에서 페미니즘적 시각으로 연구하신 것이 결국에는 여성들의 고통을 춤표현을 통해 치유 프로그램으로 이어지게 하신 것이지요.

어제 어린이대공원에서 하지 축제 즐겼습니다. 모든 아픔이 사라지고 생기를 얻었습니다. 그동안 무리한 건지 축제에 참석하려고 힘든 몸을 일으켜 수유역까지 나갔으나 속이 느글거리고 머리는 아프고 어지러우며 호흡이 답답하여 미류 선생님께 못가겠다고 했더니 택시를 타고라도 오라고 하셨다. 정말 이를 악물고 참고 그냥 진칠 타고가는

데 답답증이 왔지만 하지축제 카톡을 여니 축제를 위한 기도문을 읽고 참석자의 신상을 보니 모두들 아픔을 치유하기 위해 춤 표현 치유예술을 하려고 참석한다고 밝혀놓은 것.

아픔의 연대 속에 답답증은 밀려가고 무사히 어린이대공원역 도착. 먼저 온 두 분과 지정 장소를 가는데 어린 왕자가 우리를 맞이하였다.

모두들 인사하고 프로그램에 따라 진행하였는데 생명의 중심인, 꽃으로 꾸민 빈두 안에 앉아 포즈를 취하고 사진 촬영, 꽃으로 왕관 만들기, 풀밭에서 왕관 쓰고 얇은 천을 들고 연출하며 춤추고, 개인사진 및 단체사진 촬영, 각자 가져온 간식 둘러앉아 먹으며 한담, 어머니의 자궁을 상징하는 푸른 천 안에 들어가서 춤추고, 얇은 색깔 천을 골라 각자 자유롭게 풀밭에서 왕관을 쓰고 춤추다가 함께 천을 잡고 연대하면서 원무를 추고 각자 하고싶은 것을 말하고 뛰어나가기 등. 너무 즐겁게 치유받는 하루였다.

몸으로 대지와 태양의 생명을 느끼도록 이끌어 주신 나우 선생님과 미류 선생님 정말 감사합니다. 이번의 아픔도 이렇게 지나갑니다.

🌿 문장

비 온 뒤 여름밤 하늘에 드러누운 구름을 본다.
높고도 웅장하다. 시집을 보다가 머리가 아파서 베란다를 거닐었다.
라면 냄새가 윗층에서 내려와 식욕을 돋구지만 이 유혹을 뿌리친다.
라면은 평소에 거의 안 먹는데 야밤에 먹는다는 것은 절대 안됨!

시의 미는 어디에서 오는가?
역시 상상력과 창조력이 언어를 잘 통과했을 때이다.
언어예술인 시, 언어표현이 중요하다.

어설픈 시는 이 언어표현이 어설프다.
표현을 위해 얼마나 시의 문장을 매만졌는가!

🌿 용기

아침 일찍 일어나 삼각산 백련사 길에서 진달래 능선으로, 대동문
가기 전에 좌측 수유분소쪽으로 산행하였다. 모처럼 오전을 여유롭게
산 속에 있으니 정신도 맑아지고 건강해지는 것 같았다. 언제나 든든
한 삼각산 인수봉. 뿌옇게 보였지만 정겹다.

점심에는 아들과 함께 한 때 피신했던 곳에서 만난 언니와 점심을
먹었다. 언니는 재혼을 몇 년 전에 했는데 술꾼이었던 전 남편과 결별
하고 지금의 남편은 술도 안 먹고 성실하고 착하다고 한다. 대신 그의
가난을 받아들이고 혼인하였다고 한다.

가난이나 질병을 받아들이고 재혼하는 사람도 있다. 용기가 대단한
분들이라고 생각한다. 인간의 자비심도 신의 자비심에 못지않다고 생
각한다.

나는 아직도 요리 해주는 남자, 이야기 들려주는 남자, 청소 도와주

는 남자, 같이 하느님 믿을 남자, 여행 같이 해줄 남자, 생활비 갖다
줄 남자, 쇼핑도 간혹 같이 갈 남자 등을 꿈꾼다. 욕심쟁이여서 그냥
아들과 지내는 게 나을 듯 하다.

🌿 하느님

말씀전례 준비조가 되는 날에는 하루 종일 마음을 모운다. 저녁에
약속이 있지만 8시에 준비시간이라 집으로 일찍 돌아와야 한다. 공동
체는 늘 말씀전례와 성찬전례, 월피정, 이 세 다리가 나를 지탱해준
다. 여러 인간 관계, 활동, 나의 일, 창작, 독서, 가정생활을 하지만 모
든 것을 그만 두고 멈추어 말씀으로 들어가야 한다.

아침 일찍부터 일어나 오늘 주제인 하느님(Dieu, God)에 대한 성서
신학사전의 설명을 읽는다. 머리에는 범사가 들어갔다 나왔다가 하지
만 집중해 보려한다. 나에게 하느님은 어떤 존재이셨나를 생각해보는
좋은 날이다. 늘 기뻐하길 원하신 그분은 전에도 계셨고 현재에도 계
시며 앞으로도 계실 분이시다. 인간이 있을까 없을까 생각하는 사이
에도 그분은 "있는 나"이실뿐이다.

오늘은 멀리 외국에서 온 신학생 한 명, 신학원 봉사자님과 함께 하
느님에 대해 이야기 나눌 것이다. 모든 것은 풀잎 끝의 이슬처럼 지나
가지만 하느님의 말씀은 영원하다.

유붕자원방래

오늘은 재작년에 나의 첫시집 출판기념회에 와준 30대 아가씨를 만난다. 분당에서 버스를 타고 지금 내가 사는 동네로 오고있다.

유붕자원방래 불역락호아!

아들을 통해서 연락이 왔던지라 셋이서 오늘은 삼각산 근처 4.19 쪽에서 점심 먹고 도선사, 우이동 골짜기에서 즐겁게 보내야겠다. 멀리서 와준 분에게 기쁨을 주는 것이 제일 좋겠지요!

하느님은 생활 속에서 일상 속에서 살아계신다. 영으로 살아계시며 그분을 믿는 사람의 마음을 아신다.

그녀도 오래 전에 천주교에서 수산나라는 이름으로 세례를 받았으나 지금은 감리교회에 나간다고 한다. 아들과 셋이서 점심을 하고 난 뒤 차 마시면서 이야기하는데 나는 아들에게 친구가 없어서 걱정이라고 했다. 그런 푸념을 했더니 그녀는 자기가 누나가 되어주고 상담도 해주겠다고 했다.

그로부터 한 시간 후 우리가 우이동 명상의 집에 가서 둘러보고 성체조배기도 하고 잠깐 이야기하다 나왔을 때 마당에 웬 멋진 젊은이들 4명이 벤치에 앉아있었다. 나는 대학생 청년들이겠거니 했는데 그 중에 한 청년이 아들의 이름을 부르며 말을 걸었다. 우리는 놀랐다. 그는 나에게 "어머니 제가 회영이 친구입니다. 저희는 신학생입니다"

라고 했다. 정말 놀랐다. 하느님께서는 오래 전에 아들에게 이런 좋은 친구를 맺어주셨다. 그러니까 네 청년들은 사제의 길을 지망하는 학사님들이었다. 여름방학을 하고 넷이서 예수고난회가 운영하는 우이동명상의 집으로 피정 오셨다고 했다. 말을 걸었던 학사님은 아들과 같은 고등학교 예비신학반을 3년간 다닌 분이셨다. 학교 종교행사 때 아들과 교류가 있었던 모양이었다. 그리고 또 한 분은 같은 학교 선배라고 했다. 그러니 하느님께서 그 학교로 아들을 부르셨을 때 많은 친구들을 알게 해주셨다.

하느님은 정말 현존하신다. 요즘 들어 명상의 집을 종종 가는데 나는 그 길에서 몇 년 전 만난 신부님의 어머님도 오랜만에 만났다. 미카엘 신부님은 독일에 가 계시다고 했다. 그 어머님은 매일 6시 미사후 그곳을 찾아서 아드님 사제를 위해 기도하신다.

언젠가 지금 원주교구 주교님이 되신 분으로부터 이야기를 들은 적이 있다. 신학교 동창이 60명이 입학하여 아직도 사제생활을 이어가는 분은 12명이라고. 그분들의 공통점은 극성 맞을 정도로 기도하시는 어머님을 두었다는 것이다.

수산나는 오래 전에 교통사고를 당하여 한 달간 의식불명이었고 6개월의 병상생활을 했다고 한다. 그것은 그녀가 다섯 살 때 미국으로 유학을 떠나신 아버지를 따라서였고 15년만에 한국으로 가족 전체가 귀국 한 후 3주만의 일이었다고 한다. 푸른 신호등이 들어와서 횡단보도를 건너는데 트럭이 들어와 그녀를 치었다고 한다. 내상도 심하여 장기도 의사의 손을 거쳐 치료받았다고 한다. 그녀는 하느님께서 자신을 살렸다고 생각하면서 다시 받은 생명에 감사하는 마음으로 살고 있고 영어 통번역과 상담을 하면서 지내고 있단다.

어제 만난 수산나와 아들 친구 비오 신학생 안에서 나는 현존하시는 하느님을 만났다. 하느님은 우리 이웃들 안에서 계시기도 한단다. 그리고 늘 생각하였고 믿어온 것이지만 하느님은 늘 나의 마음을 아시고 계시다, 정말 놀라우신 하느님이시다.

🌿 인연

자다가 일어나니 잠이 달아나서 거실 창문을 여니 맑고 짙푸른 밤하늘이 펼쳐진다. 아주 시원하여 아직 선풍기를 틀지 않는다. 고향 친구와 페친 한 분이 내가 좀전에 올린 글에 댓글이나 좋아요 표시를 해주셨다. 세상에 이 시간에 안 자는 사람은 나 말고도 있구나. 동류의식을 느낀다. 자다 일어나면 새벽까지 잠이 오지 않곤 한다. 자다가 깰 때가 아주 가끔 있는데 깨면 황당해지거나 조금 겁난다. 내가 아파서 깬 건가하고, 나도 몰래 심장이 있는 가슴으로 손이 간다. 별일 없구나 하면서 안도의 한숨을 쉰다.

여름철이라서 낮에 더워지면 몸이 좀 힘들지만 해가 빠지면 시원해진다. 아직 본격적인 더위는 아니다. 아들은 더 더워지면 선풍기 틀자고 했다. 올해는 아직도 밤에는 시원하여 창문을 아주 조금만 열어두고 잔다. 나는 자야 한다. 8시반에 추상화를 주로 그리는 화가님과 삼각산 진달래능선을 오르기로 약속해놓았기 때문이다.

이 분은 두 번의 결혼에서 사별과 생이별을 하고 속세를 떠나려고 한국으로 귀국했다고 한다. 그래서 해인사에 들어가 머리를 깎고 1개월 지내다가 다시 나왔다고 하고 지금도 다시 들어갈 생각이라고 한다. 그러니까 스님이 되려고 한다는 것이다. 여자가 머리를 깎는다는 것은 쉬운 일이 아니다. 나는 아직도 머리를 삭발한 적은 없다. 아들은 고 3 때 두세 번 정도 삭발하였다. 아들의 학교에는 그 당시에 간혹 삭발한 학생이 몇 있었다고 한다. 나도 지난 시기에 한 두 번쯤 절로 들어가고픈 마음이 있었다. 나는 천주교 신자이면서도 그런 생각이 든 적이 있었다. 사람은 순간순간 여러 가지 생각을 한다. 어떤 식으로 살던지 각자가 행복한 삶이 되면 좋겠다.

화가님이 원하는 방향대로 되면 좋겠다. 내 생각에는 그분이 고국에 돌아왔으니 두 번의 결혼에서 외국인 남자분과 결혼했는데 이번에는 불자인 한국인 남자를 만나면 어떨까 생각한다. 결혼은 일상이고 생활이다. 서로 생각, 문화, 의식이 통해야한다.

사람들은 대개 직업, 경제 수준, 학벌, 외관 이런 것으로 많이 선택한다. 물론 가정생활을 하는 데는 돈도 필요하다. 그건 자본주의 하에 사는 생활에 누구나 해당 된다. 문제는 서로 생각이 공유가 되지 않으면 괴로운 일이다. 문화와 삶의 지향점이 공유가 되어야 함께 살 수가 있지 않을까 싶다.

언젠가 외국인 남자분과 결혼하여 2년 넘게 살다가 생이별을 하고 10년을 혼자 살아온 분이 나를 찾아왔다. 그녀는 울면서 나한테 자신이 살아온 걸 이야기 했었다. 그녀는 결혼하고 싶다고 했고 나는 기도 해주겠다고 좋은 분을 만날거라고 했다. 그 후 1년 안에 결혼식을 한다기에 나는 초대 받아갔다. 지금 행복하게 그녀는 잘 지내고 있다. 일도 하면서 지내고 있다.

무소식이 희소식이라고 생각하고 결혼생활에 충실해진 그녀의 행복을 기도 속에서 기억하곤 한다. 그 아름다운 얼굴의 눈에서 눈물을 흘리며 자신의 고통을 이야기 했을 때 내 안에 계신 하느님도 그녀의 아픔을 아셨다. 그녀에게 좋은 짝을 보내주신 하느님께 감사 드렸다. 신랑의 누나가 독실한 신자라고 했다. 하느님께서 영이시다라는 말은 그녀를 통해서 잘 알게 되었다. 그녀는 내가 명동성당 외국어 안내를 할 때 영어 부분에 봉사했던 자매였다.

한용운 시인의 『님의 침묵』은 참 좋은 시집이다. 마지막 시편인 「사랑의 끝판」에서 님이 다시 오셔서 부르는 소리에 기쁘게 화답하는 나의 모습이 그려진다. 님은 나에게 영원하고 내가 사랑하고 나를 사랑하는 님이다. 님이 부재하는 동안 나의 님에 대한 생각을 노래하였다. 그 님은 불타, 조국, 애인, 절대적 가치나 진리 등이었다. 마음에 님이 계시는 것은 우리 마음에 등불이 계속 타오르는 어떤 열정이나 지향점일 것이다. 그 님이라는 등불을 켜두고 인간은 살아야할 게다. 마음의 등불을 켜두고 꺼지지 않게 지키는 것 또한 인간의 몫이다.

🌿 신고서점

오늘은 주일이라서 쉬는 날이다. 어제 강의와 전례 하느라 바쁜 토요일이 지났다.

수유역 부근 456미터 지점에 있는 월남쌈샤브집 소담촌에서 아들과 아점을 먹고 우이천을 따라 걸었다. 청둥오리 어미와 아기들이 많이 번식하여 강 여기저기에서 노닐고 있었다. 장마비로 물이 좀 불어나 있었다.

덕성여대까지 걸어와서 중고서점인 신고서점에 들렀다. 신고서점의 안주인은 내가 잘 아는 분이다. 내가 이문동에서 처음 신혼살림했던 집의 맞은편 집에 살아서 자주 얼굴을 보았고 나는 그 신고서점의 단골이었다.

오랜만에 아주머니를 만나니 반가웠다. 가게는 5층 주택을 상가로 바꾸고 리모델링하여 책방으로 재정비하는데 7개월 걸렸다고 한다. 원래 있었던 이문동 자리는 재개발에 들어가 그 보상금으로는 그 주변에 자리를 구할 수 없어서 우이동 덕성여대 앞으로 이전하신 거란다.

이문동 일대가 재개발로 보상은 공시지가에서 조금 더 받았다고 하니 얼마나 손해가 났겠는가. 다행히 우이동이 이문동 보다 부동산 가격이 저렴하여 겨우 적당한 공간을 구하고 리모델링하고 가게 이전과 정비를 하여 가게를 오픈하실 수 있었다고 한다. 5층까지 책이 빽빽하고 1층은 카운터와 카페를 겸하고 있었고 5층 옥상에는 손님들이 책을 보거나 고르다가 쉬고 싶으면 쉬어도 되는 쉼터공간이다. 신고서점은 중고서점으로 인터넷으로 검색하여 주문하면 택배로 보내오고 직접 방문하여 구매할 수도 있다.

아주머니는, 재개발은 원래 사는 사람들을 내쫓는 거나 다름 없는

깃이리고 하셨다. 재개발로 철거민들이 울부짖고 있다. 전철연 같은
단체도 서민의 터전을 지키기 위해 재개발로 피해를 입은 사람들을
위해서 싸우고 있다.

🌿 우이천변

우이동 골짜기에서 내려온 계곡물이 흐른다. 이 천변을 따라 우이
교 근처에는 장화백님의 작업실이 있고 덕성여대 앞쪽에는 임보 시인
님댁이 있고 거기를 지나 소설가 김중태 선생님댁, 그리고 다음 다리
를 건너면 임선생님의 작업실이 있다. 수유동과 우이동에는 예술인들
이 많이 살고 계시다.

삼각산이 넓은 품을 내어주고 좋은 공기를 만들어 주며 우이동 계
곡물은 사람의 마음을 씻어준다. 수유라는 말은 물이 넘친다라는 의
미로 옛날에는 무너미라고 했단다.

🌿 사랑은 진한 노을빛

향리에 계신 어머니를 뵈오러 우리 자매들은 연신 먼 길을 마다않
고 달려간다. 세째 언니가 차를 달려 와서는 어머니의 목욕과 파마를
시켜드리고 마당에 난 풀도 다 뽑고 세탁도 한 모양이다. 언니에게 고
마운 마음이다. 일을 하고 있는 언니도 왜 피곤하지 않으랴, 쉰 중반

이 넘었는데. 그래도 반가의 법도는 부모에게 효도를 가르치지 않는가.

부모은중경에 살아 생전 부모에게 효도하라는 그 말씀이 우렁우렁하다. 성경에는 부모가 나이가 들어 지각을 잃더라도 업신여겨서는 안 된다고 가르친다. 아마 '지각을 잃더라도'라는 말은 옛말로 '등기들더라도'일 것이다. 등기란 치매나 반편이 되는 거다. 정신적으로 문제가 생긴 상태를 말한다.

아들은 얼마 전부터 내가 뭔가 생각에 빠져있으면 엄마 이거 몇 개 하면서 손가락을 한 개, 두 개, 세 개. 세어 보란다. 정신 없는 나를 놀리면서 웃기는 것이다. 그 때마다 나는 웃으면서 하나 둘 셋 이렇게 대답한다.

나이가 오십에 이르면 반평생을 산 거다. 옛날에는 중늙은이라는 소리를 듣고 노인 축에 들었다. 여자도 남자도 더이상 여자도 남자도 아닌 갱년기에다 노년을 바라보는 거다. 그러나 나의 도발은 여전하다. 쫄바지에 긴 머리도 풀고 굵다란 헤어밴드도 한다. 가끔 높은 구두도 신는다. 내 마음은 여전히 푸른 잎이 바람에 휘날리는 플라타너스 나무 밑에서 서성인다.

아들이 태어나고 내가 태어난 달이 가까운 여름, 나는 어머니를 생각하고 아들을 낳을 때를 생각한다. 사랑은 진한 노을빛일게다!

🌿 자귀나무

자귀나무는 일본어로 '네무노키'라고 한다. 이 나무의 꽃을 보면 꽃이 수술같이 생겼다. 멀리서 흔들리는 것을 보면 졸린다. 일본어 '네무이'는 형용사로 졸립다라는 뜻인데 졸리운 나무라는 뜻이다. 그런데 이 자귀나무가 부부의 금슬을 상징하는 나무라고 한다. 좌우간 오묘하고 졸리운 나무다. 여름의 오후에는 잠이 온다. 불면증이 있는 사람도 이 나무의 꽃을 보면 졸리울 게다.

🌿 승리

더위 중에 기쁜 소식이 날아든다.

삼성암보험 피해자들이 이겼다!
드디어 삼성은 우리들의 투쟁에 무릎을 꿇었다. 암환우 피해자들의 650여일에 걸친 투쟁으로 거대 삼성이 자기네들 마음대로 할 수 없다는 것을 알게 되었다. 우리 민중들이 투쟁을 하여야 피해 입은 것을 되돌릴 수 있다. 소비자 주체여 만세! 끝까지 투쟁하여 쟁취하자!

🌿 아들 생일

오늘은 하루종일 아들 시중 드는 날이로구나 아이구!^^ 주머니 다 털리는 날이구나.^^ 케익에다 피자까지 저녁에 쏴란다.

일터 관계에서 세 통 연락 왔고 임선생님이 한 통 걸어오셨고 점심 먹고 후식 먹고 집에 들어가서 쉬다가 해가 빠지는 저녁에 어제 쓴 무용평론을 일본어로 번역감수 해서 송고해야 한다.

푹 놀고 싶구나. 아들과 같이 강촌도 가고 동해바다도 가고 경포대 바다 바라보면서 회 한 상 차려놓고 마음껏 먹고 싶다네. ^^

우리 모자는 수유리에 온 지 2009년 봄에 왔으니까 올해로 13년째 가 된다. 처음에 왔을 때는 낯설고 어디가 어딘지도 모르고 뭐가 어디 있는지도 몰랐다. 이제는 거의 알고 맛집도 몇 군데 알게 되었다.

몇 년 동안 아픈 마음을 안고 지내서 바깥에도 가급적 안 나다녔고, 우울하거나 무기력하고 일하는 것도 어려웠다. 이제는 여기가 편하고 많이 나아졌다.
협심증과 고혈압, 고지혈증이 있는 나로서는 공기가 좋은 수유리가 좋고 삼각산이 곁에 있어서 산행도 하고 비교적 조용해서 글쓰기에도 좋다. 주위에 문인들과 예술인들이 살고 있어서 종종 만나면서 고독 한 것도 잊는다.
솔직히 더울 때는 머리가 과부하가 걸리면 안 되어서 일을 안 하는 게 낫다. 요즘은 독서를 하거나 쉬면서 지낸다. 글 쓰는 일은 가끔 들어

오는 정도이니 이 상태가 좋다 내게는.

🌿 노을이 곱다, 경춘 가도를 달리며

코로나가 오기 전, 그러니까 2년 전에 만났던 자매를 명동성당에서
다시 만나 자매의 시어머니댁에 방문하고 이야기 나누고 가정기도를
하고 함께 춘천 닭갈비로 점심 먹었다. 춘천 가서 옥돌 제품을 구경하
고 서울로 돌아왔다. 저녁을 같이 먹고 용인으로 자매님은 달려가셨
다. 오랜만에 만나 서울로 돌아오는 길에 하늘을 보니 노을이 장관이
었다. 이런 노을은 생애 처음이다.

자매님은 나에게 시어머니가 주신 옥수수와 채소를 나누어 주시고
춘천 닭갈비를 주셨다. 그리고 지난 주 감곡 성지 가셨다가 감곡의 교
우네 복숭아 농장에다 나와 아들이 먹을 복숭아를 예약해두었다고 하
셨다. 우리 모자를 챙겨주셔서 늘 고마운 마음이다.

오늘 처음 뵙는 자매님의 시어머니지만 교우댁 방문이라 친근감이
드는 것은 우리가 하느님의 백성이기 때문이다. 어른한테 가는 방문
이라 마스크, 핸드크림, 우황청심원, 중국에서 가져왔다는 동인당 뜸
을 드렸더니 어르신 자매님의 얼굴이 환해지셨다.
벽에다 손수 그리신 매화도와 서예 1점을 걸어놓으셨는데 선대 때부
터 훈장, 선생을 하신 자매님 시댁의 내력을 알 수가 있었다.

🌿 백도가 왔다

한 줄기 햇살 보다
한 숭어리 꽃 보다
한 아름 사랑 보다
더
노랗게
붉게
달디 달게 왔다

한밤을 지새며
기도의 촛농이
흐르고 흘러
고름이 눈물 되어
달디 달게 왔다

🌿 은비녀

조선영화 〈은비녀〉를 감상하면서 한여름 밤을 즐겁게 지내세요!
어느 재일 조총련 분국장의 일편단심 사랑이 조국에 대한 사랑과 아
내에 대한 그리움, 딸에 대한 사랑으로 겹쳐 감동으로 다가옵니다.
DPRK영화, 1985.

🌿 영원한 전사

혁명의 영화음악과 노래가 풍부한 조선 영화 〈영원한 전사〉 흑백영화, 1972, 조선2.8영화촬영소.

항일혁명 시기 한 전사의 투쟁과 죽음, 육체적 생명 보다 정치적 생명을 더 귀중히 생각하고 체포되어 갖은 고문과 종용 속에서도 혁명의 절개를 지키려 혀를 깨물고 죽음으로 맞섰던 처절한 전사의 이야기. 혁명의 전사는 영원하다! 혁명의 노래를 부르는 가운데 함께 힘을 냅시다!

혁명을 찾아서 암초 많은 바다로
감옥살이 두려우랴 혁명대열 앞으로
어느 곳에 감옥이 내 집처럼 되든지
단두대의 이슬 돼도 겁날 것 없다

적은 무리 잘 살고 많은 대중 못 사는
자본주의 노예의 그 설움 원통해
일어나라 노동자 농민과 여성들
불평등한 자본사회 때려 부시자

조선영화 〈영원한 전사〉 중에서

🌿 편지 1

중고생 때는 사는 게 참 지루했다. 집과 학교, 이것이 전부였던 시간들이었다. 중 3때부터 해외 펜팔을 하여 정확히 고 2때까지 나는 5개국의 사람들과 펜팔을 했다. 펜팔 상대는 또래의 친구나 나이가 더 많았던 사람도 있었다. 그들의 직업은 고등학생과 대학생, 대학교수였다. 여자도 남자도 있었다.

아프리카 가나의 소년은 한국에 와서 우리집에서 살면서 일하고 학교 다니고 싶다고 했다. 청소년인 내가 그런 청은 들어주기 힘들었다. 핀란드 소녀는 아주 성실하고 맑은 사람이었다. 고 3 무렵에 사귄 남자친구와 사랑이 이루어지지 않아 아픔을 지닌 채 연락이 끊어졌다.

미국의 소녀 질과 에릭은 부모들의 이혼으로 마음이 아픈 친구들이었다. 대만의 뢰위랑은 대학생이었다. 사진을 잘 찍은 청년이었고 나에게 찍은 사진을 동봉해오곤 했다. 그는 고향이 시골이었고 자기 고향을 떠나 대만의 수도 타이베이에 2년제 학교를 다니기 위해 나온 외로운 청년이었다. 칙은 대학교수였는데 이혼을 한 중년의 남성이었다. 그는 친절했고 자기의 상처와 고독을 편지를 쓰면서 달래고 있었다.

나는 어쨌냐면 이 사람들로부터 편지가 오길 하루 하루 기다리는 산골 소녀였다. 나는 우편료로 꽤 많이 지불하면서도-중고생에게는 꽤 드는 용돈- FM 라디오로 팝송과 영화음악, 클래식으로 마음을 달랬다. 지루하고 재미없는 학창시절이었다. 문화생활도 없고 산으로 둘러싸인 곳에서 학교 다녀오면 가방을 마루에 던져두고 방에 들어가 카세트에 디스코음악을 틀어두고 잠시 미친 듯이 추었던 디스코가 재미없는 학교수업을 견딜 수가 있는 유일한 돌파구였다.

고 2 겨울방학 때는 내 방에서 배를 붙이고 엎드려 누워서 라디오 듣고 공책에다 뭘 조금 끄적이고 라디오에서 흘러나오는 음악을 공테이프에다 녹음해서 늘 듣거나 소중한 친구들에게 하나씩 주거나 해외 펜팔들에게 보내주곤 했다. 그것도 나의 낙이었다.

고 3이 되어 학교에 등교하니 나는 겨우내 운동도 않고 먹고 배 붙이고 엎드려 있었기 때문에 뱃살이 늘었다. 그게 고 3이 되어 한 달이 지나니 다 빠지고 나는 어느 날 학교에서 돌아와서 가방을 던지자 말자 쌍코피가 터졌다. 멈추지 않아 누워있었고 아버지는 내가 걱정이 되어 곁을 떠나지 않으셨다. 나는 잠이 조금 부족해도 힘이 들었고 밤 9시면 견딜 수 없을 정도로 힘이 들어 9시면 소등하고 자야만 그 다음날 8시간 정도 되는 학교 수업과 보충수업을 견딜 수가 있었다.

특별히 어디가 아픈 데도 없었지만 나는 학교생활이 즐겁지 않고 피곤하였다. 그 시절의 나에게 유일한 즐거움은 고 2때까지 해외 펜팔하는 것이었고 고 3의 스트레스가 쌓였을 때 학교 앞에 있었던 성당을 찾아 성체조배하는 것, 그것이 나를 기쁘게 하였다.

미국의 여자친구 질 질링은 1월이 탄생달이었다. 동갑이었지만 갈색의 파마머리에 핑크색 이브닝 드레스를 입고 파티했다는 사진도 보내오곤 했는데 다른 세계의 성인이 된 아가씨를 보는 것 같았다. 그녀는 나에게 나비모양에다 1월의 탄생석 가아넷이라는 조그만 보석이 박힌 목걸이를 보내왔다. 자신이 오랫동안 지닌 것이라고 했다. 나는 그때 질이 가르쳐주어 서양 사람들이 탄생달과 탄생석을 지니는 관습을 이해했고 1월의 탄생석이 붉은 가아넷이라는 것도 알았다.

🌱 편지 2

편지 쓰는 생활은 오래 되었다. 잘 기억은 안 나지만 처음으로 대도시 대구를 간 것은 중학교 2학년 때 담임선생님의 결혼식 참가로 간 것이었다.

그 후였던가 나는 대구에 있는 동갑의 여중생과 펜팔을 했는데 대구 가는 길에 그 애를 처음으로 대구의 어딘가에서 만났다. 나는 첫눈에 그 애가 나와는 다른 사람이라는 생각이 들었다.

나는 중학생이었으나 어려 보였고 그 친구는 내가 봤을 때 언니같았다. 키도 덩치도 나보다 컸고 그 애는 자기 친구와 나왔었다. 편지에서의 느낌과 달라서 나는 그 애한테서 거리감을 느꼈다. 나는 처음 보는 그 애한테 괜히 부끄럽고 그랬다. 그 애의 친구가 내가 그러니까 귀엽게 보는 것 같았고 오히려 편지했던 그 애는 자기도 내가 어려 보여 썩 좋아하지 않는 눈치였다. 그러니까 나도 그 애도 서로가 맘에 안 들었고 오히려 그 애가 데리고 나온 그 애 친구가 서글서글하고 순수한 게 내 마음에 들었지만 그 둘은 이미 친한 친구였다. 그 애는 편지에서의 인격과 달리 뭔가 나를 어리다고 가볍게 취급하는 듯한 느낌이 들어 언짢았고 그 애의 친구는 나를 좋게 말하였다. 그러나 나는 그 애에게 거리감이 들어 우리는 편지를 더 하지 않았다. 산골소녀인 나의 눈에 비친 그 애는 순수하게 보이지 않았던 점이 문득 낯설었던 것이다.

🌿 편지 3

나의 친척이자 같은 나이의 친구가 있다. 편지도 참 성실하게 써오고 산골소녀인 나에게 서울이야기를 많이 해 주었다. 국민학교 때부터 고등학교 2.3학년때까지 편지를 주고 받았다. 물론 이 친구도 가족사의 아픔이 있고 그 이후 어렵게 살았다. 국민학교 때와 중학교 때 편지에서만 해도 밝고 건강하고 학교생활도 잘 하여 서울여상을 들어갔고 늘 캔디를 잘 그려서 나한테 보내오곤 했다. 순정만화의 여주인공을 아주 잘 그려서 나에게 보내오고 늘 나한테 용기를 주었던 친구였다.

친구는 고 2가 되면서 현실을 비관한 것 같았다.
나는 친구의 성적이 떨어지고 괴로워하는 마음을 잡아보려고 글로써 애를 써본 것 같다. 그러나 나의 그 마음은 그 애한테 가닿지 않았을 수도 있다. 그 친구가 처한 상황을 이해하긴 나중에 내가 서울에 와서 그 애의 초대로 친구의 집을 다녀오고 나서 나는 친구가 얼마나 힘들었을까 피부로 알게 되었다. 국민학교 때 그 재능 많고 꿈도 많고 공부도 잘 하고 오락부장이었던 그 애가 얼마나 괴로웠을까 생각했다. 나는 항상 그 친구를 꿈 많고 명랑했고 공부도 잘 했던 그녀만을 생각했었다.

몇 년 전에 그 친구는 우리 집에 와서 눈물을 흘리고 갔다. 나는 그때 겟세마니의 동산에서 피땀를 흘리면서 기도하는 예수님의 동상을 찍은 사진 액자 옆에 친구를 앉히고 가만히 바라보면서 이야기 해보라고 했는데 친구는 그리스도교 신자도 아니었지만 울었다. 그래도 친구는 지금도 나한테는 언니같은 친구다. 매일 어머니를 보러 가고 일도 하면서 두 남매를 키워왔고 지금은 아이들도 사회인이 되었다.

내 어릴 적 집에서 부르던 이름이 '꼬가'였는데 이 친구는 나의 집 이름을 가지고 긴 편지를 써온 적이 있었다. 구구절절 이름을 칭찬하고 그 친구는 '꽃가'라고 했다. 늘 나에게 긍정적이고 용기 있는 말로 격려해주었던 친구다. 나는 이렇게 그녀를 기억한다. 나의 이메일 아이디가 kokayaa인 것은 집 이름을 부를 때의 소리를 문자로 정하였다. 그것은 나의 남동생이 지어주었다.

🌿 편지 4

결혼하기 전부터 결혼생활 초반에 걸쳐 나는 특수한 곳에 있는 사람에게 편지를 해줬다. 편지를 좀 해주라고 부탁 받아서 해주게 된 것이다. 처음에는 좀 망설였지만 수녀님의 부탁이고 해서 하기로 했다.

그는 몇 번의 죄를 지어 수인이 되었고 갇힌 몸이 되었다고 한다. 문학적 감성도 있었고 문장도 깔끔하게 쓰는 사람이었다. 나와 동갑내기 남자였다.

그는 늘 봉함엽서에 보내오곤 했는데 처음에는 여유가 있어 보였으나 그 안에서 안 좋은 일이 있고 형기가 추가 되고 난 후에는 편지에 빈 공간 하나 없이 심지어 띄워쓰는 공간도 아까운 듯 빽빽하고, 숨 막히게 써왔고 그 내용은 삭막하고 나는 더 읽을 수 없을 정도로 괴로워졌다. 그러나 편지는 늘 오고 그 숨 막히는 편지를 읽을 수는 없고 받아만 두었다. 그러다가 어느 날 다시 처음처럼 여유롭게 쓰여진 편지가 왔다. 열어보니 기쁜 소식이 들어있었다. 모범적인 수형생활을 하여 곧 출소한다는 소식이었다. 그리고 나의 연락처를 물어왔다.

나는 그를 위해 늘 하느님께 기도했지만 이렇게 이루어진다는 것이 마치 기적같았다. 나는 그의 편지를 펴보길 두려워했던 때를 미안하게 생각했다. 나는 수녀님께 이 사실을 알렸다. 수녀님은 이제 편지를 끊을 때가 되었다고 하셨다. 부탁을 받고 편지를 하고 연락을 끊는 게 낫겠다고 하셔서 나는 처음에는 이해가 어려웠지만 나를 위해서 그런 다시기에 수녀님의 말씀을 따랐던 기억이 난다.

영어의 몸이었던 사람과 편지 한 세월은 꽤나 길었다. 그의 편지는 기쁨으로 가득 차 있었다. 형기가 추가되었을 때 빼고는. 수형생활에서 편지를 쓰는 게 그에게 낙이었을 거라는 추측이 든다. 어딘가에서 다시는 그런 일 없이 일하면서 살아가고 있길 바란다.

 꿈

생일날 꿈에서 귀한 걸 봤다. 흰 수도복에 하얀 베일을 쓴 수녀님이 나를 거울 앞에 세우시더니 이 옷을 입고 가라고 하셨다. 그 옷은 붉은 옷과 흰 망토였는데 치렁치렁하고 발목까지 왔다. 수녀님은 내가 걷기 힘들거라고 아랫단을 살짝 걸을 수 있도록 해주셨다. 수도복 같이 생긴 그 옷을 입으니 나는 아주 맑아졌다. 하늘에서 하느님이 나에게 귀한 선물을 내리신 날이다.

🌿 이음

나의 멋진 발이 되어준 중앙선 KTX이음의 강한 모습입니다. 경부선 ktx보다 더 낫습니다.

마치 2천만 노동자들의 강한 모습 같습니다.
노동자들은 재벌들의 종이 아니다. 기억하라!

삼성공화국 해체!

유전무죄, 무전유죄

원칙 없고
상식 없고
뿌리 없는 법치국가를 거부한다!

백성은 불공정한 것에 분노합니다!

이음군을 찍어줄 때 왼손에 작은 손지갑을 들었는데 빠져서 정차한 이음군의 몸체 아래 선로에 떨어졌어요. 당황했는데 같은 차를 타고 온 친절한 모녀님께서 여러가지로 배려해주시고 역무원 아저씨도 불러주셔서 감사했습니다. 충실한 역무원 아저씨가 들어가서 주워서 건네주셨습니다.

두 모녀님과 역무원님,
세세대대로 복 많이 받으세요!^^

🌿 조국해방 76돐날

광복절날 아침에

얼마나 기다렸을까
새날이 동터 오길
바라는 마음은

얼마나 사무쳤을까
나라 잃은 설움
알알이 맺혀 젖어든
피빛 가슴은

얼마나 다짐했을까
다시 찾으리라 맹세하며

모대기는 마음을 다잡고
불끈 쥔 두 주먹은

얼마나 기뻐했을까
삼십육년간 숙인 머리에
광복의 햇살이 내리고
하늘 향해 뻗으며
대한독립 만세 부르던
굵은 힘줄이
꿈틀대는 두 팔은

고향행

　시골집 앞뒤 텃밭이 다 묵었다. 파, 상추, 고추, 토마토, 부추, 참나물, 옥수수 등을 심었으나 잡초와 키가 비슷할 정도로 묵었다. 남동생은 일도 해야하고 어린 조카들을 새댁과 함께 키우느라 일일이 풀 뽑을 만큼 시간이 없다. 마당에도 잡초가 많이 나서 겨우 다 뽑고 상사화 옆에 작약도 이제는 베고 나니 좀 시원해졌다. 우리 집은 국민주택인데 입택 시에 우리 동네에 네 채가 있었다. 모두 슬레이트 지붕이었던 시절에 지은 기와집이었다. 아버지가 계실 때 불편한 국민주택을 개조해서 현재에 이른다.

　사진에서 불이 켜진 집이 우리 집이고 앞텃밭 옆집은 초등동창의 친정집. 초등동창은 앞에 용점천 다리를 건너 이시계골이라는 산마을에서 초등학교와 중학교를 보냈다. 학교 다니는데만 해도 힘들었던 친구는 중학교를 졸업하고 객지로 나갔다. 친구의 큰 오빠가 잘 되어 친정집은 우리 밭 옆 넓은 밭의 반을 사서 새집을 지어 입택하고 넓은 텃밭을 친구 부모님은 가꾸고 계신다. 초등 때 한 때 산에 살던 친구 집에 두 번 정도 갔다. 오르막 산길을 오르다가 처음에는 다녀오니 몸살이 났다.

5일만에 고향에서 나왔다. 뒤안 잡초를 뽑는데 힘이 부치었다. 어머니가 드실 동태찌개를 한 냄비 끓여두고 나왔다. 아침 일찍 일어나 동네 한 바퀴를 돌고 가까운 우리 밭에 다녀왔다. 이웃에게 임대해 주고 있다. 지금은 어머니도 남동생도 농사를 할 수가 없다. 삼시 세끼에다 중참, 새참도 간식으로 먹으면서 5일을 보낸 나는 좋았는데 아들은 영 시골이 맞지 않는 모양이다. 서울에서 태어나고 자라고 살고 있는 서울 토박이 아들은 시골이 적응이 안되나 보다. 늘 오면 갈 날만 손꼽아 기다린다. 서울에서 나는 바쁜 일을 끝내고 여가가 나면 시골 갈 날만 손꼽았듯이.

🌱대입

대구에서 대전으로 가서 1박 하고 내일 서울에 가서 안양에서 강의하고 서울집으로 들어갈 생각이다. 오랜만에 대학 후배를 대전 사무실에서 만날 예정이다. 대구에 도착하면 여동생네 들렀다가 점심 먹고 가까이 사는 언니네도 잠깐은 들러야겠는데......

이전을 지나 현동, 도평, 안덕으로 향한다.

대학 합격증을 받고 신문지에 싼 등록금을 지니고 눈길에 버스를 달려 노귀재에서 버스를 어른들이 밀고 넘어갔던 생각이 난다. 대구은행에다 갖다내야 입학이 되었다. 청송에는 은행이 없었기 때문이다. 대학을 가기 위해 이 재를 넘으며 논술고사를 치러 가고 등록금 내러 가고, 이월 말경 나는 어머니와 이불과 옷가지, 간단한 가재도구를 챙겨서 K2비행장 근처 검사동 자취집을 찾아갔다. 그 때만 해도 나는 기대감으로 부풀어 있었다. 비포장길을 네 시간 달려 대구 동부터미날에 도착할 때쯤 차멀미에 시달려 얼굴이 새하얘지곤 했다. 노귀재는 나의 고향과 대구의 경계에 있었고 꿈과 이상, 그리움과 떠난 고독, 지친 객지살이의 기억이 넘나들던 곳이다.

🌿 현동 고모

현동 고모님은 영양의병대장의 누이였다. 그러나 남편이신 집안 어른은 의병대장과 함께 일본군과 맞서서 싸우다가 일찍 돌아가셨다고 한다.

현동고모는 한 번씩 시가의 친척을 만나러 청송 양지마을에 올 때는 남바위에 비단 한복에다 겨드랑이에 털 달린 배자를 입고 오셨는데 맛나는 음식을 많이 해서 오셨다. 그분이 심가네 집안으로 시집오실 때 얼마 간의 땅과 부리는 사람도 두 명 데리고 오셨다고 한다.

오시면 이웃 친척들이 한방 가득 모여서 그간 살아온 이야기를 나누면서 맛나는 음식도 나누고 웃음과 이야기로 떠들썩했다. 안동 김씨네 기품과 의병장 집안의 용맹함을 현동 고모에게서도 보았다. 좌중을 사로잡는 기품과 목소리, 얼굴의 생김도 귀한 집 사람임을 한 눈에 알 수 있었다.

두문동 72현 중 하나로 이성계 역성혁명에 반대하고 초야에 묻혀 농사 지으며 일가를 이루었던 청송 심가네와 다른 안동 김씨와 안동 권씨는 권문세도의 집안이었다.

🌿 절개

사개할머니는 평생을 청상으로 사셨다. 우리 집안에 시집 오셔서 남편 되시는 집안 어른은 초야를 치르고 그 길로 서울로 간 모양이었다. 독립운동한다고 집을 나가고는 돌아오지 않으셨다. 그 할머니는 평생을 남편을 기다렸지만 끝끝내 오지 않고 백발이 되어 꽃상여에 읍내로 가는 용뎅이 비얄에 묻히셨다.

언젠가 평산신씨 종부이던 분이 고향 성당에서 미사를 마치고 나에게 말을 걸어오시면서 자신의 집으로 데리고 간 적이 있었다. 나는 홀린 듯 따라가서 그 분 댁에서 그간 살아오신 이야기를 들었다.

한 많은 한생을 보내셨지만 남편이 일찍 돌아가셔서 평생을 수절한 여인의 맑고도 정갈한 그 모습에 놀라움을 감추지 못했다. 인간이 모든 고난을 넘고 한 절개를 지킨 모습이 저런 모습이구나 생각했다. 머리에 쪽을 찌고 흰 세모시 치마저고리에 검은 안경을 썼던 그 분의 머리 가르마와 윤이 나고 머리털 하나도 비어져 나오지 않는 그 모습은 오래오래 내 기억에 남아있다. 막 쏟아내듯 하는 자신의 살아온 이야기는 그 분만의 속 깊은 이야기였다.

🌿 여행

생활비에서 꽤 되는 돈을 지출하면서 길을 떠나는 것은 영혼과 마음과 가슴을 좀 먹는 눈에 보이지 않는 상념들을 떨치기 위함이다. 여행에서 가족들을 만나고 이웃들을 만나고 일도 하고 올라온 이번 여행은 아주 나를 기쁘게 한다. 몸은 지쳤지만 상념을 떨쳐 영혼이 가벼워지고 마음이 비워졌고 가슴의 답답증이 없어졌다. 나를 좀 먹는 상념은 보이지 않는 코로나 바이러스와 같다. 이 바이러스를 떨치는 길은 떠남 외에는 없다고 생각한다.

여행은 나의 존재를 바꾸어준다.

🌿 칼

오전에 모처럼 노트북을 열고 그동안 쓴 시들을 정리해보니 거의가 여행 중에 쓴 것들이었다. 자판을 몇 시간 두드렸더니 어깨가 아프고 또 요리하면서 파를 썰었더니 팔이 아프다. 칼이 무딘 까닭인가 보다.

무딘 칼이 어깨도 아프게 한다. 무딘 칼을 썼던 나의 사연이 아프게 매달려 온다. 날카로운 칼이 무서워 근 십여년을 무딘 칼을 써왔다. 가끔 송곳의 날카로움이나 칼이나 총이 나를 두렵게 한다. 이런 쇠붙이들이 나를 괴롭힌다. 칼에 베여서 피가 많이 났던 기억이 나를 괴롭힌다.

피를 보면 긴장하고 가슴이 두근거리면서 방망이질 한다. 이런 기억이 나는 무섭다. 나에게 총을 쏘고 따라오던 군인 아저씨, 악몽 속에서 나는 도망가고 피하느라 식은 땀을 흘리고 깨곤하였다. 이런 악몽에서 벗어난 것은 내가 성령기도를 하면서 고침을 받았었다.

🌿 원고를 넘기고

아는 출판사에 가서 대표님과 만나고 시 원고를 넘겼다. 봄에 내려고 했는데 계획대로 되지 않았다. 원고를 넘기고나니 시원해진다. 쓴 거는 출판해서 내보내야 또 시는 쓰여진다.

쓰면 쓸수록 좋아지는 시, 바로 나를 위한 시쓰기다. 글 쓰는 재미에 빠져서 50대 중반의 정신과 육신의 약함으로 인해 오는 서글픔을 잊고자 한다.

맨날 아프기만 한 생각에서 벗어나는 길은 여행과 글쓰기, 좋은 사람들을 만나 맞나는 거 먹고 정답게 이야기 나누며 살아가는 것이다. 같은 뜻을 지니고 가는 길에서 동지들 만나고 함께 정답게 줄지어 곧

게, 기품 있게, 질서 있게 한 곳을 향해 같은 길 가는 것이다.

🌿 한국전쟁

나와 아버지는 한국전쟁(조국해방전쟁)의 피해자다. 아니 우리 집안 아버지 형제들은 모두 피해자이고 어머니를 비롯한 큰어머니, 작은어머니도 피해자다.

이 땅에 태어난 이유로 큰아버지, 작은 아버지, 아버지는 군대 가야 했고 남자들이 없는 집안이라고 주위에서 이죽거렸단다. 맙소사! 상상해 보라, 농사 지어서 먹고사는 농촌에서 남자들이 없으면 집안이 뭐가 되겠는지.

아버지는 군대 끌려가신 지 7년만에 그것도 겨우 하사가 되어 탈출할 수 있었다. 전쟁이 끝나고 불안한 나라는 군인들을 볼모로 잡아놓고 안 보내주었다고 한다. 미군의 총알받이였던 그 당시의 한국군, 아버지는 전쟁에서 죽을 고비를 몇 번 넘기고 고향에 돌아오고 싶어서 부사관 시험에 응시하고 부사관이 되어 겨우 군대에서 놓여났다고 한다. 어여쁜 군인 아가씨가 아버지와 같이 결혼하자고 했어도 부모형제가 그리운 아버지는 모든 걸 포기하고 고향에 오셨단다. 농부가 아닌 부사관으로서의 군인신분과 여자까지 다 포기하고 오직 고향에 돌아오는 게 아버지의 소망이었다. 가난하고 농사해야 하지만 아버지는 고향에 끌린 것이다. 왜냐하면 이미 사선을 겪었던 사람에게는 고향의 흙밖에 뭐가 생에 더 보이겠는가!

죽일 놈들은 미제놈들이다. 삼팔선을 멋대로 긋고 멋대로 넘어가서 전쟁 일으키고 김일성이가 무단으로 내려왔다고 자기네 침공을 감추고 역사교과서에서 읊어대고 반공주의 이데올로기 유포시켜 마약 먹은 나라로 만든 원흉이 곧 미국 제국주의자들이다.

아버지는 늘 나에게 전쟁에서 겪은 이야기를 하셨다. 나와 자매들에게. 두 번쯤 듣던 언니들은 피했다. 나는 아버지가 죽을 고비를 넘을 때마다 자리를 피할 수 없었다. 오랫동안 아버지는 나에게 그 이야기를 했고 나는 밤마다 악몽을 꾸었다. 군인이 총을 쏘면서 나를 따라왔다.

지금 생각하니 나는 아버지의 카운셀러였고 아버지는 나의 크라이언트였다. 그렇게 한동안 상처를 드러냈던 아버지는 어느 날부터는 이야기 하지 않으셨다. 나으신 것이다. 반복되어 나오는 같은 이야기는 아버지의 상처를 지우고 있었다.

문제는 내가 그걸로 해서 오랫동안 악몽에 시달렸다는 것이다. 시험, 객지생활, 진로문제, 생활고 등으로 걱정할 때 늘 군인 아저씨는 나에게 총을 겨누고 쫓아왔다. 그러니 나는 군인을 싫어했다. 멋진 군인 직업의 남자가 다가오면 나는 피하고 싶었다.

🌿 락스

락스를 안 쓰려고 했는네 가을장마로 곰팡이가 생겨서 어쩔 수 없이 어젯밤에 뿌렸더니 타일벽이 하얗게 되었다. 나는 락스를 거의 쓰지 않는다. 친구들이 팔힘도 좋다고 반어적으로 이야기 한다.

그동안 손으로 닦아서 팔이 아팠다. 자판 두드리고 무딘 칼로 썰고 다지고 욕실 닦고나면 팔이 아팠다. 사실 나는 왠만하면 손으로 닦았고 락스가 독하고 그 냄새가 싫어서 오랫동안 피해왔다. 락스를 거의 안 쓰고 살았다.

타일 벽면의 까만 곰팡이가 순식간에 죽고 하얗게 되는 락스의 위력을 체감하는데 물이 오염되는 건 어쩌냐!

🌿 호박벌

가끔 잉잉대는 호박벌 소리를 들었다
몸통과 날개에 노랗게 꽃가루를 묻히고도
달콤한 꽃꿀에 취해 부지런히 날개쳤다
호박꽃등 속에서
익어가는 사랑이
노랗게 꽃보다 먼저 분이 났다
여름은 더욱 깊어져서
귓가에 추억이 날개치듯 오른다

표창장이 뭐 밥 먹여주냐

그 많던 편지와 대학원시절 이전의 사진들, 상장들을 어머니는 미국 친구 질 질링이 준 1월의 탄생석 가아넷과 함께 모두 태워버렸다. 나중에 알고 어머니에게 항의했지만 소용 없었다. 어머니는 아버지의 훈장과 군표와 그 많은 표창장도 다 불에 태워버렸다. 어머니는 아버지와 나의 소중한 것들을 깡그리 태워버렸다. 어지럽다고. 하긴 다 뭔 소용이 있나. 깨끗하게 만드신 우리 어머니에게 대해 나와 아버지에게 너무 했다는 생각도 했었다.

이런 걸 지녀 자신을 자꾸 높이 세워보았자 뭐하냐는 게 어머니의 주장이다. 그런 거 뭐 하러 가지고 있냐, 다 어지러운 거라고 했다. 표창장이 뭐 밥을 먹여주나 하시면서. 그까짓 종이 쪼가리가 뭐라고 하셨다. 그것들을 불에 태워 없앤 것은 시골집을 보수공사 할 때였다.

산복상

모처럼 우중에 산행했다. 복숭아 나무에서 떨어진 산복상을 집에 가져와 하나 씻어서 먹었더니 너무 맛있었다.

며칠 전 우리 단체 한도숙 시인님네 사과를 사먹고 있는 중이다. 큰 언니한테는 누룽지를 30개들이 1박스 사고 대구 여동생이 오늘 영양 건빵을 보내온다고 한다. 얼마 전 그는 생수를 아주 많이 가져다 주고 갔다. 집에 쟁여두고 마신다. 갑자기 먹을 복이 터지는 중이다. 가을은 풍성한 계절이구나.

산에 가니 졸참나무 열매가 산길에 많이 떨어져 있었다. 다람쥐가 부지런히 다람쥐굴에다 겨울 양식으로 쟁여놓을 게다. 쟁여놓고 먹으면 얼마나 부자가 된 기분인가말이다.

복상은 복숭아의 경북 북부지방 사투리이다.
참외는 외, 오이는 물이, 상추는 부리, 냉이는 나생이 또는 나세이, 고들빼기는 꼬지께, 머위는 머구, 사과는 능금, 부추는 정구지, 진달래는 참꽃, 달래는 달랭이 또는 달레이, 달팽이는 달패이, 동자개는 갈로, 개암은 깨금, 호도는 추자, 수수는 수꾸, 모란은 목단, 금계국은 노랑자꽃, 조는 서숙, 우박은 유-리. 정다운 사투리이다. 그 중에 우박을 유-리라고 길게 발음하는 게 참 좋다. 여우비 오는 날 유-리가 살짝 내리면 '정말 죽인다', 그 표현 그대로다. 하늘에서 황수정(시트린)이 내리는 날이기 때문이다.

🌿 고무나무

어제는 출판사 대표님과 나의 수강생, 셋이서 저녁을 먹었다. 가기 전에 순수시 경향의 시들을 봄에 손질한 걸 편집하여 출판사로 넘겼다. 오랜만에 대표님과 여러가지 이야기하고 변함없으신 그분의 말씀에 감사함을 느꼈다.

오늘 아침에 참여시계열의 시집 시안을 확정하고 인쇄소로 넘기기로 이야기했다.

첫새벽에 일어나 원고를 최종적으로 교정하고 넘기면서 나는 생각했다. 이른 아침이 되어 오래 앉아있으니 허리가 안 좋아지는 거 같아 마을 공원에서 허리 돌리기를 하면서 생각했다.

이제 내 생각이 문자화되어 나온다. 모든 것에 나는 책임을 져야한다. 이 시집으로 나는 살얼음판을 걸을지도 모른다. 대학 동기들은 출간을 말렸다. 독자도 한정적일 수 있고 화살을 맞을 수도 있다고 했다. 주간님은 옛날 같으면 잡혀갈 수도 있다고 했다. 모든 걸 직면해야 한다고 허리를 돌리면서 결심했다.

오늘은 독서회분들과 함께 고양으로 이사가신 회원님의 집에 함께 방문했다. 펜트하우스에 사시는 그 분의 집을 구경하고 독서회하고 점심도 잘 얻어먹고 테라스에 앉아서 이야기하다 왔다. 오는 길에 온실에 들러 고무나무 한 그루를 사왔다.

고무나무에게 바란다. 부디 잘 살아달라고.

내가 없는 동안에도, 우리집 잘 지켜달라고.

나는 이제 먼 길을 떠날 준비가 되었다. 이 시집으로 나는 정든 것들과 이별해야 한다. 벌판에 서서 싸워야 한다. 내가 현장에 가서 투쟁했을 때보다 더한 투쟁이 나를 기다리고 있을지도 모른다고 생각했다. 멸시와 천대, 모욕이나 비판도 달게 받아야 할 때가 되었다.

떠나기 전에 좋은 오찬을 준비해주신 재은님에게 감사를 전한다. 당신의 집에서 한 때 고요하게 편안하게 잘 머물다 갑니다. 즐거웠고 정성스런 한대에 충만감을 느낍니다. 잊지 않겠습니다.

🌿 빨래줄

오늘은 해가 나왔다. 어머니집에서 이불 빨래도 해서 널고 옷도 널고 오랜만에 빨래줄에다가 널어본다.

빨래줄에 막대기를 고여서 옷을 널어두면 바람과 해가 빨래를 말린다. 빨래줄 장대 끝에는 빨간 고추잠자리가 앉곤했다. 어린시절에.

나는 초등학교 4학년 때부터 고등학교 2 때까지 토일은 늘 들일을 도왔다. 농사일 하지 않은 것은 고3 입시 때문이었다. 비로소 편안한 생활이 시작되었다. 그 때부터 공부하기 시작했는데 가방끈이 길어버렸다. 부모님에게 고 2말에 이제부터 농사일 시키지 마세요. 나는 공부해서 대학 갈래요라고 하면서 선언하듯 이야기 했다.

꽃분홍 과꽃이 동네 길에 피어있었다. 올해도 과꽃은 피었다. 꽃이 피면 꽃밭에서 아주 살았다는 그 누님은 어디에 있을까나?

🌿 초등학교 1

내가 다녔던 파천초등학교. 처음에 학교에 들어간 것은 입학식이 있고 1주일후였다. 나는 늦게 들어가 앞에 나가서 전학생처럼 선생님이 반아이들에게 나를 소개하였다. 선생님은 덕천에 사시는 일족 할아버지뻘 되시는 분이셨다. 그 때의 긴장되고 낯설고 지독하게 조용한 그 분위기가 나를 압도하였다. 나는 잠시라도 앞에 서있는 게 힘들 있딘 기억이 난나.

아버지는 바쁘셨던 건지 아니면 내가 너무 작고 약해서 그런지 같은 동네 동갑 애들이 입학식을 치뤘다는 소식이 풍문으로 들려도 나의 입학에 대해 말씀이 없으셔서 어린 나는 이러다 학교도 못가는 게 아닐까 덜컥 겁이 나서 아버지께 학교 보내주셔야 한다고 졸랐다.

그 때도 나는 정색을 하고 부모가 자식을 학교에 안 보내면 어떻하느냐고 아버지께 설득하듯이 말하고 학교 가고싶다고 했고 입학 절차를 밟으시라고 했던 것 같다.
그래서 나는 1주일을 늦어서 학교에 들어간 것이고 아이들은 서로 다 아는 사이가 되어있고 앞으로 나란히 우향우 좌향좌 이런 구호들에 익숙해져 있었다.

나는 얼마간 주눅이 들었다.

🌿 초등학교 2

학교 옆에는 용점천이 흘러 내리고 거기에는 나무 다리가 있었다. 그 다리는 여름에 태풍이 올 때 큰물이 지면 다리는 떠내려 갔다. 69년에 파천초등학교에 부임하신 페이스북 친구 김태수 선생님의 말씀으로는 큰물이 지면 학교에서 붉은 깃발을 꽂아두고 덕천에 사는 아이들이 물을 건너오지 못하게 했다고 하셨다.

덕천과 상덕천인 신흥, 윈이사리, 수천, 오랑실에 사는 애들은 큰물이 지면 선생님들의 인솔 하에 청송 읍내로 가서 돌아갔다. 그러나 물이 약간 불었을 때는 선생님들이 아이들을 업어다가 건너주실 때도 있었다고 한다.

덕천과 상덕천으로 불리는 신흥리에는 심가 일족들의 집성촌이었다. 덕천에는 종가집이 있었고 의경재가 나중에 생겼다.

사진은 학교에서 다리를 건너 덕천 송소고택마을로 가는 길.

🌿 초등학교 3

전교생이 400여명 가량 있었던 초등학교에는 둘째언니, 세째언니, 그리고 내가 다니고 있었다. 언니들이 졸업하고 여동생 둘이 다녔고 나중에는 남동생도 다녔다.

그 때만 해도 학교 옆에는 청송읍내로 올라가는 신작로가 있었고 학교는 읍내에서 2키로미터 지점이었다. 내려가면서 진보를 나가는 길이었다.

현재 청송은 7개면으로 구성된 경북에서 아마 제일 면적이 큰 군이다. 이름이 청송이 된 것은 조선시대 때의 일이고 그 전에는 현동, 진보, 안덕이란 이름의 지명이 그 이전 시대에 있었단다. 나중에 청송부이고 나머지 이름들은 군이라는 단위였던 모양이다.

그 신작로를 걸어 학교에 입학한 나는 2. 3일은 걸어서 다녀오니 몸이 지치는 느낌이 들었다. 반일 수업에다 체력이 약했던 내가 걸어서 오는데도 힘이 들었을 정도로 나는 작고 빼빼했다. 그게 적응이 된 것은 좀 지나고였다.

가을이 되면 운동장에 만국기를 걸고 모두들 아래 위 흰 운동복에 흰 모자나 파란 모자를 썼다. 청군백군으로 나누어 우리들은 맑고 푸른 가을 하늘 아래 달리기, 공굴리기, 오자미 던지기, 릴레이, 차전놀이, 줄다리기 등을 하여 모두 각 진영의 선수로 나섰다. 그러나 나는 선생님들의 땅하는 경기용 총소리만 들어도 간이 콩알만 해졌다.

응원전도 대단했던 그날은 학부모님들이나 인근 동네 분들이 운동장 가로 발 디딜 틈없이 밀려들었다. 아이들이 경기하는 걸 지켜보고 마을분들과 학동들, 선생님들이 하나가 된 날이었다. 그 많은 가지가지 물건을 팔러왔던 장사꾼들도 그날은 많이 팔고 신이 났던 가을 운동회, 참으로 마을공동체의 즐거운 축제였다.

이날 동네 아낙들은 흰 차일을 치고 아침 일찍부터 검은 무쇠솥에 소고기국을 끓여 국밥을 팔았다. 이밥에 무꾸(무우)를 반듯하게 썰고 대파를 숭숭 썰고 고추가루를 풀어서 국물을 낸 그 맛은 잊을 수가 없다.

가을운동회가 끝나면 한동안 그 여파가 있을 정도로 들뜨고 신이 났던 날, 상장으로 공책이나 연필, 크레파스 등을 받던 날이었다.

🌿 초등학교 4

생각해보니 선생님들은 모두 점잖게 교육자다우셨다. 그 중에 5.6 학년 때 두 분은 두드러진 부분은 있었다. 5학년 때 선생님은 나의 둘째언니에 대해 살짝 관심이 있었던 것 같았다. 골안에 채씨 집성촌에 사셨던 그 분은 어느 날 둘째, 셋째 언니랑 도라지(돌개) 밭에서 기심 (잡초)을 뽑을 때 여고생이 된 둘째언니를 본 모양이었다. 그 때부터 선생님은 우리 세 자매와 나에게 대해 관심을 가지시고 열심히 공부하라고 기를 세워주셨다.

그것도 내가 IQ 140 넘어 우리반에서 제일 머리 좋은 애가 왜 공부 안 하니 이렇게 말씀하셔서 친구들은 내가 천재고 만물박사라고 하였다. 너무나 나한테는 과한 평가여서 되려 부담스러웠는데도 기분이 나쁘지는 않고 나는 그 때부터 자신감을 회복하고 책을 조금씩 본 듯하다.

5학년 때 선생님은 총각선생님이셨고 명랑하시고 노래도 좋아하시고 힘도 세셔서 오르간을 옮겨올 때 혼자 어깨에 둘러메고 우리 교실로 옮겨오셨다. 나는 선생님의 과한 모습이 신경이 거슬렸지만 그분은 늘 신이 났고 한 번 친구들을 혼 내실 때는 있는 성질 다 부리시듯이 무서웠다.

기분이 좋으실 때는 싱글벙글에다 콧노래도 부르시는 분이셨다. 우리는 선생님이 여느 선생님들 보다 감정표현이 있으신 그분에 대해 늘 모여서 뒷담화도 하곤했다. 총각선생님이라 소문도 무성했던 그분은 1년을 우리학교에 계시다가 다른 학교로 전근을 가셨던 것 같다. 그 무성한 뒷담화와 소문을 뒤로 한 채. 친구들은 그분이 가시고 문득 학교가 쓸쓸해지는 느낌을 받았던 것 같다.

젊은 총각 선생님이라서 학교 일도 척척하시고 오르간도 혼자서 어깨에 짊어메고 옮기셨던 선생님께 우리는 혼자 힘자랑하려고 그런다고 수군댄 것이다. 언젠가 키가 작은 우리반 남자애들이 몇명이나 붙어서 끙끙대며 뒷 교사의 다른 교실에 있었던 풍금을 우리 교실로 옮겨오는 것을 본 선생님은 그 때부터 혼자 풍금을 어깨에 짊어메고 옮기셨다. 음악 수업이 있을 때 한 대뿐인 풍금을 각 학년의 음악 시간에 쓰기 위해 이 교실 저 교실로 옮겨야 했던 시절의 이야기이다.

🌱 청송 산소카페

청송 송강리에 있는 산소카페에는 용점천 맑은 강물을 곁에 두고 넓은 들을 조성하여 백일홍을 가득 심어 둔 곳이다. 청정지역 청송을 느낄 수 있는 색색의 백일홍은 산과 들, 강이 곁에서 흘러 아름다운 야외 카페이다. 길 건너에는 청송 한지장이 있다. 닥종이로 전통 문의 문종이를 만드는 한지 장인이 계시는 곳으로 견학이 가능하고 그 옆에는 이제는 폐교가 된 송강국민학교가 있다. 거기에서 산 안으로 들어가면 옹점이라는 곳으로 온천이 난다고 소문이 짜한 산골마을이 나온다.

🌿 홍천기

아들이 엑스트라 하므로 퓨전사극 홍천기에서 화공들이 과거시험을 보는 장면에서 아들이 세 번 정도 나왔다. 둘이서 어디 나오나 신경 쓰면서 보았다. 흰 바지 저고리에다 머리를 흰 끈으로 질근 메고 뒤의 중간에 혼자 서있는 아들을 보았다.

이 장면을 성균관대 비천당에서 찍었는데 아들은 한복 의상을 입고 있었는데 그 학교 여학생들이 아들 보고 자기네 동아리 들어와 달라고 하더란다. 그래서 엑스트라들을 관리하는 사람이 여학생들을 접근 금지 시키더란다. 촬영구역이라면서.

아들은 중학생 때도 한 달에 한 번 가는 교구 예비신학교에도 갈 때마다 중학교 반친구 여자애가 놀이공원 가자거나 영화 티켓 애매해놨다고 꼬셨다. 나는 그 때마다 아들에게 유혹을 끊어야 하느니라고 말했다. 아들도 그렇게 알아 듣고 예비신학교에 빠짐없이 가곤했다.

그 여자친구는 얼마 전 아들에게 자꾸 대학 가라고 하고 자격증을 따야한다고 강요하여 아들이 퇴짜를 놨다. 카톡을 끊어버린 것이다. 대학 나온 너가 원하는 남자 만나 시집가거라고 했다고.

이 중학 여동창은 언젠가 사고 나서 입원한 자기 남자친구에게 병문안 갈 때 나의 아들을 데리고 갔다가 퇴원한 남친에게 퇴짜를 맞은 사람이다. 이 여동창은 아들과 병문안을 한 번 더 가려고 했지만 아들은 너의 일은 네가 하여라고 거절했다.

밀국시

　나는 자꾸 살찔 수밖에 없다
고향친구가 연 3일을 사과다 밤이다 떡볶기다 오뎅이다 사들고 온다.
게다가 오늘은 비가 와서 바지락칼국수를 집에서 끓여서 아들과 셋
이서 다 먹었다. 이걸 먹으면서 시골에 계신 엄마가 생각난다. 국수가
먹고싶다 하셨는데……

　밀가루와 콩가루를 섞어서 안반에다 밀어서 썰고 물이 끓으면 넣어
서 삶는다. 국시꼬랑댕이는 소죽 부석(부엌) 잉경불 위에다 구우면 부
풀어올라서 꼭 빵모양이 된다. 그걸 씹어먹고 나면 방으로 국시가 들
어온다. 참기름 넣은 양념장에다 국수를 먹었던 그 옛날 어린시절의
형제자매가 생각난다.

　어머니는 우리들을 먹이려고 국수를 밀었다. 꽤 큰 반죽을 치대고
홍두깨로 밀고 넓다랗게 만들어 접어서는 썰었다. 나는 언젠가 국수
를 반죽하고 밀었는데 반죽하는데만 해도 팔힘이 없는 나는 힘들어서
겨우 만들어 먹고는 다시는 만들지 못한다. 어머니는 그 딱딱한 반죽
을 어떻게 초지장처럼 밀어낼 수 있었을까 싶다. 자식들 먹이느라 힘
든 것도 잊으셨던 어머니, 반죽이 질어지면 하얀 밀가루를 흩뿌리던,
밀가루가 묻어나 하얗게 된 그 젊은 날의 어머니 손이 그립고 여름엔
이마에 땀방울 송글송글 하던 흰 얼굴이 생각난다.

🌿 날궂이

　친구는 신랑과 시골 친정갔다가 송이계절이라 신랑이 자기네 식구들 데려다가 콘도에 묵게 하고 친구 더러 가자 했다. 그 전주에도 시댁 가족 따라 병원행 했던 터라 더는 시댁가족 얼굴 상면하는 게 힘들었던 친구는 묘수를 짜낸다.

　3일을 어린이집 애들 돌보는 일한다고 신랑한테 얘기한 것이다. 신랑은 안동까지 기차 탈 수 있게 차로 데려다 주고 자기 가족들이 있는 콘도로 간 것이다.

　혼자 올라온 친구는 3일을 줄곧 우리집에 놀러왔다. 오늘은 아예 7시 30분에 나와 수영장 가서 수영하고 우리집에 온 것이다. 이유는 알리바이 확보를 위해서다. 나는 소파에 친구를 앉히고 나도 공범일세라고 했다. 친구는 공범은 아니라고 했다. 우리가 나쁜 짓을 벌이는 게 아니라고.

　우리는 그저께와 어제는 산에도 가고 우이동 명상의 집에도 가고 점심 먹고 낮에 막걸리도 한 잔 했다.

　오늘은 국수를 아들이랑 셋이서 우리 집에서 끓여먹고 내 침대에서 둘이 한숨 자고 비가 약간씩 내리는데도 산행을 했다. 산의 약수를 먹고 오솔길을 걸으면서 정원이 있는 곳까지 가서 비에 젖은 족두리꽃과 과꽃, 맨드라미 등을 보며 마음을 기쁘게 하였다.

비가 좀 왔다고 계곡에는 물이 졸졸 흘렀다. 친구는 그 물소리 들으면서 행복해 했다. 친구는 집에 들어가기 전에 산에서 내려와 오뎅과 떡볶기를 사주었다. 소문난 떡볶기집은 우리 아들 줄 거라니까 댁의 아들은 치즈 좋아하니 치즈 넣겠다고 하였다. 친구가 그 말을 듣더니 세상에 얼마나 배려가 고맙니 한다. 아들 단골집이라 아주머니는 아들 입맛을 알고 계신다

그 아주머니도 우리와 같은 경상도 사람이라 오뎅도 각각 두 개씩 덤으로 넣어준다. 아들은 전에 성당이나 이런 데서 자선 티켓이 나오면 동네 단골집 아주머니들에게 팔기도 하였다. 그 때마다 꼭 사준 분이 소문난 떡볶기집 아주머니였다.

친구는 기분 좋게 가져온 그렌져 몰고 돌아갔다.

오늘은 덤으로 받은
먹거리로 저녁을 때우는 처음 날궂이날이네!

🌿 종부

나의 시창작 제자 중 한 명이 종가집 종부이다. 얼굴도 참하고 마음씨도 곱고 생각도 나랑 비슷한 점이 있다. 그녀의 친정은 강원도인 모양이어서 나에게 송아리도 큰 옥수수를 골라서 한 상자를 보내왔다.

나는 전날 영종도와 을왕리를 다녀오고 다음날 보령 다녀와서 파김치가 되었다. 돌아와 보니 그녀가 보내온 상지기 현관 앞에 있었다.

몸이 피곤하였지만 그냥 두면 뜨므로 이튿날 나는 베란다에서 옥수수 껍질을 벗기고 다듬었다. 가장 속껍질은 그냥 두고 삶으려고 하였고 중간 껍질을 골라서 엮어놓았다. 옥수수 수염은 따로 해서 말렸다. 작은 방에다 껍질을 엮은 걸 매달아 두고 이웃 할머니한테서 얻은 대나무 바구니에다 옥수수 수염을 넣어 말렸다.

옥수수 껍질을 벗기면서 문득 내 머리에는 넓은 비얄 밭에 흰 기저기천으로 아기를 업고 옥수수를 꺾던 젊은 어머니의 모습이 생각났다. 콩과 옥수수를 같이 심었던 밭이었다. 어머니는 옥수수를 삶아서 5일장에다 내다 팔았다. 장을 늘 갔던 어머니였다. 그 업은 남동생은 돌 전에 아파서 먼저 하늘나라로 갔다. 나는 이 슬픔이 나의 온 생애 동안 기억날 것이다. 그 공허감과 무상함은 늘 나를 맴돈다.

옥수수는 큰 찜통에다 두 번에 걸쳐 삶아서 맛보니 정말 꿀맛이었다. 강원도 찰옥수수의 참맛이 그만이었다. 9개 정도는 냉동하고 나니 산행 갔다 돌아온 공동체 자매님께서 둘이 우리집을 방문했다. 그녀들에게 옥수수를 내놓고 갈 때는 몇 개씩 싸주었다. 그리고 가까이 사는 공동체 가족에게 좀 와서 가져가라 했더니 저녁에 아기를 데리고 왔다. 아기를 줄 영양건빵과 옥수수 8자루 정도 넣어서 주었다. 자매는 금방 삶은 거라니까 아주 좋아했다. 복중에 아기를 가진 자매는 옥수수를 좋아했다. 전에 여름에도 용인에 있는 교우자매가 많이 보내와서 삶아서 나눈 적이 있다.

우리 공동체는 자매들이 아이들을 많이 낳는다. 낙태와 피임은 금한다. 지금도 복중에 아기를 가진 분이 계시다.

참말로 오묘한 것은 그날 나는 몸이 안좋아 비실비실한 가운데 두 번에 걸쳐 옥수수를 삶으면서 침대에서 쉬기도 하면서 하루를 버티었는데 그 날 말씀 달력에 너의 가족은 하느님의 말씀을 믿고 따르는 사람들이 너의 가족이요 형제자매란 말씀이 펴져 있는 것이었다. 주일날 갑자기 여섯명의 형제자매가 우리집에 잠깐 찾아온 것이다. 그들이 돌아가고 난 후 보령 다녀오느라 토요 성찬전례를 못 간 나의 허전함을 주일날 당신의 자녀들을 보내어 주셔서 만나게 하신 하느님께 조용히 감사 드렸다.

🌱 도토리

산행을 하니 요즘 도토리가 풍년이다. 주로 졸참나무 도토리인데 수북하다. 나도 몇 갠가를 주어다가 식탁 위에 놓아 두었다.

친구는 자신이 사는 아파트 뒷산에서 물푸레나무 도토리를 주어다가 그걸 친정에 가져가서 거기에서 도토리묵을 쑤어다가 나에게 한모 갖다주었다. 쓰니까 잘 요리해서 먹으라고 했다.
나는 삼일 후 그걸 생채와 무쳐서 먹었다. 깻잎, 양파, 상추, 깨소금, 매실청을 넣고 간장과 식초로 양념을 하여 도토리묵 무침을 만들어 먹었다. 아들은 식감이 좋다고 잘 먹고 기분 좋아했다.

오늘 산행에서 도토리들은 가을비를 맞고 색깔이 더 짙어졌다. 저걸 주어다가 도토리를 심어볼까도 생각했다. 썩는 것보다 나을 것이라고 생각했다.

독일 만화 중에 〈나무를 심는 사람〉이라는 작품이 있다. 도시에서 어떤 계기로 세상을 떠나 산 속에 들어와 홀로 살아가던 사나이는 주위의 산에다 온통 도토리를 심었다. 나중에 세월이 흘러 그 일대는 숲으로 변하였다. 나무도 풀도 없던 그곳이 푸른 상수리나무로 울창하게 되었다. 다시 숲에는 새가 날아오고 짐승이 집을 짓고 살았다. 그는 말없이 숲속의 성자가 되었다. 고요한 침묵 속에서 부지런하게도 생명을 움틔운 사람은 노인이 되어 세상을 떠났지만 그가 남겨둔 숲은 많은 사람들의 휴식처가 되었다. 그는 죽어갔지만 수만 그루 상수리나무는 그를 잊지 못했다. 그곳을 찾은 사람들도 그를 잊지 못했다고 한다. 처녀 때 언젠가 포교 성베네딕도수녀원에 갔을 때 수녀님께서 성소자들에게 보여주셨던 그 독일 만화는 잊을 수 없이 인상 깊었던 기억이 난다.

🌿 숲의 성자

니체의 저서 『짜라투스트라는 이렇게 말했다』의 서막에는 숲의 성자라는 장이 나온다. 짜라투스트라가 30세가 되었을 때 하산을 결심하고 산을 내려 갈 때 그 성자는 말린다. 그러나 짜라투스트라는 그의 말을 무시하고 하산했다가 줄타기 묘기를 부리는 사람을 만나고 공포스런 인간의 폭력성을 보면서 절망한다.

숲의 성자는 늘 천체인 태양을 경배하는 자다. 즉 태양으로 상징되는 신을 믿는 자다. 짜라투스트라는 니체의 분신이다. 있는 그대로의 인간, 신에 의해서 의미를 획득하는 존재가 아닌 있는 그대로의 인간,

신을 벗겨낸 인간을 지향한다.

인간이 의식성, 자주성, 창조성을 지닌 존재라 함은 역시 신을 배제한 자주적인 인간이다. 이것은 주체사상이 보는 인간이다.

니체는 그의 아버지가 목사였다보니 어린시절 성경을 많이 접했다. 이 독서 체험이 짜라투스투라에서 성경의 어법을 써먹고 뒤집거나 비트는 방향으로 나아가게 했다.

🌿 산치

경상도 사투리에 산치라는 말이 있다. 산치는 소죽을 쑬 때 물이 끓으면 짚 썬 것을 넣을 때 짚을 퍼담는 일용 도구인데 역시 짚으로 만든 것이다.
대산치라는 말은 대나무로 만든 산치인데 산치가 삼각형 모양이면 대산치는 둥근 모양이다.

빗자루도 싸리나무로 만든 싸리비외 댑싸리라는 식물로 만든 댑싸리비가 있다. 싸리나무는 산에서 자라지만 댑싸리는 밭둑이나 집 안의 뜰이나 텃밭에 주로 심어서 빗자루용으로 쓴다.

산치는 그 외의 용도로 다소 무거워서 주로 마른 풀이나 콩깍지, 짚, 여물 등을 담는다. 짚을 재료로 손으로 만드는 것이며 나무 작대기를 구부리서 만든다.

나는 청소년기에 소죽을 많이 쑤어서 늘 이 산치를 쓰곤했다. 무쇠로 만든 소죽솥에 눈물이 나면 빨리 무겁고 넓다란 솥뚜껑을 열어놓고 짚간으로 가서 산치에다 소여물로 썰어둔 짚을 퍼담아 들고 솥에다 넣는다. 두 산치쯤 넣으면 솥에 가득하여 나무 손곡괭이로 휘휘 저어주면 겨가 든 물에 섞여 짚은 부들부들 삶아져 소가 먹을 수 있게 된다. 솥뚜껑을 닫고 한 김 나오도록 불을 넣으면 소죽이 완성된다.

나는 그러고 보니 소의 밥을 늘 지었던 것 같다.
소죽을 쑤면서 나는 늘 딴짓을 했다. 만화책도 보고 교과책도 보고 부지깽이로 바닥에 그림 그리거나 멍하니 타오르는 불을 하염없이 보거나 뒷산을 바라보기도 했다. 또 전깃줄에 앉아 지저귀는 참새들 소리도 들었다. 추운 겨울에는 추웠지만 불 앞에 있다 보면 추위를 잊었다. 나는 활활 타는 불의 기운이 좋았다. 그러나 그 불을 적당히 잘 다스려야 한다는 것도 알았다. 어떨 때는 지혜롭게 나무를 잘 얹어야 불도 잘 탔다.

소죽을 다 쑤고 아궁이를 깨끗하게 쓸고 마지막으로 부석문을 닫을 때면 늘 그날 다 한 일에 대한 뿌듯함을 느꼈다. 그 때쯤이면 아버지는 들에서 돌아오셨다. 하루의 들일로 지친 소를 마굿간에 들여놓고 소죽을 퍼다가 소나무 통나무를 길게 홈을 판 여물통에 김이 펄펄 나는 소죽을 갖다놓았다.
나는 들에서 돌아온 소를 가만히 바라보았다. 배가 고파 정신없이 고개를 주억거리면서 침을 흘리면서도 소죽을 씹어먹는 순한 소는 이제 다시 볼 수 없다. 어머니가 집식구들을 위해 늘 밥 짓듯이 나는 소를 위해 밥을 지었고 그 소가 잘 먹는지 나는 늘 지켜보곤 했다. 급히 먹어서 채할까봐 뜨거워서 혀가 델까봐 나는 늘 신경이 쓰였던 것이다.

나의 시창작 습작기에 쓴 시 중에서 소죽 쑤는 시가 있다. 지금 생각하면 거의 동시에 가깝다.

🌿 능수버들

오늘은 아들을 따라 천안에 갔다. 고향친구도 데리고 갔다. 아들은 천안흥타령축제를 구경하고 싶어서였다. 주로 대학생들과 젊은 무용수들의 춤실력을 발휘하는 축제였다. 전통과 현대가 어우러진 흥타령축제는 안타깝게도 사전에 인터넷으로 예약했어야 했고 예약하지 않은 사람은 현장에 들어갈 수 없었다. 멀리서 그림의 떡으로 바라보다 왔다. 대신에 천안삼거리공원에서 축제의 음악소리를 들으면서 공원에서 휴식을 취하다가 올라왔다.
천안의 명물 능수버들이 휘늘어진 그늘에서 가을바람을 쐬다가 오니 기분이 좀 나아졌다. 돌아올 때는 천안역에서 무궁화호로 용산까지 왔다. 갈 때는 보통 전철을 탔는데 2시간이 걸렸다.

나는 오래 전에 천안에 선문대에 출강했는데 늘 천안역에 내려서 학교 셔틀버스를 타곤했다. 천안에서 무궁화호를 타고 오면서 『역』(메아리, 2019) 연작시를 쓰곤했다. 오랜만에 천안역에서 무궁화호를 타니 감회가 깊었다. 부드러운 저녁놀이 하늘 가득하고 친구는 피곤하여 옆자리에서 내내 잤다. 나는 이른 새벽에 일어난 탓인지 피로하였지만 노을을 구경하면서 이것저것 머리 속에서 정리를 하였다.

갈 때는 전철 안에서 친구는 여성 해빙에 대한 이야기를 했나. 집에만 있으면 답답하여 괴롭다고 한다. 그리고 나의 2시집을 읽었을 때 생생함이 느껴졌고 조선노동자 1.2.3이 압권이었다고 말해주었다.

🌱 현장에서 태어나는 시

그래, 친구의 말처럼 시가 단순히 책상머리에서 상상력으로만 쓰이겠는가!? 현장을 찾아가고 현장을 보고 들어야 한다.

한 때 시를 쓰기 위해 고뇌했던 적이 있었다. 책상머리에서 고뇌할 때 현장을 가면 시가 떠올랐다. 나의 시는 그런 날의 기억이고 추억이며 상상력이고 그 때 만나거나 했던 사람들이 내 시에 들어왔다.

어제 천안역에서 서울행 열차를 타기 위해 역광장을 지날 때였다. 노숙인도 아닌 50, 60대 사나이들이 6명이나 7명쯤 광장 바닥에 앉아 술을 바닥에 내놓고 마시면서 이야기를 하고 있었다. 일이 없이 그 사람들은 역광장에 앉아서 무슨 이야기를 할까? 먹고살기 위한 이야기일 것이다. 현재 천안역이 있는 지역은 구도심이라 한다. 버스터미널 주변과 천안아산역 주변이 신도심이라 한다. 천안역 주변은 그래서 전에 내가 강의로 천안역 이용했을 때와는 분위기가 달라진 것이다.

코로나로 숨도 쉴 수 없이 방역체제를 당하고 있다. 집회나 결사의 자유도 빼앗기고 있다. 그러면서도 대장동 개발은 민중의 등을 쳐서 수천배 이익을 내어서 저희들끼리 독식하였음에도 뻔뻔스럽게 회피

하고 수치심도 없이 계속 거짓을 말하고 있다. 헐값에 땅을 빼앗기고 주거생존권을 빼앗기고 내몰린 사람들, 그들과 민중들이 일어나 이 부정부패를 뿌리 뽑아야 한다. 노동자 민중들은 들고일어나 정치권력, 사법권력, 언론권력, 공권력과 싸워야 한다.

🌿 일을 쉬며

만 3년간 일한 곳을 그만둔다. 그만두는 데는 여러 가지 이유가 있다. 프리랜서로 일했으므로 그만두어도 퇴직금이나 연금도 없다. 내가 대학의 비정규직강사로 20여년을 일하고 그만두었을 때와 똑같다. 그동안 나의 자존심이나 가르치는 입장에 대해 침해받고 감시도 당한 느낌을 지울 수 없다.

나는 앞으로 일을 안 하고 좋은 사람을 만나볼까 한다. 일보다 그게 나을 듯 하다.
물론 나는 갱년기를 지나온 여자이고 건강도 젊을 때처럼 완벽하진 않다. 그렇지만 나에게도 꿈을 가질 권리는 있다. 물론 이것도 나의 자유와 이제부터 모든 시간을 하느님과 나 자신, 문학에 쏟을 수 있는 이 무한한 기쁨과 바꿀 수 있겠는가를 잘 생각은 해볼까 한다.

나는 오랜만에 다가온 이 시간이 한없이 사랑스럽다.
이제부터 참다운 문학활동의 시간이 다가온다. 참다운 문인들을 만나고 싶고 그들과 교류하고 싶다. 왜 쓰느냐에 대한 아무런 목적의식 없이 허랑방탕한 가짜 문인들과는 선을 긋겠다.

나는 앞으로 모든 착취와 수탈의 역사에 대해 더욱 세밀하게 쓸 생각이다. 이것이 못되고 천박한 자본주의에 대한 나의 전쟁선포다. 나는 서리 내린 나무가지의 칼이 되어 그 심장을 겨눌 것이다.

🌿 구절초

갈 바람에 그렇게도 쓸리고도
의연한 너의 자태에
엷은 햇살은 머물러 빛을 내는구나
얼마나 답답한 속을 바람에 씻어내고도
풀 길 없는 옥은 마음 털어내고
한들한들 춤추는 날
네 몸은 가벼이 들뜬다

🌿 수유리를 걸으며

어제는 수유역에서 고향친구를 만나 강북종합시장으로 가서 둘러보았다. 고향친구는 아들에게 인견 속옷을 사주려고 살펴봤는데 남자게 없어서 자신과 나를 위해 각각 하나씩 사는 것이었다. 한번 입어보자고 하면서. 여름은 지나갔건만 어제는 더웠다. 과일가게를 둘러보다가 우이천변 산책을 생각하니 이것저것 사서 지니기에 걷는 데 불편한 것 같아 자제했다.

점심으로 홍두깨로 민 칼국수를 먹고 우이천변을 향했다. 좀 걷다가 플라스틱으로 만든 의자에 앉아 불어오는 바람에 쓸리는 물억새를 바라보면서 이야기 나누었다. 그러다가 길거리로 올라와 이불가게가 눈에 들어와 들어가 보았다. 친구도 나도 베갯잇을 필요로 하기 때문이었다. 그 가게에서 베개잇과 조각보처럼 만든 방식으로 두 개씩 사고 나왔다. 우리 나이 대의 아저씨가 팔고있었다. 무엇보다 깔끔하게 진열해두고 손님을 맞는 그 가게 주인의 배려가 좋았다.

조금 걷다가 찻집에 들렀다. 친구는 캐모마일, 나는 레몬에이드를 시켜놓고 넓은 창문이 열려있는 창가 자리에 앉았다. 바깥에서는 좁아보이는 찻집이었으나 접이식의 넓고 긴 창문을 열어두니 넓직하게 보였다. 바깥으로 내가 4개월 단위로 가는 한일병원과 천변으로 늘어서있는 빌라들이 보였다. 강가에 서있는 벗나무는 녹음이 짙고 가지가 무성하여 보기만해도 시원하였다. 시원해지는 마음이 되었을 때 나는 도봉미술협회 회장님께 전화를 재차 드렸다. 우이천변에 있는 그 분 작업실에 생각나서 아까 전화 드렸는데 받지 않으셨다. 아마 그림 지도 중이셨던 모양이다. 우이천변에 오면 그 분이 생각나기 때문이다. 마침 전화를 받으셔서 우리들은 부피가 있는 방석과 베갯잇을 산 것을 샀던 가게에다 다시 맡겨놓고 강을 건너 선생님의 화실로 갔다.

지도 받는 제자들은 가고 조각가 한 분과 이야기 나누시다가 그 분도 갔다. 선생님은 우리들에게 몽골에 갔을 때 이야기를 들려주셨고 그 때 다녀와서 만든 여행사진책을 보여주셨는데 5권이 되었다. 우리는 선생님의 이야기와 여행에 참여했던 이들의 사진과 드넓은 몽골의 초원을 보면서 선생님의 이야기에 빠져들었다. 신체가 강건하지 못한 우리들은 하루에 여섯 시간 정도 타는 승차시간을 견뎌내기 힘들 것 같다고 했다. 하늘길이 뚫리면 그 때 갔던 멤버들과 또 가실거라고 했다. 우리는 건강한 그분들이 부러웠다. 여행도 건강할 때 다녀야한다는 말이 실감난다. 친구나 나나 쉬이 피곤해져서 쉬어주어야 하기 때문이다.

저녁을 화백님이 잘 아는 곳으로 가서 추어튀김과 추어탕을 먹었는데 오래된 집의 정직한 맛집이었다. 우리는 소주 한 잔에다 추어탕을 먹으면서 우이동쪽에 사시는 이 지역에서 원로이신 H시인님댁에서 베왔다며 껍질을 까고 다듬는 가게 여주인에게 토란은 껍질만 대충 까고 다 먹는다고 말해주었다. 그 아주머니는 토란의 밑부분이 질기다고 자꾸 잘라내어 바닥에다 버리고 있었기 때문이다. 그 아주머니는 우리에게 좋은 거 알려줘서 고맙다고 했다. 우리들은 시골에서 자랐기 때문에 그 정도는 알고있다.

가게를 나와 선생님과 헤어졌다. 이불집가게가 닫을 무렵에 가서 맡겨둔 것을 찾아와서 친구랑 수유역에서 헤어졌다. 그 옛날 선생님은 친구가 사는 중계동에서 프랜차이즈로 족발집도 했는데 가게가 안되어 손실이 심했던 모양이다. 지금도 예술인 입주빌라에 사시면서 제자들을 가르치면서 생계와 예술활동을 이어가시는 그 분의 에너지는 몽골 초원의 자연이 주는 힘에서 오는 듯 하다. 그 분은 어느 미술단체 회장을 하셨을 때 몽골의 어느 예술대학과 협약도 맺으로하여 그 나라로부터 훈장도 받으셨다고 한다. 지금도 한국에 와있는 몽골인들과도 교류하신다고 한다. 순박하고 인간미가 있는 몽골인들은 그 옛날 한국의 시골 인심처럼 순수한 모양이다. 자본주의는 인간의 마음도 삭막하게 하므로 인간미 넘치는 사회가 되게하는 것도 반자본주의

운동이 되겠다 싶었다. 이웃들과 어울렁더울렁 살아가는 게 인간의 길이라 하지 않는가.

나는 수유역에서 아들에게 줄 고기만두를 1번마을버스 정류장이 있는 곳의 새로 생긴 만두 집에서 사서 들어왔다. 들어오는 중에 버스에서 공동체 줌 말씀 전례를 듣다가 정신을 놓아서 내릴 때 만두를 두고 내린 것이다. 나는 내려서 집에 들어오다가 조용한 골목에서 잠깐 집이 주제인 그날 말씀전례에서 메아리 하였다. 나의 시 「영덕 홍게」를 이야기 하면서 그 날 친구랑 이 시에 대한 내용을 잠깐 나누면서 오일장 다녀오시면서 늘 장보따리에는 가족들 찬거리와 아이들 먹거리를 사오시면서도 점심도 안 드시고오셨던 어머니의 그 마음을 다시 생각나게 하는 오늘이라고 했다. 어머니가 오일장 다녀오시면서 늘 이야기 하셨던 것은 "나는 뽀오얀 입으로 장에 다녀왔다"고 하신 말씀은 가족들 먹거리 챙기느라 외식을 안 하셨던 어머니의 그 마음이 절절히 배어난 것이다.

돌아나오는 버스를 기다려 아들에게 줄 만두를 찾아오면서 그것을 맡아두었다가 내주는 마을버스 기사 아저씨의 친절은 수유리에서만 만날 수 있는 삶의 풍경이었다. 이 풍경도 끝없이 하늘과 맞닿아 있는 몽골 초원에 산다는 몽골인들의 인심에 못지 않다고 생각하니 수유리에 사는 것이 오늘은 문득 미덥고 넉넉하여 편안해진다. 이불집 가게 주인과 기사 아저씨의 배려와 관대함이 답답했던 마음도 따뜻하게 만들어주고 한 잔의 레몬에이드처럼 시원해지는 것이다.

비 오는 날의 맨드라미

오늘은 비가 와서 친구를 불러 같이 우리 집에서 바지락 칼국수를 먹었다. 장미원시장 옆에 성실국수라고 아주 오래된 가내공업으로 하는 국수 집이 있다. 여기 사는 사람들은 그 가게의 단골이다. 생면을 사고 애호박 두 개, 개구리 호박 하나, 바지락을 장미원시장에서 사서 집으로 돌아왔다. 친구는 차를 가지고 우리집에 오고 있었다.

그 전에 그에게서 전화가 왔다. 오늘 비가 오고 비오는 날은 일을 할 수가 없어서 나왔다가 들어가는 중이라면서 우리 집에 잠깐 들르겠다고 했다. 나는 이미 오전에 김작가님과 친구에게 전화해서 선약을 잡았다. 선약으로 안되겠다고 하니 무척 실망하는 느낌이 전화선으로 느껴진다. 나도 마음이 편치는 않지만 30분 전에 한 선약을, 그것도 두 사람과 한 약속을 깰 수는 없는 것이다. 친구와 같이 점심 먹고 4시쯤에 김작가님 댁으로 가기로 했기 때문에.

12시 40분쯤 친구가 오고 나는 현관에 온 친구에게 마침 쌀이 있어서 한 포대를 아들 더러 친구 차에 실어놓고 같이 들어오라고 했다. 아들은 쌀포대를 들고 친구랑 내려가서 차에 옮기는 동안 나는 국수 물이 끓어 소금을 넣고 깨끗이 씻은 바지락을 넣고 끓기를 기다렸다. 다시 물이 끓을 때 칼국수를 풀어놓고 좀 더 끓였다. 그리고 난 후 오징어 썰어둔 것과 파, 새송이버섯 썬 것, 호각 썬 것을 넣어서 좀 더 끓이고 불을 끌 무렵 친구와 아들이 돌아왔다. 친구는 기어이 또 아들에게 오뎅과 떡볶기를 사 들려 데리고 왔다. 쌀포대를 옮겨다 준 고마움을 친구는 그렇게 표시하였다. 식탁에 봉지를 놓았다.

미리 차려둔 점심상 옆으로 국수 냄비를 옮겨 놓고 칼국수를 그릇에다 퍼담아서 상 위에 놓았다. 방석 깔고 셋이서 같이 먹는데 모두 좀 더 먹으니 한 냄비 끓인 칼국수도 동이 났다. 친구는 오징어까지 넣었다고 자기를 위해 더 정성을 들인다고 기뻐했다.

뒷정리를 하고 이야기하다가 친구는 졸리웁다고 하여 내 침대에서 자고 나는 내리는 비를 바라다보다 4시쯤에 친구를 깨워서 우이동으로 들어갔다. 집에서 걸어서 갔는데 마침 비도 그쳐있었다. 친구는 솔밭공원 근처의 고급빌라들을 구경하고 이런 데 살고 싶다고 했다. 그런 집들이 즐비한 동네를 구경하다가 김작가님네 집에 도착한 것이 4시 40분이 넘었다.

오랜만에 뵙게된 김작가님은 약간 지쳐 보이셨다. 김작가님 집에서 바라본 인수봉에는 부드러운 구름이 드리워져 있고 하늘은 여전히 구름이 떠있었다. 작가님은 미국에 사셨을 때 이야기를 하셨다. LA 교민 사회 이야기와 미국 이야기를 들려주셨다. 10년간 거기에서 사시다 오셨고 외동딸도 결혼하여 미국에서 살고 있다고 하셨다.

저녁이 되어 작가님댁에서 나와서 그 분이 데리고 가는 가게에서 갈비탕으로 저녁을 먹었다. 우리 두 사람에게 저녁을 사주시면서 우리들의 소설에 관한 질문들에도 잘 대답해주시고 많은 이야기를 들려주셨다. 전복과 갈비를 씹으면서 따뜻한 국물을 먹으니 마음까지 시원하였다.

자리에서 일어나 친구와 작가님과 셋이서 걸어서 우이동에서 솔밭공원을 지나고 장미원 시장을 지나 우리 집에 와서 잠깐 있으면서 나는 작가님께 영양건빵, 대추, 삶아서 냉동한 옥수수, 누룽지 3봉지를 드리니 종이 가방으로 한 가방이었다. 작가님은 소파에 앉아 "이 사람 손이 커서 큰일이네" 하시고 "왠 옷이 이렇게 많나"라고 하셨다. 그래서 가진 것이 책과 옷밖에 없다고 말씀 드렸다. 책과 옷밖에 없는 사람은 마음이 아프고 상처가 많은 사람이라 책으로 치유 받고 옷으로 마음을 감싼단다. 호호호……

작가님은 친구가 이렇게 늦게 집 들어가면 신랑한테 쫓겨난다고 하면서 가자고 하셔서 둘은 일어나서 나갔다. 나는 그 전에 작가님께 두 번째로 나온 시집을 길 꿈, 꿈길이라고 쓰고 자필 서명하여 드렸더니 일단 겉모습은 만족이라 하셨다. 내용은 차차 읽어보시겠다고 하셨다.

나의 착한 친구는 차로 선생님 댁까지 모셔 드리고 자기 집으로 가겠다고 하였다. 나는 선생님이 내가 챙겨드린 음식들이 든 종이가방을 어르신이 들고 많이 걸으면 건강에 안 좋다고 하였다. 선생님은 그걸 들고 걸어가시려 하셨지만 나의 친구는 어르신이 무거운 걸 들고 많이 걸으면 안 좋다는 걸 알고 모셔다 드리겠다고 고맙게도 이야기 해주었고 선생님도 두 젊은 여자가 신경 써드리니 어리둥절 하시면서도 못 이긴 채 차에 오르셨다. 나는 마음이 편안해졌다.

김작가님네 아파트 정원에 핀 맨드라미.

🌿 마실

　내가 사는 수유리의 인수동 근처에는 인수초등학교와 인수중학교가 길 하나를 사이에 두고 마주 보고 있고 그 길을 따라 올라가면 통일교육원과 지금은 폐쇄된 아카데미하우스가 있는 곳이다. 거기에서 삼각산 자락으로 이어진다. 그 밑으로는 4.19기념 공원이 있다. 인수초등학교에서 오른쪽으로 내려가면 인수동주민센터와 국립재활원과 화계사 방향이고 혜화여고를 지나 언덕을 넘어가면 정릉 방향이다. 인수초등학교에서 왼쪽으로 가면 4.19기념공원이고 거기 가기 전에 윤극영 생가가 있다. 4.19기념공원 사거리에서 아래로 꺾으면 4.19입구가 나오고 거기에서 강북구청 방향과 덕성여대 방향으로 갈라진다. 덕성여대 방향으로 가면 솔밭공원이 나오고 우이동이다. 4.19사거리에서 길 건너면 우이동이다. 덕성여대 앞쪽에는 임보 시인님댁이 있고 동대문구 이문동에서 옮겨온 중고서점인 신고서점이 있다.

거기에서 더 가면 『해적』을 쓴 김중태 작가님이 사는 아파트가 나오고 그 부근에 이대희 시인님, 이생진 시인님과 홍해리 시인님, 전선용 시인님, 정성환 작가님, 이다경 작가님과 많은 시인님들이 살고 있다. 가게를 하시는 안명지 작가님 댁에도 간혹 들르고 있다.

　우이동에는 옛날부터 문인들이나 예술인들이 많이 살았고 지금도 그렇다. 솔밭공원을 지나서 계속 걸어가면 천도교 손병희 선생이 33인 민족대표와 3.1 운동의 거사를 도모했던 봉황각이 나오고 거기에서 더 올라가면 도선사 가는 길이고 삼각산의 깊은 산 속이 된다. 거기에서 좀 더 올라가면 왼쪽으로 꺾어지는 길과 직진하는 길이 나오는데 둘 다 우이동 계곡으로 이어져 있다. 그 인에 많은 계곡을 끼고 맛집들이 즐비하다. 동마루를 내놓고 계류의 물소리를 들으면서 보양식을 먹는 곳이다. 우이동 골짜기는 대학생들이 MT도 많이 왔던 곳이다.

우이동 골짜기를 들어가는 길에는 두 갈래 길이 있는데 왼쪽으로는 우이동 명상의 집을 가는 길이고 중앙으로 나있는 길은 먹자골목으로 가는 길이다. 넓은 숲 속에 시멘트 포장 도로가 이어지고 조금 들어가면 흙길이어서 사람들은 가끔 신발을 벗고 일부러 맨발로 걷기도 한다. 그 길이 수도원에서 운영하는 명상의 집이 있는 길이다. 나는 이 길을 선호한다. 비교적 차도 뜸하고 사람들이 드문드문 지나는 길이라 조용하고 한적하다.

나의 친구가 우리 동네에 자주 오는 것은 이 넉넉한 산자락이 있고 숲이 있기 때문이다. 물론 그녀의 아파트 뒤에도 불암산이 있어서 숲과 먼 곳은 아니다. 그러나 우이동 솔밭공원 주위의 고급빌라촌이나 인수초등학교에서 통일교육원 부근의 꽤 넓은 단독주택들이 들어선 마을을 걷다 보면 한적하고 여유를 맛보기 때문이다. 아파트가 밀집한 중계동이나 상계동과는 다른 풍경을 걷기 때문이다. 사실 아파트는 멋이 없다. 편하기는 하지만 전망이 좋지 않은 곳이면 답답할 수가 있기 때문이다.

내가 사는 수유리는 공기도 좋고 여름에도 시원하며 겨울에는 눈풍경이 너무나 아름답다. 4.19기념공원에서 위로 올라가면 백련사 가는 길이 나오고 강북청소년수련관 난나가 나온다. 양쪽 길에 분위기 있는 카페도 많고 맛집도 있다. 나를 만나러 수유리에 누군가 오면 이곳에서 식사를 하고 차를 마시거나 부근의 산길을 걷는다. 둘레길이 있기 때문이다. 나는 주로 백련사 가는 길을 선호한다.

나는 2009년에 수유리로 옮겨왔고 그 때의 나는 학교를 떠나는 마음이었으나 실제로 학교와 떠난 것은 코로나가 오기 전 학기 때였다. 처음에는 이 동네를 몰랐기 때문에 그 때에는 화계사 앞쪽에 살았고 나는 한신대 운동장에서 조깅을 하거나 화계사 뒷산길을 매일 올라갔다. 화계사 앞쪽에서 직진하면 수유1동 성당과 송암교회가 나오고 더 나아가면 수유사거리에서 화계사길 방향으로, 강북구청과 수유역으로, 더 가면 쌍문동 방향으로, 미아동으로, 번동으로 갈라진다.

🌿 텍스트

이제 나의 텍스트는 책도 아니고 그저 사람과 집, 길, 산, 바다, 숲, 카페, 그림, 꽃, 끝없는 혁명과 서적인 것 같다. 책은 한 때 나한테 큰 영감을 주었는데 지금은 그렇지가 않다. 그러나 가끔은 나에게 신선한 충격과 영감을 주는 책을 만나곤 한다. 그나마 다행이다.

나는 원래 일본어과를 전공했고, 물론 영문과를 가려고 꽤나 준비했지만 가지 못하였다. 대학원 졸업하기 전부터 학원이나 기업체에서 일어를 가르쳤다. 그 때만 해도 기업체들은 영어, 일어, 중국어를 사원들이나 중간 관리층들에게 공부하는 기회를 주었다. 대학원을 졸업하고는 대학에서 오랫동안 일본어를 가르쳤다. 그러나 나는 강릉원주대에서 일어를 가르친 것으로 일어 교수는 끝이었다. 어느 순간 일어 가르치는 게 솔직히 진력이 났고 그 무렵에는 일어 강의가 많이 줄었다.

한 때 나는 마산에 있었는데 거기에서 나는 여러 기업체에서 일어 수업을 하였다. 화천기계, 두산기계, 마산과 창원의 어학원, 경남대학에서도 특강을 했다. 서울에 와서는 이랜드그룹 계열 의류회사와 제일제당, 현대건설, 삼성할부금융, 동양나일론, 세콤 등이다. 구로공단이나 인천 남동공단, 화천기계나 두산기계는 창원공단이었다. 나에게 배운 학생들인 회사원들은 나를 마음에 들어했고 나이도 훨씬 어린 나를 선생님이라고 불러주었다. 나는 늘 그분들에게 일어도 가르쳤지만 회사생활하는데 힘이 되는 이야기를 좀 해주었던 거 같다. 현대건설에서 가르칠 때는 과장이었던 분이 중동 현지 파견을 앞두고 아주 진지한 이야기를 나한테 한 적도 있었다. 나는 상담사도 아니고 그렇다고 그 분에게 어떤 조언을 해줄만한 위치도 아니었다. 다만 그분의 마음 답답한 사정을 들어만 주었던 기억이 난다.

이상하게도 그 때는 새벽 같이 일어나서 강의를 한겨울에도 가고 저녁에도 가고 낮에도 가도 신이 났다. 나의 학생들을 만나기 때문이었다. 그런데 나의 나이 30대 후반에 이르면서 일어 가르치는 게 서서히 힘이 나질 않게 된 것이다. 그게 2000년도 말무렵이었다. 그 전부터 중국어나 영어에 밀리고 일어를 배우려는 사람들이 줄어갔다. 그와 함께 나도 일어 가르치는 게 재미나지 않았다. 물론 그 때의 나는 일에 신도 났지만 강사라는 직업이 늘 혼자 다니다 보니 외로운 게 있고 어린 나이부터 그런 입장을 하니 나는 늘 마치고 나면 울적해지곤 했다. 말을 하는 직업이다 보니 말을 마치고 나면 가라앉는 느낌이 들 때도 있고 괜히 울적해질 때도 있었다.

2009년에 수유리로 오면서 늘 보던 책이 일본어에서 국문으로 쓰여진 책으로 대체 되었다. 먼저 성경을 통독하고 여러 작가들과 시인들의 소설이나 시를 다시 읽기 시작하면서였다. 한 때 마산에 있을 때 1년에 석사 논문을 준비하면서 시집과 소설, 사회과학 도서나 베트남에 관한 서적을 미친 듯이 읽은 적이 있었고 서울로 다시 돌아올 때는 전공관계 서적 빼고는 모두 둘째 언니네 집으로 보냈다. 서울의 단칸방에는 그 많은 걸 들여놓을 수 없었다. 마산 봉암동에 1년 살 때는 다락이 있어서 책을 많이 꽂아놓을 수 있었기 때문이다. 그 때는 책이 밥보다 나았다. 그런 나는 책보다 옷이나 밥이 어느 순간 나아지고 숲이나 사람이나 글쓰기, 강, 바다, 카페, 길거리, 시장, 시민운동 현장 등이 좋아진 것이다.

두 문인단체의 무거운 짐을 벗고 혼자만의 시간을 가지려 한다. 내려놓고 연일 친구와 우리 동네의 여기 저기를 산책하고 다니는 게 즐거워진다. 우이천변을 걷고 삼각산 산행을 하고 맛집이나 카페를 가고 작가님이나 화가님를 만나고 지낸다.

오늘은 인사동엘 갈 생각이다. 갤러리를 들러야 할 곳도 있고 몇 년동안 만나온 시인이자 평론가를 만난다. 솔직히 친구만큼 편하지는 않다. 언제 그분이 나한테 편해질지 모르겠다. 나한테 편하지는 않는 그분을 간혹 만나왔다. 편하지 않는 사람과는 자주 보는 게 어렵다. 뭔가 그 분과도 완전히 이어질 수 있는 마음의 회로를 찾아야 하는데도 시도 쓰고 평론도 하고 비슷한 게 있으나 완전히 편해지지 않는 건 왜일까? 늘 만나면 식사 때 가볍게 마신 술도 거리를 매워주지 못한다. 대체 왜 그런가!?

사람 사이는 만나면서 즐거워야 한다. 마음이 자유로워져야 한다.

서로에 대한 존중과 아끼는 마음이 있어야 한다. 이런 게 없으면 그 사람을 더는 만나고 싶지 않게 된다. 생각 보다 사람들이 스스로 만들어 놓은 감옥에서 본인도 타인도 자꾸 감금하려 한다. 그건 아집이나 아만이다. 이 만심을 깨버리지 않으면 인간은 자유롭지 못하다. 나는 자유가 제일 좋다. 거기에서 생명력이 넘쳐 흐른다. 유쾌하고 자유로운 상상력은 마치 달리는 것 같다. 기분 좋게 바람을 가르고 넓고 넓은 초원을 막 달려가는 듯한 사람의 마음이 좋은 것이다. 그러다 보면 삶의 질곡도 거기에서 태어난 걸림, 움추러듦, 피해의식, 상처, 거부, 불신, 인색, 계산, 마음의 꾀죄죄함, 지독한 까다로움과 깐깐함, 쓸데 없는 자기 고집, 가시가 뽑혀져 나간다. 마음의 쓴뿌리를 캐내버리는 길은 마음의 자유이다. 가시가 많이 돋은 사람은 옆에 있는 사람도 불편한 법이다.

하느님의 축복은 뭘까? 그것은 금전 보다 더 귀한 마음과 영감이다. 이것은 상통한다. 태생으로 마음이 하늘 같은 사람이 있다. 교육으로 완성되기는 쉽지 않다. 원래 그렇게 생겨서 나온 사람이 있다. 천품이라고 한다. 그리고 그런 마음에 깃들이는 하느님의 지혜와 빛나는 사상, 이것이 영감이다. 마음이 감옥에 있는 사람에게 이런 게 깃들리는 없는 것 같다.

🌿 혼인 주례

몇 년 전에 나는 결혼식 주례를 제의 받은 적이 있다. 나는 그 때 50대도 전이었고 뭔가 결혼식 주례라 하면 인생의 경험이 풍부하고 부부생활을 비교적 잘 해오신 나이 많은 사람이 단상에 올라와서 결혼하는 사람들에게 축복을 빌어주는 사람 정도로 생각했다. 나는 그때만 해도 그 제의가 부담스러웠다. 나는 아직 젊은 사람이고 내가 생이별을 한 사람이라 결혼식 주례는 뭔가 난감했다. 그 사람은 문인단체에서 만난 것 같다. 그는 두 번이나 부탁했으나 나는 다른 사람을 찾아보라고 했다. 나중에 생각해 보니 그 사람이 고맙다는 생각을 했다. 그 때 나의 답변은 주례를 누가 젊은 사람한테 부탁하나 농담이신가라고 했던 것 같다. 그분은 나를 좋게 본 것이다. 그래서 소중한 분들의 결혼식에 나를 세우려고 했던 모양이다. 지나고 생각하니 참 고마운 일이었다. 그 후 나는 그 때의 거절을 미안해 하면서 그런 제의 받으면 꼭 응해줄 생각이었는데 나는 아직 그런 제의를 받은 적이 없다.

그리스도 공동체는 성서에 나오는 창세기와 예수 그리스도의 혼인에 대한 가르침에 근거하여 가정에서의 제대, 식탁, 부부의 침상을 아주 소중히 여긴다. 이것이 가정 교리에서 아주 중요한 핵심이다.

가정에서 하느님을 섬기는 제대와 가족이 날마다 식탁에 모여 나누는 음식과 가족 간의 유대, 그리고 가정의 가장 핵심인 부부의 사랑이 피어나는 침상은 거룩한 장소라고 가르친다. 가정의 탄생은 부부의 사랑으로 맺어지고 그것은 하느님의 참사랑이 인간에게 구현된 모습이며 하느님 창조사업의 결실이 자녀이며 비로소 한 가정이 태어난다. 가정은 작은 성전이라고 우리 공동체는 가르친다.

🌿 왕십리 시인

오늘은 집에 있다가 오후 4시에 왕십리로 왔다. 버스 타고 전철을 갈아타고 동대문역사문화공원역에서 2호선을 환승했다. 두어 달쯤 전에 인사동에서 만나고는 김시인님이 사는 왕십리로 와달라고 해서 온 것이다.

왕십리역 1번 출구에서 만나서 청계천 방향으로 걸어내려왔다. 다리 아래 청계천이 흐르고 다리를 건너면 동대문구가 된다. 멀리 동대문구청이 보이고 거기에서 더 가면 경동시장이다. 가는 길의 맞은 편에는 마장동육류시장이 있었다. 청계천은 광화문이나 종로, 동대문쪽보다도 강폭이 훨씬 넓고 양안에는 수림이 짙었다. 가을 장미가 예쁘게 피어있고 성큼 자란 감나무에는 감이 붉었다. 한 7년이나 8년 전에 시인님과 이 천변을 걸은 적이 있었다. 그 때만 해도 나무들이 그렇게 자라지는 않았다. 능수버들과 감나무, 플라타너스 이런 나무들이 정겨웠다. 시냇가에는 피라미떼도 많았고 강폭이 넓고 물고기들이 집을 짓기에도 좋은 수풀이 우거져 있었다.

시인님은 학교 연구교수를 하면서 시도 쓰고 평론도 쓰신다. 혼자 수고를 많이 하시고 사람들을 별로 만나지 않으신다고 한다.
이번에 낸 제 2시집을 드리니 순수시를 주로 쓰시는 이 분에게는 내 시가 강하게 느껴지실 게다. 그리고 보니 천변 벤치에서 잠깐 앉아서 이야기 나누는데 나는 아직 첫시집도 안 드렸던 모양이다. 맙소사! 첫시집과 많이 분위기가 다르다고 했더니 첫시집을 내가 주지도 않았다고 하셨다. 죄송했다. 나는 삶아간 찰옥수수와 영양건빵, 누룽지를 드렸다. 찰옥수수와 영양건빵을 맛있게 드셨다. 별로 안 드셔서 마침 배가 고프다고 하셨다.

성동지역 청계천에서 돌아와 왕십리역 부근 고깃집에서 돼지목살을 구워 먹었다. 두꺼운 고기를 얇게 썰어 굽는 재미도 있었다. 막걸리 한 병을 둘이서 다 마시고 나니 어떤 젊은 친구가 와서 파인애플을 사달라고 했다. 시인님은 다른 사람들에게 가보라고 조용히 얘기했는데 그 친구가 이번에는 내게 부탁하길래 가져오라고 했다. 두 봉지에 1만원이었다. 고기 먹고 입가심으로 파인애플 먹으니 좋았다. 시인님은 딱딱한 부분이 씹힌다고 그걸 판 총각애가 마음에 안 든다고 했다. 약간 불쾌해 하셔서 그냥 드시라고 안 딱딱하고 맛나는 것도 많다고 했다. 무엇보다 이 많은 가게 손님들 중에 시인님과 저한테 사달라고 사정하는 걸 보니 우리가 사줄만한 사람이라고 그 청년이 생각한 것 같다고 했고 우리가 선택 받은 거라고 했더니 시인님은 그때서야 불쾌한 기분을 떨치고 기뻐하셨다. 나의 괴변을 좋게 생각하시는 시인님의 마음에 대해 다행이다 싶었다. 기왕 사주고 맛나게 먹고 기분 좋게 지내는 게 나으니까. 그 청년이 모두들한테 거절 당하면 얼마나 마음이 아플까 싶기 때문이다.
사랑하는 사람한테 거절 당하고 일터에서 거절 당하고 학교 성적도 안 좋고 집안도 어렵다면 얼마나 살맛이 않나랴.....,,

집으로 돌아오는 길에는 편하게도 왕십리역 버스 정류장에서 수유리 들어오는 버스가 있어 타고오니 전철 탈 때 보다 시간도 덜 들고 편하게 왔다. 새로운 교통편의 발견이었다. 앞으로 김시인님과도 자주 봐야겠다.

🌿 르쁘작가, 서분숙 시인

어제의 기억은 악몽이다. 아침에 대구에 가기 위해 일찍 일어나서 준비하고 집을 나와 고속터미널을 향했다. 버스를 타고 전철로 갈아타서 3호선을 충무로에서 환승했다. 고속터미널에 도착하니 그 때가 7시 30분 가량이었고 티켓팅이 45분쯤. 그러나 10시 버스가 딱 한 자리 남았는데 산 것이다. 제일 뒷쪽 좌석. 2시간을 넘게 기다려 탔으나 제일 뒷쪽 네 좌석에는 여성 3명과 바로 내 옆에 20대 덩치가 큰 청년이었다. 좌석에 앉아 불편함이 시작 되고 가슴이 답답하고 배가 불편하고 뭐가 올라오는 느낌에다 싸하게 추워지면서 머리도 아파왔다.

차가 고속터미널을 다 빠져나가기 전에 내려서 걸어나왔다. 그리고 나니 약간의 현기증과 기운이 떨어졌다. 환불하고 고속터미널역을 나와서 버스를 탔다. 다행히 논현동 지나고 신사동 지나고 압구정, 응봉, 왕십리, 경동시장, 고대앞, 종암동, 길음, 미아와 수유리로 오는 버스였다. 수유시장에서 151로 갈아타고 집 근처 정류장에 내려 마중나온 아들과 산머루식당에서 점심 먹고 들어와서는 오후 내내 잤다. 수면 부족에다 몸이 안 좋아서 줄곧 잔 것이다.

저녁에 전례를 갔는데, 2주일만이어서 형언할 수 없는 마음이 되었다. 나는 교통약자인데다가 순간순간 힘들 때가 있다. 그런 증상이 심해지면 숨이 답답해지고 아주 괴로워진다. 공황인가! 자신을 편하게 해주어야 할 나이가 되고 몸상태가 되어버렸다.

대구의 두 분 시인님께는 죄송하다고 이해를 구했다. 내가 시집해설을 쓴 고 서분숙 시인이자 르뽀작가의 유고시집 출판기념회에 참석차 가려했으나 갈 수 없어서 안타까웠다. 그녀는 안타깝게도 작년에 암으로 돌아가셨다고 한다. 올해 1주기 추모회를 하였고 최후까지 생존권을 지키려 몸으로 투쟁했던 노점상, 철거민들 곁에서 현장을 취재하고 그런 소재를 시작품으로 남긴 작가이다.

인생의 마지막 순간까지도 철거민들과 노점상들의 생존권을 지켜주려고 분투했던 고 서분숙 시인이자 르뽀작가!
나는 그녀의 삶에 한 송이 흰 국화를 바친다. 부디 하늘나라에서 아무도 남의 둥지를 빼앗지 않고 모두 나누며 사는 천국에서 영생하길 두 손 모아 기도한다.

🌿 해후 1

주일 아침에 오랜만에 대학원 동기에게서 카톡으로 연락이 왔다. 지난주에 아들을 따라 고향 친구와 천안에 갔는데 그 때 동기언니에게 전화했고 언니는 딸이 집에서 강의 듣는 중이어서 나갈 수가 없다고 했다. 나는 예고 없이 갔고 그냥 천안 간 김에 언니한테 안부 전화를 오랜만에 드린 거였다. 그리고 천안의 명소를 소개해달라고 한 거였다. 그날 우리는 준비없이 가서 아들은 흥타령축제 관람이 목적이었으나 인터넷 사전예약제로 하여서 입장도 못 하였다. 대신에 명소를 데려가려 했으나 우리가 점심 지나서 출발하여 오후 늦게 도착한데다 친구는 늦게 올라갈 수는 없다하여 그냥 공원 능수버들 아래 펑상에서 쉬고 산책 좀 하다 돌아왔다.

대학원 동기는 아쉬워했고 내일 서울에 오는 길에 보자고 한다. 한
국 출신 국제적 화가 이한우 화가의 그림도 알려주었고 자신의 지인
이자 초등학교 교장선생님이자 조각보 예술가인 분의 작품을 사진으
로 보내왔다.

동기이지만 언니로 부르는 이유는 나보다 나이가 두 살 위이기 때
문이다. 학창시절의 이야기를 꺼내는 중에 내가 한 때 고대 일어과 연
구생으로 있었을 때 알았던 친구와 내가 소개하여 고대대학원생과 나
의 동기 이렇게 단체미팅한 적이 있었던 모양이다. 나는 주선자였지
만 기억이 없다. 내가 미팅의 당사자가 아니기 때문이겠지. 미팅으로
나온 사람은 기억에 남을 수 있다. 그 때 언니는 키가 훤칠하고 늠름
한 분을 만났던 모양이다. 언니도 그 때 아주 예뻤다. 나는 나의 대학
동기 중 친했던 두 친구도 과에서 미인들이었다. 대학원에 오니 이 언
니와 친했는데 이 언니도 상당히 미인이었다. 생김새가 이국적인 느
낌의 예쁜 아가씨였다. 언니의 추억은 이랬다. 발표 준비로 밤을 새고
그 다음날 미팅 간 거였는데 1차로 단체로 만나고 2차로 찻집에서 둘
이서 이야기 나누려고 앉았는데 언니가 밤샘을 한 탓인지 코피가 많
이 나서 당황하고 화장실에 가서 그걸 닦느라 정신 없었고 처음 만나
는 사람한테 민망하기도 했던 모양이다. 아마 언니가 오래 기억하는
것은 그 때의 멋져보였던 미팅 상대와 코피의 당황스러움이 오래 남
게 된 것이다. 당시에는 당혹스러웠을테고. 나는 그 후에 미팅 나갔던
다른 동기의 후일담을 들은 적이 있다. 그 내용은 솔직히 좀 괴상한
사람 같다는 게 그 동기나 나의 소감이었다. 그 중에 아무도 애프터가
없었던 것 같다.

나는 그러고 보니 대학 시절에도 미팅이나 소개팅을 몇 번 주선했던 것 같다. 그 중에 이루어진 것은 나의 대학 동기 중 친한 친구 둘 중 하나였다. 수원에 살고 지금은 연락이 되지 않는다.

나는 오랫동안 만남, 연애 이런 걸 꿈은 꿨으나 현실의 입시, 대학 생활, 학내 투쟁, 진로, 서울생활, 대학원입시, 대학원생활, 공부, 가족 갈등, 경제적 자립, 졸업, 강사생활, 이런 것들로 결혼 전에는 마음의 여유가 없었다. 내가 좋아했던 사람과는 이루어지지도 않았고, 31살에 아들의 아버지와 결혼한 것도 불행을 이미 알았어도 도망칠 수도 없어서 나는 낯선 원주의 어느 시골 성당에서 혼배미사를 했다. 해본 적도 없는 짙은 화장과 면사포와 웨딩 드레스, 눈이 간간히 내리는 초겨울의 추운 날씨, 추운데 잠깐 촬영 나간 을씨년스러운 공원, 어두운 시골성당, 한복의 패백, 시어머님이 준비하신 갈비탕 냄새, 애 아버지의 불안한 모습, 첫날 밤의 소란스러움, 신혼여행지에서의 첫날밤의 날밤과 불안하고 초조해 보이는 아이 아버지의 모습, 다음날 애 아빠를 데리고 비행기로 돌아와 내 고향집에서 쉬었던 것만 기억이 난다. 그리고 우리 어머니가 애 아버지에게 얘는 돈 씀씀이가 좀 있으니까 자네가 많이 못 쓰게 해야 살림이 튼실할 거라고 했던 기억이 난다. 그랬던 어머니는 지금은 내가 이것저것 많이 사다가 음식 만들어 드리고 형제들 먹여주면 나를 그렇게도 칭찬을 한다. 내 마음이 천심이라나 하면서.

나도 이제는 시골에 가서 명절 음식 거나하게 만드는 것이 힘이 든다. 나는 내가 강건하여 맛나는 음식도 많이 만들어 사람들도 불러 먹이고 친교를 누리고 싶은데 뜻대로 안 되는 게 유감이다. 이런 나는 호스트가 되어 넓은 집과 마당에서 가든파티를 열고 마당 한쪽에서는 고기를 굽고 음식을 출장부페나 요리사가 와서 만들어 손님들을 초대하는 꿈을 꾼다. 식탁에는 깔끔한 식탁보와 예쁜 꽃들로 장식하고 손님들 입맛대로 갖춘 주류와 각종 음식들을 즐비하게 차려놓고 그야말로 먹고 마시면서 작은 무대에서 악기를 연주하고 노래도 부르면서 함께 춤도 추고 손님들이 흥겹고 나도 행복한 그런 멋진 날을 꿈꿔 본다. 나는 이런 게 나한테 맞는데 너무 오랫동안 재미없는 책이다 공부다 했던 거 같다. 이런 꿈이 언젠가 이루어질 지 글쎄다......^^

🌿 해후 2

　오랜만에 대학원동기를 만났다. 언니는 나보다 2살 위이다. 둘이서 11시에 서울대병원 앞에서 만났다. 언니가 정기검진을 왔기 때문이다. 50대 중반이 되었어도 여전히 예쁜 언니는 나를 부암동으로 데리고 갔다. 계열사라고 하는 후라이드 치킨 전문점에서 생맥에다 치킨을 먹으면서 이야기를 했다. 치킨이 맛이 좋았다.

　대학원 다닐 때 이야기와 언니의 임플란트 시술과 그게 잘못되어 그 때부터 이가 아프기 시작하여 병원을 상대로 10여년 간 소송을 진행했던 모양이다. 그게 37살 때였고 그게 끝나고 나서 47살부터 4년 간 즐겁게 살았는데 번아웃증후군으로 아파서 서울대병원에서 한 달 간 입원하여 죽다 살았다고 했다. 두 딸아이도 대학원을 다니거나 직장생활 중이라고 한다.

　언니는 학창시절의 첫사랑 이야기나 대학원시절의 이야기 등을 하였는데 내가 기억나지 않는 나의 추억도 많이 이야기해주었다. 부암동의 산모퉁이라는 찻집에서 꽤나 이야기 했다. 거의 기억과 상상력, 꿈, 트라우마 등에 대한 이야기였다. 산모퉁이라는 찻집은 인왕산이 바라다 보이는 전망이 좋은 찻집이라 많이 사람들이 찾아왔다. 거기에서 나와서 자하문만두에서 만두로 저녁을 먹고 걸어내려와 청와대를 지나 경복궁역에서 언니는 천안을 내려가기 위해 고속터미날역을 향해 가고 나는 거기에서 걸어서 안국역까지 와서 109번을 타고 들어왔다.

언젠가 대학원시절에 언니는 내가 고대 연구생으로 있을 때 대학원신문에 실은 나의 짧은 수필을 읽고 감동 받았다면서 만연필로 그 전문을 깨끗하게 예쁜 편지지에 써서 나에게 주었다. 나는 이 이야기를 하면서 아직도 가지고 있다고 했더니 나중에 사진 찍어서 보내달라고 한다. 그 때 언니는 나의 글을 칭찬하면서 좋은 글 많이 써라고 청서를 해서 나에게 선물로 주는 것이라고 했다.

대학원 시절에 우리들은 발표, 레포트, 시험과 생계를 위해 일어를 가르치면서 바쁜 나날을 보냈다. 그리고 졸업 후 대학 강단에 서서 오랫동안 일본어 등을 가르치면서 강의료는 적었고 연금이나 퇴직금, 사대보험에 가입도 안되었던 그 시절에 사명감 하나로 버티었던 그 때의 열정을 지금은 흉내낼 수 없다. 나는 언니에게 지난 추억을 잘 써보면 어떨까고 자신을 위해서 글을 써보라고 권유했고 언니는 그렇게 해보겠다고 하였다. 나의 두 권의 시집을 주었고 언니는 읽어보겠다고 하였다.

🌿 가든 파티

  가든파티의 이미지 사진을 하나 캡쳐하려다니 네이버 검색에서 우연이 캐서린 멘스필드의 소설 『가든파티』가 나온다. 이거나 사서 좀 읽어봐야겠다. 작가는 여성들을 주인공으로 주로 쓴 거 같다. 끌리는 작품들이다.

  스콧 피츠제랄드의『위대한 개츠비』에도 비합법적인 수단으로 아메리칸 드림을 실현하고 고향으로 돌아온, 한 때 가난한 군인 신분이었던 개츠비가 첫사랑 데이지를 못잊어 하면서 그녀와의 재회 수단으로 거나하게 여는 파티가 나온다. 그러나 이 소설에서는 개츠비가 윌슨에게 총살당하고 그의 쓸쓸한 장례식에는 거나하게 먹고 마시고 즐겼던 손님들도 오지 않았고 마음이 흔들렸던 데이지도 찾아오지 않았다. 그야말로 개츠비의 쓸쓸한 장례식을 이 소설의 화자이자 개츠비의 오랜 친구이며 데이지의 사촌이자 그녀의 남편 톰과는 대학동기이자 독신인 닉 캐러웨이가 그의 죽음을 애도한다. 영화 〈위대한 개츠비〉의 화려한 파티 스펙터클과 소설의 쓸쓸한 장례식은 삶의 빛과 그림자를 비추듯이 콘트라스트를 이룬다.

  개츠비는 한 때 데이지를 사랑했으나 그가 가난하다는 이유로 데이지의 집안에서 결혼을 반대하여 실연의 아픔을 안고 고향을 떠난다. 데이지의 남편 톰은 자동차 정비 수리공인 윌슨의 아내와 외도를 하고 데이지는 다시 만난 개츠비에게 마음이 흔들린다.
  이 소설은 부유층이 사는 이스트에그라는 사회와 아메리칸 드림의 허상을 폭로한다. 물신주의와 불법적인 경제발전과 개발이 가져오는 아메리칸 드림의 이면을 보여준다.

가든 파티와 같은 잔치에서 장례식으로 끝나는 혁명소설을 써보면 어떨까 한다. 재미있는 콘트라스트다. 잔치는 그야말로 체제의 모순이 드러나 비극적으로 끝나고 장례식은 그야말로 들고일어나는 것으로 혁명의 봉기 광경의 역동성을 묘사한다. 한 사람의 죽음이 많은 이들의 되찾은 생명으로 부활한다.

에이젠슈테인의 영화 〈전함 포템킨〉(1925)은 짜르체제의 모순이 드러나고 썪은 고기 수프와 불편한 잠자리, 계급적 모순을 참다가 일어나는 수병들의 선상 폭동, 그것과 연동되어 시민들의 봉기가 일어나 계단을 구르는 유모차, 총에 맞는 여인 등의 생동감 넘치는 장면을 연출한다. 혁명은 민중의 피, 전사의 피로 이루어진다.

🌱 민들레 전사

오늘은 오랜만에 산행하고 오후에 전두환심판국민행동과 전태삼 선생님의 고 이소선 어머님 재판 관계로 청계천 전태일 다리에서 우리는 기자회견을 하였다. 2시에 만나서 4시 넘어서 끝났다. 그리고 나서 전태일 열사가 바보회를 했던 명보다방에서 차를 마시며 내일 있을 재판과 앞으로의 계획을 들었다.

아들과 나는 출판회 준비로 먼저 일어나서 정동으로 향했다. 코로나로 출판회 뒷풀이 장소로 식당을 예약했으나 못 받겠다고 하여 나는 다시 출판회 장소에 가서 다른 식당을 예약하고 거기 음식을 맛보고 왔다. 아들이 옆에서 같이 다녀주어서 다행이었다. 상한 마음이 다시 회복되었다. 샤브샤브를 먹으면서 속을 가라앉혔다. 코로나라 모두 당국의 방역지침 때문에 어려운 것이다. 살 맛나지 않는 코로나 시대 언제 가려나 싶다.

종일 시낭송자를 정하고 낭송할 시를 미리 사진 찍어서 보내고 순서지 만들어 주신 거 교정 보고 정말 바쁘구나 싶다. 오시겠다는 분들이 많아서 옆 강의실까지 대관하여 오늘 전부 지불하고 돌아왔다. 거기 규정이 그렇단다. 방역지침이 있어서 수용인원의 반의 반 정도만 들어가는 것이다.

아무리 그래도 등잔에 기름을 준비한 열처녀들이 혼인잔치에 초대받아서 들어갔듯이 초대 받아서 입장하실 분들은 다 하게될 것이다. 방역지침을 지키면서 조심들 하면서 행사를 잘 치루어야 한다.

생각해보라! 멀리 진주, 세종, 평택, 천안 등지에서 올라오시는 분들에게 저녁 대접 안 하면 뭐가 되겠는지. 먹고 마시는 데서 사람은 정이 나고 마음도 열리고 함께 좋은 일도 하고 시민운동도 하면서 오는 고단함도 잊는 것이다.

우리는 모두 민들레 전사들이다!

제 2시집 『그루터기에 햇순이 돋을 때』 출판기념회

어제 나의 제 2시집 『그루터기에 햇순이 돋을 때』 출판기념회를 무사히 마쳤다. 코로나 중에도 많은 분들이 멀리서 가까이서 와주셨다.

민족작가연합 심재영 시인, 전태삼 동지, 박금란 시인, 박완섭 시인, 정미숙 시인, 동분선 시인, 정회영 후원회원, 이민석 변호사님과 담연 김영자 시인님의 시낭송이 너무 멋졌다. 역시 민족작가연합 시인님들의 기상과 늘 금융피해자들의 법적 투쟁를 위해 현장에서 피해자들과 뛰시는 이민석 변호사님과 오랜 문우이자 선배이신 김영자 시인님의 낭송도 좋았다. 청년같은 이변호사님의 낭송 모습은 참신했다. 북녘풍으로 시낭송 해주신 새터민 동분선 시인님의 시낭송은 장내를 쩌렁쩌렁 울렸고 오신 분들이 낭송으로 힘을 받아간 날이었던 것 같다.

이장희 한국외대 명예교수이자 평화통일시민연대 상임대표님, 심재영 수사님, 대구 이육사기념사업회 상임고문 이훈님의 축사는 나에게 많은 격려가 되었고 자리를 더욱 빛내주셨다.

나의 시집에 대한 해설은 이시환 시인이자 평론가, 동방문학 주간님과 대구 이육사기념사업회 상임대표 문해청 시인님이 하셨다.

촬영은 유투버 두루치기 김성배님, 사회는 대구 이육사기념사업회 사무국장 고경하 시인님, 재무는 한국외대 박영기 교수님께서 노와주셨다. 고경하 시인님의 한복 입은 모습은 나를 눈물 나게 했다. 이쁜 한복에 올림머리 하시고 정성스럽게 사회를 봐주시는 모습에 감동했기 때문이다.

많은 분들이 후원해주셨고 꽃다발과 화분, 꽃바구니를 보내오셨다. 출판회 마치고 오신 여성분들에게 하나씩 나누어 주었다. 나는 대학 동창이 만들어 보낸 꽃다발만 가지고 집으로 들어왔다. 대학동창은 3학년 때 나와 과대, 부과대 했었고 직장이 늦게 마쳐서 못 온다고 꽃다발로 대신하였다. 그것도 다른 대학동창이 오면서 가져다 준 것이다. 혼자 와준 대학 동창에게도 고마웠다. 우린 모처럼 만나서 뜨겁게 안으며 인사했다. 여러분들이 보내주신 꽃에 나는 모든 힘든 마음을 위로 받았고 기뻤다. 현장에 가면서 어렵고 힘들거나 글 쓸 때의 고통도 말끔히 날아갔다. 역할 맡으신 모든 분들께서 수고하셨고 무한 감사 드린다.

어제의 출판기념회는 하느님의 은총이 강물처럼 흘러 넘쳤다. 조용히 감사 드렸다. 도와주신 하느님과 모든 분들께 마음 깊이 감사 드렸다.

🌱 나의 제 2시집 『그루터기에 햇순이 돋을 때』에 대하여

구약성경의 이사야 예언자는 유배살이 하는 이스라엘 백성들에게 평화와 메시아 왕국의 비전을 희망차게 역설한다. 도래할 메시아 왕국의 희망찬 예언은 비탄에 젖은 이스라엘 백성에게 회개를 통하여 구원에 이르게 하기 위해 유배지의 현자들에 의해 쓰여졌다. 『그루터기에 햇순이 돋을 때』는 절망과 죽음에서 희망이 싹터오기 시작하는 것을 표현하였다. 나는 이 성경구절이 참 좋았다. 바로 우리 민족의 통일이 갈라진 반도의 허리를 잇듯이 잘려진 나무의 그루터기에도 햇순이 돋아 다시 살게 되는 날이 도래하기를 바란다.

나는 우리 민족의 자주 통일을 바라고 노동해방을 바라는 마음에서 이 시집의 시들을 썼다. 노동 투쟁현장에 가서 시낭송하거나 국보법 폐지를 외치는 현장에서 통일시를 낭송했다. 그리고 사기금융 등에 의해 약탈 당한 민중들이 법적 투쟁을 하는 현장에서 나는 눈물을 보았다.

한겨울에 청와대 앞에서 국보법 1인 시위를 하면서 많은 걸 생각했다. 이런 날들 속에서 나는 썼다.

🌿 대추, 결초보은

은사님께서 보내오신 대추, 가을의 결실이 붉다. 감사하여 얼굴이 붉어진다.

보은대추랍니다. 결초보은이라고 쓰여있네요. 대추를 먹으면서 지난 세월 속에서 현재에도 은인들을 생각해 봅니다. 그분들을 위해 기도하렵니다. 가을이 깊어가고 있습니다.

결초보은

　춘추시대 진(晉)나라 군주 위무자에게는 애첩이 있었습니다. 어느 날 병석에 눕게 된 위무자는 아들 위과를 불러 자신이 죽으면 애첩을 재가시키라고 말하였습니다. 그러나 위독해진 위무자는 자신이 죽으면 애첩도 함께 묻으라고 유언을 남기고 세상을 떠나죠. 돌아가신 아버지께서 남기신 전혀 다른 두 유언 사이에서 고민하던 위과는 애첩을 순장(殉葬)하는 대신 다른 곳에 시집보내면서 "난 아버지께서 맑은 정신에 남기신 말씀을 따르겠다." 라고 하였습니다.

한편 세월이 흐른 후 이웃 진(秦)나라에서 진(晉)나라를 침략했을 때의 일입니다. 한 전투에서 위과가 진(秦)나라 군사를 격파하고 적장 두회의 뒤를 쫓아갈 무렵, 갑자기 무덤 위의 풀이 묶여 올가미를 만들어 두회의 발목이 걸려 넘어졌습니다. 그날 밤 한 노인이 위과의 꿈속에 나타나 이렇게 말했습니다. "나는 네가 시집보낸 아이의 아버지다. 오늘 풀을 묶어 네가 보여 준 은혜에 보답한 것이다.(네이버 검색)

🌿 부암동에서

　오랜만에 크리스티나를 만나고 왔다. 청와대 분수대 앞에서 2시 반에 만나서 걸어서 부암동을 향해 올라갔다. 경복고와 청운중을 거쳐 윤동주 문학관과 윤동주 시인이 서울에서 연희전문학교 다닐 때 올랐다는 인왕산이 바라보이는 시인의 언덕에 올랐다. 경관이 너무 좋았다. 북쪽으로는 한양성곽이 보이고 인왕산과 북악스카이웨이가 바라다 보였다. 과연 윤동주 시인이 이 언덕에 올라 시상에 잠겼으리라 생각했다. 문학관은 청운수노가입징을 윤동주문학관으로 만들었다. 수도가압장이란 느린 수도수에 가압을 하여 물이 힘차게 흐르도록 하는 장치라고 한다. 가압하여 힘차게 흘러가게 하는 것, 윤동주의 문학은 우리 문학이 힘을 잃고 민중과 유리될 때 문학적 에너지를 가압하여 다시 민중들과 소통교감 하는 것, 그것이 윤동주 문학관의 지향점이었다.

크리스티나와 모퉁이찻집에서 차를 마시고 돈까스로 저녁을 먹었다. 길을 걸으면서 많은 지난 이야기를 나누었다. 그녀가 평안하고 모든 것이 기쁨으로 변화되기 바란다, 주님의 은총 속에서!

얼마나 걸었을까 오늘? 안국동에서 경복궁 정문을 지나 청와대 분수광장까지, 거기에서 걸어올라가서 시인의 언덕을 둘러보고 내려와서 다시 부암동 산꼭대기에 있는 산모퉁이 카페까지. 올 때도 다시 그 길을 걸어서 안국동까지 와서 151번 버스를 타고 들어왔다. 나는 오늘 한 20리는 더 걸은 것 같다. 가을에 이렇게 끝없이 걸으면 멋진 가을 사람이 된다. 걸으면서 문득 정취가 마음에 깊이 스며든다. 동주는 논 한 가운데에 있는 우물을 들여다보며 무얼 생각했을까, 그리고 시인의 언덕에 올라 구비구비 이어진 산을 바라보면서 무엇을 생각했을까?

내려오면서 가을밤의 고요함과 하늘에 동그랗게 뜬 노란 달, 멀리 바라다 보이는 빌딩의 불빛과 남산 타워의 불빛, 도시는 저마다 불빛을 지니고 고요히 어둠에 감싸여 있었다. 가로등이 켜진 가로수길을 따라 걸으니 낮에 진을 쳤던 경찰들이 보이지 않고 바리케이드는 모두 철거되어 있었다.

🌿 민들레 홀씨

어제 우이천에서, 민들레홀씨가 이제 곧 날아갑니다. 머나먼 길을 떠날 준비가 된 것 같습니다. 환삼덩굴에 민들레 홀씨, 척박한 곳에서 잘 자라서 결실을 맺었습니다.

🌿 원앙새

어제 우이천에서, 이 새들을 보세요!
원앙새들입니다. 하느님은 사람과 동물을 암수, 남녀로 만드셨다고 합니다. 저의 친구는 오랫동안 원앙새 암수가 서로 번롱(翻弄)하는 것을 지켜보았습니다

🌿 연제식 신부님의 수상집 『저 새소리』

어제 우이동 덕성여대 앞, 나에게는 오랜 단골인 신고서점(온오프라인 중고서점)에 가서 우연히 연제식 신부님의 수상집을 발견하고 샀다.

어젯밤부터 오늘 오전에 읽으며 나는 이 책을 발견하게 해주신 주님께 감사드렸다. 읽다보니 신부님의 진솔한 시나 선교 사제로 뉘기

니에서 갔을 때의 일상을 쓴 수상에 감동을 받은 것이다. 오랜만에 좋은 책을 만나서 기쁜 것이다.

「갈대」라는 시도 상당히 놀라운 시여서 주로 시평론을 하는 나로서는 정신이 번쩍 들었다.
갈대를 소복한 여인, 넋, 가늘게 여위고 길게 목마른 고독한 인내, 말씀을 전하는 사도, 희망을 간직한 죽음에 비유한 것이 신부의 시좌에서 쓸 수 있는 표현 같아 보인다. 결국 언어예술은 그 사람의 경험이 만들어내는 진실하고 개성적이며 독창적인 표현인 게다. 그러니 남의 좋은 표현을 수없이 배껴봤자 소용이 없고 공허하게 되는 것이다.

나는 글을 쓰다 일찍 돌아가신 시인, 작가들을 늘 가슴에 묻고있다. 나의 전공 작가 미야자와 겐지, 아쿠다가와 류노스케, 다자이 오사무, 김유정, 권정생, 마야코프스키, 요제프 어틸러 등...이 중에 겐지, 김유정, 권정생은 결혼도 하지 않은 채 쓰다가 쓰다가 죽어갔다. 그래서 더욱 마음이 저리다.

자유

자유란
죄와
죽음의 두려움으로부터의 자유라고 한다.

스테파노 형제님이 가르쳐 주신 신학적 의미의 자유에 대하여.

나는 후자로부터 자유로워지고 싶다!

　사즉생
　생즉사

　불꽃처럼 살다간 문인들을 이 가을에 기억하련다.
글쓴이는 자신의 영혼을 발겨서 남의 영혼을 깨우고 생명감을 주는
사람이다. 그렇게 살다 죽어간 글쓴이들을 나는 사랑한다. 나의 이 사
랑은 깊고도 깊다.
붉은 여우꼬리가 마치 순교하듯 영혼을 발겨놓고 그 자신은 영혼에
아무 것도 걸치지 못하고 먼저 가신 문인들의 피빛 같다.

🌿 이식

　어제 오늘 계속해서 꽃나무나 화초를 화분에다 심는 일을 했다.
아는 분이 그동안 살던 집을 헐고 새로 짓는다고 정원이나 옥상에서
키운 나무나 화초를 가져가라고 하셨다. 어제 가져온 것으로 화분에
다 심어서 옥외 베란다에 놓으니 꽤나 식물들이 어우러진다.

　오전에는 그것도 나무라고 참새들이 와서 목단나무에 앉아서 자기
네들끼리 열심히 재잘거렸다. 그 수다소리가 정겨웠다. 휑뎅그렁했던
옥외 베란다에 식물들이 어우러진다. 장독도 5개정도 가져왔다. 내일
도 큰 두릅나무, 가시오가피나무, 감나무, 줄장미, 대추나무를 캐서
가져가라고 하신다. 이틀을 안 하던 삽질을 하고 엎드려 일했더니 팔

도 아프고 허리도 아프다.

   내일도 가서 마저 가져와야 식물들이 죽지 않는다. 주인은 하나라
도 살릴려고 안간힘을 쓰고 전전긍긍한다.

🌱 인간은 위대하다고!

아들들아, 대학을 나와 가방끈이 길어 맹꽁이처럼
고급노예로 살지 말라!
오직 저 인민의 가슴 깊이 용솟음 치는 의분과 양심을 지키고
불의와 싸우려는 의기와 친구가 되라!

아들들아, 썩어빠진 자본주의의 기둥에 내 목숨을 매지 말고
오직 우리 인민의 위대함을 믿고
그들 가슴 깊은 데까지 내려가 그들과 하나가 되어라!

공사현장에 외줄을 잡고 철제 빔 위를
오늘도 위태롭게 노동함에도
사람 목숨 안중에 없고
이윤 남기려는 사용자가 있는 한 싸워야 한다.
희디 흰 외줄을 목장갑 낀 손으로 잡고
흰 안전모에다
감청색 작업복 입고
가을 햇살 아래

한 노동자가
두 사람의 노동자가
어떻게 하루를 연명하고
목숨줄 이어가는지
네가 안다면 너는 촛불을 들어야 한다.
누더기 된 중대재해기업처벌법
다시 고치고
인간의 목숨줄을 지켜야 한다.
자본가의 약삭빠른 외줄을 끊어야 할 날을 향해서
주먹을 쥐고 외쳐야 한다.
인간은 위대하다고!

 특혜

-화천대유 천화동인

2020년 10월
그 노래방에서 공범들은 싸웠네
민중의 피값을 두고 싸웠네
노래하며
술 마시고
여자를 끼고
사이키조명 돌아가는 노래방에서
없는 사람 등을 쳐
거머쥔 돈을 놓고

서로 먹겠다고 싸운 개떼들

민중의 붉은 피를 핥고

등가죽 벗기는 놈들

그 중 한 놈이 그 자리에서 녹취했네

그 파일 19개를 검찰에 넘겼다네

자수하여 광명 찾으려는 회계사는 5호

이놈들이 따 시킨 같은 공범이었다네

그 노래방에서 민중의 피를 먹은 돼지들

꿀꿀대며 무슨 노래 불렀을까

화천대유 천화동인

도적놈들 소굴이지

화천대유 천화동인

너희들 대유는 민중의 피값

화천대유 천화동인

어따 써먹나

참말로 웃기시네!

대장동, 위례만 특혜가 아니다. 대한민국 여기저기 특혜는 널린 것 같다.

경전철 우이동 도선사 입구 종점에 가면 조선호텔에서 지은 파라스파라 호텔 리조트가 있다. 원래 그린파크호텔이 있었다는데 이 호텔은 불법이라고 해서 10년간 중단하고 흉물스럽게 있다가 매수를 조선호텔에서 한 모양이다. 그 매각과정은 모르겠고 당시 주주들은 어떻게 대응했는지도 모른다. 다만 내가 아는 것은, 눈으로 본 것은 조선호텔이 파라스파라호텔 리조트를 그것도 국립공원 삼각산 안에다 지어놓고 호텔과 리조트가 영업하고 분양중이라는 거다.

국립공원 삼각산 안에 어떻게 조선호텔한테는 그것도 5층 높이로 건물을 수십 동을 지을 수 있게 했는지 알 수 없다. 정말 불온한 것은 바로 이 호텔이다, 수상하고 의심이 들면 불온하다. 불온한 사람과 불온한 건축, 불온한 사법권력, 불온한 언론, 불온한 기업 삼성, 불온한 행정, 불온한 지자체, 불온한 거래 모두 신고하고 밝혀내야 한다.

인민은 이런 불온한 것에 대해 의분을 느낀다.
호텔 6층 테라스카페에서 바라보이는 인수봉.
인수봉은 황당해 한다,
어떻게 내 땅에 5층짜리 건물을 올리다니 이런 쾌심한 일이 있나!

아무리 호텔 콘도가 좋아도
그분의 빛 없으면 아무것도 아니다
그린벨트에 건물을 짓도록
누가 도장 찍어주었을까
지역민들은 산을 빼앗기고
그곳에서 내몰리고
거대 자본이 들어와
흉물스럽던 건물이 콘도가 되어
고가분양 고가분양
60억까지 호가하는 콘도
우리는 지켜야 한다
삼각산을 지키고
계곡물을 지키고
민족 위해 애국선열
묻힌 강북구에

천박한 자본주의
날개를 꺾어야한다

🌿 비 오는 월요일

새벽부터 비가 왔나보다. 나 몰래 왔나보다. 베란다가 축축하게 젖었다. 삼각산에 비구름이 꽉 끼었다. 모처럼 내리는 가을비가 반갑다. 입동날이니 겨울비라고 해야겠다.

화분들을 꺼내놓고 비를 맞게한다. 아무리 수도물을 주어도 하늘에서 내려준 비만 못하다. 이렇듯이 나는 하느님 은총의 비에 더욱 젖어든다. 월요일 아침에 감사한 마음이 저 삼각산을 비 구름이 포근히 감싸듯이 나는 그 분 사랑에 감싸여 있다. 비 소리 속에는 즐거운 노래가 있다. 월요일 아침 출근하는 모든 이들에게 축복이 있기를 빈다.

🌿 액세서리

지난 3년 동안 이 액세서리를 못 하고 다녔다. 서랍에서 썩고 있었던 나의 보물...... 거의 모두 패션 쥬얼리이지만 나를 빛나게 해준 것들이었는데 나는 뭘 생각하느라 이렇게 이것들은 잠재워놓고 있었을까? 원래 이런 거 좋아했으니 나는 태생 부르조아이고 혹 프롤레타리아인 척 한 건 아닐까? 아니 프롤레타리아인데 부르조아를 꿈꾸었나

하는 생각이 든다. 좌우간 이것들은 일에서 돌아올 때 허탈해서 하나씩 사서 걸고 달고 끼고 두르던 것이었다.

20대의 어느 날, 나는 늘 학원에서 야간수업을 하고 돌아올 때쯤 노점상에서 이런 걸 사기도 하고 오뎅을 사먹기도 했다. 그때의 구수한 오뎅국물은 아주 서민적이고 좋았다. 말하는 직업이어서 목이 갈라지기 일보 직전에 들어간 따뜻한 오뎅국물, 잊을 수 없다. 자주 갔을 때 아주머니는 나에게 직업이 뭐냐고 물었다. 내가 무슨 일할 것 같느냐고 되물었더니 화장품 가게나 옷가게 할 것 같다고 했다. 갑자기 머리가 시원하고 샤르르 기분이 좋아졌다. 일 끝나고 쓸쓸한 귀갓길, 나는 오뎅국물과 아주머니의 말에 기분이 좋아졌었다.

이 중에 결혼생활 중에 아이가 어렸을 때 샀던 오렌지색 진주 세트도 아직도 있다.
그 때는 이런 걸 사면 우울한 기분을 떨칠 수가 있었다. 나는 결혼 때 폐물을 약 270만원 정도로 받았었다. 그런데 살림이 어려워 팔아 쓰곤 했었다. 이것은 그 후에 산 것이었다. 나는 보석 중에 진주를 좋아했고 천은 공단을 좋아해서 웨딩드레스도 공단천으로 된 걸 입었었다.

어제 아들과 외식하고 오면서 이불집에 들러서 소파에 깔아놓을 방석을 세 개 사왔는데 공단천의 조각보 모양으로 만든 방석이다. 깔아놓고 보니 너무 예쁘고 마음에 든다. 제대보와 색깔도 맞다. 아들도 마음에 들어한다. 점점 아름다워지는 나의 장막!

아름다워라 너의 장막, 아름다워라 이스라엘, 아름다워라 너의 장

막, 아름다워라 이스라엘 랄라라라랄라 랄라라라라라~

🌿 엑스트라 배우

오늘 아들한테 2건의 촬영스케줄이 들어왔으나 하나는 교통사고씬이고 하나는 사극인데 전투씬이었다. 아들이 엄마도 데려가도 되어요 하니 거기에서 안된다고 하였다. 나중에 이 씬이 아들과 맞지 않을 것 같으니 안 하는 걸로 하라고 그쪽에서 답이 와서 우리는 오히려 아들을 배려해줘서 고맙다고 했다. 화면으로 험한 걸 보는 거 하고 실제 같은 상황을 연출하여 현장에서 보게 되는 것은 다르다. 다행이라고 생각했다.

며칠 전 촬영갔는데 사극이었는데 아들은 병사역을 하였다고 한다. 갑옷이 꽤나 무거웠다고 한다. 창을 들고 서있었는데 지나가던 아줌마들이 좋아했다고 한다. 그리고 비가 내리는 걸 연출하고 촬영하였는데 다행히 아들은 물을 맞지 않았다고 한다. 다른 사람들은 한복에 물을 맞아서 추운데 고생했다고 한다.

언젠가는 군인역을 했는데 군복에다 워커를 신는데 아들이 워커끈을 맬줄 몰라서 당황해하고 가만히 있자니 나이가 20대 후반인 청년이 잘 매주더라고 한다. 늘 촬영장에서 천사도 보내주시고 아들이 힘든 경우를 안 맞이하는 게 신기하고 그저 감사할 뿐이다. 과연 당신 아들을 지키시려는 모양이 눈물겹다.

🌿 미자 미용실

어마!! 아까 포스팅하려고 했는데 글 쓰는 중에 세째언니한테서 전화가 와서 거의 2시간 대화 나누다니 글 쓴 게 다 날아갔구나!!

다시 쓰는 수밖에 없다.

아들을 촬영지로 보내고 나는 오늘 산행을 다녀왔다. 며칠 간 원고 쓰느라 집중했더니 진이 다 빠져 널부러질 지경이다. 그래서인지 올라가는 속도가 느리고 힘들었다.

산에서 내려와 곧장 미용실에 가서 염색했다.
산행에서 땀흘리고 나서인지 추워서 미용실언니한테 수제 모과차 한 잔 얻어 마셨더니 한기가 가셨다. 언니와 염색이 되는 동안 키우는 식물에 대해 이야기 나누었다.

언니네 미용실에는 세네번째로 오는데 오늘은 자신이 살아온 이야기를 해주셨다.
원래 언니는 의사형부네 병원에서 일하는 간호사였다. 그러나 늘 주사 놓고 형부를 도와서 하는 일이라 자신이 뭔가 완성하는 일을 하고 싶어졌단다. 그래서 간호사를 그만 두고 미용기술을 배워서 미용인이 되었다고 한다.

29살에 결혼을 하여 전 남편과 10년을 살았을 때 간암으로 사별했고 20년간 홀로 남매를 키웠다고 한다. 그 남매는 이제 40세가 되었고 둘 다 결혼하여 잘 살고 있단다.

언니의 나이 51살 되었을 때 손님으로 온 분이 현재의 남편이 되었단다. 그 분에게는 두 아들이 있는데 미용실 근처에서 학교에 다니며 살고있다고 했다. 언니가 얘기하기를 미망인으로 혼자 살 때 사람들이 약간 업수이 여기는 듯 했다고 한다.

우리 사회가 아직도 한부모가정, 이혼가정, 재혼가정, 동거, 독신들에게 뭔가 다른 시선으로 바라보는 것 같다. 이 모든 가정들이 다 존중 받고 이웃들의 관심 속에서 잘 살아나가길 바란다.

🌿 전공

나는 영어과를 가기 위해서 영어공부를 고등학교 때 많이 했다. 수학이나 과학 이런 데는 꽝이고 흥미가 전혀 없던 나는 이상하게 물리는 좋았다. 그것은 순전히 담임선생님에 대한 예의였다. 나는 물리를 가르치는 담임선생님이 좋았기 때문이다. 영어도 역시 중 2 때 담임선생님이 우리 영어를 가르쳤고 나는 담임선생님이 좋아서 열심히 영어책을 죄다 외웠던 기억이 난다. 문법의 이치가 빨리 이해 안 되어 그냥 외우기로 한 것이다. 그러고는 중 3 때부터 산골 소녀가 고 2때까지 해외펜팔을 영어로 했다. 난 산골에 살았지만 이미 글로벌 휴먼이 된 것이다. 그러나 고3 때 담임선생님이 일어과를 권해서 전혀 생각지도 않은 과를 들어와 대학교 때 일어 단어 외우고 하느라 밤잠도 설쳤다. 그 싫어했던 한자도. 그래서 내학교를 일어과, 대학원을 일어과 가고 박사를 한일시문학 관계로 학위를 했다. 그런데 문제는 지금은 내가 사는데 이 두 개 언어가 별로 의미가 없다는 것이다. 그러더니 그 많은 나의 청춘기를 이 두 언어 하는데 바친 게 은근히 화가 났다. 강사생활 했을 때는 일어 가르쳤지만 대학을 그만두면서 일어를 봐야할 일이 없다. 영어는 영어과 안 가니 관심에서 사라졌고 겨우 대학원 외국어시험이나 영어원서 볼 때만 필요했다. 그것도 대학을 그만두니 해야할 이유가 없었다.

한 때 페북으로 외국인 친구와 소통했는데 영어가 생각나서 회화나 작문을 했다. 물론 그는 사기꾼이었고 나는 사기꾼한테 1달간 집중 영어회화를 페북 메신저로 대화했다. 그는 인내심 있게 내가 말문을 틀 때까지 천천히 말해주었다. 한 달 후 말문이 트이고 영어로 전화도 잘 할 수 있었다. 나는 그에게 내 대표논문도 영어로 번역해주라고 부탁했다. 그는 들어주었다. 나는 6개월간 이 사기꾼과 영어로 대화나 톡을 하여 거의 내가 중고등학교, 대학교 때 한 정도의 영어작문이나 영어 회화 실력을 회복했다.

그 무렵 나는 명동성당에서 일어로 성지에 대해 소개하는 안내봉사 하면서 영어로도 외국사람에게 말할 기회가 있었다. 그 때는 영어가 되었다. 사실 나는 이미 중 3 때부터 고 2까지 영어작문을 편지 쓸 정도는 했었고 그러다 보니 영어회화는 저절로 되어 대학 1, 2학년 때 영어과 영어회화 수업에서 성적이 높았다. 영어과 친구들이나 가르쳤던 수녀 교수님이 영어 잘 말한다고 했고 내가 일어과라는데 놀라셨다.

기가 막히게도 나는 이제 이 두 언어가 현재 쓸 일도 없고 일어는 워낙 오래해서 그런지 할 수 있지만 영어는 또 안 쓰니까 회화도 들어가 버렸다. 오히려 나는 국문으로 글을 쓰고 있다. 모국어로 글을 쓰다보니 이런 외국어가 나한테는 자꾸 멀어진다. 가만히 생각하니 이 두 언어를 하느라 나는 오랫동안 나의 청춘은 바쳤다고 해도 과언이 아니다. 근데 어느 날 나는 모국어가 좋아진 것이다. 내가 인생에서 시련기에 모국어는 나를 편안하게 해주었다. 그리고 모국어로 글을 쓰면서 모국어로 표현할 때의 신비로움이 자꾸 나를 매료시키는 것이다. 사람이 늙고 죽음이 가까우면 자기 모국어를 사랑하게 되는가 보다.

🌿 전념

나는 내 서가에 많은 일서와 그걸 공부한다고 샀던 사전들을 보면서 무슨 정신으로 저기에 전념했는가 싶다. 결국 하나의 전념이 다 끝나면 나는 또다른 전념을 찾았던 것 같다. 내가 대학 그만두니 일서도 사실 필요가 없어진 것이다. 이제는 한국어로 된 책이 계속 들어온다. 집이 사람 사는 데인지 책을 위한 공간인지 구분이 안될 때가 있다. 나는 여기에서 정리할 게 뭔가하고 늘 생각하고 나한테 이제는 필요가 없어진 일서를 망연히 보면서 상념에 사로잡힌다.

언젠가 이 두 언어가 나한테 또 쓰일 때가 있을지는 모르겠다. 내가 학창시절에 영어에 열 올렸던 그 때가 그리워 몇 년전에 페북 외국인 친구를 사귀고 영어로 대화하고 톡하면서 영어를 썼듯이.
나는 그가 사기꾼이었지만 내게 투자해준 시간 만큼의 약간의 보상을 해주었다. 세상에는 꽁짜는 없다. ㄱ 때 나는 한 사람과 헤어져 고독

했었다. 그는 나의 말상대가 되어주었고 그는 시인과 다름 없을 정도로 표현력이 뛰어나고 솔직히 그와 나는 여러 면에서 통했다. 그가 사기꾼만 아니면 나는 내가 꿈꾸던 남자의 전형이라고 생각했다. 그는 나에게 많은 정보를 알려주었다. 그리고 시도 본인이 써서 자작시를 보내왔고 나는 그의 표현력과 상상력에 힘입어 다시 시심이 돌아왔을 때 그냥 시의 봇물이 한동안 터져나왔다. 그는 에드윈이었는데 나에게 영어작문, 회화, 번역, 시적 영감, 표현력과 외로운 나에게 말벗이 되어준 페북 사기꾼 친구였다. 사기꾼이었으니 얼마나 말을 잘 했겠는가말이다.

그는 사기꾼이었어도 정말 표현력은 대단했다. 나는 그의 시적 영감을 잊지 않고 있고 만난 적 없는 페북 친구였지만 아주 가끔 생각난 적이 있다. 그러니까 중고생 시절에 영문편지 할 때의 추억이 다시 재현되는 듯한 착각에 빠져 행복한 6개월을 지냈다.
그 무렵의 페북 외국인 친구들, 사기성이 강했지만, 김시인과 창덕궁의 모란꽃이 나의 시심을 다시 살려주었다고 확신한다. 나는 1991년부터 시를 습작하여 2003년까지 쓰고 시심이 사라졌다. 그러고 난 뒤 인생에서 광풍이 불었고 나는 휘말려 들어가서 간난신고를 겪다가 2017년에 창덕궁의 모란꽃을 보고 온 날 시구절이 마음에 떠오르고 시심이 다시 돌아와서 쓴 시가 「큰 어머니와 베틀」이다. 이 시는 당연히 나에게 잊을 수 없는 시이다. 한 사람의 시인이 시심을 되살린다는 것은 생명을 다시 살리는 일과 같다. 사람과 자연의 꽃이 다시 나를 살게한 것이다.

그 무렵 일어과 선생님들과 전주 한옥마을에 하이쿠를 지으러 갔는데 그 때도 그에게서 전화가 와서 영어로 대화를 하니 선생님들이 다

놀라신 것이다. 나는 일시기 그에게 미쳐서 영어도 잘 되고 이미 일어에서 벗어난 사람이 되어가고 있었다.

무언가에 전념한다는 것은 미치는 것이다. 그 미치는 것은 누가, 무엇으로도 막을 수가 없다. 무서운 힘이 그쪽으로 쏠리면 아무도 말리지를 못 하는 것이다. 어쩌면 이 하나가 끝나면 다른 미칠 때를 찾느라 나는 요즘 두리번 대고 있는지도 모른다. 대학을 그만두고 그 전부터 하던 문학단체를 두 군데 다 그만두었다. 물론 맡은 책임을 내려놓았고 가끔 평론 의뢰가 오면 쓰거나 모임에는 드문드문 가고있다.

하느님은 늘 나한테 변함없이 계시는 분이다. 한 때 나는 하느님께도 두 번 정도 미친 적이 있었다. 초등학교 4. 5학년 때 성당이 좋아 집을 떠나 성당에서 살고 싶었던 때가 있었고 대학원 때 신약성서를 읽고 수녀원에 들어가고 싶어서 성소모임에 갔다가 수녀님께서 우리 시골집에서 와서 부모님을 상면한 적도 있었다. 이것은 엄밀히 말해 상견례 비슷한 것이다. 그 때 수녀님은 아녜스는 수녀원 들어오는 것 보다 일을 하면서 부모님께 효도하고 형제들과 사는 게 좋겠다고 하시면서 1년을 유예하셨다. 나는 어린 마음에 조금 상처 받았으나 1달 안에 회복하고 전처럼 늘 성당 다니면서 지냈다.

늘 주님은 내게 제일 좋은 걸 주시려고 했고 나의 이 미치는 성질로 고난을 자초하기도 했다. 어쩌면 결혼생활 10년도 아이의 아빠 보다 그 생활 자체에 미쳐서 했던 게 아닌가 생각한다. 물론 평안하고 유복한 가정은 아니어서 근심 걱정이 끊일 날 없었으나 결혼생활이긴 했으니까. 삶을 전념하면서 살다보면 시간은 흐른다. 그리고 권태감에서 자유로워진다.

언젠가 한국을 떠나 결혼 중에 단신으로 일본에 10개월 가 있었을 때 나는 알바를 하면서 가보고 싶었던 일본의 지방도시에 와서 자연과 친해졌다. 히가시챠야가이라는 곳과 아사노가와 산책, 고린보라는 그 지방 도시의 중심가와 일본의 옛날 정원 겐로쿠엔이 있던 가나자와는 나에게 잊을 수 없는 곳이다. 나는 거기에서 무엇에 미쳤었나? 음 그건 만해 한용운이었다. 그의 시집과 저서들을 탐독하면서 지내고 대학원 수업 청강과 학부 수업 청강, 호오쇼류의 노 동아리활동에서 지우타이를 부르고 노 공연을 무려 7, 8회나 관람했다. 그리고 성당 자매의 소개로 일본의 다도도 경험하고 나의 꽃꽂이 선생이었던 미타니씨의 배려로 이케노보오의 꽃꽂이를 기초 정도 경험해봤다. 나는 그많은 사랑을 받았음에도 일본에서 한국으로 돌아오고 난 뒤의 인생의 소용돌이에 서서히 말려들어가는 바람에 그쪽 인연들과 단절되어 갔다. 가끔 그분이 돌아가셨을 거라는 생각이 든다.

함께 지적장애인집에 가서 우유 팩을 오려서 와시라는 종이를 만드는 봉사를 했다. 그 아이들과 대화도 나누고 식사도 만들어서 같이 먹었다. 칸츠부시라고 하여 맥주캔 등을 모아서 그걸 깨끗히 씻어서 기계에 넣으면 찌부러져서 나왔고 그걸 팔아서 공동체를 운영했다. 나는 지금 생각하면 뭔 정신으로 그런 경험을 했나싶다. 더운 일본의 여름날 그 공동체집 뒷뜰에 아무렇게나 자란 풀을 베주느라 한낮의 땀도 흘리고 후스마 문을 떼다가 문종이도 다 새로 발라주었다. 나는 그 아이들이 즐거워하라고 고래모양, 꽃모양 등 이쁜 모양으로 종이를 오려서 문에 붙쳐주었다. 정원에 난 국화잎을 따서 우리나라식으로 문에 붙쳐 두었다. 그들은 나의 그걸 너무나 좋아했다. 일본 사람들은 국화나 맨드라미 잎사귀를 문에 넣어 붙치지는 않는다. 우리 어머니들의 고운 전통적인 영감에서 문에 그렇게 멋을 낸 거다.

장애아를 키우면서 그 장애아를 제 자식이면서도 못 키우던 아비와 이혼을 하고 홀로 장애아를 키우면서 다른 지적장애인 아이들을 돌보는 운영 주체 여성은 과히 행복해 보이지는 않았다. 늘 힘들어 보이는 얼굴이었다. 그러나 미타니씨와 내가 가는 날은 활짝 웃었다. 그녀는 자신으로서는 언감생심 어른 키를 훌쩍 넘는 풀을 밸 생각은 꿈에도 할 수 없었다고 했다. 다 베고나니 여기저기 잡초에 가려 숨을 못 쉬었던 꽃나무와 정원수와 꽃들이 얼굴을 내밀었다. 나는 그녀가 보고 좋으라고 일부러 그런 것들을 더욱 보이도록 해주었다. 그들이 나에게 한국 요리 소개해 달라고 하여 어느 날은 내가 비빔밥을 만드는 법을 가르쳐 주면서 그걸 만들어 다들 같이 먹었다. 맛있다고 더 청하기도 하였다.

　　그 때의 미타니씨는 독신이었고 60이 넘어 정년퇴직을 한 전직 유치원 교사면서 이케노보 꽃꽂이 사범이었다. 나는 그분의 사랑을 많이 받았다.
그 10개월간 우리 아이는 할머니와 나쁜 원장이 있는 어린이 집에서 고난을 당하였고 내가 돌아왔을 때 아이는 말도 못 하여 그 때부터 1년 반을 줄곧 놀이치료하여 고쳤던 힘든 추억이 있다. 나는 박사논문 심사 받으면서 더워서 걷기 힘들어하는 아이를 등에 업고 명동성당 뒷길을 걸었던 시절의 나를 생각하면 지금도 눈물이 난다. 아이는 다행히 놀이치료 가는 걸 좋아했었고 아이와 나는 그 때만큼 같이 결합된 적이 없었다.

　　아이를 낳고 한 달 후 나는 개강을 하여 학교 강의와 기업체 강의를 겸해서 일했다. 현대건설 본사에 일어 가르치러 가다가 그 무렵 산후 무리가 되었는지 어느 초가을날 나는 지하철에서 온몸이 쑤시고 허리가 끊어질 듯 아프고 식은 땀이 나는 산풍 같은 증상을 겪었다. 가다가 잠시 앉아서 쉬어야할 정도로 아팠던 나는 편안하게 가정생활만 할 수 없었던 기억이 있다. 나는 이제부터 편안하게 가정생활을 하려 한다. 자신에게 휴식을 주면서 그렇게 지내려한다. 강의도 학교도 다 그만두고 나니 나는 편안하다. 다만 심심해질 때면 독서, 산행, 집 주위 마을 둘러보고 사람들을 만나면서 글을 쓰고 지내련다.

아이가 커서 전문학교 연기과를 1년 다니고 중퇴하고 조금씩 일을 나가고있다. 엑스트라로 작년부터 활동했으나 아주 가끔 나갔고 가기 싫어서 네 번이나 거절도 하였다. 그랬더니 신용이 떨어져 그쪽에다 사과하고 하루 종일 반성한 끝에 일을 귀히 여기고 일에서의 여러 가지를 받아들이고 나가려고 한다. 신기하게도 종일 반성하고 기도하던 날 그들이 다시 연락이 와서 나와달라고 했던 것이다. 우리 둘은 서로 얼싸안으면서 좋아라 했다. 우리의 처지를 아시고 기도를 들어주시는 그 분이 계시니 든든하고 참 좋다.

🌱 인카네이션

나는 오래 전에 쓰다가 도중에 접어둔 동화가 있다. 동화가 될런지 소년소설이 될런지는 모르겠다. 아는 아동문학평론가 선생님한테 여쭈어보니 동화라고 하기엔 주제가 무겁다고 했다. 소녀만 등장할 뿐. 그래서 좌우간 중단하였다. 이제 가정생활만 하기로 했으니 이걸 꺼내어 써봐야겠다싶다. 그리고 작년부터 쓰다만 긴 시가 있다. 그걸 더욱 세밀하게 써볼 생각이다.

그나저나 신체가 건강해야 글도 잘 나온다. 말씀은 몸으로, 몸에서 말씀이 작품이 되어 오시는 것 같다. 허허허....

말씀의 육화강생, 육화강생은 바로 창조와 깊은 관련이 있다. 하나의 문학작품은 말씀으로 이루어진 집인데 그게 여러 가지 형태에 여러가지 완성도를 지닌 창조물, 구조물이다. 인카네이션이란 것은 말씀이 사람이 되어 내려오셨다는 의미이다. 창조는 그러니까 하늘의 영감에서 언어라는 옷을 입고 온다.

🌿 가사노동

끝도 없는 집안일 하다 아침 놓치고 점심에 대봉감 하나를 겨우 먹었다.

집합시간 때문에 첫새벽에 일어나 잠든 아들을 깨워서 촬영 보내고 난 뒤에 세탁물 다리다 보니 오전이 다 갔다. 아들 옷도 다려야 하고 나의 스카프를 꺼내어 보니 하나도 안 다린 채 있었다. 그 많은 걸 다리니까 오른쪽 팔과 어깨가 아프다.

요즘 가정생활을 주로 하는데 가사노동으로 인한 고통을 절감한다. 거의 책을 잡을 수 있는 시간이 별로 없다.
밥 두 끼 준비, 세탁, 바닥 청소 2회, 각종 정리.

가사노동의 특징:

1. 끝이 없다.

2. 반복된다.

3. 무임금이다.

4. 경력이 쌓여도 사회적으로 인정 받지 못한다.

5. 여성들이 골병든다.

아래 사진 중 다리미대가 거의 10년 넘게 쓴 건데 한 번은 다리미
질 잘못하여 구워진 것이다. 새로 구입해야 한다. 이 다리대의 열상으
로 까칠까칠해서 스카프 중에 실크, 견사로 된 것은 올이 나갈 뻔도
하였다. 나는 참고로 실크(기누)로 된 스카프가 많다.
그 이유는 내가 오랫동안 일제구제 마니아였기 때문에 저렴한 가격
으로 구입하였다. 한 장에 오천원이었으나 내가 일제구제 옷을 살 때
마다 단골이라고 점원언니가 늘 스카프를 하나씩 덤으로 줬기 때문이
다.

손수건도 많이 다렸다. 나의 고향 사투리로는 다리미를 다리비라고
하고 대리다를 다리다라고 한다.

🌿 캠프 워커

2021년 11월 25일 12시 대구 캠프 워커 후문앞에서 반미 미군철수촉구기자회견, 같은 날 저녁 6시반 노동해방과 자주 통일 위한 제2시집 『그루터기에 햇순이 돋을 때』 출판기념회를 성료하였습니다.

미국이 영원한 우방이라고 한미동맹을 더욱 강고하게 해야한다는 사람들도 있습니다. 미군철거를 외치는 것은 빨갱이라고 하는 사람들도 있습니다. 미군철거는 시기상조라고 하면서 미군이 나가면 안보에 공백이 와서 북녘이나 중국, 일본이 도발할 가능성이 있다고도 하는 사람들도 있습니다. 그러나 우리는 외칩니다. 민족 자주시대에 분단의 그루터기에 이제 햇순이 돋아났습니다. 우리는 더욱 거세게 외쳐야합니다. 이 시대에 우리는 미군이 필요 없고 우리 민족끼리 자주 통일을 위하여 미군이 코리아반도에서 나가주어야겠다고 외칩니다.

그동안 우리 나라가 대규모의 전략무기 강매를 미국으로부터 강요받아왔고 해마다 무려 76년간 미군에 방위비를 지출하면서 군비증강과 한반도의 안보를 위협하고 남북 분단을 고착화하는 한미워킹그룹 침략전쟁연습을 올해만 해도 146회 해왔습니다. 우리는 외칩니다.

한미워킹그룹 한미합동군사연습 즉각 중단하라!
한미워킹그룹 해체하라!
종전선언 이행하라!

🌿 니꼴라이 체르니셰프스끼 장편소설
『무엇을 할 것인가』

레닌을 사로 잡았던 소설!

이 소설이 나를 끝까지 사로잡아 주길 바란다.

요즘 읽는 것들은 모두 나를 사로잡지 못 하고 있다. 내가 독서력을 잃어버린 걸까!?

아니면 내가 의욕을 잃고 무기력 해서일까?
아니면 요즘 읽는 것들이 밋밋한 걸까!?

가을 보다 글 쓰는 이들에게는 겨울을 견디기가 더욱 힘들다. 겨울이라는 계절이 움츠러들게 한다. 낮이 짧고 밤이 빨리도 찾아오며 춥고 매섭게 부는 바람은 칼날의 연단이나 견책이다.

이 계절을 이기려면 가끔 술을 마시며 견뎌야겠다!^^
그래도 다가올 아기 예수님 성탄을 기다리고 기뻐하자! 성탄절 8부축제도 이번에는 철저히 지내고 교우들과 함께!

신부님께서 아기 예수님을 기다리지도 않고 성탄절이 오는 것에 관심도 없이 세속 잡사에 마음을 빼앗기고 밋밋하게 살아가는 것은 그리스도인의 삶이 아니라고 하셨다. 너무 적확한 말씀이시다.

🌿 산행

　어제는 산행을 혼자했다. 산행 이틀째라서 여전히 몸이 완전히 가벼워지진 않았지만 그저께보다는 나아졌다. 집안일, 독서, 집에 있는 시간이 많거나 하면 울증이 오기도 하여 햇빛이 있을 때 나가서 산책이나 산행을 하면 기분도 몸도 나아진다.

　어제 산에서 두 분의 남자분이 홀로 오르는 나를 보더니 이 시간에 오르면 위험하고 일찍 해가 저물고 어두워진다고 하셨다. 나는 대동문까지 가지 않고 가다가 꺾어지는 지점에서 아카데미하우스 방향으로 내려올거라고 했다. 그러면 괜찮겠다고 하면서 겨울산은 일찍 올라와서 내려가야 한다고 조언해주셨다.

　그때부터 슬그머니 겁이 나기 시작하고 공포가 또 밀려오고 땀이 비오듯 하고 일찍 저물까봐 거의 쉬지 않고 올랐다. 숨이 차고 땀도 많이 나고 얼굴이 빨갛게 달아오른다. 가슴도 두근거린다. 심장발작 날까봐도 무서웠다. 머리 속에는 119구급대가 생각난다. 이 산까지 올라와 나를 구해줄 수 있으려나 생각도 들었다. 그들이 올라오는 중에 나는 사망할 게다. 그런 무서운 생각을 하는 중에 까마귀가 나의 주변으로 와서 여러 마리가 울어댄다. 기분이 더욱 나쁘고 초긴장 되는 가운데 내가 쓰러지면 저 놈들이 와서 머리를 찍고 눈알을 파먹고 살을 물어뜯는 것이다. 그 다음에는 산짐승이 와서 나의 복부를 파헤쳐 내장을 꺼내먹고 몸을 해체할게다. 끔찍하고 엽기적인 생각이 머리를 스쳐간다. 후우.... 나는 하느님께 매달렸다. 그분을 불렀다. 살려달라고, 순간 머리 속에 성령기도회 찬미봉사자였을 때 불렀던 꽁동체 성가가 뇌리에서 흘러나온다. 나의 이성은 이런 망상과 공포, 두려움, 울증에서 나를 새롭게 해달라고 간구했다.

주 하느님, 간악한 이 죄인이 주님 앞에 엎드려 비나이다/ 새롭게 하소서, 새롭게 하소서/ 내 영혼 내 심령 새롭게 하소서
내 영혼 내 심령 새롭게 하소서

이 노래를 들은 후 나는 크게 소리를 질렀다. 몇 번을, 까마귀들은 살아있는 자의 소리에 놀라 떠나갔다. 야호도 질렀다. 외치니까 두려움과 모든 공포감, 가슴의 울증이 사라졌다.

대동문을 500미터 남겨두고 꺾어져 아카데미하우스 방향 계곡을 내려왔다. 가파른 산길을 내려오면서 금강산타령을 오랜만에 불렀다. 노래 가사가 하나도 생각이 안 나서 네이버를 검색하여 한 소절씩 불러서 완창하였다. 그 순간 겨울산은 염결하고 정화와 고요, 지극히 깨끗한 자연의 정원으로 변했다. 외침과 소리, 노랫가락, 성가는 사람의 영을 변화시켜준다. 다시 노래를 해야겠다는 생각을 하고 내려왔다.

오다가 요 며칠 마음에 그렸던 일이 성취되었다. 가을걷이가 끝난 들판에 가서 농부들이 거둬들이고 남은 것을 주어다가 내 집에 들이고 싶은 게 있었다. 뭐냐면 무청이나 배추겉껍질이다. 나는 올해 애할매네서 김장 1통과 대학원동기가 1통을 2주전에 갖다주어서 냉장고가 가득하다. 그래서 무청이나 배추겉껍질이 필요하였다. 산에서 내려오다 신익희선생 묘소 관리인 댁-현재는 사람이 살지 않는다-텃밭에는 버려진 배추껍질이 있었다. 먹을만한 것을 조금 골라서 두르고 간 쇼올에다가 담아오는데 무거워서 아카데미하우스 1번 종점에

서 마을버스 타고 가져왔다.

저녁 내내 이걸 삶고 말끔히 씻어서 냉동실에 넣어두었다. 겨울나기가 다 되었다. 이걸 가지고 성탄절 팔부축제 기간 동안, 감자탕, 쇠고기국 등을 끓여서 지인들과 먹을 생각하니 나는 설레이고 기뻐진다. 또 밤에 김작가님과 통화하며 소설에 대해 이야기 좀 나누고 나니 우리 교우가 성탄에 장식할 조명등을 소개해주었다. 태양광이라고 좋다고 한다. 우리집 옥외 베란다를 보아둔 자매님은 베란다 안전기둥에다 줄줄이 달면 아주 분위기 있을 거라고 했다. 자매님과 나는 11월에 이사가는 지인의 집에서 살림살이, 꽃나무와 화초를 가져온 후, 장막 장식을 여전히 하고 있다. 하느님은 올해 말에 우리 두 사람에게 아름다운 장막의 은총을 계속 내리고 계시다.

자매가 소개해준 크리스마스 조명, 유리구슬 같은 조명이 마음에 든다.

🌿 원죄없이 잉태되신 복되신 동정 마리아 대축일날

본당에서 아는 어르신을 만났다. 아들과 함께 셋이서 점심 먹은 후 차를 마셨다. 차를 마시고 어르신 댁에 들러서 그동안 쓰셨다는 영성 글을 가지러 갔다. 연세가 높으시고 건강도 한해한해 달라지시므로 그동안 쓰신 글을 책으로 내는 작업을 도와드리기로 한 것이다.

오래전 어르신께서는 서울교구 30개본당에서 피정지도를 하셨고 제주도 건너 마라도까지 가셔서 피정지도하신 젊은 날이 있으셨다. 늘 사모님과 함께였다. 사모님은 성가와 묵상 인도자셨단다.

두 분께서는 그렇게 젊은 날에 교회를 위해 봉사하셨고 가톨릭평신도사도직협의회 초대회장 하신 분이셨다. 멀리 그리스 아테네 한인 천주교 회장님께서 어르신께 보내신 귀한 선물을 우리 모자에게 보여주셨다. 예수님 강생 후 326년경 콘스탄티누스 황제의 어머니 성녀 헬레나께서 하느님의 계시로 주님의 십자가를 찾으러 순례하신 도중에 옛날 로마병사들의 병기창고에 놓아둔 십자가 셋 중에 하나가 기적의 성십자가였단다. 그 십자가나무의 일부를 어르신께 보내오신 것이다. 가로로 긴 편지와 함께. 성십자가의 일부는 아주 귀하고 향기가 났다. 우리는 기적의 십자가나무 앞에서 기도를 했다.

평생을 주님을 모시고 따르면서 교회에 봉사하고 연로하신 후부터는 서재에 앉아서 성경주해서나 교부들의 신학 서적과 그 외 영성서적을 보시면서 깊은 영성의 글을 쓰였던 어르신의 작은 방은 나에게 큰 감동을 주었다. 그분은 오로지 하느님을 위해서 한 생애를 사시는 수도자 같으셨다.

그분은 선교의 일환으로 피정지도차 가시다가 교통사고로, 바다의 파도에 휩쓸리거나, 장티푸스에 걸려서 사경을 헤매실 때마다 "주님 당신은 왜 제가 당신을 위해 일하는데 이렇게 고통을 주시나요?"라고 했을 때, 주님은 "그게 내가 너를 사랑하는 방법이다"라고 하셨단다.

책장에는 영적 서적만 꽂혀있었다. 어르신의 댁에는 기적의 십자가 나무와 엘 그레코의 가시관을 쓴 예수 부조가 벽에 걸려있었는데 이 엘 그레코의 작품은 그리스에서 가져온 것이라고 한다. 이 작품은 나무판 위에 아이언으로 만들어진 형자의 예수이다. 철못은 예수님 시대의 십자가나무에 박는 못의 모양과 닮아있다. 제일 아래에 "엘 그레코 1541~1614"이라고 씌여있다.

이 작품이 진품인지 복제품인지는 아직 모르신다고 했다.

🌿 맛나는 소설

오늘은 거액이 나갔다. 조의금 3분 20만원, 축의금 5만원, 사례비 10만원, 책값 15천원, 아들이 엉뚱하여 손해낸 것, 5만2천원, 식료품 13천원, 어제 멋지고 마음씨 고운 배우에게 10만원 후원, 송금하고 나니 잔액이 줄어들었다. 나는 거지가 되겠네요 하고 주님께 말씀드렸다. 주님 저는 이제 거지가 되었어요 하니 어깨에 힘이 빠졌다. 그러다나니 출판사에서 23만원을 보내왔고 모단체에서 인터넷 사용비 5만원이 들어왔다. 집에 와서 제대 테이블 서랍을 열어보니 아직도 현금이 20만원 넘게 있다. 나는 아직은 거지는 아닌 것 같다. 그리고 일 하고 아직 못 받은 것이 80만원 정도에다가 아들도 요즘 얼마를 벌어서 통장에 조금씩 쌓여간다.

언젠가 죄다 써버리고 불안한 마음으로 죽어라 일해서 다시 벌어들인 적이 있다. 그 때서야 일상의 권태로움도 지루함도 사라지고 나는 다시 자본주의 아래에서 먹고살기 위해 일에 투신한 적이 있다. 다 쓰고 나면 절박함에서 싫든 좋든, 무기력에서 헤어나서 의욕을 가실 수

밖에 없이 벌기 위해 짱짱하게 나갔다. 무기력이 사라지고 긴장과 발걸음에 기운이 돌아왔었다. 또 어떻게 벌까 궁리도 하고 일 계획도 하고 시간도 다시 돌아가는 것이다. 괜히 바빠져서 내가 쓸모있는 자 같았고 나 바빠라고 말할 때 괜히 자존감이 높아진다는 것도 이 자본주의가 만들어낸 괴상한 자존감일까......

도스토예프스키는 술이나 노름, 여자로 돈을 죄다 쓰고나면 원고에 매달렸다 한다. 다 쓰고나면 정신 차리고 원고에 매달려가면서 출판사에다 뭘 쓰고있으니 가불해달라고 하였다고 한다. 참 배짱도 좋으신 나의 스승 도스토예프스키!

근데 요즘 더 괴상한 소설가 니콜라이 체르니셰프스끼의 장편을 읽으면서 나는 매료된다. 전혀 다른 이야기의 방식이 나를 매료시킨다. 저자가 나레이터가 되어 계속 끼어드는 이 소설은 황당하면서도 너무 재미가 있다. 저자가 나레이터도 되고 작가도 되고 하여간 정신이 없지만 기가 막힌 이야기를 펼쳐져 나간다. 역시 러시아의 작가들은 굉장하다. 말솜씨가 한마디로 죽여주는 작가들이다. 특히 이 소설은 꼭 소설이라기보다 극작을 읽고 있는 것 같다. 장면마다 대화도 되어 씬을 붙쳐두고 있는 독특한 구성의 형식이다. 요런 괴상한 형식이 나를 사로잡고있다. 밋밋한 형식은 졸리지만 요런 형식은 밋밋하지 않고 차지다. 나는 잘 씹어먹고 있는 것이다.

🌿 객지살이

　그러고 보니 나는 오랫동안 학교 다니는 동안 대학원 때까지 부모 형제의 지원을 받았고 26세부터 학원이나 기업체에서 일어를 가르쳐서 벌었다. 내가 나의 문우에게 나는 일어로 벌어먹을거야라고 말했듯이. 처음 나는 학원에서 20만원 가량 받았다. 그게 1993년의 일이었다. 새벽반 수업이었고 아주 조그만 학원이었고 학생수도 적었다. 원장 여자는 나이든 미스였고 할머니같은 인상이었다. 거기는 이문동에서 꽤나 멀었다. 구로쯤이었으니까. 그것도 겨울 새벽이었으니 얼마나 추웠는지, 나는 얼마 안되는 걸 벌러 한겨울에 거의 첫전철을 타고 나간 것 같다. 그러다가 마산으로 옮겨간 1년 동안 어학전문학원, 대학 특강, 창원공단에서 가르쳤는데 나는 마치 꿈 속으로 걷고 다니는 기분이었다. 학교에서 만나는 교수와 학생들과는 다른 사람들의 세계에서 나는 가르친 것이다. 그 때는 옷도 없어서 앞에서 가르쳐야 하니까 월급 받으면 옷이나 책 사고 최소한의 방세와 생계비로 간당간당하게 지냈다. 그래도 그 1년 동안 나는 나의 전공부분 이외에 많은 사회과학과 소설, 시집, 영적 서적을 읽으면서 지냈다.

　다시 서울로 와서 석사논문을 내고 기업체와 대학에서 강의를 하기 시작한 것이 96년의 일이다. 일어강사인 나에게 일본여자 같다는 소리를 사람들이 많이 해서 솔직히 듣기가 거북했다. 나는 91년부터 고려대 문인들과, 92년부터 외대 문인들과 문예창작을, 습작기를 보냈다. 시를 고민하다가 모르던 담배도 도라지라는 걸 아주 가끔 피웠다, 정 글이 떠오르지 않을 때는, 그 고뇌는 글 쓰는 사람만이 이해할 수 있을 것이다.

그렇게 마산에 있던 여동생을 서울로 데려와 같이 지내면서 나는 일어강사로 벌어서 둘이서 살았다. 여동생은 홀로 독학하여 s여대 중문과로 편입했고 나는 여동생이 자랑스러워 옷, 구두, 화장품, 가방 등속을 강의료 받으면 사주었다. 수고하여 번 돈으로 나는 동생이 걸치면 아름다워지는 모습에 매료되고 나도 패션 좀 배우면서 그러고 지냈다. 이런 생활을 하다가 우리는 한 때 나의 잘못된 판단으로 지방으로 내려갔다. 거기서 강의가 끊겼는데 시간강사라는 직업이 6개월 계약인 것도 모르던 때였고 나를 쓰는 것 같더니 재단을 통해 임용된 신임교수가 수업이 없어 내 수업을 하게 되면서 나는 잘린 것이다.

다시 서울로 올라와서 한 학기 동안 강의를 못 하고 번역만 하면서 지낼 때 경제적으로 어려워 동생은 가톨릭여학생기숙사에, 나는 외대 뒤에서 학생과 룸메가 되어 하숙했다. 하숙집 여주인은 같은 성당에 다니는 여성부회장이었다. 그 반지하에는 우리가 쓰는 방과 파라구아이에서 돌아온 교포 학생과 어머니, 애인이 있는 여학생 한 명이 살았다. 나의 룸메는 173센티나 되는 큰 키의 여학생으로 공주에서 왔고 모델을 꿈꾸어서 모델 대회할 때 따라가 주었다. 결과는 참담했다.

그 후 여동생과 나의 견진 대모님 댁에 둘이서 하숙 하다가 아들의 아빠를 만나서 결혼 전에 신혼집을 구해서 여동생과 먼저 살았다. 나는 아들의 아빠가 나의 이상형이 전혀 아니었고 아프기도 해서 그 사람에게서 도망을 치려고 했으나 동생을 두고 어디로 사라질 수도 없었다. 다 포기하고 그 사람을 받아들이고 나와 동생이 살 공간이 있으면 좋겠다고 부탁한 것이다. 그러나 정작 공간을 구하고 둘이서 한 달도 못 살고 동생은 대구로 내려갔다. 아버지가 교통사고가 나서 6주 진단이 나오고 동생에게 간병을 하게 했다. 지금 생각하면 나의 이 처사는 동생의 앞길을 막은 것이다. 나도 미쳤다는 생각이다. 나는 그때 내 정신이 아니었다. 아버지의 교통사고는 우리 가족들에게 충격을 주었고 나도 충격이었다. 어떻해든 아버지를 다시 일으켜야겠다고만 생각했다.

나중에 동생한테 미안하다고 나는 몇 번이나 말해야 했다. 물론 그 당시에 이 사과는 나의 어머니나 다른 형제들도 했어야 맞다. 나만 잘못이 아니다. 동생이 4학년이었고 다른 형제들은 모두 시집 가서 출가외인이었다. 아버지를 전담하여 간병할 자가 없었다. 어머니는 시골에서 농사일을 했어야 했고. 나도 학기 중이어서 강의해야만 했다. 동생에게 내가 그렇게 말했을 때 동생이 왜 나만 희생해야만 하느냐고 나한테 대들었다.

동생의 항의는 정당한 것이었다. 결국 나는 동생을 내려보내고 동생의 졸업을 위해 동분서주했다. 나는 언젠가 우리 가족들한테 이 때의 이야기를 조금했다. 그들은 그랬느냐고만 했다. 오빠가 없고 집안에서 아버지의 교통사고는 큰 사건이었고 수습할 자가 없었다. 사실 아버지를 친 여자는 안동병원 간호사였다. 의사는 한 통속이 되어 환자이며 한국전쟁 참전에서 폭탄 소리에 약간 한쪽 귀가 가는 귀였던 아버지를 무시하고 기본으로 하는 CT검사도 안 하고 2주 진단을 내려놓았다 내려가보니. 나는 의사가 환자를 위한 의지가 없다고 판단하고 대구의 큰 병원으로 이송을 바란다고 하면서 적절히 연기하며 공손하게 음료 1박스 사주면서 위기를 모면했다. 다행히 앰블런스도 잘 대주었다. 아버지와 함께 흔들리는 앰블런스 타고 안동에서 대구까지 가면서 나는 많은 걸 생각했다. 그 순간은 서울의 결혼할 사람, 강의, 동생문제, 동생졸업문제, 형제들에 대한 생각도 다 잊었다. 오로지 아버지가 온전해지고 거짓말쟁이 같은 세상이 싫었다. 가진 자들이 불쌍한 사람에게 대하는 것에 그냥 서러워서 이를 꽉 물고 나는 그 불의와 싸웠다. 그 때 나보고 집에서 맏이냐고 했고 동생과 살 때는 나 보고 사람들이 소녀가장이냐고 했다. 나는 네째로 태어났지만 그렇게 살았다.

그 후 동생은 아버지가 퇴원하고 난 후 여동생네로 가서 거기에서 원래대로 우리 제부의 소개로 좋은 곳에서 영양사를 했다. 1년 후 원래 알고는 있었던 현재의 제부랑 결혼했다.

나는 결혼 후 6개월간 시댁의 원조를 받았지만 그후로는 그분들도 어려워서 지원을 할 수 없었다. 나는 결혼하여 남편의 월급을 받아본 적이 없다. 나중에 아이 아빠가 국가유공자가 되어 나라에서 지원을 받았다. 그것은 결혼생활 7년쯤에 있었던 일인 것 같다. 그래서 나는 어떤 때는 새벽에도 밤에도 낮동안에도 강의를 하곤했다. 그러던 어느 날 나는 말을 하는 게 싫어지기 시작하고 눈물이 나기 시작했다. 마음은 우울과 울화가 불쑥 불쑥 찾아오기 시작했다. 내가 스트레스가 쌓일 때.

그 후 아이 아빠와 헤어지고 아들을 혼자 키우면서 나는 지금까지 살아왔다. 어느 날 나보고 한부모로 등록 하라고 하였고 그랬어도 내가 벌어 생계를 했다. 그 후 몇 년이 지나 구청 직원이 와서 기초급여를 받고지내라고 하였다. 그 때 나는 영육이 병들었다. 그 사람은 나에게 학교 강의도 당신에게 힘드는 것이니 내려놓고 건강에 힘 쓰고 아이를 잘 보살피는 게 더 중요하다고 하였다. 나는 그 때까지 내가 일해서 벌어서 살았던 사람의 자존심이 무너지는 것 같았지만 그 때만 해도 놈이 많이 인 좋이서 그 사람의 의견을 겸허하게 따랐다. 고마운 사람이었다.

가끔 여동생과 통화하면 그 시절의 이야기를 한다. 결혼을 하고 처음에는 여유롭게 살지 못했던 동생은 언니가 그 때 나를 위해 옷과 구두, 화장품, 예쁜 백을 부족함 없이 사준 걸 생각하면 나는 늘 고맙고 그래라고 했다. 그리고 아버지 교통사고로 유학도 생각했던 동생의 진로가 바뀌었던 것도 동생은 결혼생활하면서 받아들이게 된 것 같다. 동생은 그 때를 두고 언니가 집안에서 네째로 태어나 고생하고 나도 고생했다고 했다. 더구나 막내 남동생도 여동생 다음으로 4년간 결혼생활 도중에 데리고 있었을 때 나의 친한 친구 중에서 한 명은 너의 부모님은 너한테 좀 너무한 거 아니냐고 했다. 나는 내가 부모 돈 많이 썼으니까 했다.

한국사회는 그렇다. 많이 배운 사람은 그것을 되돌리던지 갚아야 한다. 가방 끈 긴 사람에게 기대하는 게 있기 때문이다. 나는 결국 가방 끈 길어졌지만 나에게 부모는 하늘이다. 내 부모도 나에게 기대가 있었다. 나는 지금도 부모가 나에게 해준 걸 생각하면 다 갚지 못한다. 우리 부모는 나에게 돌려받는 것보다 내가 편하고 건강하길 바라실 뿐이다. 다만 내가 간혹 부모님 마음에 드는 일을 했을 때 그분들은 이승에서나 저승에서나 환하게 웃으신다.
나는 그분들의 웃는 모습을 보는 게 나의 행복이기도 하다. 그분들의 하늘에 환한 햇살이 오늘의 나를 존재하게 하였다는 것은 너무나 당연하다.

지금 나는 학교를 3년 전에 그만두었고 그만두기 전부터 일했던 분인단체 일도 그만두었다. 나는 정말 오랜만에 쉬고 있다. 최소한 올 겨울 동안은 푹 쉬어볼 생각이다. 쉬고나면 다시 의욕이 생길 것이다. 막무가내로 달겨드는 편안한 시간들에 나는 요즘 포위되고 있다. 가급적으로 바깥에 안 나가려고 하고 있으나 공동체는 가야하고 우울해지면 산행이나 가끔 마음에 드는 사람과 만나며 지낸다.

이 나무를 보라! 참으로 놀랄만한 생명력을 지녔다!

🌿 생삼겹살 1근에 17,800원이었구나!

나는 삼겹살을 요 근래에 사먹지 않아서 가격을 몰랐다. 아들한테 사오라고 시켰는데 나는 아들이 잘못 사왔나 생각했다. 물론 아들이 잘못 사올 리는 없다. 이 정도면 서민이 많이 먹기는 힘들어진다. 나는 삼겹살을 가급적 먹지 않는다. 왜냐면 피해야할 음식이기 때문이다.

어제 수유역에 나갔다가 남양주에서 늘 자루나 비닐 포대에다 상추, 치커리, 쪽파, 시금치 등의 야채를 길바닥에서 파는 사람이 있다. 어제도 이 분한테서 상추와 치커리, 시금치를 사니 5천원이었다. 이 싱싱한 야채를 보니 정말 모처럼 아들에게 삼겹살을 구워주고 싶었다. 우리 모자는 둘 다 삼겹살이 피해야할 음식이어서 거의 먹지 않는다. 그러니까 올해 안에 두 세번째 구워먹는 것이다. 집에 삼겹살 냄새 나는 것도 싫어하는 편이고 고등어 등 비린내 나는 것도 둘 다 싫어하다 보니 이런 음식은 가급적 안 먹고 주로 야채나 비린내 안 나는 생선을 간혹 먹는다. 야채와 과일은 즐겨 먹는 편이다.

수유역의 길바닥에 앉아 야채를 파는 이 여자분은 어떤 때는 어두워졌는데도 다 팔 때까지 앉아있다. 외출 갔다가 들어오면서 다 팔아야 일어날 것 같은 이 여자분의 야채를 자주 샀다. 나는 채식주의자인데 싱싱한 녹색의 야채를 보면 기운이 나고 입맛도 돌고 의욕도 생긴다.

오늘 저녁에는 아들과 오랜만에 삼겹살을 구워놓고 티브이를 보며 천천히 이야기 하면서 밥을 먹었다. 내가 거의 다 먹을 때도 고기가 줄어드질 않는다. 나는 아들에게 너 왜 안 먹니 하니까 그냥 웃는다. 녀석이 내가 먹으라고 양보한 듯 하다.

언젠가 정말 가난하여 냉장고가 텅텅 비었을 때 어쩌다 삼겹살을 사서 구워 먹었는데 나는 그 무렵 확실히 정상이 아니었다. 먹을 때 정신없이 먹는 등 식신이 강림한 무렵이었던 것 같다. 기껏 구워서 차려놓고 내가 정신없이 먹은 거였다. 나의 착한 아들은 내가 한참 폭풍처럼 먹다가 정신이 들어 너는 왜 안 먹니 하니까 엄마 많이 드세요 하면서 얌전하게 나를 지켜보는 것이었다. 나는 그 순간 아들한테 마음 속으로 많이 미안해져서 더는 안 먹었던 기억이 난다. 내가 삼켜버리듯이 하니까 엄마가 삼겹살을 모처럼 구워서 맛있나 보다하고 생각한 어린 아들은 나에게 말없이 양보했던 것이다. 망할, 내가 이 주제밖에 안 되나하고 한탄했을 때의 추억이다. 그 때가 아들이 초등학교 고학년 무렵이었다.

누가 뭐래도 나는 효자 아들을 둔 행복한 엄마인가 보다. 일도 조금씩 해서 얼마간 벌어오고 있으니까. 나는 아들이 돈을 벌어온다는 것을 생각해본 적이 없다. 어릴 때 업고 다니면서 미술치료, 놀이치료, 모래치료 다니고 초등 1학년 때도 1년 유예하면 좋겠다 하고 특수학급 갔으면 좋겠다고 담임선생님이 말하고, 고등학교 때는 기술학교 가라하고 그런 아들이었지만 이제는 다 큰 모양인지 공부해서 머리 쓰는 일이 아닌 일로 조금 벌어서 온다.

아들은 어제 촬영 갔다가 새벽에 들어왔다. 우리 모자는 백신 접종 거부자이다. 아들은 오늘도 보건소에서 PCR검사를 받고 오면서 내가 사오라던 와인글라스를 사왔다. 다이소에 가서 천원짜리 세 개를 사왔는데 내 마음에 드는 걸로 사왔다. 부딪치니까 맑은 울림이 난다. 소리 안나는 와인글라스는 매력이 없다. 아들은 내 마음에 드는 와인잔을 사왔다. 고맙고 고맙다.

내일 셋이서 조촐한 생일파티를 할 때 와인을 마실 생각이고 크리스마스 이브에도 써야 한다. 결혼식에서 와인 두 병을 받아왔다. 마음이 젊은 우리 교우가 우리 집 옥외 베란다에 설치할 크리스마스 태양열 전구까지 사주어서 그걸 장식하니까 매일밤 크리스마스다. 오실 아기 예수님을 기다리는 베란다의 밤풍경은 깜빡깜빡 졸지도 않고 눈을 동그랗게 뜬 크리스마스 전구가 달려있다.

🌿 잃어버린 장갑

어제 첫눈이 오고 오늘 오른 산에서 나는 정신 없게도 장갑 한짝을 잃어버렸다. 내려 오면시 눈을 씻고봐도 안 보인다 나는 잃어버린 장갑을 산 어디에다 두고 내려온다. 할 수 없이 두고 온다. 그리고 한짝만 남은 장갑을 여우목도리와 손에 꼭 쥐고 내려왔다.

나는 내려오면서 불렀다.
'장갑아 너 어디 있니?' 하고 마음 속으로 길게 외쳤다. 그러나 장갑을 내게 답하지 않았다.

대답이 없는 장갑 한짝을 산에 두고 산길을 천천히 내려오는데 눈이 녹은 맑은 물이 흘러간다. 너무 깨끗하여 지난 가을에 나무에서 떨어져 잠긴 나뭇잎도 바닥에 쌓인 게 보였다. 물웅덩이 주위에 흰눈이 덮혀서 고즈넉하다. 저런 명경같은 마음을 지니면 어떨까 했다. 닦아도 닦아도 때가 나오지 않고 뽀드득 뽀드득 소리가 나는 마음을 지닌다면 어떨까싶다.
눈이 오고 난 후의 하늘은 어찌 저렇게 파랗나말이다.

🌿 어머니의 사투리

아주 가끔 나의 고향말이 저 영혼과 가슴, 몸, 정신, 마음 깊은 곳에서 떠오른다. 그러다가 불현듯 가슴 깊은 곳에서 묵직하게 치밀어 오른다. 이 느낌은 참으로 기이하다. 어떻게 그 말이 오랫동안 잠자다 떠오를까? 며칠 전에도 한 낱말이 떠올랐다. 그 말이 떠오를 때마다 어머니의 음성이 소리로 보다 기억으로 떠오르고 들려온다. 낱말의 뜻에 따라 어머니의 감정이 실린다. 탄식과 슬픔, 짜증, 분노, 온유함,

기쁨, 신기함, 푸념이 썪여 들거나 한다. 이런 말이 나의 몸 어딘가에서 죽은 듯이 잠을 자고 있다가 불쑥 일어나서 튀어나오려고 한다. 그럴 때는 어머니와 어머니가 그 말을 하시던 장면이 생각난다. 그 장면에는 기억 속에 여러 가지 상황들이 그림처럼 머리 속을 가득 채운다.

며칠 전에도 어떤 낱말이 생각났다. 나는 그 말에 휩싸여 누워서 오랫동안 떠올린 말과 장면 속에 떠오르는 추억의 한 자락을 기억해내었다. 그런데 그 낱말을 써놓지 않아서 잊어버렸다. 아니 나는 그 고향말을 잃어버렸다. 잃었던 것이 나를 찾아왔는데 나는 그냥 생각만 하다가 또 잃어버린 것이다. 나는 며칠 후 그걸 생각해내려 했으나 도저히 떠오르지 않았고 나의 성실치 못함을 뒤늦게 후회한다. 그 때 써놓을 걸 하고 애닲아 한다. 며칠 전에 떠오른 그 말 아니 내 가슴을 쳐올라오던 그 말은 너무나 헌걸 찼다. 그 낱말에 담긴 뜻도 그러려니와 그 말을 할 때의 어머니의 모습은 마치 여장부 같았다. 어린 시절을 거쳐 소녀, 시집 갈 준비로 수 놓고 옷 만들고 하던 처녀시절의 조용하고 바지런하던 한 여인은 어머니가 되면서 강해졌던 것이다. 그 낱말이 분명히 어머니가 그 말을 했을 때의 장면과 함께 힘차게 나에게 다가오는 용기의 말이었다. 나는 그 낱말을 기억하려 했지만 도저히 생각이 다시 나지 않았다. 아직도 잃어버린 그 낱말이 일으켜놓은 파문을 조용히 바라보면서 며칠을 아무도 모르게 나 혼자만 잡히지 않는 그 말이 일으켜놓은 파란을 앓으면서 지내고 있다.

🌿 배냇말

나는 정확히 우리 나이로 19세까지 고향에서 살았다. 그러니까 나의 대기 묻힌 곳이고 뱃속에서부터 어머니의 고향말을 듣고 자랐다. 나의 모국어는 조선어 중에서 경상북도 안동과 영양, 청송 지방의 말이다. 이 지방은 경상북도 산간지방에 해당한다.

　대구를 4년간 살고 난 뒤 서울로 오면서 나의 말은 점점 고향말을 잃어갔다. 표준어나 서울지방 언어의 공세는 나의 대처살이 연수와 맞먹는다. 여전히 억양이 바뀌지는 않지만 말은 고향말을 거의 잃어버렸다. 잊었다라는 말과 잃었다라는 말의 차이점은 많이 다르다. 나는 객지에 사는 연수가 올해로 34년이 되어가면서 고향말을 잃어버린 것이다. 객지살이는 나의 언어관습을 바꾸게 하였다. 서울말을 쓰는 사람들 틈에서 경상북도 사투리를 그대로 쓴다는 것은 살고있는 곳의 사람들에게 나는 당신들과 다른 데서 온 사람입니다라는 뜻이다. 그러니까 서울 사람이 아니라 다른 데서 온 이방자라는 뜻이다. 그래서 서울말의 물살에 나의 고향말이 침식되었고 나의 고향말은 나의 몸 속으로 숨어들어서 자꾸 안으로 깊이 들어가 있었다. 죽은 듯이 몸 속 어딘가 있다가 중년기인 40대부터 주눅이 들어 움추려있던, 아니 숨죽이고 있던 고향말이 간혹 한 낱말이 대차게 또는 어떤 사물을 보다가 나도 몰래 거기에 얹어져서 홀연히 떠오른다. 신기하게도 그 말을 나는 안다. 그 말도 나를 안다. 우리는 너무 오랜만에 만나서 나는 그냥 목이 메이고 내가 그렇게 울컥할 때마다 그 말은 더욱 기세가 등등해진다. 자기를 알아주고 반응을 하니까 그랬나 보다. 나는 더욱 큰 소리로 마음 속에서 그 낱말을 외친다. 그러고는 그 말을 하던 사람과 장면이 떠오른다. 그 장면이 어떤 것인가에 따라 그 말은 나를 눈물 젖게도 하고 깊은 사랑을 느끼게도 하고 때로는 분노하게도 하고 객지살이 34년의 불편함이 가라앉기도 한다. 그 중에 가장 선명한 것은 나는 서울사람이 아니고 나의 태가 묻힌 그곳의 흙이 나를 부르고 있다는 착각에 젖는다. 아니 이것은 착각이 아니라 앞서도 말했듯이 선명하게 나는 다시 돌아가야 한다는 생각을 깨우쳐준다.

🌿 '짜드러'와 '메란없이'

이 말은 나의 고향말이다. 이 말이 떠올랐을 때는 선명하게 어떤 경우의 표현에 쓰는가를 알았다. 그런데 짜드러와 메란없이는 모두 부사이다.

*짜드러 일만 하면 뭐하노?
*올게는 장마비가 짜드러 와서 농사 다 접었데이.

*아랫마실 노인이 이 비에 뭐 할라꼬
댕기다가 넘어져 갖고 바지 저구리가 메란없이 됐다 안카나

이런 예문을 만들어 보긴 했는데 처음에 떠올랐을 때의 선명함을 잡아놓기가 쉽지는 않다. 그런데 이런 부사 성격의 낱말을 여러 가지 표현에 쓸 수가 있다. 우리말은 하나의 낱말에 여러 가지 의미를 함축하고 있어서 여러 가지 표현에 쓰고 있다는 생각이 든다.

'기럽다'라는 말

*요새사 사람이 기럽지 어데 돈이 기럽니껴.
(돈에 어려움은 없으나 인정이 그립다는 이의 표현)

220

*외따로 떨어져 있으니 사람이 기럽제요.
　(외따로 떨어진 집에 사는 사람의 심정을 나타내는 표현)

이 낱말은 있었으면 한다, 그립다, 없다라는 말을 포함하는 뜻으로 쓰인다.

어린 시절, 아마 겨울이었던 것 같다. 낯선 여자가 어머니를 찾아와서 우리 안방에서 둘이서 심각한 이야기를 하였다. 어머니는 그 여자가 하는 이야기를 듣고만 있었고 두 사람의 표정은 과히 기쁘지 않고 어려운 사정을 이야기 하고 그걸 들어주다 보니 안됐다는 표정도 지어가면서 그 분위기가 심각하게 무거웠다. 그 여자는 돈이 기럽다는 말을 했고 그 사정을 어머니에게 어렵게 말했던 것이다. 이런 경우는 친하거나 돈을 빌려줄 만한 사람한테 가서 이야기를 한다. 농한기의 다들 어려운 처지에서 누군가 어려운 일이 있으면 빌려주기도 하고 빌려줄 게 없으면 빌릴만한 능력이 있는 사람을 소개하거나 대신 말하여 꿔주기도 하였다. 우리네 이웃들은 그렇게 서로 어려운 사정을 털어놓으면서 서로 도와주고 살아가기도 했었다. 사람이 기럽고 돈이 기러운 게 세상사 아닌가 한다. 이런 때 우리네 사람들은 서로 찾아보고 어려움을 보살피기도 하였다. 어려운 처지의 서민들끼리 그렇게 살아왔던 것이다. 사람에게 특히 자본주의 하에 살아가는 사람에게는 사람과 돈이 기러른 것이다. 물론 그 옛날 배움이 기럽고 밥이 기럽고 했던 시절의 이야기이다.

🌿 천으로 된 크리스마스 트리

크리스마스 장식을 전해주러 나갔다가 두꺼운 옷에 마스크에 정말 숨이 막힌다. 언제 마스크 안 쓰고 살아보나 싶다. 문제 투성이 대선 후보도 빨리 정리되고 그래도 털어서 덜 먼지 나는 사람이 나오면 좋겠다. 서민들의 피로감이 더해진다. 코로나 방역단계 격상으로 일터를 잃는 사람들의 한숨이 들려온다.

새집을 짓는다고 당분간 세 얻은 집에 들어가신 지인은 크리스마스 장식 선물을 받고 연로에도 불구하고 기분이 좋아보이신다. 집에 크리스마스 트리 하나 세우세요 하니 밝게 웃으신다. 지난달 집을 옮기고 할 때만해도 많이 지쳐 보이셨는데 회복이 되신 것 같아서 다행이다. 사람은 둥지를 옮기는 게 쉬운 일이 아니다. 새들도 그럴 것이다.

🌿 거짓말--〉 사기, 중상=사탄

비정규직 시간강사를 하면서 나도 자주 이력서를 썼다. 그 때마다 나의 정확한 이력을 기억하여 쓰려고 했다. 처음에는 가르친 경력이 없어서 그냥 학력만 써서 지도 교수님께 갖다드렸다. 그 후 가르친 경력이 이 학교 저 학교에서 늘어나고 나중에는 다 기억도 못할 지경으로 되었다.

언젠가 나도 쓰면서 부풀리고 싶은 마음이 인 적도 있었던 것 같다.

그러나 이내 장난같은 마음이라 쳐냈다. 이력은 장난도 아니고 거짓말로 쓸 수도 없다. 경력증명서를 증빙하기 때문이다.

정확하게 다 쓰고 나면, 한 줄 한 줄 더 늘어날 때마다 뿌듯해졌다. 그것은 한 줄이지만 나에게 16주 강의를 한 학기에서 몇 학기 즉 몇 년이 되었다.

나중에는 이력서를 더 써서 일을 갖는 것이 싫어지기 시작했다. 최근 4년 전에 이력서를 한 번 쓰고 나는 더 이상 쓰지 않게 되었다. 지금 쓰라고 하면 나는 가물하다. 그래서 전에 쓴 것을 참고하여 쓰고 최근 이력도 덧붙여야 한다.

일을 구할 동안 이력서를 써야한다. 자기소개서는 별로 안 썼던 것 같다. 그러니 교수임용을 위해 두 번 정도인가 썼다가 이것은 연구실 적물 증빙까지 해야해서 복잡하여 머리가 아팠다. 나를 너무 피곤하게 하여 나는 그만 두었다. 내가 거의 20년 시간강사했을 때는 더이상 이력서를 써서 내고싶지가 않았던 것이다. 나는 질려버린 것이다. 계속 말하는 이 직업이 싫어졌고 침묵이나 고요가 나를 평안케 했다. 그런 느낌이 강하게 오기 시작했을 때 나는 가르치는 것보다 쓰는 것이 더 늘어나기 시작했다. 그리고 옷을 차려입고 강의 준비하고 나가고 하는 것이 힘들어졌다.

나의 시간강사생활 20년 넘는 동안 나는 옷과 책이 늘어났다. 우리집에는 장롱 대신 옷행거와 책장뿐이다. 아직도 이 두 가지를 다 버리지는 못 한다. 옷도 많아서 장롱으로는 안되고 장롱 대신 책장을 놓아야 한다.

서울에 처음 오던 무렵 나는 젊고 잘 생기고 말쑥한 정장 차림의 사기꾼을 강남고속버스터미널 계단에서 만났다. 시골 여자티가 났던 나는 표적이 되어 그의 낚시질에 걸린 것이다. 계단에 서서 말을 하는데 그가 사기꾼이라는 걸 알고 나는 이 놈을 경찰에다 넘겨야겠다고 생각하고 역으로 사기를 쳤다. 그러나 나의 사기가 그 사기꾼을 능가할 수는 없었다. 그래서 이 놈이 후다닥 도망치기 시작했다. 날렵하게 도망쳤다. 사람들 속으로 숨어들었다. 나는 생각했다. 저 많은 사람들 중에 숨어들어간 사기꾼의 뒷모습은 과연 철학적이었다. 인파에 숨어서 중상하는 사탄은 자기 모습을 감추고 언젠가 또 드러낼 것이다. 우리는 많은 사람들과 살고있다. 그 중에 이런 사기꾼들이 숨어있으면서 중상한다. 사기꾼을 숨겨주는 사람들의 속, 그게 서울의 민낯이었던 것이다. 그것만이 아니라 자신을 기만하고 신을 기만하고 가장 가까이 살을 붙이고 사는 사람을 속이면서 날마다 거짓을 말하고 있는가도.

거짓은 자기 방어나 선의의 거짓말도 있다. 그것은 피해가 나지 않기 위한 것이다. 남으로부터 자기가 멸시와 천대를 당하지 않기 위해서다. 이런 것도 이웃들에게 때로는 황당하게도 한다. 선의의 거짓말은 남을 위해서 하는 경우일 것이다.

나는 지금도 잊혀지지 않는다. 죽을 힘을 다하여 사람들 속으로 도망쳐 모습을 감추던 한 마리 사탄의 뒷모습은 씁쓸한 사람들의 풍경이었다.

미국은 우리에게 늘 말한다.
너희들을 적으로부터 지켜주겠다고.

우리를 더 이상 지켜주지 않아도 된다.
너희들이 말한 적은 적이 아니었다.
거짓말 그만하고
제발 이 땅에서 나가거라!

🌿 오한

　어제 나갔다가 바깥에서 있었던 시간이 길었던지 집에 돌아와 씻고 눕자마자 몸이 아프기 시작했다. 속도 안 좋고 발과 손이 차가워지고 온몸이 추운 것이다. 발 저 끝에서부터 뭔가가 치밀어오르는 중에 아들을 불러 기도를 청했다. 이 나쁜 느낌의 치밀어오름이 아들의 손이 머리, 가슴, 배 등에 이르자 차차 가라앉았다. 그러나 오한은 여전히 계속 되고 하여 물을 끓여서 따뜻한 차를 마시고 곡식 넣은 오자미를 렌지에 데워 배꼽 위에다 올려놓으니 속이 요동친다. 차가웠던 손이 따뜻해졌다. 치미는 느낌은 아주 기분이 안 좋고 심장도 피곤하게 하기 때문이다.

　추위를 먹어 감기몸살 기운이었다. 오전에 친구에게 전화하여 점심 약속을 취소하고 겨우 몇 숟가락 아침 먹고 누웠다. 미열이 났다. 어젯밤 밤새도록 못 자고 거의 6시가 되어 겨우 눈을 붙인 것이다. 아들도 나를 간호하다가 새벽에 잠들어 12시에 내가 깨웠다. 종합감기약과 해열제 사오고 둘이서 점심 먹고 다시 한숨 잠을 자고나니 오한 증세는 없어졌다. 종일을 누워서 자거나 스마트폰을 조금씩 하고나니 하루가 갔다. 아들은 옆에서 성경 읽으면서 늘 하던 대로 자신의 하느님과 대화 글을 쓰고 나는 잠이 들었다.

깨어나서 대학원 선배님께 전화 드리고 시집과 번역본을 아들을 시켜 보내 드렸다. 오후 늦게에는 많이 나아졌기 때문이다. 코로나 걸렸나 걱정했는데 아들이 그건 아닌 것 같고 감기몸살인 것 같다고 했다. 혼자 사는 여자는 아플 때 제일 서럽다.

그래도 아들이 옆을 지켜줘서 다시 일어난다. 아들이 있으니 혼자 사는 건 아닌 거고 2인 가정이다. 이럴 때마다 더 크게 아프게 되면 어떻하나 걱정이 되기도 한다. 확대 해석은 하지말자고 늘 스스로 달랜다. 어느 지인이 강원도 산골의 추운 곳에서 암과 싸우고 있는 사진과 글을 올렸다. 그 작가님을 생각하니 나의 감기몸살쯤은 아무것도 아닌 것이다. 그런데도 아프면 덜컥 겁부터 나는 건 왜일까!? 많이 약해진 자신을 대한다. 어릴적부터 겨울에 달고 살았던 감기, 바깥에서 좀 많이 놀았던 어린시절에는 몸살도 잦았다.

🌿 구제 옷가게

어제 큰언니가 털옷과 가방을 주겠다고 남대문시장에 나오라고 하였다. 기왕에 나가는 길에 교우 한 명을 데리고 나갔다. 그녀에게도 남대문시장 구제옷가게를 언니 도움 받아서 알게 해주기 위해서였다. 물론 저녁에 행사가 있어 오전에 언니를 만나 물품만 받고 그냥 집으로 들어올까도 생각했었다. 추운 데 오래 바깥에 있는 건 나한테 안 좋기 때문에. 그러나 셋이서 남대문시장 구제점을 둘러보고 남대문시장의 명물인 야채호떡을 줄을 잠깐 서서 사서 맛을 보았다. 비둘기들이 부스러기를 얻어먹으려고 몰려들었다. 좀 떼어서 던져주자 여러 마리가 달겨들었다. 다 먹을 때까지도 비둘기들은 내 주위에서 맴돌고 있었다.

우리는 남대문시장에서 나와 종로구 광장시장 구제 가게에 가서 이것저것 옷구경하고 필요한 것도 하나둘 샀다. 나중에 4시 넘어서 큰언니와 헤어졌다. 언니는 광장시장에서 나까마로 사므로, 나까마는 도매가격으로 사는 것을 말한다. 흥정은 자신에게 맡기라고 했다. 나의 교우 자매는 그런 언니를 졸졸 따라다니고 의지했다. 교우는 신이 나 보였다.

언젠가 내가 구제 가게를 소개한 후 교우 자매는 구제 가게를 가끔 들른다. 일본이나 미국, 홍콩 등지에서 컨테이너 짝에다 구제옷을 뭉쳐넣어 쪼글쪼글해질 정도로 집어넣어서 선적해서 온단다. 부산항에서 올라와 부산 국제시장과 대구 서문시장, 그리고 서울의 광장시장 등지로 팔리는 것은 각 지역의 창고를 통해서 시장으로 물건이 쏟아져 들어오는 것이다. 남대문의 구제시장도 광장시장에서 골라서 가져간단다. 나는 남대문시장 수입상가는 오랜만에 어제 갔던 것이다. 그 수입상가의 일부에 구제옷 가게가 있다.

큰언니는 처녀 때부터 구제옷을 즐겨 입었다. 구제옷은 새제품과 중고제품으로 나뉘고 비교적 가격이 저렴하다. 중고일 경우는 굉장히 저렴하다. 디자인도 특이하고 천도 좋고 요즘은 명품구제가 유행이라서 버버리, 입생로랑, 구찌, 페레가모, 루이비똥 안 갖춰놓은 게 없다.

한 때 나도 이 구제옷에 꽂혀서 종종 가곤했다. 주로 옷이었는데 많

227

이 사들였다. 그러나 살이 찌고는 거의 가지 않는다. 구제가게를 자주 찾았을 때는 내 몸이 날씬했을 때이고 나를 빛내주었고 일에서 오는 스트레스를 해소해 주었다. 허전한 마음을 달래주는 옷들이었다.

큰언니는 어느덧 60대 중반이 되었다. 조카들도 모두 결혼하여 살고 언니와 형부만 남았다. 여가시간을 광장시장에 종종 들러 물건을 구경하고 마음에 드는 것을 사서 자기가 입거나 아는 사람들에게 주기도 하고 팔기도 하는 모양이었다. 그게 언니의 작은 즐거움이 된 것이다. 따라 가보니 거기 몇몇 집의 주인은 언니와 잘 알았다. 구제시장도 예전같지는 않다고 한다. 코로나로 물건도 많이 못 오고 구제를 찾아 사러오는 사람들이 예전보다 못 하다고 한다. 젊은 사람들이 자루나 꽤 큰 비닐 종이에 여기저기 구제 가게에서 골라서(초이스) 산 옷들을 끌고 다니면서 시장을 봐서 자기 가게에서 소매한다. 이들은 광장시장의 구제가게에서 도매가격으로 받아서 가는 것이다. 그러니 사람들이 이 시장을 찾아서 소매가격이나 도매가격으로 사가는 것이다.

새옷을 좋아하는 사람은 구제를 싫어한다. 남이 사용했던 것이라고 꺼림칙해 한다. 그러나 쓸만한 물건을 다 내다버리는 것도 알뜰하지 못한 일임에는 틀림없다. 재활용하는 지혜가 이 커다란 시장을 형성하고 많은 사람들의 밥줄이 되거나 옷을 입어서 빛이 난다.

🌿 불면

새벽 3시에 눈을 떴다. 문득 아들이 가엽다는 생각이 마음에 스민다. 남아로 세상에 태어나서 성장하고 한 어른이 되고 길을 정해야 하는 시점이 되고 있다. 생각하니 부모로서 마음이 짠하다. 많은 부모들이 자식의 앞날을 두고 잠이 안 온 적이 왜 없겠는가…… 세상에 어느 부모가 자식의 행복을 바라지 않으랴.

나는 어느 단체에서 만난 분 중에 아드님이 사제의 길을 간 분을 알고있다. 그분의 경우는 처음에는 아들의 선택을 받아들이지 못했던 것 같다. 오랫동안 힘들었다고 하셨고 지금은 괜찮아지셨다고 한다. 나는 그분을 뵐 때마다 그냥 지나쳐지지 않는다. 교우들 중에 자녀가 사제나 수도자, 독신 선교사로 가 있는 분들을 보면 참 대단한 생각이 든다.

사제가 된 아들을 위해 평생을 묵주알을 굴려 알멩이가 다 달아서 조그만 해졌다는 어느 신부님의 어머니 이야기는 감동이라고 가볍게 말할 수가 없다. 그 때는 감동적으로 들었는데 요즘 생각해보니 정말 보통 일이 아닌 것이다. 어릴 때 죽음의 고비에서 살려만 주신다면 사제로 봉헌하겠다고 하셨다는 어머니의 간절한 기도는 자식을 살리고 사제가 되게 하였다. 그리고 평생을 사제의 길을 살게 하였다. 어머니의 기도가 그 길을 지키고 있었다. 생각이 난다. 언젠가 그 신부님께서 명절에 고향 간다는 나에게 우리 고향은 하늘나라야 하셨던 말씀을. 그것도 손에 묵주알을 굴리면서 나직히 말씀하셨던 것을.

나는 아직도 모든 게 사변적인 것 같다. 믿음은 사변적인 게 아니라 실제이다. 현실이다. 관념적이지 않고 실제이다. 부모는 때때로 자식을 품에만 있길 바라거나 자기의 소유라는 유혹에 빠지기도 한다. 이 유혹을 끊어야 한다.

🌿 주님공현대축일

주님의 공현대축일 전야미사를 갈 때 아들이 나에게 말했다. 하늘을 쳐다보더니, 엄마 이 마을에는 하늘에 별도 없어라고. 나는 아들의 그 말에 하늘을 올려다보았다. 웬 뜬금없이 별이야기는 하나 하고. 그러고 보니 초저녁이어서 그런지 이상하게 하늘에 별이 보이지 않았다. 나는 아마 이 동네가 우리 동네 보다 대기가 좋지 않아서 그럴 거라고만 했다. 수유리에는 별이 하늘에 늘 반짝이니까.

이 날 미사성제에서 삼왕이 별을 따라 탄생하신 예수님을 뵈오러 먼 길을 떠나 만나뵙고 자기 나라로 돌아갔다고 하였다. 그분들은 동방박사라고 한다. 영어로는 three kings 라고 하고 일본어 성경에는 동방박사라고 번역되어 있다. 멜키올, 가스팔, 발타사르가 그들이다. 그들은 황금과 유향, 몰약을 구세주께 선물로 드렸다.

별을 따라 구세주를 찾아나섰던 이들, 그들의 마음을 인도한 별. 영원과 순수, 이상을 상징하는 하늘의 별은 늘 우리들에게 순수로 돌아가게 한다. 은하 우주의 광대함과 절대자를 바라보게 한다. 동주는 그의 첫시집 제목을 하늘과 별과 바람과 시라고 하였다. 정말 이 이상의 제목은 없다. 이 제복의 의미를 나름대로 유추해 보면 하늘, 별, 바람, 시-->하느님, 진리, 성령, 말씀이다. 하느님은 참진리이시고 성령은 곧 말씀이시다.

성찬례를 마치고 나오자 아들이 하늘을 향해 엄마 저기 하늘에 별이 보여 하고 외친다. 나의 시선은 아들이 말해준 대로 검은 하늘에 뜬 별을 본다. 어찌나 아름답게 반짝이는지 마음이 깨끗해지는 것 같았다. 삼왕은 어떻게 별을 보고 잠을 못이루고 별 따라 먼 길을 떠날 생각을 했는지 삼왕의 용기와 결단, 믿음이 부러웠다. 아들에게도 나에게도 이런 믿음과 용기, 결단이 있길 바란다.

주님의 공현대축일날 우리들에게 드러내신 주님의 모습은 맑은 눈을 지닌 아이의 모습이었다. 그 아이의 눈에 별이 반짝인다. 그 다음날 동방박사 전례 때 아이들이 많이들 왔다. 외국인 선교 가족의 아이들과 한국 가정의 아이들에게 삼왕은 선물을 주었다. 재미있는 것은 삼왕이 아기예수께 세 가지 선물을 드렸듯이 각 가정의 아이들에게 선물을 나누어주었다는 것이다. 한 가정에 4. 5인인 아이들이 함께 나와서 부피가 큰 선물 하나를 같이 받아서 들고 들어가는 모습이 너무나 귀여웠다. 아이들처럼 순수한 자만이 하늘나라로 들어갈 수 있다고 하신 어른이 된 예수님의 말씀도 기억이 난다.

동방박사 전례 후에 나오면서 길을 걷는데 아들에게 너는 선물 못 받았는데 괜찮니 하니 어머니 저는 이미 마음으로 받았어요, 기뻐요 한다. 우리 모자는 동방박사 전례에서 우리를 찾아주신 동방박사께 감사 드리고 이 모든 걸 지켜보게 해주시고 별같은 아이들을 보게 해 주셔서 가슴에 듬뿍 선물을 품고 집으로 돌아왔다.

어릴 적 자고 일어나 크리스마스 선물을 받고 산타 할아버지가 자기가 잘 때 와서 놓고 갔다고 기뻐했던 아들은 이제 다 커서 스무세살의 청년이 되었다. 어른이 되어도 순수함을 잃지 말길 바라면서 주님의 공현대축일을 지낸다.

🌿 소설 구상 초안

스스로 개털이 되었다는 나의 연인은 나와 동갑이다. 이 사람은 내가 아들과 집을 나올 무렵에 만났다. 그 때 나는 오랫동안 공부와 일어 가르치는 것만 하던 사람이었다. 그와는 2009년에 만나서 중간에 합하여 3년간은 불목하다가 지금까지 왔다.

내가 그를 만났을 때 그는 놀고있었다. 그 후 그는 회사를 5년간 다니고 부동산 사무실도 동업으로 하고 의류회사도 동업으로 하고 나중에는 지하철 안전문 설치할 때 옆에서 도와주는 알바도 하였고 물류회사에서 알바도 하였다. 다음주에는 군산에 내려가서 한 달 동안 친구가 하는 공사현장에서 일하게 되어 내려간다고 한다. 그는 늘 친구나 선배들이 하는 일터의 세무 회계를 도와주는 알바를 했었다.

처음에 그를 만났을 때 40대 초반이었던 그는 동안인지라 나이보다 덜 들어보였다. 손도 여자인 내 손보다 더 부드러웠다. 그야말로 백수였다. 나는 늘 그와 손을 잡을 때마다 마음이 찔렸다. 그런 그의 손은 점차로 일이 바뀜에 따라 힘줄이 생기고 마디가 약간씩 굵어지기 시작했다.

그가 처음에 놀고온 차는 많이 망가긴 엘란트라였다. 나는 이런 차는 폐차해야 한다고 주장했다. 얼마 후 그는 자기 아버지의 차를 가지고 왔다. 아버지는 나이가 들어 운전하기 힘들어지셨고 대신 그가 늘 운전해서 친척집을 가거나 집안 대소사를 다녔다. 그의 차는 산타페로 바뀌었다.

나는 그가 백수여서 너는 일해야 한다고 했다. 일 하지 않고 계속 놀아서는 안 된다고 했다. 그는 놀기 전에 유명한 의류회사에서 회계 담당을 했고 유명 배우로부터 광고계약도 자기가 맡아했었다. 그 때 그의 직책은 과장이었다. 그러면서 그는 따로 그 회사의 옷매장을 자기 돈 들여하면서 여동생이 거기에서 판매사원으로 일했다. 그 때만 해도 그는 잘 나갔다. 옷도 많이 팔려서 매장에서 수입도 들어오고 회사에서 받은 월급도 있었다. 그러나 그 옷회사가 부도 나면서 그는 일자리도 잃고 매장도 닫았다. 그의 말은 1억을 손해봤단다. 그게 거의 17여년 전의 이야기이다. 그는 실의에 빠졌고 기가 막혔던 것이다. 서울의 중위권 대학의 회계학과를 졸업하고 의류회사를 들어간 게 잘못이었다. 의류회사란 거의 영세하니까.

그와 그의 여동생은 늙으신 부모님과 산다. 둘 다 아직 결혼도 하지 않은 채 50이 넘은 것이다. 그는 일을 하여 부모님을 부양한다. 어머니와 많은 다툼도 하였고 언제는 한 달간 혼자 사는 친구집에 살다가 다시 들어간 적도 있다고 한다. 외아들이다 보니 부모에 대해 각별한 것도 있지만 그 나이 되도록 부모와 같이 사는 게 쉽지만은 않은 모양이다. 그래도 이불 빨래도 나이 드신 어머니 대신에 한다니 불효자는 아닌 것 같다. 나는 손으로 하지말고 세탁기를 돌리라고 했다.

그는 내가 무섭다고 한다. 어떨 때 한 마디 할 때마다 아주 냉정하다고 한다. 어제 아들에게 이 말을 털어놓았다. 나의 대학 동기가 멀리 포항에서 과메기를 택배로 보내와서 그를 불러 먹는 자리에서였다.

그는 성품이 온유한 편이긴 하다.
나는 그를 만나기 전부터 마음이 편치 못하기 시작하여 그게 극도에 이르러서 그를 만나온 13년의 세월 동안 마음이 편치 않아서 그를 많이 불편케 했다. 크게 싸운 적도 몇 번 있고 그가 자신의 어떤 핸디캡을 진작 말하지 않은 문제로 2년간 단절도 했다.

그는 어제 과메기 먹는 자리에서 아들에게 너의 어머니는 늘 나를 무시한다고 했고 인정하지 않는다고 했다. 자신의 말을 듣지를 않는다고 했다. 내가 그에게 제일 많이 들은 소리는 너는 참 답답하다였다. 그리고 자신과 맞지가 않는다고 했다. 이런 기분으로 서로 안 좋았던 적도 많았다.
어떤 일로 나는 그의 등을 몇 차례 내리친 적도 있었고 그와 여러번 싸웠으나 내게 욕을 했다거나 손찌검 한 적은 없다. 최근에 나한테 괴상한 소리를 한 적 한 번 빼고는 없다. 그건 나도 미쳐있을 때라고 해야겠다. 그러니까 나는 그를 만나기 전부터 마음이 편치 않아서 만나온 내내 히스테리를 부리고 그랬던 것이다. 이제 나는 마음이 4년전부터 편해지기 시작했다. 그러고 나니 그에게도 진심으로 대해야겠다고 마음 먹었다. 그리고 용서하고 싶지 않았던 부분도 용서하기로 했다. 그리고 그 사람을 진짜 사랑해 보기로 했다. 사랑, 나는 그를 만난지 14년만에 이제 사랑해보기로 생각을 굳혔다. 이렇게 생각이 되기 전에는 조삼모사하고 늘 흔들리고 믿음이 없었다. 물론 앞으로도 이 남자와 내가 행복하기만 하시는 않을 것이다. 나의 변화나 그의 변화에 따라 부딪칠 수도 있고 심지어 결별을 할 수도 있을 것이다. 드문드문 나에게 새로운 이상형 이미지 환상이 떠오르거나 나의 에고가 심해질 때면 어떤 상황이 펼쳐질 지는 모른다. 그와 나는 아직 쓰고있는 중인 소설이다. 다만 작가들처럼 죄다 계획된 게 아니라 아무 계획도 없다는 것이 다르다.

나는 그를 만나는 중에 그와 단절했을 때 잠깐 만나거나 만나지는 않아도 아주 마음으로 친했던 남자가 있었다. 그 중 한 남자는 다른 여자와 재혼하여 또 이혼했고 만나지 않고 마음을 나누었던 남자는 라인을 끊음으로써 끝났다. 나는 만나지 않았던 남자에게 영어, 번역, 시, 종교 등 많이 배웠다. 번역일도 시키고 영어선생도 시켰다. 그 남자는 나에게 사기를 치기 위해 인간으로써 감당하기 힘든 인내를 했다. 나는 얼마간의 돈을 보내줬다. 영어 레슨비나 번역료에 상당하는 정도는. 그러나 이 모든 남자들 보다 내게 더 귀중한 남자는 나의 아들이다. 아들이니 남자는 아니다. 아들은 그런 세월 동안 내 곁에서 나를 지탱해준 남자이자 아들이다. 아들은 아동에서 청소년 그리고 한 청년이 되어갔다. 나는 그가 아들과 나를 떼어놓으려고 할 때마다 그를 밀어내었다. 그 밀어낼 때 나는 가차 없었다. 천륜을 자르려는 그는 나에게 마치 한 마리 악마 같았다. 내 마음에 악마 새끼는 쳐버려야 한다였다.

나는 그를 나이트에서 만났다. 그래서 늘 그런데서 만나서 무슨 제대로 된 인간관계가 되냐고 투덜거렸고 그는 그런 나에게 그런 데서 만나면 이때, 그게 우리 둘 사이에 그렇게 문제가 되느냐고 대들었다. 왜냐면 그날 나이트에서 그를 처음 봤을 때 사실 내가 그에게 반했다기 보다 그냥 흰 옷 입은 그의 모습이 정갈하다는 느낌과 휘황찬란한 사이키 조명 같은 게 흰 옷 위에다 비치니 나의 의식 속 어둠이 깨져 버린 것이었다. 내 영이 죽어있었던 때라 그를 처음 본 순간 나는 깨인 것이다. 그는 그런 나를 약간 경멸했던 것 같았다. 그 나이트 웨이터가 이끈 데로 가니 그의 옆이었다. 그 웨이터는 사람 좋아 보이는 아저씨였고 그의 옆에 나를 앉히는 것이었다. 그는 차분하게 나한테 한 두 마디 말을 걸고 조용히 나의 폰에 자기 번호를 찍어주었다. 그게 그와의 만남의 시작이었다.

오래 전 나의 생일에 초등 동창들과 나이트를 갔다. 나이트라는 데 엔 관심 없던 때였고 내 기억에 대학 3학년 졸업여행을 제주도로 갔을 때에 조인한 이웃 대학의 학생들과 우리 과친구들이 갔던 게 다였다. 나는 그러니까 밤문화와는 관계가 없던 사람이었다. 술도 마시는 걸 좋아하지도 않았고. 그러고 보니 대학원 때 동기들과 단합대회라고 학교앞 조그만 클럽에는 한 두 번 간 것 같다.

그런 나에게 초등 동창은 나의 생일에 나이트를 가자고 졸라서 산 사람 소원 들어주는 것도 좋다고 생각한 거였다. 그 후 나는 그 동창이랑 내가 협심증이 오기 전까지 아주 가끔 가곤했다. 그 친구 덕분에 밤문화를 조금 알게되었다. 나이트에서 둘이서 흔들고 부킹이라는 것도 하고 마음에 드는 처음 보는 남자들과 노래방에서 잠깐 놀기도 했다. 그렇게 알게 된 밤문화 속에서 나는 많은 아이디어를 얻었다. 내가 쓴 글 중에 이 때의 경험을 가지고 써본 게 있다.

장례회사를 다니는 한 여자가 나이트에서 한 남자를 만난다. 그 여자는 별 설정없이 혼자 사는 여자다. 남자는 지방에서 서울로 출장 온 남자이고 얼굴에는 길게 칼에 긁힌 자욱이 있다. 자신은 오늘밤 이후 출장 마치고 내려간다고 하면서 오늘밤만큼은 자유로운 남자라고 한다. 둘이서 걸으면서도 남자는 딸의 전화와 문자를 받는다. 둘이서 들어간 모텔에서 여자는 먼저 세면장에 들어가 씻는다. 문을 닫아걸고. 다 씻고 나오니 남자는 벗은 채로 등을 벽쪽으로 돌리고는 자고있다. 여자는 순간 망설인다. 유난히 하얀 남자의 등이 형광등 불빛과 마주쳐서 마치 우유가 흐르듯 하거나 커다란 치즈같다. 여자는 그 남자의 등을 보는 순간 탐심이 사라진다. 그래서 세면장에서 옷을 입은 채 나왔으므로 자는 남자를 두고 나와버린다.

이삼일쯤 후에 여자는 아침에 출근했다가 지방출장을 명령 받는다. 가고싶지는 않지만 윗사람이 절박하게 말해서 젊은 남자사원과 함께 가기로 한다. 그런데 장례식장에 들어가니 영정사진에 하얀 등의 남자가 흰 이를 드러내고 밝게 웃고있다. 여자는 순간 놀라서 비틀거린다. 나중에 안 일이지만 그 장례회사의 대표와 아주 친한 고향친구였던 남자였다. 그 남자는 장례회사 대표가 힘든 일을 겪고 다시 재기하여 장례회사를 차릴 때 도움도 주었고 힘이 되어주었던 사람이었다. 이 소설 같은 걸 보고 아는 작가님께서 반전이 재미있다고 하셨다.

어떤 작가들은 실제로 사는 것은 고매하지만 아주 난잡한 것을 쓰거나 밤세계를 쓴다든지 악마 같은 인간을 많이 쓰거나 정말 피비린내 나는 거나 악마들의 싸움 같은 처절한 인간을 그리기도 한다. 이건 작가의 어떤 심리일까 싶다. 소설을 쓸 때 작가들은 분명 자기의 관심사를 쓴다. 관심 없는 거는 안 쓴다.

나는 한 때 아주 가끔 갔던 나이트행이 나에게는 내가 경험 못 해본 세계에 대한 호기심과 모범생으로 살거나 집안에서 네째로 태어났지만 여러 가지 어려운 일을 감당해야 했던 현실의 나에 대한 반대급부적인 나의 해방구가 아니었나 싶다.

🌿 다미아노 신부

　처음에 그분은 나에게 신부 같지도 않았다. 키가 작고 시골 사람같
이 생겼고 겸손하고 권위적이지 않고 그러나 순수한 느낌의 사람이었
다. 오죽 했으면 정말 신부님이 맞느냐고 물었다. 그분은 미소 지으면
서 그렇다고 하셨다. 나는 그분이 자신이 신부라시길래 나의 속마음
이야기를 한 두 마디 하다니 나도 몰래 눈물이 강물처럼 흘렀다. 한참
을 멈출 수 없는 눈물이 흘렀다. 그리고 나니까 속이 후련하였다. 나
는 그 고마움에 주머니에 있었던 현금 4만원을 집히는 대로 꺼내 드
렸더니 아주 어색해 하고 이상하게 생각하셨다. 나는 마음이니 그냥
받아만 주세요 그러면 제가 살겠습니다라고 했다. 그렇게 첫고백을
했던 다미아노 신부님, 오랜 외국생활에서 돌아오셔서 우리와 처음
만났던 신부님은 한국인이었지만 한국어가 어눌하셨다.
이제는 우리말도 너무 잘 하시고 이쪽에서 어떤 말 하나 겨우 꺼내면
짐작하시고 그 마음 알아주시고 고견을 주신다.

🌿 사람

　사람이 나에게 온다. 그러고 보니 옆에 있는 사람, 다가오는 사람,
멀찍이 떨어져서 넌저시 보는 사람, 하나씩 새로운 걸 보이면서 다가

오는 사람, 밤에 옆에서 자는 사람, 왔다가 멀어져간 사람, 한 때 친했지만 지금은 멀리 떨어져 각자의 삶을 사는 사람, 일주일에 두 세번 보는 사람, 일주일에 한 번 보는 사람, 가끔 보는 사람, 만나면 악수하는 사람, 만나면 끌어안는 사람, 만나도 밋밋한 사람, 만나고 난 뒤에도 뒤끝이 찜찜한 사람, 잘 맞지 않아도 만나지는 사람, 싸워도 보고픈 사람, 심하게 따귀를 서로 때리고도 만나는 사람, 그만 만나자고 밥 먹듯이 말했어도 만나지는 사람, 떨쳐낼 수 없이 만나야 할 사람, 궁하여 찾아가는 사람, 어려운 소리 하러 가는 사람, 일하러 가는 사람, 한 잔 하러 가는 사람, 외로워서 찾아가는 사람, 그냥 만나러 가고 싶은 사람, 운명처럼 옆에 사는 사람, 태아 때부터 친구같은 사람, 평생을 의지한 사람, 가끔 보는 사람, 20여년만에 만난 사람, 고향을 이야기할 수 있는 사람, 관심사를 같이 나눌 사람, 같은 뜻을 지닌 사람, 같이 행동할 사람, 든든한 사람, 그냥 은총같은 사람, 내게 없는 것을 가져다 주거나 알려주는 사람, 나를 변화시켜주는 사람, 도와주는 사람, 도와 달라는 사람...... 그만그만 하게 함께 해왔던 사람들, 문득 참 고맙다는 생각이 든다.

🌿 로베르 브레송 감독의 〈어느 시골 사제의 일기〉

두 번을 봐도 감동이 깊었던 영화...... 해피 엔딩이 없고 참회하거나 회개하고 돌아오는 인간이 없었던 영화, 좌우간 현실의 사제와 영화 속 시제의 이미지는 너무 달라서 사제 이미지 환상, 신자 이미지 환상을 깨어준 영화였다. 특히 사제 앞에서 부모의 뒷담화를 하는 백작 딸은 고해성사라는 칠성사의 의식을 정면으로 거부하는 설정인 것 같았다. 백작 딸은 부모에 대한 불만을 쏟아내었지 십계명에 비추어 하느님께로 마음을 돌리는 진정한 참회가 없었다. 씁쓸했던 영화였다.

🌿 환상 이미지 깨기

세시에 잠이 깼다. 창문을 열어보니 뿌연 불빛이 어둠 속에서 들어온다. 막막한 어둠 속에서 들어오는 빛이다. 공기가 차갑다. 어제 종일 흐렸는데도 올 것 같은 눈은 내리지 않았다. 영하의 날씨에도 한낮에는 영상을 회복하지만 춥다. 겨울은 겨울이다. 삼각산 골짜기 마다 물이 흐르던 곳은 죄다 허옇게 얼었다. 두텁게 쌓이는 나뭇잎을 밟고 산을 올랐던 기억이 난다. 어제는 우이동 홍해리 시인의 시집을 읽었다. 오늘은 임보 시인의 시를 읽을까 보다. 며칠 전부터 김수영의 시를 읽어본다. 이것저것 읽다가 예전에 써둔 긴 산문을 어젯밤에 읽는데 두려움이 찾아왔다. 과거의 경험을 겨우 재현해둔 것인데 등장인물의 이름을 좀 바꾸었다. 이름을 바꾸어도 경험 그 자체에서 한 발자국도 창조적인 것 없이 그대로 재현되어 있다. 이 산문이 몇 번의 재창조를 거쳐야만 소설이 될 것인가 생각하니 말 그대로 사소설같다.

저자가 경험한 파편의 일부를 떼어다가 가구를 한다. 체르니셰프스키의 『무엇을 할 것인가』는 알고보면 지주집 아들에게 돈을 받고 혼인시키려는 어머니로부터 해방된 한 여인의 사랑이야기다. 그것도 첫남편과는 동지나 구원자 정도로 살고, 둘 사이에 부부행위나 그 결과

인 아이도 없이 살다가 남편의 친구와 눈이 맞이서 이를 안 남편은 집을 떠나고는 권총자살을 한다. 그 후 남편의 친구와 살게 된다. 글씨가 작아서 아직 덜 읽었다. 글씨가 작은 책은 참 피로하다.

작가는 자기의 경험이나 들은 이야기, 책이나 매체 등에서 본 이야기를 창조하여 소설을 만든다. 미시마 유키오의 소설 『금각사』도 신문에 난 금각사 방화사건을 소재로 하여 주인공 청소년이 금각사를 불지르는 데까지 이어지는 소설이다. 이미지가 강한 소설이면서도 어머니의 근친상간, 아버지의 병과 어머니와 삼촌에 대한 용서, 자신의 말더듬이와 이성에 눈뜸 이 모든 것을 금각사를 태우면서 날려버리고 싶었던 걸까, 파국의 행동은 완벽한 미에 대한 도전이다. 현실의 구차함을 타계할 방책은 마음의 이미지 환상을 태워버림으로써 해소하려는 이상심리를 지닌 어른이 되어가는 청소년기 소년의 이야기이다.

사람은 환상을 그려놓고 현실을 살아가고 있다. 거기에 맞아지지 않으면 파열음을 낸다. 끊임없이 거기에 부합하려고 살아간다. 애초에 환상을 깨고 적절히 타협하고 살아가든지 아니면 환상을 깨고 반대급부적으로 살든지 그것을 추구하며 살아간다. 단정지을 수는 없지만 그런 것 같다. 환상에서 빨리 깨어나 현실을 안는 것도, 환상을 추구하는 것도 어느 것이 좋고 나쁘다고 할 수는 없는 것 같다.

작가도 자기가 쓸 소설을 심지어 끝문장까지 써두고 시작하거나 상세한 이야기 구조나 등장인물, 사건과 결말 등을 죄다 계획하여 이미지 환상을 만든 다음에 거기에 최대한 맞추려고 영혼의 말로된 실을 뽑아낸다. 뽑아내어 씨실과 날실의 교직으로 자신이 계획한 완벽에 가까운 작품을 만들어낸다.

나는 애초에 이런 계획과는 거리가 멀다. 그냥 생각나는 대로 쓰다가 일기든지, 회상록이든지, 수필이든지, 사소설이든지, 생각나면 가다가 생각 안 나면 거기서 마쳐버리는 것, 파국이나 반전이 일어나거나 기만해오던 인간의 가면을 벗겨내버리는 것, 나는 인물들한테 전횡하는 작가가 되거나 잘 빚어내는 작가가 되거나 하여튼 쓰다가 안 되면 멈추고 그대로 두었다가 나중에 다시 들어가서 쥐도 새도 모르게 끝내고 빠져나오든가 아니면 통째로 다시 읽어보고 죄다 삭제하고 편안해지든가 할 것이다.

🌿 나는 어떤 사람인가?

사람을 만나다 보면 어떤 사람은 나의 부족함을 채워주고 칭찬해주고 기를 살려준다. 어떤 사람들은 나를 답답하다고 하고 비난하고 문제라고도 한다. 내 주변의 사람들은 이렇게 두 부류이거나 중간적인 사람들이다. 그러니까 애매모호한 사람이라고 해야할까. 나는 솔직히 전자의 사람이 좋긴 하다.

나는 나에게 뼈아픈 충고를 하는 사람도 사랑해야 한다고도 생각한다. 어떤 경우 나를 비난성에 가깝게 이야기하면 뿔이 나고 그 사람은 다시는 보고싶지가 않다. 이런 사람들과 살아가는 게 쉽지는 않지만 때로는 들어야 할 수도 있다. 그런데 마음이 전자에게로 향하는 건 어쩔 수가 없다.

나는 아직도 기억한다. 지난날 중학생 때 수학을 못 하던 나에게 3

일동안 수학을 가르쳐 주었던 나의 친구이자 일족을. 사람은 이렇게 자기한테 관심과 사랑을 보여준 사람을 오래 기억하고 자신을 괴롭혔던 사람도 기억한다. 그게 그렇게 되어있는 것 같다.

나는 사람들에게 어떤 사람인가!?

🌿 부활

나는 노래하고 싶다
나는 노래하고 싶다

나는 춤추고 싶다
나는 춤추고 싶다

봄이 왔다고
꽃이 핀다고

나는 소리치고 싶다
나는 울부짖고 싶다

그래도 봄이 왔다고
그래도 꽃이 핀다고

🌿 사순절

사순절에는 보라색을 입어야겠다. 당분간의 드레스 코드는 보라로 결정한다. 어, 그런데 보라색 옷이 몇 개 있을지!

🌿 청보리

청보라빛 하늘에서
은혜가 내린다

서러운 사람들도
고독한 사람들도
가난한 사람들도
상처 입은 사람들도
죽음을 앞둔 사람들도
은혜의 봄비를 맞고
나날이 커가는
소리가 들려오네

절망의 땅에 희망을 말하고
절망의 땅에 희망을 키우고
절망의 땅에 희망을 맺어서
함께 답청의 인고를 지나

오월의 푸른 바람 속에서
우수수 일어나 물결치는 파도 되어
기나긴 상념을 털어내고
고요히 익어가는 열매
무슨 기도가 그리 길고 길더냐

🌿 마음을 고치는 옷

　새벽에 일찍 잠이 깼다. 어제는 오랜만에 외대에 강의 나갈 때 자주
들렀던 구제 옷가게에 갔다. 늘 있던 언니는 머리모양만 바꾼 채 그대
로 있었다. 두 아들을 둔 언니와 나의 인연은 오래 되었다. 내가 한때
일도 하기 싫을 때 언니는 나에게 자기 아들에게 일본어 가르쳐 달라
고 해서 한 6개월을 가르쳤다. 경희대 앞에 조그만 구옥에 살았던 언
니네 집에는 까만 비닐 봉지에 쌓인 옷들이 작은 방 하나에 가득했었
다. 그 후 아파트로 이사 갔고 아저씨는 퇴직하셨다고 한다. 코로나라
가게 문을 추운데도 열어두고 즐비하게 걸어둔 물 건너 온 옷들. 언니
는 늘 열심히 일했다. 아저씨가 일 하셨을 때도 그 이후에도. 집에 들
어앉아 있으면 뭘 하니 하시면서. 사장언니가 따로 있고 매주 수요일
은 언니가 쉬는데 그 때는 사장언니가 가게를 본다.
　내가 강의 후 피로 때문에 들르거나 목이 말라 들를 때도 간식이나
차를 주셨다. 심신이 지쳐서 일을 많이 못해 가난할 때 언니네 집에서
옷을 사곤 했다. 늘 좋은 거 고르면 칭찬해주시고 좋은 거 골라주시
던 언니도 이순이 지났다. 아직도 멋쟁이인 언니네는 아저씨나 아들
들은 꾸밈없이 소박하고 진실해 보이는 사람들이었다. 오랜만에 가서

몇 가지 골라서 사니 3만 5천원이었다. 코로나에도 여전히 손님들은 오고, 물론 외국인 학생들은 모국으로 돌아갔는지 거의 안 오고 학생들도 비대면 수업이라 예전만큼은 아니지만 그래도 발길이 있다고 한다. 코로나에도 이 가게가 있어 든든하다. 나의 멋은 화려한 백화점이 아니라 여기에서 나오니까......

하혈하는 여자 하나가 군중 속에 지나는 예수님의 옷을 만졌더니 오랜 병이 나았다고 한다. 사순 제 1주일날 토요 성찬에서 두 분의 신부님은 보라색 제의를 입으셨던 기억이 난다. 그날 내게 가까이 신부님이 오실 때 살짝 제의를 손가락으로 만져보았다. 순간 그 느낌을 잊을 수가 없다.

🌿 고모

나도 어느 듯 고모가 되었다. 너무 기쁘다. 남동생이 둘째로 아들을 낳고 작명하여 알려왔고 아는 분한테 부탁하여 이름을 넣어보았더니 좋은 게 수두룩하다. 그냥 입이 벙글어진다. 앞으로 조카의 인생에 어떤 도움이 되어야겠나 생각해본다.

지난 봄에 둘째를 기다린다고 어렵게 새댁한테 말하고 오니 두달 후에 좋은 소식을 알려왔다. 하느님은 늘 나한테 말씀하신다. 무엇이든 청하여라고. 한동안 나는 아무것도 청하지 않았다. 그럴 때마다 그 말씀을 보여주신다. 그것은 아마 그분이 나보다 내가 뭘 원한다는 걸 먼저 아신다는 증거이다, 아무래도. 그건 확신이다. 나와 그분 간에만 느껴지는. 나는 또 그분께 청하여야 할 것이 있다. 그러니 아직은 말씀 드리지 않으련다. 왜냐하면 그걸 청하는 날에는 나도 그게 이루어짐으로써 감당해야할 것이 있기 때문이다.

나는 아직 혼자 있는 게 불안스럽다. 그러나 하느님은 아신다. 그때가 되면 그분은 분명히 나를 혼자 내버려 두시지는 않는다는 것도. 어쨌건 부모는 자식을 떠나보내는 것이 해야할 일이면서도 마음이 마냥 편하지는 않다. 그래서 나는 자꾸 미루고 있는지도 모른다. 아들도 자꾸 미루고 있는 것처럼. 우리는 서로가 그렇다는 걸 알고 있다. 암묵적으로. 그러나 때가 오면 이런 모든 생각도 없어지고 나도 아들도 결단이 설 것이다. 하느님은 그런 우리들 사이를 아신다. 그러기에 우리가 그냥 지내도록 놔두신다는 것도 알고 있다. 우리가 함께일 수도, 각각일 수도 있겠지만 어떤 식으로든 우리는 서로를 떠날 것이다. 다만 나나 아들이나 서로가 가는 자리가 편하고 있을만한 곳이기를 그곳에서 하느님과 함께 살만하길 바래본다.

🌿 마음이 통하는 사람

어제오늘 고향친구를 부를까 했다가 선약이 있어서 아직 못 부르고 있다. 마음이 통하는 사람 한 명만 있어도 살만하다. 아무리 가까운 사이여도, 비록 몸을 나누는 사람일지라도 마음이 통하지 않으면 그 사람과의 관계는 피곤스럽다. 평소에 잘 못 만나도 특별한 날 꼭 기억하는 사람이 있다. 그런 사람은 늘 멀리 있지만 한 순간 깊이 박혀오는 사람이다.

그녀는 성당 오르간 반주 봉사자이고 늘 가정사 이야기와 하느님에 관한 이야기를 하곤했다. 또 가까이에 살면서 시를 쓰면서 하느님에 관한 이야기를 하는 사람이 있다. 나는 세상사에 피곤해질 때 이런 분들과 통화하거나 만나서 이야기한다. 그러고 나면 어느 듯 마음에 기쁨이 찾아온다. 믿음을 지니고 있어서 생기는 기쁨이다.

하느님께 매달려 있어라!
나의 줄은 역시 그 분이다.
너무나 든든한 줄이다!

🌿 줄과 백

모든 걸 주신 하느님께 감사 들린다. 먹는 문제도, 살 곳에 대한 문제도, 입는 것도 사람들도. 한 때는 나의 정원인 집에서 편안히 책 보고 글을 쓰고 뒷산을 산책했었다. 가끔 사람들을 만나고 싶으면 내가 수유리를 나가거나 지인들이 수유리로 오곤 했다. 또 그들은 고맙게도 찾아오겠다고도 했다. 멀리 가기 싫을 때가 많아서 그랬다.

학교를 그만둔 시기에 시민사회에 발걸음을 옮기면서 코로나 오기 전에는 아들과 늘 같이 나가면서 즐거웠다. 다양한 행사와 현장 투쟁에도 우리는 함께였다. 그걸 두고 많은 사람들이 이야기 했다. 나의 위기는 건강 때문이어서 아들이 늘 옆에 있어주는 것이 고마웠다. 이 병을 얻고부터 추위와 복잡한 대중교통이나 스트레스는 독약이었다.

지금은 많이 나아졌다. 그 무렵은 심각하였다. 그래서 가급적 수유리 바깥은 나가지 않았다. 지금은 꽤 무거운 가방을 들고도 온종일 나가 있기도 하고 혼자 나갈 때도 있다. 언젠가 눈 오는 날 고향에 내려가려다가 기차 탔다가 출발 1분 전에 내린 적도 있다. 갑자기 답답해져왔기 때문에. 또 빠르게 달리는 ktx에서 옆자리에 덩치 큰 남자가 앉고 창가로 앉았는데 좁은 케티엑스는 나를 불편하게 했다. 그 때도 갑자기 속에서 뭐가 올라와서 괴로워서 식은 땀이 흘렀다. 그 뒤에 나는 절대로 케티엑스를 혼자 타지 않는다. 비행기도 지난 연말에 십여 년만에 탔다. 이륙 때는 아주 괴로워서 아들의 손을 꼭 잡고 있었다.

이러고부터는 넓직한 데가 좋고 들이나 산이 좋아졌다. 공기 좋은 시골이 좋아졌고 그나마 서울에서는 수유리가 조용하고 깨끗하고 공기도 좋아서 떠나고 싶지 않은 것이다. 이웃에 글 쓰는 분들도 많이 살고 그림 그리는 분들도 계신다.
그러니까 수유리는 내가 살만한 곳이다. 아직 떠날 생각은 없고 다만 산쪽으로 더 들어갔으면 싶은 마음이 들었다. 아니면 하늘이 가까운 공중에다 집을 짓고 살면 어떨까 싶다. 그래서 나는 까치부부가 지은 검은 집이 좋아보였다. 얼마나 견고한가, 얼마나 소박한가, 얼마나 따뜻한가!

짐승이든 사람이든 자기가 머물만한 곳에 머물기 마련이다. 자기를 못 살게 하는 곳이나 마음에 안 드는 곳은 떠나기 마련이다. 사람도 같다. 다시는 보고 싶지 않은 사람, 한 번쯤은 다시 만나고 싶은 사람, 한 번 더 만나보고 싶은 사람, 가끔 보고 싶은 사람, 자주 만나고 싶은 사람, 매일 보고 싶은 사람, 신력이 니는 사람, 보고 또 보고 싶은 사람, 영원히 안 보고 싶은 사람...... 나는 어떤 사람이었을까!?

하느님은 나한테 어떤 존재인가!
나는 그 분한테 어떤 존재인가!

다시 만나고 싶은 사람이 생겼다면 살만하지 않겠는가!?

보고 또 봐도 이쁜 마음이 드는 사람을 바라보고 있는 것으로도 행복하지 않나, 뭘 더 바래는가 사람만큼 좋은 물건이 어디 있나! 프라다백보다 루이비통 가방 보다 크리스찬디올 옷보다 타워펠리스같은 집으로도 바꿀 수 없는 좋은 사람, 그런 존재가 자신에게 있다면 살맛이 나지 않는가! 마치 여인들의 투박하거나 부드러운 손이 뜯은 그해의 첫봄나물처럼 생기를 가져다주는 그런 사람, 나도 만나고 있으니 행복한 사람이 아닌가!

모든 걸 주신 하느님께 감사 드린다.

🌿 학교를 그만두고 오랜만에 가다

어제 오랜만에 외대앞엘 갔다. 대녀인 박선생님을 만나러 갔다. 떠나온 그곳에 오랜만에 가니 나의 마음이 거기에 없다는 것을 깨달았다. 학교를 그만둔 지 햇수로 3년째가 된다.

92년부터 이곳에 와서 2009년에 거처를 거기에서 옮기고 재작년 가을학기부터 강의를 접었다. 박선생님은 주변에 친했던 사람들이 떠난다고 했고 자신도 떠날 때가 된 건 아닐까 했다. 나는 듣고만 있었다. 중이 절이 싫으면 떠나는 법이다. 떠나는 사람이나 벼닐 수 밖에 없는 삶의 무대나 인간은 자신이 있을만한 곳을 찾으면 된다. 짐승들도 자기 살 곳을 부지런히 찾고 짓는다. 산행에서 바라보는 까치집같이 공중에다 집을 짓기도 한다. 어느 까치부부나 개똥지빠귀 부부가 얼마나 다정하게 집을 지었던가. 한 마리 새가 자기 둥지를 만드려는 수고는 눈물겨웠다. 죽은 나뭇가지를 부러뜨려 입에 물고, 또는 가는 생나무가지를 부러뜨려 나무 아래로 떨어뜨려둔다. 그리고는 그걸 나무 아래로 내려와 하나씩 물어 둥지에다 차곡차곡 쌓는다.

떠나는 게 인생인데 무얼 마음에 두랴. 마음에 안 드는 사람으로 가득 하면 그냥 떠나 홀로 있거라. 그것도 하나의 방법이다. 고독 속에서도 기쁨이 있다. 나의 아들을 보면 많은 친구를 찾을 필요가 없다는 것도 알게 된다. 집이 제일 편하다는 아들은 도무지 친구를 찾지 않는다. 좋아하는 드라마나 영화를 늘 즐기고 가끔 성경이나 읽고 산책하고 공동체 생활하고 그게 다인 아들은 늘 기뻐한다. 공부 안 해서 머리도 편한 듯 하고 성경의 좋은 말씀 들어서 마음이 뛰어놀고 공동체 사람들을 대면으로 줌으로 보고 소통해서 부족함이 없는 것 같다. 인간은 서로 살 수 밖에 없지만 좋을 때도 속상할 때도 있지 않는가. 아들은 김대건 신부님 위인전 한 권을 읽고는 더 이상 읽을 필요가 없다고 어릴 때 말했다. 원래 문자를 피곤해하는 아들은 책도 안 읽는다. 나는 이러다가 잘못되지 않을까도 걱정했다. 고등학교 졸업에다 2년제 전문학교 1년 다니고 중퇴한 아들은 학교 계속할까도 많이 생각하다가 이제는 학교 다니는 것에 대해서 말하지 않는다.

공동체에 들어오고 더욱 성상하는 이들을 보면 학교가 다가 아니라는 생각이 든다. 현실적인 직업이나 인간관계를 위해 학교를 다니지

만 삶은 학교에서 다 이루어지는 게 아니기 때문에. 어쩌면 나만 아직
도 학교 때문에 머리가 찜찜한 게 아닌가 싶다. 학교를 그만두고도.
떠나다 보면 모든 게 명확해지겠지싶다. 어쩌면 미련하게 너무 머물
러 있었는지도 모른다.

🌱 서울 성곽길을 걸으며

흰 대리석을 쪼아
산등성이 따라 성을 쌓았네
적들이 오면 포신을 밀어
한방 먹여주는 화통자리
그 옛날 선조들은
목숨을 건 싸움을
이 성곽에서 치루었지

우리 강토 안에 미군 캠프 차려놓아도
말 못하는 우리는 뭔가
돌 하나에 처자식과
돌 두 개에 이웃을 지키려는 각오가
돌끼리 짜여져 굳건한 다짐들
물러설 수 없다
생명을 지키는 순간에
제 목숨을 버리면서까지 불에 타서
성곽 너머 아래로 굴러 떨어졌어도

지키리라
제 한 몸 불 살랐던 어느 병졸은
우리의 민중
눈보라 낯을 할퀴는 그 날도
살이 타고 피가 울어
인간의 불이 활활 타올랐다네
타오르고 타올라서
애국애족의 불길이
꺼지지 않았을테지

차라리 어느 날
지독한 병에 걸려
더 이상 살 수 없을 때
비겁하게 오래 사느니
육탄되어 미군부대 앞으로 돌진하여
나도 굴러 떨어지며
훨훨 탔던 옛 병사처럼
그렇게 죽고싶구나
내게 죽음을 택할 권리가 있다면

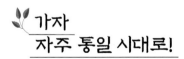

가자
자주 통일 시대로!

국가보안법철폐는 조선을 바로 아는 데에 필수요건이다!

역시 그동안의 고생이 틀리지 않았음을 다시 한 번 확인한다. 강대국이나 전 세계 나라에 대해 관심 가지고 연구하면서 왜 조선에 대해 똑바로 알 권리가 없다는 말인가!?

통일교육원의 반동적 통일교육은 오히려 자주통일을 방해된다.
흡수통일이나 자본주의 경제제도 옹호하면서 조선의 사회주의 경제시스템이 무너질 거라고 생각하는 파들이 통교원에서 전국으로 강의하고 있다. 한심한 수준들이다.
장마당이나 텃밭 애착만을 강조하는 이들은 이미 민족 통일 교육을 위한 일군들이 아니다.

🌿 조선 민족

반도는 한 알의
거대한 진주

분단의 상처를 입고
이기며 살았더니
몸에 흰 구슬이 돋았구나

조선 민족
제일로 좋아

우리끼리 가자꾸나

우리끼리 가자꾸나
통일의 길에

우리끼리 가자꾸나
민족 자주의 길에

우리끼리 가자꾸나
내 나라
내 민족
하나 되어

사드 보내고
미군들 보내고

우리는

우리는 고은 입쌀에
우리는 고은 흰옷에
우리는 초가를 짓고
햇님을 꿈꾸고
달님을 그리며

방아를 찧어
제 식솔과 이웃들에게
나누며 살았지

여인네들 반듯한 가르마에
쪽을 찧고
상투를 틀어올리고 살았던 그 옛날

우리는 높은 산을 우러르며
우리는 긴 강을 따라 흘러
바다에서 하나가 되어 춤추었지

삼천리 금수강산
평화의 물결로
생명의 물결로

설

가래떡을 빼고
손두부를 만들고
흰찹쌀 유가에
고은 엿 입혀
쌀튀밥을 씌우면
설은 희게도 온다누나

섣달 그믐날밤
문앞에 걸어둔 체 눈 헤아리다
악귀는 물러가고
삼백육십오일
새날이 온다누나

흰 무명옷 대신
물들인 옷 입고
아이들은 때때옷에
손에는 팽이 치고
발에는
제기를 차올리는 설

가까이서
멀리서
이웃들과 친지들이 오면
먼저 짖어대는 설까치

단정한 제관들
조상님께 절하고
새배를 받는 어른들
아이들은 신이 났던 설에
쏟아져 내리는 아침햇살

삼천리 금수강산
백두에서 한라까지

한민족
한식솔

빨갱이

나는 공산주의자입니다!
사적 소유 없이
모든 이의 모든 것이 되는 공산주의가 좋습니다

공산주의가 되면 저 하늘도 구름 바다도
모두의 것이 됩니다.
자본주의는 물, 공기, 하늘, 해, 달, 땅, 산에
사적 소유를 주장하려 합니다
아주 심술쟁이입니다

공산주의가 좋다고 하면 빨갱이라고 합니다
이게 대한민국입니다!

눈이 내리네

눈이 내리네
조선의 하늘에도

눈이 내리네
남녘의 하늘에도

눈이 쌓이네
조선의 땅에도
눈이 쌓이네
남녘의 땅에도

그 옛날 항일유격대원들
백두산 밀영의 산채에서
얼굴에 눈보라 맞으며
일제에 총부리를 겨누었던 눈동자
감시의 눈을 피해
산으로 가는 길 발자욱 묻으며*
내렸던 눈이
이 밤에도 내린다
역사의 살아있는 눈은
부릅뜬 채 그치지 않는다

사랑의 말씀이
한 그릇의 양식이 되어 내리네
일치의 말씀이
한 그릇의 양식이 되어 내리네
지나간 세월의 이 빠진 그릇에
비어있는 그 그릇에도
싸락눈은 떡쌀이 되어 담기네

*조선의 시 〈공산주의자〉 제 1행에서, 이 시는 항일혁명투사 리재순을 기리는 시이다.

🌿 비

조선의 하늘에도 비가 내린다
남녘의 하늘에도 비가 내린다
공평하게도 내린다

조선의 산에 나무가 자란다
남녘의 산에 나무가 자란다
비를 맞고 자란다

조선의 땅에 빗물이 스민다
남녘의 땅에 빗물이 스민다

빗물이 도랑물이 되고
시냇물이 된다
산골짜기 계곡물이
서둘러 내려와
도랑물과 시냇물을 달리게 한다
달리고 달려서 큰 강으로 들어간다
바다에 이른 강물이 춤춘다
조선의 물과 남녘의 물이 만나
대방창*으로 목청을 돋군다

거대한 생명의 파도가 일어서서
기립박수를 친다
뜨겁게 뜨겁게

　*방창은 조선의 〈피바다〉와 같은 가극에서 무대의 보이지 않는 곳에서 사건을 이야기해
주거나 인물들의 심리를 합창 노래로 하는 기교이다. 조선은 〈피바다〉식 가극에서 방창을
도입하였다.
　브레히트 연극에서 전통의 노래를 삽입하여 소격 효과를 의도한다. 일본의 고전 연극 노
오에는 지우타이라는 게 있는데 지우타이는 무대 위 측면에서 열을 지어 정좌로 앉아서 부
르지만 방창은 부르는 이들이 무대의 뒤에 있어 관객이 볼 수는 없다는 점이다. 방창은 주인
공의 내면을 노래하거나 사건을 이야기해줄 때는 셈세함을 절정이나 결말 등에서는 웅장함
을 느끼게 한다.

　사진은 바다 건너 조선의 개풍군 지역.

🌿 나는 쓰련다

나는 쓰련다
한 줄기 바람 되어
가슴을 쓸어주는 시를

나는 쓰련다
한 타래 실이 되어
해어진 마음을 깁는 시를

나는 쓰련다

한 길이 되어
모두 함께 걸어가는 시를

나는 쓰련다
힌 자루 초가 되어
마음과 마음을 모아
뜻을 이루는 시를

🌿 시인에게 시는

시인은 시를 쓴다
그 시는 어디에서 왔는가
하늘과 태양
달과 별에서

시인은 시를 쓴다
마디마디 아픈 관절에
새겨진 노동의 뒷끝에서
온몸에 배인 고통을
스스로 피눈물 흘리면서도
한 구절 다듬을 때마다
한 시절의 묵은 탄식도
슬픔도 씻어내고
두 구절 다듬을 때마다

세상에서 밀려나
고독이라는 호수에
몸을 담구어
헹구고 헹구어
하얗게 부서지는 한 방울
물방울이 태양빛에 부서지는
희고 흰 무명 저고리의
깊고 넓은 가슴일레라

잠든 아들 곁에서

오 하느님
일찍 자는 아들의 머리맡에서
기도합니다
이 아이가 부디 고침 받고
다시 일어날 수 있는 힘을 주소서

한 존재를 사랑으로 지으신 분이시여
당신은 전지전능하신 하느님
들숨과 날숨을 불어넣으시어
생명을 창조하신 그 뜻대로
모든 피조물이 당신 뜻대로 되어가기를
마음의 촛불을 밝히고 비나이다

깊이도 알 수 없는
겨울의 심연에서
천주재존의 이치를 깨닫고
뭇생명 하나라도 얼지 않고
어머니 흙 속에 품어서 살게 하옵소서

찬 하늘에서 별들이
어둠을 밝히려 등을 켜고
밤새 지키는 겨울밤에
꺼져가는 한 생명도
귀히 여기시어 천국에 들게 하소서
들에 기어다니는 짐승들과
하늘을 나는 새들도
얼음 속 흐르는 물에
헤엄치는 물고기들도 지켜주소서

당신의 입김에서 나온 생명을
당신 손에 맡기오니
그 뜻대로 하시길 바라나이다
겸손되이 존엄하신 분께
의탁하나이다

한겨울에 당신은

눈 오는 밤에
나는 당신을 그린다
까만 머리에
하얀 눈을 이고
먼 길을 오시는 당신의 손에는
한 웅큼 눈 뭉치를 들고있다
외투 자락을 펄럭이는 바람은
그의 붉은 뺨에 스치운다
일을 마치고 종종걸음으로
미끄러운 길 더듬더듬
내게로 온 당신은
한 송이 두 송이 눈꽃으로 피어
내 맘의 그늘을 밝히고
울적한 눈빛 대신에
불 타는 당신의 눈빛이
내 눈에 들어와
타닥타닥 타오르는 사랑은
겨울에도 얼지 않고
땅을 겨누는 고드름 되어
당신과 내가 선 대지에서
쭉쭉 자라더니
수정빛 걸어둔 방에는
투명하고도 깨끗한 마음의

노래가 밤새 흘러나오는 건
당신과 나의 마음이
길이 하나됨이라

🌿 한파

　우리는 지독한 한파 덕분에 밖에 안 나가고 집에서 둘이서 쉽니다.
영하 10도가 넘어가면 협심증이 있는 나는 가급적 바깥 출입을 삼가
합니다.
해야할 일은 집에서 합니다.
여름에 기온이 너무 올라갈 때도 견디기 힘들어서 뙤약볕에 나가지
않습니다.
아주 더울 때는 글 쓰는 걸 그만두고 쉽니다.

　1월이 지나고 2월이 오면 기온이 좀 올라가서 나다닐 수 있겠지요.
그 때까지 실내생활을 하면서 지내야 합니다.
이것저것 읽고싶은 책도 읽고 보고싶은 영화도 보고
스마트폰도 하고 그렇게 지낼 겁니다.
　글을 쓰긴 해야하는데 그냥 의욕이 나지않아서 접어둡니다. 의욕
이 생길 때 쓸 날이 오겠지요. 두 개의 원고 의뢰도 이번에는 거절 하
렵니다. 의욕이 나지 않아서 안 쓰고 다만 일터의 원고만 쓰고 말겁니
다. 자꾸 많이 쓰는 것도 좋지 않아서 쓰고 싶어질 때 쓸랍니다. 그래
도 친구를 통해 의뢰가 온 어느 문예잡지에는 두 편의 시를 보낼랍니
다.

🌿 김석범의 『화산도』

『화산도』를 읽다가 4.3 봉기를 위해 재일조선인들의 자금이 모금되었고 주인공과 친척이 모금을 위해 밀항하여 일본에 들어가 모금하는 장면이 나옵니다. 이 소설은 김석범 작가의 말을 빌리면 남한에서도 북한에서도 비판 받았다고 합니다. 역시 재일조선인 작가의 입장이 이렇게도 모국의 남녘과 북녘에서는 이해받기 어려운 걸까요? 더 읽어봐야겠지만 북녘의 비판은 왜 그렇게 비판한 건지 이해는 갑니다. 그쪽은 우리식 사회주의 예술을 지향하다 보니 주인공의 인물 조형이 사회주의 혁명가의 면모로 그려져야하기 때문이지요.

감성과 문화가 이데올로기로부터 자유로울 수 있을까요!?

*사진은 제주도의 풍경입니다.

🌿 소통

아들은
늘 스마트세상과 소통한다
이천오백명 가량의
인스타그램 친구들과 즐겁게 논다
시도 올리고

활동하는 것도 올리고
가끔 단상도 올리고
나를 데리고 볼일 보러 나가거나
집 앞 가게나 시장에서
먹을 것
마실 것 사들이고
티브이 드라마나
영화 보며 세월을 엮는다
일주일에 두 세 번 줌으로
공동체 사람들과 전례하고
그 때마다
메아리로 사람들과 대화하고
기도로 그의 신과 소통한다

🌿 참시인을 기다리며

나는 만나련다 언젠가
참시인을
십년에 한 사람 온다는
바로 그 시인을
그는 어떻게 올까
평론가인 나는 설레인다

그는 살면서 상처를 많이 받아

마음이 너덜광이가 되어서도
흔들리거나 비겁하지 않고
사람을 있는 그대로 바라보는 시인
사물을 있는 그대로 바라보는 시인
타인의 마음을 함부로 침범하여
자기 걸로 만들려고 하거나
자기 입으로 말하려 하거나
자기 사람으로 부리려 하지 않고
타인의 정원을 가꾸는 사람
메마를 때는 물을 주고
병들어 있을 때는 낫게 하고
순들이 제멋대로 자랄 때 막아주어
마음이 진창에 들지 않게 하는
지혜의 시인이 오면
나는 참 좋겠네

🌿 게테 콜비츠의 판화

그 때의 노동자들은 빵이 없어 절규하고 봉기하였다.
지금의 노동자들은 빵을 위협하는 일터 안전 보장을 위해 싸운다!

🌿 운수 좋은 날들

연말에 아나스타시아님으로부터 과일 선물 받아서 이 때까지 하루에 조금씩 양념으로 먹고 이 두 종류의 과일, 석류, 키위가 남았다.

아나스타시아, 참 고맙게 잘 먹었습니다!

춥고 어두운 겨울날의 우울과 코로나의 답답함, 힘이 떨어지는 때에 과일이 나한테 위안을 준다. 사랑의 비타민을 먹으면서 영육을 연명하고 있다.

정신이 지치면 모든 게 허물어진다. 쉬이 지치거나 우울, 권태, 홧병, 심리적 공황을 이겨내는데도 과일이나 음식은 한 몫을 해준다. 나는 이 부정적인 정신상태를 극복하기 위해 나쁜 것 빼고는 다할 생각이다. 여행, 호캉스, 구루메, 친구랑 밥 먹고 차 마시며 수다떨기, 영성생활, 독서, 아들과 요리 해먹기, 투쟁 현장에 가기, 동지들 만나기, 근데 여행이나 호캉스는 아주 간혹 정도, 비용이 꽤 발생하니까……

재작년에 연말에 운이 좋아 호텔 무료 숙박권을 경품으로 받아서 이 3장으로, 한 장은 평소에 신세 진 지인에게 주고 두 장으로 호텔을 다녀왔는데 16년만에 호사를 해봤다. 아들이 호텔에서 수영복 입고 실내 수영장을 즐겼던 게 좋았던지 호텔 얘기 나오면 그 추억을 말하곤 한다.

연말에 제주도에 갑작스럽게 다녀온 것도 지인들이 가자고 해서 간 것이고 나는 그러고 보니까 2004년께에 일본에 다녀온 이후로 정말 오랜만에 비행기를 탄 것이고 이륙할 때나 기류가 심하여 흔들려서 고문당하였다. 그러나 제주도의 눈보라 치는 풍경은 일미였다. 두 분의 지인이 아니었으면 비행기가 무서워서 타지도 못했을 것이다.

삼다도 '종다리 746카페'

제주의 눈보라는 보통이 아니다. 그러나 이것도 여름 태풍이 비하면 아무것도 아니라고 한다. 태풍 매미가 왔을 때는 해안의 집들이나 건물들에 모두 파도가 넘쳐서 힘들었다고 한다.

눈보라를 피해 북카페 종다리 746에 머물러 유리창으로 산이나 들, 주위의 집들을 바라보았다. 나는 나무들에 스쳐지나가는 하얀 눈보라를 조용히 바라보면서 가지에 혹시나 남은 눈이 있는가 찾으려 해도 흔적이 없다. 어떤 때는 얇게나마 눈 알갱이가 하나둘씩 붙곤 한다...... 나는 망연자실 눈이 지나간 빈 자리를 세차게 달려가는 바람의 뒷모습을 송별한다. 그렇듯 지나가 버린 365일을 멍하니 생각한다......

성산 일출봉

연말에 그긴 피로가 쌓여 힘들었는데 좋은 글 쓰는 이들과 함께 하

니 즐겁습니다. 어젯밤 원고를 송고하고 쉬니 좀 나아집니다.^^

성산일출봉 가는 길에 있던 세영횟집에서 겨울의 별미 방어회를 먹었습니다. 방어는 일본어로 부리라고 하는데 일본의 도야마현 히미(氷見)라는 곳에는 방어로 유명하답니다. 눈이 많이 내리는 기타구니(北國)의 어촌 마을 히미에는 눈과 방어철이 찾아온답니다.

오늘 삼다도에는 바람이 몹시 불고 흐린 하늘에 비마저 뿌렸지만 바람에 실려오는 갯내음과 푸른 나무들과 하귤이 매달린 나무를 보고 이 겨울에도 피어있는 꽃들을 보니 남국이구나 싶었습니다.

🌿 국가보안법

결국 검찰과 사법권이 행정부와 국민의 국회를 물로 보는건가!? 법피아들의 특권의식 어디까지 가나 보자!
가족간첩단 사건을 만들어 검찰과 사법권이 한 집안을 쑥대밭으로 만든 끔찍한 범죄! 결국 분단적폐세력의 중심이었고 미국 제국주의 패권에 기생하여 권력을 잡고 국민들 위에 군림한 역사가 75년이라…… 이 지독한 뿌리는 잘 뽑히지도 않는다.

국가보안법이 구시대적이고 반통일적인 악법이라는 걸 더 잘 아는 법피아들은 이 법을 되려 이용하여 권력을 지켜왔다. 민족의 반역자들이 서초동에 왕좌를 틀고 앉아 5년짜리 대통령보다 더 인민들에게 군림해왔다. 통일을 외치면서도 이 따위 법시스템을 가지고 75년간 해먹어온 이들이야말로 국보법의 수혜자이고 민중들은 전적으로 피해자들이다. 그렇게 머리 좋은 인간들이 왜 이율배반적인 악법이라는 걸 몰랐을까!? 그들은 모른 게 아니라 이 법을 이용하여 미제에 충성하니 권력을 누릴 수 있더라고 그들끼리 대대로 학습해온 것이다.

🌿 겨울풍경, 세밑

오늘은 집에서 속초에 가보려고 호텔을 다움 아고다에서 검색을 하다가 느려서 그만하고 어제부터 절여둔 배추와 백김치를 담고, 알타리무 5단을 사서 절구어 총각김치, 청갓을 1단 사서 갓김치를 조금 담았다. 그러고 나니 팔과 손이 무척 아프다. 요즘 팔과 어깨가 아파 컴퓨터 작업을 못하고 있다.

레드푸드라고 겨울에 먹는 짠지, 짠지단지, 묵꾸(무우) 구덩이, 떡호박, 고구마 넣어둔 밭, 나무하러 산에 갔다가 싸리나무를 많이 낫으로 베어 가져온 일이 생각난다. 싸리나무는 불에 넣으면 연기도 안 나면서 활활 잘 타곤 했다. 솔방울이나 소나무잎을 말하는 깔비를 끌어서 불쏘시개로 썼다. 장작을 뚱거리라고 하면서 소나무 장작을 도끼로 쪼개시던 아버지가 생각난다.
시골에서 월동준비는 음식부터 뚱거리, 두툼한 옷이나 목화솜이 두툼한 이불을 꿰매는 등의 일이었다. 짠지도 동치미도 익어가면서 짠지단지를 뒷텃밭 땅에 구덩이를 파고 넣어두고는 늘 단지 목에는 목도리를 두르듯이 짚으로 동그랗게 엮어서 둘러주곤 하였다.

얼음이 두껍게 얼면 시계토도 만들어 타고 얼음을 톱으로 잘라 얼음배도 탔다. 뚱매로 얼음을 쾅 두들겨 고기들을 기절 시킨 뒤 얼음을 깨고 고기를 잡아올렸다. 산으로 올라가서 몽로를 놓아두면 노루나 토끼가 걸렸다.

눈이 오면 아이들은 눈사람을 만들거나 눈싸움을 한다. 집집 마다 다니면서 대리한다고 음식을 조금씩 얻거나 내어와서 같이 먹고 놀았다. 소죽솥에는 짚이 익어가는 구수한 냄새가 나고 외양간 소는 킁킁거린다. 등에는 추울까봐 군용담요를 덮어놓은 소는 겨울에는 나무할 때나 짐을 나를 때 구루마를 끌어주면 된다. 아궁이에는 불이 활활 타고 방구들은 뜨끈뜨끈하다.

설날이 가까우면 수수로 엿도 고아 강정이나 약과를 만들거나 보드라운 고추가루를 푼 식혜를 만들었다. 흰 가래떡을 빼다가 썰어두고 떡국을 고명 얹어 끓여먹던 촌에서의 추억이 따뜻하게 생각나는 겨울이다. 춥지만 따뜻한 추억이 겨울을 활활 타오르게 한다.

🌿 8.15 75주년을 즈음한 우리들의 자세

일제로부터 억압의 사슬을 끊고 36년 이상의 강점을 겪은 우리 민족이 해방의 날을 맞이한 지 올해로 75주년이 됩니다. 해방 후 우리 민족은 통일을 위해 노력하였으나 민족의 뜻과는 관계 없이 남과 북으로 분단 되어 75년의 세월을 살았습니다. 이 분단으로 인해서 조국 광복의 기쁨도 얼마 가지 않았던 것입니다.

분단은 우리 민족을 남과 북으로 분열시켜 통치하는 제국주의의 산물이었습니다.

이에 8.15 75주년을 맞이한 우리는 유래 없는 팬데믹 상황과 더불어 전 세계가 서로 협력하여 상생과 화합 속에 미래를 영위해야 하는 것을 깨달은 이 시점에서 우리 민족끼리 자주 통일을 이루어내야 하는 상황이 그 어느 때보다도 필연성을 확보하였고 시급한 민족적 과제임을 자각하였습니다.

민족 자주 통일은 결코 말로만 이루어 지지 않습니다. 남과 북이 평화협정을 맺고 그것을 실현해 나가는 길에서 분단과 대치의 국면이 평화 정착과 통일의 과업으로 성취될 수 있을 것입니다. 통일은 남과 북이 친교를 나누고 서로에 대해 적대감을 갖지 않아야 하며 상호 신뢰와 협력이 뒷받침 되어야 이루어질 수 있습니다. 그러므로 민족적 대단결의 거대한 물결을 이루어 저 강고한 철의 장막을 무너뜨리는 길은 북에 대한 우리의 자세를 변화시키고 같은 민족에 대한 관심과 이해와 더불어 친교를 이루어야겠습니다. 최소한 그들을 국가보안법에 적시된 적이 아니라 우리와 함께 통일을 이야기 하고 통일된 조국의 미래를 설계해나가야 할 동지로서 우리는 그들과 대화를 해야 하겠습니다. 그러므로 우리 평화통일시민연대는 한반도 평화와 민족 통일을 원하는 대중들과 시민사회의 활동가들과 함께 이 대업을 이루기 위해 나아갈 것입니다.

먼저 우리는 정부에 요구합니다.

첫째, 6.15남북공동선언과 4.27 판문점 선언을 이행하여 평화정착을 이루어주기를 바랍니다.

둘째, 사드 철거와 한미방위비 부담금, 그리고 세균전 실험으로 남녘 민중의 생존과 안전을 옥죄는 주한 미군 철수를 요구합니다.

셋째, 사대적인 한미관계를 탈피하여 통일에 있어서는 민족 자주의 정신으로 북녘과 전격적으로 대화하여 개성공단과 금강산 관광 재개, 민간차원의 남북교류 및 인도적인 지원을 위하여 대북제재를 해제하여 북녘 민족과 상생하는 길을 열어줄 것을 요구합니다.

넷째, 일제 치안유지법에 뿌리를 둔 국가보안법을 폐지하여 사상과 표현의 자유를 보장하고 북녘이 우리의 적이 아니라 같이 통일 일꾼으로서 서로 손잡고 통일을 이루어 나가게 해주길 요구합니다. 이와 더불어 대중적으로 북녘에 대해 알권리를 보장하고 친교를 이루어갈 수 있기 위해 조속히 국가보안법을 폐지하여 주길 요구합니다.

앞으로 우리 평화통일시민연대는 위의 지향점을 가지고 전민족 대단결이라는 높은 깃발을 펄럭이며 대중적인 평화와 통일운동의 선봉에 서서 통일의식을 고취시키며 분단 적폐를 넘어 나아갈 것을 결의합니다.

2020년 8월 15일

평화통일시민연대 제위

길 30

길 위에 바람이 분다
차고 메마른 바람이 분다
이 길 위에
얼마나 많은 발자국이 지나갔던가
그 어느 때는 사람들이
긴 행렬을 이루고
저마다 보따리나 가재도구를 지고
여기 저기로 떠돌았지
북으로 북으로 거슬러 오르거나
남으로 남으로 밀려내려와
사람들은 큰물을 이루었다
쫓기거나 피하면서
잰걸음을 걸으면서
머리에 큰 보퉁이를 이고
젖먹이를 업고
뒤뚜뒤뚱 걷는 아이의 손을 잡아끌며
가는 저 고단한 여인은 누구였는지
그녀에게 끝없는 길
길에 매달려 걸어도 걸어도
정처 없는 피신의 길에
피가
눈물이 앞을 가리고
끊을 수 없는 질긴 목숨

자꾸만 뜨겁게 뜨겁게
올라오는데 곁을 지나가는
소달구지에 누운 노인은
이제 숨을 쉬지 않고 드러누운 채
송장이 되어 저승길을 가는지
지나는 군인들 남루한 행색에
개선하지 못한 이들의 얼굴에는
늘어져 있는 근심이 줄줄이 매달려
무겁게 가라앉는 길고 긴 길
북으로 북으로
남으로 남으로

🌿 참그리스도인

그리스도인들이 참그리스도인이 되려면 성경에서처럼 가진 것의
반을 나누어야 한다. 그런데 이런 그리스도인이 과연 얼마나 있는가?
교회의 세속화는 하느님의 말씀을 거스르는 거다. 하느님만 섬기지
않기 때문이다. 말씀을 팔아 교회를 통하여 자신의 뱃 속을 불리는 것
은 그리스도의 제자가 아니다. 우상을 섬기는 자가 어떻게 그리스도
인일 수 있겠는가! 이 나무 속의 새 두 마리는 그저 둥지를 짓느라 행
복하다. 새들은 집을 팔고 사고 투기하지 않기 때문이다.

🌿 정의

정의는 참으로 어렵다. 정의는 시대와 사건과 상황에 따라 달라질 수 있다. 정의를 외치다 보면 어쩔 때는 죽일 놈 소리를 들을 수도 있다. 예수 그리스도가 로마 식민지 아래 유대 나라에서 신국을 이야기 하니 바리새인 율법학자, 그리고 군중들이 등을 돌렸다. 그를 따르는 사람은 병자, 가난한 자, 죄지은 자, 술꾼 등 식민지 아래에서 피폐해진 사람들이었다. 그를 십자가에 못 박자고 외치던 군중은 누군가? 그는 고통 받는 민중에게 하느님 나라가 있다고 그 나라를 만들자고 말했을 뿐이다. 그의 아버지는 식민국 로마에 붙어 기생하던 기득권에게는 왠 아버진가 했고 왠 하느님 나란가 했다. 이들이 알지 못하는 아버지와 하느님 나라는 바로 십자가에 못 박아야 자신들이 살 수 있었다. 군중과 피폐해진 삶을 산 민초들은 어떤 차이가 있는가? 구원을 기다리는 사람은 예수의 말을 들었다. 최소한 십자가에 못 박으라고 소리치는 군중이 되어서는 안 되겠다. 하늘 나라를 이야기 하는 게 뭐가 잘못 되었나! 그러나 그 당시 유대 지배자들에게 하늘 나라 얘기는 단죄의 대상이었고 오늘날도 이사야 예언자의 하늘나라를 이야기 하면 안 된다고 난리다. 일부 사람들은 여전히 자신이 가진 걸 내놓기는 커녕 더 부풀리지 못해 난리다. 대한민국은 사회주의가 되기 어려운 것 같다. 그러나 서서히 역사는 진보할 것이다.

🌿 질병 통치

질병으로 국민을 통치하는 시대는 제국주의의 산물이다. 제국주의
는 위생학으로 피식민국을 지배했다. 미제가 중동과 라틴 아메리카
그리고 아프리카를 대하는 걸 보면 안다. 4.15총선에서의 승리는 질
병 통치의 덕을 본 것이다. 이걸 알아야 한다. 나중에 역사가가 어떻
게 쓸지 모르겠다. 유래없는 선거 1회용품 쓰레기더미에 질병 통치에
대한 국민들의 반응이었지만 어떤 정책대결도 시대적 아젠다를 채택
하는 선거가 아니었다. 어쩌면 코로나가 지나가고 정상적인 상태에서
선택의 순간이 주어졌어야 했을지도 모른다. 질병 대처에 대해 정치
적 선택을 요구 받았던 선거가 4.15 총선이었다.

🌿 부자들의 고민

주말에 태극기 부대가 시내에서 신발을 던지며 시위했다고 한다.
징벌성 세금 폭탄에 대한 항의라고 한다. 그 이유는 2주택 소유자 관
련 종부세와 보유세 인상 때문이란다.
이런 분들에게 권한다. 남산 아래 후암동이나 영등포 쪽방촌에 가보
라. 당신들이 얼마나 넓은 집을 그것도 몇 채나 소유하면서 사는 가운
데도 신문지 2장도 겨우 되는 방에서 제대로 다리도 펴지 못하고 쪼
그리고 살아가는 사람들이 있다는 사실을. 그걸 알 필요가 있다.

나는 얼마 전에 용마산 갔다가 집을 짓는 두 마리의 새를 보았다.

숫컷는 부지런히 죽은 나무가지를 부리로 부러뜨려 떨어뜨려 놓고 그걸 물어다가 암컷에게 가져다 주었다. 암컷는 두 개의 튼튼한 나무 가지 사이에서 부지런히 가져다준 가지를 얼기설기 겹쳐서 둥지를 짓고 있었다. 저 새들은 지금 얼마나 행복한 순간을 보내고 있을까? 함께 둥지에서 알을 낳고 새끼를 부화시키기 위해서 두 새는 부지런히 집을 짓고 있었다.

인간에게 집도 이 새의 집과 다르지 않다. 다만 인간에게 사상과 문화가 있고 지식이라는 고상한 것을 지녔음에도 새와 인간이 다른 것은 새는 공평 하나 인간은 공평하지 않다는 점이다. 그 고상한 철학들이나 경전들의 말씀은 인간의 원자폭탄 같은 욕망에 무력하다. 성경이나 불경에는 세상의 우상들을 끝없이 쫓아서 살아가라고 그 어디에도 쓰여져 있지 않다.

🌱 소녀의 꿈, 80년대 언니야들

80년대말과 90년대 고교 졸업한 20살 언니야들이 학교 졸업전부터 공단 회사측과 자매결연 맺어 노동현장으로 팔려갔다. 사립고교들이 이런 행태였다. 둘째언니가 그랬다. 집 떠나는 언니를 두고 아버지는 눈물을 흘렸다. 87년의 나는 이런 가운데 언니야들의 노동과 엄마 아버지의 노동 우리집 누렁이 송아지를 밑천으로 대학에 들어갔다. 셋째언니는 졸업 전에 제재소에 취직하여 사장놈한테 시달렸다. 이미 두번째 부인이 있는 그 놈은 언니를 세번째로 삼으려고 마수를 뻗었다. 언니는 고민하다 나에게 털어놨고 그날부로 그곳을 그만두고 집에 좀 있다가 둘째언니가 간 구미공단의 어느 회사 경리로 취직했다. 우리집에는 이 두 언니야들의 노동과 엄마 아빠의 노동으로 나와 내 밑의 동생들이 학교를 하였다. 나는 졸업하기도 전에 사회가 무서운 곳이라고만 감연히 느꼈다.

학교가 도피처라고 생각했지만 학교도 똑같았다. 딸 많은 집, 자녀가 많아 쪼들리던 집, 네 번째였던 나는 대학 가기 위해 1주일 단식했다. 아버지가 나한테 지시고 집에서 다니라고 안동대학을 권했다. 나는 집과 고향을 떠나 도시로 언니들처럼 가고싶었다. 그때의 나는 고향 보다 좀 더 큰 세계를 접하고 싶었다. 생각하니 낯선 대구에서 혼자 자취하며 학교에서는 1. 2학년 때 봄학기는 학내민주화로 단체행동 들어가고 연일 데모하다 유급 사태를 모두들 겨우 면하고 공부도 못한 채 한 학기가 끝났다. 이 과정에서 나는 교수와도 어려워져 우울이 깊이 왔다. 그게 학내투쟁이 성취 되고 난 후 3학년 때의 일이었다.

1980년대말과 90년대 초는 암울했다. 그런 가운데 87년 6.10으로 대통령직선제가 되었다. 20대의 초와 중반이었던 나에게 결혼이나 이런 것은 사치스러웠다. 내 앞에 학업이 놓여있었고 그것은 30대초에 결혼하여 38살에 학위를 마치면서 일단은 끝이 났다. 20대 후반부터 시작된 대학강사 노릇을 20여년 하고 나는 작년에 그만두었다. 그만 둘 때 내 나이는 52살이었다. 사실 나는 40대 초반에 이미 학교와 세상으로부터 탈출이 시작되었다. 나의 엑소두스는 언제까지 어떤 곳에서 이루어질 지 모르나 다만 내가 신선한 목초지를 찾아 유목해야 한다는 것은 명백하다. 그것이 정신적이고 사상적인 것이든 무엇이든.

"내가 그를 물에서 건져내었다." (탈출, 2.10) 3

퇴원하던 날 아침, 담당의사선생님은 아들의 뇌파 소견에는 이상이 없는데 심장초음파에서 이상소견이 있다고 2주후에 외래로 순환기내과와 신경과 양쪽을 진료하고 심장관련 이상소견에 대해 치료계획을 세우게 될거라고 하시면서 약처방은 없다고 하셨다.

그 다음에는 의료비 문제, 나는 퇴원 전날 병원비의 일부를 결제하여 두었고 나머지를 퇴원 수속 받으려니 450,770원이 나왔다. 그러니 본인 총의료비가 70만원이 넘는 것이었다. 그래서 전날 논산에 있는 막내여동생에게 아들 병 상황을 설명하고 병원비 문제를 얘기하였더니 대구 여동생에게 전화해 주어서 나머지분을 동생이 통장으로 보내왔다. 잘 치료하라고 하였다.

나는 내 일터에서 일해 놓은 것이 피일차일 미루고 2달 넘게 겨우 들어온 데다 그것도 내가 전화하고 겨우 임금의 일부가 들어왔는데 병원비도 다 못낼 돈을 주면서 나를 피곤하게 한 대표에게 속이 상했지만 넘어갔다. 그리고 다짐했다. 계약기간까지만 일 하자고, 더 이상 아들 병원비도 못 되고 이런 상황을 설명했으나 자기네도 행사 치루어서 돈이 없다고 하면서 분할지급한다고 큰소리를 쳤다. 계약서에는 분할지급 조항도 없고 개강 후 한 달 뒤에 전액 지급으로 된 조항을 멋대로 어기는 사람에 대해 신뢰를 가질 수가 없어 더 이상 그쪽과 일하고픈 마음이 없어진 것이다. 그리고 사무적인 얘기만하고 자기네 경제상황만 얘기하면서 분할 지급을 주장하는 뻔뻔스러움에 불이 났다.

병실에는 환자 두 분 정도가 간병인의 간병을 받으며 지내셨는데 조선족 환자분이었다. 피부샵을 운영했던 조선족 여성분이 코로나로 가게가 잘 안 되어 다시 간병인을 한다고 하셨다. 벌어야 하므로 사장님에서 간병인으로 들어오셨다고 했다. 환자는 조선족 남자분이었는데 뇌졸중으로 입원했고 가족분이 없고 친구만 왔다가곤 한다면서 가여운 분이라고 하였다. 그 여성 간병인이 아들을 귀여워 하시면서 맥반석 계란과 검은깨 두유, 빵을 먹으라고 주셨다. 아들은 고맙게 잘 먹었다.

이날 점심에 집으로 문병 온 고향친구랑 방학동에서 점심을 먹었다. 친구가 차로 우리 모자를 우이동 숲에도 잠깐 드라이브 시켜주고 쇠고기불고기를 사주었다. 우리는 1시간 반 동안 천천히 식사하며 얘기 나누었다가 집으로 같이 들어와서 이야기 하다가 친구는 5시에 갔다.

🌿 "내가 그를 물에서 건져내었다." (탈출, 2. 10) 2

호흡기내과 병동의 병실이 겨우 나서 올라온 거였다. 6인실의 창가 침상이었다. 아들은 잠을 충분히 자지는 못 했지만 아침에 일어나더니 늘 노래하는 새처럼 재잘거리기 시작했고 나는 밤새 아들의 용태를 살피느라, 또 경기를 일으키면 간호사를 호출하라는 말을 들은 상태라 전전긍긍하면서 자는둥마는둥 했다. 우리는 심지어 지갑도 안 가져갔고 가져간 것은 맨몸뚱이 둘과 나의 폰 하나가 전부였다. 전날 저녁은 지인이 산다고 하여 집근처라 그냥 아무 생각없이 폰만 들고 나간 것이었다.

　새벽같이 일어나 말을 거는 아들의 목소리를 듣고 눈을 뜬 것은 해 뜨기 전이었다. 좀 있으니 무슨 노래 소리가 들리는데 아들은 그 노래 소리를 들으면서 "엄마 동지들이 나를 위해서 쟁가를 불러주고 있어" 한다. 나는 영문을 몰라 아들이 정신이 이상한가도 걱정이 되었으나, 저길 보라고 손으로 가리킨 곳을 보니 고대 안암병원 정문에 깃발을 펄럭이며 노조원들의 가열찬 투쟁이 아침부터 시작된 거였다. 아들은 투쟁가의 노랫소리에 맞추어 몸을 약간 흔들면서 낮은 소리로 따라 불렀다. "엄마 우리 동지들이 아침부터 투쟁하고 노래불러주고 있어" 했다. 그리고 쾌활해진 아들은 언제 죽음의 고비에 있었던가 할 지경 으로 모든 게 원래대로 돌아왔고 노조원 동지들과 한 마음이 되어있 었다. 그러면서 아들은 환자복으로 갈아입은 모습을 사진 찍어달라고 해서 찍어주었더니 내 페북에다 올렸다.

　실시간 내로 나의 페북 친구분들이 곳곳에서 걱정과 격려와 응원의 메세지를 보내왔다. 그분들의 다수는 아들도 최소한 한 번 이상 만난 분들이기에 아들에게도 쾌유를 빌어주셨다. 그리고 나의 대녀인 박 선생님은 10만원을 보내오면서 입원 중에 필요한 거 쓰라고 하셨다. 너무 고마웠다. 걱정해주시고 격려해주신 분들, 물심양면으로 이렇게 아들을 일으키고 계신 하느님의 사랑은 곧 우리 주위의 사람들과 페 북 공동체분들의 사랑이었다. 민심이 천심이라는 말은 사람 마음 안 에 하느님의 사랑이 있다는 말일게다.

　그날 저녁에 뇌파검사용 병실로 옮겼다. 거기에는 티브이가 있고 다소 삭막했지만 리모콘으로 아들이 좋아하는 드라마와 늘 안테나를 세우는 시사뉴스를 보았다. 젊은 남자 간호사가 와서 뇌파검사 준비로 1시간 넘게 머리에 의료용 본드로 고정시키면서 뇌파감지장치를 온 머리에 붙여주었다. 그러는 동안 아들은 거의 쉴 새 없이 김해일이 사제로 나온 열혈사제의 대사들과 상황들을 입으로 계속 이야기 하면서 낯선 검사장치 설치를 받아들였다. 나중에 그 젊은 간호사가 아드님이 대사나 드라마 세부상황을 모조리 외고 있네요. 특이하네요 하였다. 그렇게 머리에 뇌파감지 장치를 설치하고 자기 모습을 사진으로 찍어서 페북이 올려달라고 졸라서 그렇게 해주었다.

밤새도록, 다음날 8시까지 컴퓨터 화면에서는 뇌파가 계속 그려지고 천정에 달린 카메라에서는 아들의 모습을 계속 찍어대었다. 침대에 누워서 계속 검사를 받는 것이었다. 밥도 먹고 주스도 마시고 티브이도 보고 엄마랑 잡담도 하고 간호사가 가져온 뜨거운 물이 담긴 컵을 호호 불며 마시는 것도 연출해야 했다. 그것도 검사 중 하나였다. 이 날도 나는 아들의 용태를 지켜보느라 자는 둥 마는 둥 한 것이다. 식사는 소화도 안 되어 아들이 먹다남은 것 조금 하고 햇반을 사다 대충 먹었다. 검사용병실은 삭막하였지만 우리 모자만 둘이 들어가 있고 티브이도 있고 소파가 있어서 누워서 쉬기가 편했다.

🌿 "내가 그를 물에서 건져냈다."(탈출, 2. 10) 1

아들의 생일이었던 7월 14일, 낮에 작가연합 젊은 여성시인을 만나고 들어와서 아들과 지인 셋이서 아들 생일 겸 해서 동네 치킨집에 가서 아들이 좋아하는 파슬리순살치킨과 떠먹는 피자를 시켜두고 조금 먹었을 때 갑자기 아들의 경련이 일어났다.

맞은 편 의자에 앉은 아들이 으악 소리를 하면서 눈이 왼쪽으로 향하더니 두 팔이 경직되고 몸을 떨고 정신이 없어지고 눈동자가 이상해지는 것이었다. 나를 못 알아보고 나는 아들을 안았지만 몸이 뻣뻣하였다. 너무 무서워서 거의 실신할 지경이 되었고 옆에 있던 지인이 아들 이름을 부르면서 배를 양팔로 명치끝까지 쓸어올리니 입에서 음식물이 튀여나오더니 숨을 쉬기 시작하고 경직이 조금이 풀리는 것이었다. 정신을 잃고 경기를 일으킨 지 한 4, 5분쯤이었을 것이다. 그러고 난 후 5분도 더 지나서 119가 왔을 때 아들은 어눌하지만 말을 하기 시작했다. 그러나 경기로 정신이 없었다. 고대 안암병원 응급실에 왔을 때는 정신이 완전히 돌아오고 신체의 경직된 부분이 완전히 다 돌아온 것이다.

응급실에 실려간 것이 9시 15분쯤. 링거, 피검사와 소변검사, 항경련제 주사, CT촬영 등을 하고 결국 입원 권유로 입원하여 병동에 올라간 것이 밤 3시쯤이었다. 지인은 우리를 따라서 병원에 왔다가 2시쯤에 귀가했다. 나도 그도 심히 놀라서 정신이 없었다.

🌿 고 박원순 시장님의 죽음

올봄에 우리 모자는 서울시가 준 코로나 19 긴급자금을 받고 우리 집 앞 전통골목시장인 장미원시장에서 제로페이로 야채며 고기며 그 때 마침 고장났던 중고 노트북이며를 새로 바꾸었다. 시장의 상인들은 결재 수단을 표시하는 팻찰을 달고 코로나관련 긴급지원금을 쓰는 상황을 대비하여 시장이 활황을 띠었다. 그 때 우리는 피부로 느꼈다. 없는 이들에게 행정력이 어떻게 미치는지. 맛있는 거 먹는 게 낙인 아들은 서울시와 정부에 무척 고마워했다.

나는 박시장님과 인사한 적도 없는 사람이다. 나의 아들도 마찬가지. 그러나 우리는 그분이 그래도 열심히 좋은 사회를 만들어보려고 애썼던 분인 것은 알고 있다.

국가보안법 관련 유투브 동영상 촬영 마치고 우리 모자는 어제 저녁 고 안재구 선생님 추도식에 가서 헌화하고 동지들의 얼굴을 볼 때 실종 보도를 들었다. 충격 속에 그분이 돌아오길 일말의 기구를 드렸다. 청년이 되었지만 아직도 아이같은 아들은 늘 어려울 때 했듯이 하느님께 기도하였다. 꼭 돌아오셔서 우리 같은 서민들을 도와달라고.

우리는 참담했다. 한밤중에 잠도 이루지 못한 채 그분이 주검이 되어 돌아오셨다는 이 현실이 너무 무섭고 받아들일 수 없다는 것을 알았다. 무엇이 그분을 참담한 죽음으로 몰아넣었을까!? 이 죽음을 어떻게 받아들여야 할지 모르겠습니다. 변호사로 시민활동가였고 삼선 시장이었던 분이 왜 주검으로 발견되어야 합니까? 선출직 2인자로 미국이 대통령 되길 원치 않았던 분이라고 합니다. 민족 통일 문제에도 한결 같았던 분이라고 합니다. 왜 이런 분이 스스로 목숨을 끊어야 합니까? 이런 현실에 의분을 느끼고 부디 많은 이들이 여기에 공감되길 바랍니다. 너무 충격입니다. 슬픕니다. 박원순 서울시장님! 하늘나라에서라도 편안하시길 빕니다.

🌱 남민전의 전사 김남주 시인

　지난 주 해남 갔을 때 김남주 시인의 생가에 들러 그분의 동생분을 만났다.
우리에겐 행운이었고 김남주 시인과 동생분의 확고한 신념과 강인한 투쟁정신이 우리를 감동케 했다. 김남주 시인은 『나의 칼 나의 피』, 『솔직히 말하자』 등의 시집을 세상에 내어놓았고 남민전의 전사였고 무엇보다도 불멸의 혁명가였다.

🌱 약탈 경제

　대한민국은 약탈자본주의 국가다. 약탈자본을 철저히 통제하여라. Ids홀딩스, 밸류인베스트코리아, 신라젠, 라임, 키코, 부산저축은행 사건 등. 민중들의 주머니를 털어낸 놈들을 철저히 법으로 다스리고 은닉재산을 피해자들에게 돌려줘라! 금융사기 비호하는 경찰과 검찰은 물러가라!

🌱 프리랜서 예술가들

　사람들은 모른다. 코로나 때문에 프리랜서 예술가들의 속 타는 심정을. 공연이 취소되어 예술의 혼을 태울 수도 없고 경제적으로도 어렵게 된다. 그 고통이 얼마나 크랴!

코로나로 손님이 뜸해져 가게 운영이 어려워진 자영업자들, 생활비가 필요한 대학생이나 2030 세대들, 프리랜서 예술가들이 쿠팡의 물류 창고로 모여들어 일해야하는 상황을. 그런 물류 창고에도 집단 감염될 수도 있는 위험을 안고서도 일해야 먹을 수 있는 서민들의 생활을 저기 높은 분네들은 알기라도 할까? 그래서 추가조치로 인한 피해를 입는 사람들을 위해서라도 추가로 정부나 지자체에서 지원을 해야 마땅하다.

정부가 더 많은 액수를 전국민들에게 추가로 지원하고 국방비용이나 미군에게 줄 방위비를 줄여서 국민들에게 나눠 주면 좋겠다. 우리도 어려운데 우리 땅에 와서 벌어먹고 있는 주한미군들 내쫓으면 낫지 않겠는가말이다. 빌미로 좋지 않는가! 코로나로 우리 국민들 살이가기 어려워 당신들에게 방위비 원하는 대로 줄 수는 없다고 왜 정부는 미군에게 말하지 못하는가?

🌿 재난지원금

나는 요즘 서울시와 정부로부터 재난지원금 받아서 봄에 일 못하게되어 어려웠던 가계를 회복하고 주위에 그동안 내가 얻어먹은 사람이나 단체에다 얼마 간을 썼다. 이런 것에 아들도 동의한다. 왜냐하면 우리 모자가 그동안 교우들이나 이웃들, 단체들한테 많이 밥을 얻어먹었기 때문이다. 작년에는 정말 행사가 많아서 얻어먹은 날이 많아서 팔이 자주 아픈 나는 밥 안 해도 좋은 날이 많아서 손끝에 물을 안

묻히는 날이 많았다. 말하자면 많이 얻어먹은 사람이, 많이 사랑 받은 사람이 나누게 될 수밖에 없다. 왜냐하면 나눔도 돌고돈다는 이치를 알기 때문이다. 그래서 늘 든든하다. 이것은 계산이 아니라 사람 간에 생기는 사랑의 흐름이다. 너무나 자연스럽고 든든하고 넉넉한 사랑이다. 그리고 감사에 대한 보은이라고 생각한다. 심지어 아들은 능력이 없지만 언젠가 돈 많이 벌어 어머니한테 줘서 어머니가 교우들과 이웃들과 단체활동하는 데 밥도 사고 차도 사는데 고민하지 않게 해주겠다고 한다. 이 약속을 지키겠다고 했다 꼭. 이 정도면 나도 아들 잘 못 키운 건 아닌 것 같다.

어이구나 아침부터 행복한 생각이 드는구나!

내가 수유리에 아들을 데리고 피신해 와서 11년째 살면서 초기에 늘 우리한테 넉넉하게 밥, 차, 돈, 책, 옷, 살림파리, 친교 이런 걸 나누어 주었던 이 동네 교우들과 나의 친구들을 잊을 수 없다. 잊어서는 결코 안 된다. 하느님은 이렇게 사람들을 통하여 나와 아들을 먹여주고 입혀주셨던 거다.

늘 먹이고 입혀주시겠다고, 저 들판의 날으는 새들도 얼마나 잘 먹이느냐 하물며 인간인 너를 어찌 잘 먹이지 않겠느냐는 뜻의 성경구절을 많이도 보게 하신 그 말씀이 정말 사람들 가운데서 이루어진 것이다. 내 마음이 완고하고 마음이 병 들어 일하지 못하는데, 돈도 벌지 못하는데 어떻게 먹을 수 있나요라고, 택도 없는 소리라고 했던 나의 절규를 무너뜨리고 있었다. 어떻게 보면 내가 일해서 벌어서 먹었을 때보다 나는 이렇게 먹은 것이 더 풍요롭고 공허하지 않고 사랑 받고 있다는 생각에 눈물이 난 적도 있었다. 왜냐면 나는 빵을 구하기 위해 한겨울에 새벽 첫 전철을 타고 강의를 수없이 갔던 사람이었기 때문에. 이런 게 뜨겁고 코끝이 찡하게 오장육부가 감동을 받고 차가운 이성도 고개 숙일 수밖에 없는 사랑이라는 걸 절절히 느끼지 않을 수 없었기 때문이다.

이 으아리꽃을 보아라! 얼마나 잘 먹고 잘 차려 입고 예쁜 꽃을 피웠느냐!

✿ 재난지원금 쓰기

재난지원금이 풀린다고 동네마트에서 야채값을 평소보다 더 올려받는 악덕 가게는 가지 말아야 한다. 인수동 장미원시장에는 그런 악덕은 보이지 않는다. 대신 상인들이 자치회 지침에 따라 각종 카드나 제로페이 온라인 상품권 가능하다고 해당란에 동그라미 표시한 패찰을 일제히 걸어놓았다. 상인들과 대화해 보니 코로나로 엄혹했을 때보다 지금은 물건이 많이 나간다고 한다. 다행이다싶었다. 이런 분위기니 채소와 과일을 함께 파는 한 가게는 이번에 카드기를 들여놓게 되었다. 나는 삼각산의 자연과 바람, 맑은 공기와 먹거리 풍부한 집앞 장미원시장이 있어서 늘 풍요로운 생각이 든다.

🌿 외국인 선교가족

그들은 무엇 때문에 낯선 이국인 한국에 왔을까? 언어도 문화도 인종도 다른 사람들이 사는 한국에 선교가족으로 왔다. 오늘 서울 미씨오아젠떼스 선교가족의 아이들을 부모들이 말씀 전례하는 동안 돌봐주러 그 댁에 갔다. 나는 아기들을 보는 것이 쉽지는 않았다. 여러명이기도 하고 외국아이들이기도 하고 아이들이 다칠까봐도 겁나고 처음이라 긴장했다. 급기야 물도 쏟고 서로 싸우기도 하고 다리를 무는 일까지 생겼다. 그런 와중에도 스페인가족의 막내동이는 아주 차분하고 순하며 혼자서도 잘 놀지만 제일 어리므로 내가 꼭 옆에 붙어있었다.

이국에 사는 것 자체가 어려운 그들은 여기에 사는 것이 곧 선교가 되는 것 같다. 그들의 이국생활 속에서 만나는 하느님은 어떤 분일까 싶다. 정부에서는 아직 외국인들을 위한 지원이 없다고 한다. 아직 아버지들이 일자리도 못 가졌고 언어도 배우는 중이고 다만 모국의 공동체에서 얼마간의 경제적 지원하는 게 다란다. 이들에게 한국의 형제자매들이 따뜻하게 한국에서 잘 살아가면서 하느님을 증거하는 사람들이 되길 바란다. 네오까떼꾸메나도 공동체는 가정을 매우 중요시한다. 그리고 아이들도 생기는 대로 다 낳아야 하고 피임을 하지 말 것을 권한다. 아이들을 많이 낳아서 기르면서 가정의 복음화를 하고 그 안에서 하느님 말씀의 씨를 뿌리고 성장시켜나가는 것이 이 공동체의 주요한 창립 목적이라고 하다.

오늘은 외국 아이들과 놀면서 만감이 교차했다. 나는 어느듯 53살이 되었고 아들도 하나밖에 없다. 쓸쓸한 나와 아들에게 공동체 가족을 주님이 주시고 외국의 어린이들과 2시간 반을 놀면서 특히 헤수스 형제님네 막둥이가 너무 귀여웠고 심성이 곱고 차분한 그 아기의 깊고 어리지만 영적인 눈표정이 범상치 않음을 나는 감지했음에 또한 기쁜 일이 되었다. 나의 권유로 사제의 길을 걷고있는 나의 학생이 있다. 문득 그 학생이 생각도 났다. 이 아기와 그 학생을 대했을 때 공통점은 사람의 내면에 깊이 간직된 거룩함일 것이다.

🌱 병암서원

경북 청송군 부남면 소재 병암서원은 서원 앞에 내천이 흐르고 산으로 둘러쳐져 있는데 그 산은 암벽으로 단애를 이루고 있었기에 병암서원이라고 했다. 바위가 병풍처럼 둘러쳐진 곳이라는 뜻이다. 서원 대문은 자물통을 물고 있었다. 심심유곡에 이런 서원이 있었다니 놀라웠고 거기를 나오니 부남면 구천리, 하속 이런 데가 나왔다. 어린 시절 초등학교가 있던 파천에서만 지내서 청송군이 이렇게도 넓고 산 너머 산, 재 너머 재인 풍경에다 한국의 영남 알프스 산간마을 같은 생각이 들었다. 이런 곳으로는 나도 처음이었는데 남동생이 부남면 사무소에 근무한 적이 있어서 차로 드라이브 시켜주면서 설명해주었다. 자작나무숲이 있는 화장리에서 내려오니 병암서원, 구천리, 하속이었다. 이 일대의 자연 풍광은 절경이었다.

🌿 파꽃

오월의 파꽃, 음력 4월, 윤 사월을 앞둔 시골집 뒤안 텃밭에는 파꽃이 가득하고 벌들이 잉잉대는 소리가 고요한 봄날에 울립니다. 낮고 고즈넉하고 그러면서도 어머니의 쇠하신 모습과 겹쳐져서 정밀한 멸의 기운을 떨칠 수가 없어서 울립니다. 어쩌면 어머니의 머리에 내려앉은 하얀 머리카락과 파꽃의 허연 빛깔이 어쩜 이렇게도 닮았나 생각도 했습니다.

🌿 파 3

나는 봄비 되어 내리네
그의 마음에 내리네
보드라운 흙 가슴 깊이
나는 묻힐려네
나는 그의 사랑으로
싹을 틔우려네
흰 뿌리 깊이 내리려네
그의 손길로
푸르른 잎을 키우려네
그 속에 매운 눈물을 가두어 두고
찬 서리에 누렇게 시들어 마를지라도
모질게 사랑을 말하리

언 땅 뿌리에 가득 인내를 물고
삼동을 지나
봄비 나려오면
내게도 새 님이 오시겠지
송송 썰어 눈시울 적시고
구수한 장국에 술술 풀리고 풀리면
어느 듯 대궁이 끝에도
둥글게 맺히는 꽃에는
저리도 까맣게 태운 속을
봄볕에 널어놓은
장 달이는 음력 사월
잉잉대는 벌들에
봄은 무르익고
뒤꼍의 너는
홀로 높고 높구나

🌿 자활

아들이 자활근로 하러 가는 날 아침, 밥을 챙겼다. 어젯밤에 나한테 속삭였다.
"엄마 제가 돈 많이 벌어서 엄마 맛있는 거도 사주고 엄마가 성당 자매님들한테 맛있는 거 사줄 용돈도 많이 줄게요" 하고. "대신에 제가 나중에 결혼해서 아기 낳으면 꼭 돌봐주세요" 한다.

오늘은 만우절!

이 모든 달콤한 속삭임이 뜻대로 안되어 거짓말이 될지라도 그저 귀엽고 달콤한 아들의 속삭임. 분명 나는 행복한 엄마인 것 같다. 오월 팔일에 가슴에 달아주는 카네이션이 뭉클하고 코끝이 찡하다면 만우절에 듣는 아들의 달콤한 약속은 봄과 함께 그저 가슴이 설레이고 부풀며 희망이 새싹처럼 땅 속에서 쑥쑥 자란다.

"고맙데이 아들아, 그래 언제 니가 장가 가서 어미가 손주나 봐줘야하는 할매가 될라나."

"엄마 그냥 제 아들딸이나 봐주는 할매가 되세요."

"엄마 힘든 일 하지 말구요. 그리고 그때까지 건강하세요."

이것이 우리 아들의 소원입니다.

"그래 아들아, 우리 같이 열차 타고 가보자꾸나. 신나게 달려보자구나."

가난해도 달리는 열차
잘 나가지 않아도
다만 작은 꿈을 가지고
오늘도 내일도
늘 좋은 날에다가 데려다 주는 열차를 달리자
사는 동안 같이 북녘에도 가보고
저기 멀리 대륙을 넘어 유럽도 가보자. ^^

🌿 김유정문학촌

오늘은 어제에 이어 춘천 가까운 김유정역에 내려 김유정문학촌을 다녀가는 중이다. 「산골나그네」 및 열 편의 소설 작품의 배경이 된 그의 생가가 있는 실레마을과 금병산을 바라보고 간다. 그는 1932년 연희전문을 중퇴하고 고향에 내려가 금병의숙이라는 야학을 열고 브나로드 운동을 했다. 박록주에게 매료를 느껴서 오랫동안 구애를 했으나 끝내 거절을 당한 채 29살의 젊은 나이로 결핵으로 생을 마감하였다. 4, 5년간 총 30편의 작품을 남겼다. 작가는 가고 그의 생가에 노랑꽃을 단 생강나무만 서 있었다. 그는 소설 작품에서 이 생강꽃과 산수유 열매를 동백꽃이라 했다. 님은 짝도 없이 어떻게 저승으로 갔을고. 작가의 고독한 넋이 가슴 아팠다.

🌿 소설가 이청준의 고향 장흥

『흰옷』, 『이어도』, 『서편제』의 작가 이청준, 전남 장흥 회진에서 만났다. 그의 묘소 가에 난 할미꽃, 목련, 동백을 담아 보았다. 그의 소설의 무대가 된 장흥 회진 일대를 둘러보았다. 지난 3월 초순의 일이었다.

🌿 미사 중단

한국 천주교 236년 역사에서 전 교구 미사 중단, 3월 10일까지. 코로나 확산 방지에 동참합니다.

사순시기 시작 되는 재의 수요일날, 코로나로 아픈 이들과 치료하는 의료진들, 방역 위해 수고하시는 모든 분들을 위해 기도합니다.

어려운 시기 자기만 이기를 부리지 말고 함께 도와 가며 잘 이겨내도록 합시다!

성모여 우리를 위해 빌어 주소서!

🌿 크신 하느님

눈 온 날, 삼각산 인수봉이 바라보이는 진달래 능선까지 산행하였다. 주 하느님 지으신 모든 세계 내 마음 속에 그리어 볼 때 하늘의 별 울려퍼지는 뇌성, 주님의 권능 우주에 찼네 내 영혼 주를 찬양하리니 크시도다 주 하느님, 저 수풀 속 웅장한 경치 볼 때 냇가에서 새 소리 들을 때 겸손되이...이런 노래가 흘러나왔다.

눈을 뒤집어 쓰고 있는 인수봉은 한 마리 거대한 흰 고래가 바다물 속에서 막 머리를 내밀고 올라오는 듯 했다.

🌿 불면의 밤

잠이 오지 않는다. 잤다가도 3시에서 5시 사이에 일어난다. 이런 지 2주일도 넘는다.

광화문 시대가 열리고 있다. 우리는 준비해야 한다. 믿음을 지닌 사람으로서 기도하면서 대업을 이루어가야 한다. 민족, 자주, 통일!

모든 투쟁이 민초들과 함께 하지 않으면 실패로 돌아간다.

민초들과 함께!

뜻을 같이 하는 민초들이 우리들을 더 강하게 해줄 것이다.

한반도 평화의 시대가 우리들에게 깨어나 전진하길 요구한다!

🌿 녀교원

오래 전에 애아빠는 나에게 칼라라는 꽃다발을 주었다. 강의를 마치고 나오는데. 나는 부끄러워서 학생들이 볼까봐 그 사람이 멀리 떨어져 있었으면 했다.

그리고 언젠가 처녀 때 애아빠 만나기 전에 만났던 사람이 있었다. 그는 강의실이 있는 건물 바깥 현관에서 봄비가 오는 날 우산을 쓰고 나를 기다렸다. 강의가 끝나면 나를 만나려고. 이 두 남자는 나에게 기쁨도 슬픔도 공포도 안겨주었다. 후후. 비가 오는 날 생각한다.

나는 그들을 만나기 전에 젊은 학생들에게 일본어를 가르쳤다. 나는 그 때가 그래도 행복했다. 그 중에 나를 40분이나 기다렸던 첫 대학 강의날의 학생들과 동양대학교 졸업반 학생들의 진지하고 지성이 넘쳤던 그들이 생각난다. 나는 늘 이들과 함께 한 내 일에서의 보람과 결혼이라는 한 남자에게서 얻는 행복을 놓고 저울질 했었다.

조선영화 〈녀교원〉은 아버지가 고약한 지주에게 살해 당하면서까지 가르쳤던 아이들을 받아 도시에서 산골에 와서 교사를 한 여교원의 이야기이다. 거기에서 사랑하는 사람도 만났지만 그는 한국전쟁에서 전사하였고 여교원은 죽은 애인을 못잊어 평생을 그의 홀로 남은 어머니를 모시면서 아이들을 가르치며 살아간다. 세월이 흘러 여교원은 할머니가 되어 자신이 가르쳤던 학교의 아이들에게 백두산 천지의 물을 먹이려고 물통을 들고 기차에 탑승하는데 거기에서 옛날에 가르쳤던 제자를 만나면서 잔잔한 이야기가 펼쳐진다. 물론 이 영화는 교장선생님의 어린시절 이야기 속의 스승인 여교원의 이야기에서 시작된다. 과거를 회상하는 플래시 백이 여러 제자들의 기억을 재현시키면서 영화는 현재의 여교원의 학교 방문을 끌어간다.

🌿 사라지는 농토

지난 설에 고향을 갔을 때 걱정되는 일이 있었다. 내가 아는 고향의 큰 들은 거실들과 반밭들이다. 거기는 수전농사를 하는 곳이다. 물론 요즘은 수전 대신 밭으로 변하기도 했다. 어릴 때 거기엔 주로 수전이 있었고 벼가 자랐다. 이곳 사람들의 쌀독을 세웠던 곳이다. 그런데 이 큰 들 둘 다 면적의 반 이상이 수자원공사에서 수용하고 보상하여 논이 사라지고 수사원 공사의 시설물이 들어선 것이다.

거기에서 농사 짓는 사람들은 이제 노인이 되었다. 농사 지을 사람들도 훨씬 줄어들었다. 그나마 귀농자들이 짓고있다. 농사를 지었던 사람들은 들이 사라지는 것을 언짢게 생각한다. 그러나 택시 운전하는 기사는 쉽게 말했다. 농사 짓는 게 쌀을 사먹는 것 보다 더 어렵고 비용이 더 든다고 말이다. 그래서 농사 짓지말고 수입해서 먹는 게 더 돈이 덜 든다는 짧은 생각을 나에게 말했다.

🌿 모든 걸 잊고자

모든 걸 잊으려면 떠날 수밖에 없다. 완전히 잊기 위해 나는 잠시나마 1주일간 외국에 가야한다고 생각한다. 아니면 폰을 1주일간 전원을 끄던가. 1주일로 부족하면 1달, 1년, 10년. 이렇게 사는 것도 좋을 듯 하다.

그곳에서 단순 소박한 일을 하면서 최소한의 것으로 먹고 소리 없이 이 지구의 한 켠에서 은신처를 마련하여 사는 것이다. 어디서든 생명이 붙어있고 작은 은신처에서도 세 끼나 두 끼 한 끼의 식사를 하면서 살 수만 있다면 좋겠지.

물같은 시간이 흐르고 어느 순간 모든 것이 표백되어 이루말할 수 없을 만큼 가벼워지고 다시 삶의 의욕이 생겨나고 열정이 차가운 가슴 아래를 비집고 올라와 뜨겁게 하고 은신처를 버리고 문밖으로 뛰쳐나가면서 환희의 소리를 혼자서 질러대는 어느 달과 별이 반짝이는 푸른 밤을 나는 맞이하고 싶은 것이다.

그거 하나면 될 것 같다. 아무 것도 필요하지 않다.

아래 그림은 조선화 〈강선의 저녁노을〉, 정영만, 1973.

제강소 굴뚝에는 철을 녹이는 노동자들의 노동에 대한 열정이 불타는 듯한 저녁노을과 잘 어울린다. 인간의 일, 노동, 뜨거운 제강소의 끓어서 녹아 흐르는 철의 뜨거움, 인간의 열정이, 무엇에 대한 열정이 거룩하고 철학적인 저녁놀에서 묵시적으로 다가온다. 빵을 얻는 노동은 검은 색으로 칠해진 공장 건물과 굴뚝처럼 수고, 피와 땀, 헌신, 희생과 생명이다.

🌿 까치

아침부터 까치가 짓는다. 점심과 저녁에 사람들을 만나기로 되어있다. 누구를 만나는 게 제일 좋은가 생각해본다.

나는 지난 목요일엔가 누군가를 오랜만에 만나서 한 소리를 들었다. 내가 쉽게 믿고 속는다는 것이다. 결국 잔소리만 듣다가 온 것이다. 히레사케 한 잔과 잔소리. 나를 칭찬해주는 소리만 즐거워하는 나는 잔소리가 싫었지만 뼈아프게 들었다. 나의 학력까지 들면서 공격해 왔을 때는 자리를 박차고 나오려다 참았다. 나는 이럴 때 가방 끈이 긴 게 후회스럽다.

왜 사람들은 학력에 많은 기대를 하는 걸까? ○○까지 나온 사람이, ○○까지 나온 사람과 사기 당하는 건 별개의 문제다. ○○까지 나온 사람노 실수투성이일뿐이다. ○○까지 나왔다고 기대하면 할수록 실망뿐일텐데 말이다. 사람은 기대하면 안 된다. 기대할 대상이 아니다. 왜 그걸 모를까! ○○까지 나오고 그렇게 살았다는 둥 하는 것도 기대에 실망이 되어 나오는 소리다.

사기 당한 건 이미 과거지사. 그것 때문에 이런 소리하는가 보다 하면서 달게 듣기는 했는데 그러면서도 앞으로 나의 정보를 넘기지 말아야겠다고 생각했다. 결국 정보가 역으로 공격용으로 쓰인다는 사실이다. 나도 한 소리 하였다. 나를 만나러 올 때는 잠바와 운동화는 절대 입거나 신지 말라고. 나를 만날 자세가 아니라고 했다. 뭐 어떠냐고 하길래 속으로 그건 그쪽 생각이라고 했다. 나는 꼭 갚고야 만다. 이제 더 이상 안 만나는 것. 이야기가 통하지 않는 거다. 패션은 바로 그 사람이다. 나는 의복을 제대로 안 해다니는 사람을 제일 싫어하기 때문에.

가운데 그림은 이쾌대 화가와 그의 부인. 카드놀이 중이다. 참 사이 좋아 보인다. 부럽다. 53세에 죽은 월북화가인데 그는 사랑하는 부인이 그의 예술의 뮤즈였다. 나는 뮤즈를 계속 찾을 것이다. 꼭 찾아야 한다. 이것은 내 생애 끝까지 추구해야 할 일이다.

🌿 경찰서 방문 1

전체적으로 어제 경찰서에 간 것은 잘 한 것 같다. 거기 민원실에서 뜻밖의 언론사 인터뷰도 2건 하게 되었고 우리의 단체의 상황을 알릴 수 있었다. 그리고 연대 단체 기자회견 엠프도 그나마 점검할 수 있었고 20분 정도나마 충전할 수 있었으니까. 그리고 무엇보다 죄가 없으면 당당히 조사 받는 게 낫다는 것도 알았다. 경찰은 조사에 불응하면 뭔가 혐의가 있어서 자신들을 피한다고 생각한다는 게 엠프 가지러 왔던 법조인의 조언이다. 우리 대표나 나나 학교에만 있었고 이런 방면으로는 잘 모르고 시민단체 경험도 많지 않아서 잘 모르는 것은 사실이다. 우리 대표와 나는 태어나서 처음으로 경찰서에 가 본 것이다. 역시 뭔가 복잡할 때 이렇게 써보니까 정리가 된다. 어제 하루 있었던 일을 잘 분석해 보면 우리가 취해야 할 것과 버려야 할 것이 무엇인가를 잘 알 수 있다.

단체 간의 연대도 그러거니와 개인과 개인, 남자와 여자 간에도 늘 상황의 고비를 어떻게 잘 넘어가느냐의 문제인 것 같다. 거기에는 다만 이 관계가 생산적인가 아닌가 전향적인가 아닌가를 잘 판단하면서 대의에 함께 해야 할 것이다. 대의에 함께 한다는 것이야말로 작은 실타래 같은 문제들을 어떻게 풀어갈 수 있을지의 열쇠가 있을 것 같다.

지금과 같이 시민사회가 사분오열되어 있고 과도경쟁, 분열 음해 책동, 비활성화 이런 문제들 앞에서 우리의 대의를 선명히 하고 거기에 작은 실타래들을 서로 하나씩 양보하고 서로 조심스럽게 바라보면서 함께 갈 자세를 취하면서 가는 게 중요할 것 같다. 대의에 동참하지 않는 자, 단체인지는 그 사람, 그 단체의 행동과 움직임을 보면 판단할 수가 있다는 점이다. 이미 우리의 대의는 나와있다.

조국의 자주적 통일, 사회경제민주화 실현, 정의로운 사회 실현, 분단적폐 세력 축출!

🌿 경찰서 방문 2

원래 우리는 경찰의 조사에 불응할 방침을 내부에서 합의했다. 그런데 연대 단체분이 대표를 설득하여 조사에 응하고 참고인으로 소명을 하는 쪽으로 이야기한 모양이었다.

어제 아침에 대표한테서 전화가 오고 조사 불응의 입장이 갑자기 바뀌어 있었으니 10시까지 오라고 하여 가봤던 것이다. 대표도 경찰에 와서 조사 받는 것은 처음이라 조사가 끝나고 나중에 조사에 응할 것을 설득한 사람이 경찰관에게 대표를 위해 뭔가 도움되는 얘기를 해주기로 한 모양인데 안 해줬다고 섭섭해 했고 사실 오후에 있었던 연대 기자회견을 가야할지 말아야 할지 모르겠다고 했다. 나는 일단 기자회견 참석하고 그의 얘기를 들어나 봅시다. 두 사람 간의 이야기였으니요 하고 대표를 달랬다. 그리고 한 분은 급용무로 못 가고 둘이 기자회견을 간 것이다. 어쨌든 두 단체가 그동안 연대했고 서로 힘이 되어주기 위해 여기까지 왔는데 작은 일로 마음 상하여 큰 일을 그르칠 수는 없었다.

대표 입장에서는 조사에 응하라고 설득한 사람이 도와주겠다고 한 사람이 와서는 엠프에만 신경 쓰고 자기를 조사관 앞에 혼자 있게 했다는 것에 섭섭한 모양이었다. 처음으로 경찰서 와서 조사 받는다는 것은 누구나 쉽지 않고 더구나 여성으로서 힘들었을 수도 있다. 그래도 우리 단체의 두 명이 경찰에 동행했지 않는가! 그리고 그동안 우리 대표는 여성으로서도 감내하기 힘든 갖가지 음해들과 방해 공작, 폭력에도 꿋꿋이 버텨오느라 마음의 겨를이 없었다고 생각된다.

기자회견을 마치고 조사에 응하라고 한 분의 이야기를 듣고 우리는 수긍했다. 그리고 엠프문제도 해결되었다. 어쨌든 엠프를 우리가 그쪽 단체로부터 빌려 썼고 우리 대표가 미처 충전을 해놓지 못했던 것은 사실이다. 그래서 어제 오전에 경찰의 민원실에서 20분 정도 충전한 게 전부였다. 나중에 알고 보니 그 앰프는 5시간을 충전해줘야 제대로 기능을 발휘하는 것이었다. 나는 연대 단체의 기자회견 소식을 기자회견 전날 밤중에 조사에 응하라고 한 분으로부터 받았다. 오전에 경찰서 가고 하느라 충전해줄 수가 없었다. 그쪽 단체 분은 벌써 일요일날 와서 기자회견 있을 것 같다고 했고 우리 대표는 나한테 그 얘기를 해주지 않았다. 나는 일요일날 천막에 나가지 않았다. 약간의 정보 유출을 해서는 안 되는 모양이었지만 우리 대표는 나한테는 얘기해줘야 했다. 엠프 충전 건은 우리 대표가 신경 못 쓴 것은 분명하다. 그러니 엠프 주인은 기자회견에 그게 반드시 준비 되어야 해서 앰프에 신경 쓸 수밖에 없다. 그런데 우리 대표는 자신을 위해 변호해주지 않았다고 기자회견 갈지말지 소리를 한 것이다. 엠프 충전을 못 해둔 것은 우리 대표의 잘못이다. 자신이 못 하면 나에게라도 미리 얘기했어야 했다.

　무엇보다 엠프 빌려준 사람은 왜 나한테 기자회견 건을 하루 전에 말해주지 않았는지 나는 알 수 없었다. 대표 이야기는 날짜와 시간이 급작스럽게 잡혔다는 것이다. 그러면 또 생각해보자. 인간적으로 할 수 있는 일과 인간적으로 안 되는 일, 인간의 노력에도 불구하고 생기는 빈 공간 여기는 하늘에 맡기든가 운명에 맡겨야 하는가?!

　우리 대표는 조사 마치고 조용히 우리 단체 3명과 자신을 도와주고 엠프 가지러 온 사람 한 명과 점심을 먹고 기자회견장에 이동할 생각이었다 한다. 점심 먹으면서 엠프를 충전할 계획이었다 한다. 그래도 되겠지 했단다. 그러나 조사가 조금 길어졌고 엠프 가지러 온 사람은 12시 넘어 택시로 기자회견 장으로 갔다. 본인이 간다고 하였다. 왜 두 사람 간에는 생각에만 머문 계획을 얘기하지 못했나. 엠프 가지러 온 이는 기자회견장에 일찍 도착하여 준비하고 싶었던 것이다. 나는 그를 붙잡았어야 했나 싶지만 조사 마친 후 내가 대표와 점심하고 기자회견장에 도착한 것은 10분쯤 늦은 뒤였으니 그것도 될 일이 아니었다. 기자회견할 주체는 최소한 30분 전에는 현장에 도착하여 준비해두어야 하니까. 그는 함께 점심 하지 않고 가는 게 맞았다.

나는 머리 속에 교수단회의 참석을 갈까 가지말까로 고민하다가 기자회견 가는 방향으로 잡고 있었다. 상황은 이미 대표와 같이 가야할 상황이 되어 있었다. 전날 기자회견소식 듣고 아들 보내고 나는 회의 참석해야한다고 소식 전한 분한테 말했었다.

활동하다 보면 작은 일로 개인이나 단체끼리 서로 의가 상하여 분열을 할 수가 있다. 가급적 작은 일로 큰 것을 잃어서는 안된다는 마음이 필요하다. 갈 길은 먼 데 작은 것에 걸려 넘어지면 어찌 큰 일을 도모하겠는가!? 나는 그런 의미에서 큰 일을 도모하고 싶은 사람이다. 대의를 위해서 갈 필요가 있다. 시민단체의 문제점은 사분오열되어 있고 과도 경쟁, 사이비운동세력들의 난립과 분열 음해 책동, 비활성화, sns 익명성을 이용한 비겁화와 현장성 부재이다. 이럴 때는 우리가 싸워야 할 것은 무언가를 되짚어 생각해야한다. 우리는 인간과 싸우지 않는다. 악의 세력과 싸운다. 그 악은 사회의 도처에서 인간을 갉아먹고 있다. 거대한 카르텔을 이루어 조직을, 사회를, 인간을, 생명을 짓밟고 있다. 여기에 우리는 시선을 두고 오로지 싸워야 한다.

인간적으로 투쟁을 성실히 하고난 후 겸허하게 하늘의 도움을 청하자. 악을 이기는 길은 맞서서는 안 된다는 것이다.

조국통일, 분단적폐 세력 축출, 사회 경제 정의 실현, 국민이 주체가 되는 그날까지 투쟁하자!

🌿 경찰서 방문 3

어제는 태어나서 처음으로 경찰서에 갔다. 보통 사람들은 경찰서에 갈 일이 없을게다. 경찰들은 경찰서에 온 사람을 어떻게 대할까? 뭔가 문제를 일으킨 사람이라고 볼 것 같다. 어쩌면 경찰서 정문을 통과해 들어가면 그들은 수상한 사람이라고 죄를 지은 사람이라고 생각할까? 이건 나만의 생각일까?

들어가자마자 경찰서를 나오는 중이던 모 매체 기자와 만나 그가 나에게 왜 여기에 왔느냐고 해서 활동 중 벌어진 일로 우리 대표가 고발 당하여 조사 받으러 와 있고 참고인으로 왔다고 했다. 그랬더니 그는 다시 나가던 것을 접고 나를 따라 민원실 앞에 마련된 대기실로 안내하더니 뉴스의 소스를 수집하는 성실하고 예리한 면모를 보였다.

나는 우리 활동상과 여러 음해 공작과 천막 훼손, 기물 도난 및 손괴, 대표가 당한 폭력 등에 관해 상세하게 얘기를 들려주었다. 그의 질문이 끝나자 옆에 있었던 두 명의 기자 중 여성기자 한 명과 잠깐 얘기를 나누었다.

이 날 오후에 기자회견 마치고 천막으로 돌아와 활동과 전두환구속 상 지킴이 활동에 대한 상세한 일시에 대해 적어서 그 기자에게 문자로 전송하였다. 이것은 기자에게 보내기로 약속한 것이었다.

저녁에는 진눈깨비 맞으며 동대문 상해반점에서 따뜻한 우동을 먹고 들어왔다.

🌿 일본인 청년들

어제 일본인 청년 K군을 만났다. 그의 말이 2년만에 만난다고 했다. K군은 2년 전보다 훨씬 부드럽고 미남자로 변화되었고 또 전공인 영어 실력이 더 늘어있었다. 캐나다에 어학연수도 다녀왔다고 했고 4년제 대학으로 편입했다고 말했다.

2년전 나는 서울교구 교회법원 신부님인 양신부님이 담당하셨던 명동성당외국인안내봉사를 했었다. 그 때 명동성당에서 K군을 처음 만났다. 그의 친구 S군과 여자친구 한명 셋이서 한국을 방문했었다. 나는 이번에도 이 친구들과 오는 줄 알았는데 잇큐, 히미코와 함께 왔다. 토요일이라 나도 단체 일정으로 바쁜 와중이었지만 명동성당에서 만나서 저녁 먹고 같이 성당 둘러보고 인사동 갔다가 잇큐씨가 추운지 다시 호텔 갔다가 홍대로 가는 쪽으로 얘기가 되어 헤어졌다. 나도 설 연휴 후에 연일 나가고 해서 피로하여 들어왔다.

성모님과 함께 카즈키 오사메, 잇큐, 히미코.

짧은 만남이었지만 반가웠어요...

명동성당 성모 동굴에서. 성모동굴 앞에 앉아 묵주기도 바칠 수 있게 의자에 전기난방이 되게 해놓았는데 영하 3도였던 날이라 일본친구들이 추웠던지 히미코는 앉아보고 연방 야사시이 야사시이 했다. 마음씀씀이가 친절하다는 뜻이다.

아마 남자도 이런 마음씀씀이를 가진 사람이라면 미래를 생각해 봐야겠지......^^

 # 몸

남자들은 여자가 뚱뚱해지고 뱃살이 붙어 허리가 없어지면 싫어한다. 버림 받을 수도 있다. 이럴 때 여자는 어떻게 할까. 살도 빼고 덜먹고 할 것이다. 이것은 여자나 남자도 똑같다. 몸생활을 중시하는 사람은 몸이 뚱뚱해지는 것을 좋아하지 않는다. 인생 50이 넘으면 형이상학적이 될 필요가 있을 것이다. 남자 여자가 아닌 한 인간으로 서로를 바라볼 수 있기를, 그런 여유가 있기를.

나는 최근에 재혼한 분의 가정생활을 가끔 듣는다. 한쪽은 60이 넘어서 한쪽은 70이 넘어서 재혼을 하여 살고있다. 나는 그분이 남편이 들어오시는 시간이라고 밥 먹고 차 마시다가 들어가실 때 재미있게 생각된다. 그리고 그분이 전남편과 이혼하여 10년 넘게 혼자 사셨을 때와 지금의 모습을 볼 때 지금이 편안해지신 것도 같다. 드디어 그

분도 허리가 없어진 것이다. 배가 그 나이에 맞게 살이 좀 찌신 것이다. 지금 가장 보기가 좋을 때이신 것 같고 이것보다 더 찌면 좀 그럴 것 같다.

자본주의는 인간의 몸도 파고든다. 전에는 좀 통통한 게 오히려 각광을 받았다. 60년대부터 70, 80년 경제성장기에는. 경제가 풍요로워지니까 반대로 마른 걸 선호한다. 풍요 속의 빈곤한 가운데 몸매도 산업이 되고 그 몸매 얼굴 만드는 산업이 한창이다.

몸도 이미 자본화 되었다. 정신도 마찬가지. 이걸로부터 자유로와질 필요가 있다. 물론 나이 들어 살이 자꾸 찌면 건강을 해롭게 한다. 살려고 살을 빼고 덜 먹는 것은 좋은 일이다.

절제하는 것. 근데 나는 절제도 잘 안 된다. 모든 걸 다 절제하면서 산다는 것도 힘든 일이다. 그러니 밥 먹는 일이 낙이고 아니면 활동하거나 일하면서 절제된 부자유스런 걸 해소한다. 산다는 것이 고단하다는 게 이런 걸까?

대개 한국인은 술 마시는 걸로 스트레스를 해소한다. 술도 못하는 사람들은 괴롭다. 언젠가 일본에 있는 후배가 나에게 서예를 권했다. 엄밀히 말해 엄두가 나지 않았다. 그 후배는 서예를 꾸준히 하고있다. 나는 서예도 그림도 엄두가 안 나니 문예를 할 수밖에 없다. 그냥 보고싶은 책을 보고 좋은 데 구경하거나 산책하고 여행이나 가거나 집에서 쉬거나 그런 정도이다. 글을 쓸 마음이 나면 쓰고 그게 나에게 위안이 된다. 그리고 관심 분야를 좀 파고들어 보는 것, 그것도 좋다. 그쪽 자료를 정리해 보고 기록하여 두거나 하여 쓸 궁리도 해보는 것도 좋은 일이다. 생산적인 일을 해보는 것이다.

인간의 몸과 정신을 자본화해서는 안 된다. 심지어 내가 한 때 합창단이나 성가대를 했을 때 중년부인 자매들의 말이 뱃살과 배의 공간이 기름지면 기름질수록 좋은 소리가 나온다고 하였다. 어쨌든 소리나 성악, 노래하는 사람들은 인체의 중요한 기능을 알고 그걸 쓰고 잘 조절하여 좋은 소리를 낸다는 것이다.

언젠가 책도 읽고 싶지 않았을 때 소리나 합창을 한 적이 있었다. 우리 몸은 얼마나 많은 생산적인 훌륭한 일을 할 수가 있는가! 이 세상에 그 무엇과도 몸은 바꿀 수가 없다.

이 사진은 청와대 앞 플라타너스 가로수길의 플라타너스. 이 두 그루를 보면 새들도 평퍼짐한 나무에다 집을 짓는다는 것을 알 수 있다. 왼쪽의 나무에 까치집이 두 세개가 있고 오른쪽은 한 개도 없다.

🌿 패션

오랜만에 반가운 목소리를 들었다.
옷을 정리하면서 내가 허리가 26, 7일 때 입었던 옷을 입어보니 하나도 안 맞았다. 그러나 그 많은 옷들 덕분에 내가 버티어 냈던 것이다. 옷 사는 재미라도 입는 재미라도 없었다면 술담배 못 하는 내가 무슨 낙으로 사랴!

옷을 정리하면 늘 생각하는 거지만 그 옷을 사고 그 옷을 입고 다니던 나날의 추억이 머리에 떠오른다. 그이를 위해 나는 한 때 멋도 부려보고 싶었고 이쁘게 보이고 싶어서 예쁜 옷도 샀다. 꺼리던 흰 색 옷도 사입었다. 물론 그 때 내가 흰색이 어울린다는 것도 처음 알았고 어릴 적 형제의 사별의 슬픔도 상처도 나아졌다.

어떤 옷은 사고 기뻐서 그 약효가 며칠을 가기도 했다. 그래서 잘 어울리는 옷은 자주 입고 나가기도 했다. 많은 옷들을 하나하나 꺼내서 정리하면서 한 때 나를 행복하게 해주었고 빛나게 해주었고 이쁘게 보이게 했었던 옷들에게 말없이 추억과 함께 고맙다는 말을 하고 있는 나를 발견한다.

연분홍 구정 뜨개질 원피스와 그 안에 받쳐입었던 분홍색 천으로 된 끈 달린 원피스. 그걸 입고 나갔을 때의 사람들의 반응. 사실 남자들보다 같은 여자들한테 나는 더 칭찬 들었다. 사람들을 기분 좋게 하는 옷차림을 하는 것도 나의 즐거움이 되었다.

이 두 마리, 아니 한 쌍의 청둥오리는 물에 뜬 자신들의 모습을 어떻게 보고 있을까? 청둥오리 수컷은 암컷보다 깃털이 더 예쁘다. 새들은 자신의 깃털을 늘 고른다. 사람도 외관에 신경쓴다. 옷을 입은 모습은 바로 그 사람 자신이다.

우이동 문인들

오랜만에 우이동 문인들을 만났다. 지난 여름엔가 김중태 선생님의 소설 『객승』을 읽었는데 오늘 처음으로 작가님을 만났다. 일흔이 넘으셨지만 동안에 백발이 멋진 분이었다. 사진을 하나도 못 찍어온 게 아쉽다. 가끔 함께 모이자고 하셨다.
건강 비결도 가르쳐 주셨다. 시골밥상에서 오랜만에 간장게장으로 저녁 먹고 차를 마시며 이야기했다. A 작가와 동시 쓰는 K시인님도 함께였다.

전두환심판국민행동 시민본부

전두환심판국민행동 시민본부 천막에 시민단체의 한 여성이 1시간 40분간 행패를 부리고 경찰이 두 번 출동하고 결국엔 여성대표의 얼굴을 주먹으로 쳐서 맞은 부위가 부었다. 현장에 나와 아들이 있었고 나와 대표에게 이루 말로 다할 수 없는 욕설과 인격적 모독을 하고 나의 스카프도 찢었다. 천막에 무단으로 들어와 상자를 찢고 그런 만행을 하였다.

도대체 누구의 사주를 받아서 이렇게 설치고 망나니 짓을 하는지 모르겠다. 올바르게 시민운동하는 사람이라면 이럴 수는 없다. 천막 농성 중 업무를 방해하고 얼굴까지 가격하다니 믿을 수 없는 일을 우리는 당했다. 그것도 우리 진영 사람이라는 이들이 그렇게 하고 있다.

이미 이 여성 말고도 한 남성을 우리는 세 건에 걸쳐 고발하였다. 천막을 칼로 찢고 천막을 고정시켜둔 밧줄을 다 잘라버리고 대형 현수막 두 장을 무단으로 걷어서 땅바닥에 처박았다. 그리고 광주항쟁 관련 사진자료 전시해둔 것을 동일인이 훔쳐갔다. 이쯤이면 이런 사람들이 과연 좋은 사회를 만들기 위해 활동하는 운동가인지 묻고싶다.

우리는 이런 사람들에 대해 경찰에 고발하였고 단호하게 응징할 생각이다. 이런 사람들이 바로 운동력을 떨어뜨리고 분열시키는 자들이기 때문이다.

🌿 가족

나는 외아들과 둘이 사는 사람이다. 이렇게 산 지가 10년이 넘는다. 그러면서 나의 가족들에 대해 고마움을 느낀다. 물론 이렇게 가족들과 완전히 마음 속으로 모두들과 화해한 것은 그리 오래지는 않다. 그러나 최근부터는 진심으로 화해하고 나는 늘 가족들을 위해 기도한다. 그들의 성공이 내 성공이라고 생각하면서말이다.

가족은 성공의 시작이라고 하였다. 아들과 둘이 살면서 나에게 많은 형제들과 좋은 부모를 주셨다는 것에도 감사한다. 아직 초등학교 미취학 아동인 남동생의 딸이 우리 가족 중에 제일 어리다.

어머니는 올해 84살이 되셨다. 하나 변화된 것은 늘 내가 남때문에 손해가 날까봐 집에 갈 때마다 조신해야한다고 이야기하셨다. 그런데 이번에는 어머니가 그런 소리도 않고 내가 하는 일에 대해 아무 얘기를 안 하셨다. 박정권 때 이장을 하면서 마을 사람들의 위해 헌신하셨던 아버지 바라지를 했던 어머니는 어느 정도 내가 하는 일이 어떤 거라는 것은 아신다. 다만 내가 그쪽은 아니라는 것도 아신다. 문득 어머니가 이런 면에서 많이 변화된 게 마음에 걱정도 된다. 사람이 저승이 가까우면 평소와 다르다고 한다. 아버지도 그랬기 때문이다. 어머니가 오래오래 사셨으면 좋겠다.

🌿 나의 형제들

나의 형제들은 청송, 대구, 창원, 논산, 파주 이렇게 여러 곳에 삶의 보금자리를 이루고 산다. 자주 만나지는 못하지만 가끔 만나면 모두들 반갑다. 일 안 하고 집에만 있는 사람은 없다. 나와 큰 언니만 유유자적 일한다. 지금껏 비정규직을 해왔다. 막내 여동생은 이직을 하였다.

조카들은 모두 성년이 되었다. 어릴 때부터 성장해가는 모습을 지켜보면서 다들 행복한 가정을 꾸리길 바란다. 현재 큰언니네 두 조카만 결혼하여 가정을 이루었다. 나머지 조카들도 결혼 연령에 들기 시작하였고 앞으로 경사가 많을 듯 하다.

가족은 나의 힘이고 나의 성공이다. 어머니는 늘 내가 앞으로 잘 살거라고 한다. 그게 아마 경제적으로 부자가 된다는 뜻으로도 말씀하시는 거 같다. 또 형제들이 나를 넣어서 점을 보면 부자로 나온다고 한다. 이런 소리를 들을 때마다 나와는 관련이 없는 듯 하여 글쎄 글쎄한다. 나는 점을 믿지도 않고 보지도 않는다. 늘 돈이 생기면 이걸 어떻게 쓸까 궁리만 하는 내가 축재운이 있을리가 있겠는가말이다. 현재에도 내가 추워서 중고 모피옷 입고 다니니 후원 부탁한다는 지인들도 있다. 이럴 때 난감하지만 내 형편껏 조금은 하려고 한다. 나는 가난하지만 가난함을 저주하지 않는다. 가난 보다도 몸이 아픈 게 제일 괴로운 일이고 그것보다 더 괴로운 건 내 욕심을 꺾어야 한다는 것이다.이걸 꺾지 않으면 나는 망한다. 다만 좋은 일을 생산적으로 많이 해보자는 욕심은 있다. 나는 생산성이 없는 것은 무엇이든 싫어한다. 내가 어떤 일을 하든지 그렇다. 십년 전에 상가를 조그만 거 하나 투자했다가 사기분양 당하고 나는 트라우마가 깊어 사업 그런 건 피해야 할 거라고는 생각한다.

아래 사진은 상사화의 잎이 나오기 시작한 청송 우리집이다. 설에 여동생네랑 남동생네 가족이 다들 모이니 방이 한가득이었다. 음식 나누고 이야기 하면서 즐거운 가운데 문득 아버지가 안 계시는구나 생각을 잠시했다. 돌아가신지 햇수로 9년째 다 되어도 여전히 빈 자리를 느낀다. 아버지랑 같이 소죽 솥에 불도 때고 밭일도 하고 산에 나무 하러도 가거나 자전거 뒤에 타고 동네를 돌기도 했었다.

🌿 남동생

설 전전날 내려갔을 때 안동에서 내려 택시 타고 집에 들어갔더니 남동생이 어머니집에 왔었고 너의 아들을 위해 굴홍합무국을 끓여놓았다. 내가 오면 국 없으면 안된다고 했단다 엄마한테. 내가 아버지를 많이 닮아서 밥에 국이나 찌게 없으면 밥 먹기 좀 어설퍼 하는 걸 어떻게 알았는지 귀하게 자란 남동생이 나를 위해 굴홍합무국을 끓여준 거다. 남동생도 결혼하고 딸을 키우면서 이제 40이 되더니 여러 가지로 아버지를 닮아가는 중이다. 가족들을 사랑하고 성실했으며 배려심이 깊었던 아버지처럼. 잘 자라 주어서 기쁘다. 남동생을 보면 하느님이 분명히 우리와 함께 계신다고 생각한다.

🌿 섣날 그믐 밤에

그 옛날
섣달 그믐에는
문고리에다 체를 걸어두고
귀신이 밤새도록 체눈 세다가
동터오면 도망간다고 했지

그믐밤
바깥에는 눈 내리고
공사중인 주차장에
흰 천막이 펄럭인다
눈이 바람에 날려 가로등 불빛에
닿더니 금싸라기 되어 내린다

섣달 그믐에
한 해의 진 빚을 갚지 못해
가슴 치며 울었던 서민들은
눈을 원망했을까

악귀는 그 집에 들어와
가난과
병으로
집안 말아먹으려 으르렁 대고
엽전 꾸러미 두고 세어봐도 모자라는데
할 수 없이 집을 나와
지주네 집으로 가는 길
짚신도 미끄러지고
자꾸 집으로 되돌아가고 싶어
모대기는 마음을
눈 위에 떨구면서
솟을대문집 앞에서
머뭇거리며 어깨를 움추리고
고개부터 숙여지는
그 옛날 가난했던 아버지들
다 못 갚은 빚에
새 빚이 더 무거워지는 그믐밤
달도 별도 없이
깜깜한 그곳에 문밖의 악귀는
아버지들 목덜미를
낚아채고 쓰러뜨리려 했다지

밤은 깊어가고
종아리까지 올라온 눈길 헤치며
새해 새날 복
부려놓지도 못 하는 오두막엔
그래도 문에 어리는 호롱불빛
그믐 밤에는 밤새 불 밝혀
어둠을 쫓고
악귀를 쫓아
새해 새날에
내리는 복 들어오라고
복조리 걸어두며
빌고 비는 쪽진 머리 안해
아랫목에 잠든 아이들 얼굴
내리는 불빛에
너덜광이 된 아비의 마음도
빈 들에 내린 눈처럼
한 설기 푹 쪄둔 백설기 되어
꺼져가는 집안을 일으키는
눈물의 떡이 되었다지

오늘은 종일 주차장에
일하던 인부들 가고 없고
무시로 펄럭이는 천막과
매어둔 아시바만 간당간당
사각으로 묶어둔 철주에 매달려있구나 간당간당

🌿 설 명절

아마 우리 나라 사람들은 명절에 돈을 많이 쓸 것이다. 잘 쓰고 잘 먹고 잘 놀고 반가운 얼굴들 보고 그동안 못 하고 지낸 이야기로 꽃 피우다 돌아오면 되겠구나. 명절날이 없으면 언제 보랴. 오늘 아침에 막내가 내가 이번에는 좀 쉬었으면 한다니까 집에서 짐 정리 하는 중에 전화 받는 모양인데 아쉬워 하는 게 마음에 걸렸는데 얼굴 보게 되어서 다행이다.

이직을 하여 논산에 가서 낯선 고장, 낯선 일터에 적응하느라 고생 많았지 막내야!

정신없는 언니가 급히 나오느라 니 좋아하는 족발 요리하려고 냉동해둔 족발도 동태포도 놔두고 나와버렸구나! 쩝.

3시 38분차 좌석매진 되어 입석을 끊고 열차 카페에서 앉아서 간다. 이 카페칸은 카페를 드러내고 전철 식으로 꾸민 칸이다. 전철 의자식으로 해 놓으니 입석 객들이 많이 앉아간다. 입석으로 사니 2장 3만원 가량. 참 저렴하다. 경부선 ktx면 대구까지 두 사람 가면 편도에 10만원 가량이다.

입석이 잇속에 맞아서 입속이 달콤해진다.

일본에 2003년에 갔을 때 해를 넘겨 2004년 1월 중순에 오전 8시쯤에 보통전차(후쯔 덴샤, 그들은 동꼬라고 했다)를 타고 동경역을 출발하여 센다이, 후쿠시마, ㄱㅇ리야마를 지나 미야자와 겐지이 고향 이와테현 하나마키에 도착하니 어느 듯 밤이 되어 있었다.

청춘18 티켓으로 가니 무척 저렴했으나 가는 데도 하루 종일이 걸렸는데 올 때는 도오카이도센 우라닛뽄(안일본, 주로 서일본을 말함) 도야마현으로 왔으니 일본 사람들이 말하기를 일본에 사는 우리도 그런 여행은 한 적이 없다하였다. 우라닛뽄 여행은 정말 절경이었다. 오다가 심한 눈보라(후부키)를 만나서 열차가 서행하고 신칸센은 정차하였다. 그러나 보통전차는 심한 눈보라에도 천천히 의연하게 달리면서 일본 산손(散村, 드문 드문 인가가 있는 농촌 마을)의 눈풍경을 유감없이 유유히 구경하고 왔던 것이다.

눈보라가 심할 때는 서행해야한다. 그렇듯 사람도 지치고 힘들거나 권태로울 때는 천천히 살면 참신한 아이디어와 활력을 다시 얻게 된다.

아래 이미지는 보기만 해도 신이 나는 우리 전통의 설날놀이이다.

페이스북 동지 여러분 즐거운 설명절 되시고 오는 길 가는 길 복된 길 되십시요!

🌿 가족과 천막

광화문에서 천막을 치면서 많은 생각을 했다. 유목민은 신선한 풀을 따라 가축들을 데리고 떠난다. 천막을 치고 한 시기를 지낸다. 천막은 많은 걸 생각하게 한다. 콘크리트로 집을 짓고 그 집이 자기 집이 되기까지 거의 한 생이 다 간다. 평범한 사람들에게는……

🌿 장미 한 송이

어제 공동체 말씀전례 했는데 아들은 본당 청년레지오 들겠다고 그리로 가고 말았다.
전례 마치고 오니 소파에 앉아 행복한 표정이다. 그 전에 문자를 보내와서 앞으로 레지오할 거라고 했다. 내가 어떻게 말리겠는가! 3공동체는 아들 또래의 청년들이 없어 아들이 외로웠겠지 싶었다.

식탁에는 장미꽃 한 송이가 포장된 채 놓여있었다. 환영의 의미로 레지오 자매가 준 것이라고 했다. 주회 참관하니 예쁜 자매들 4명이 있었다고 한다. 아들은 꽃밭에서 주회하고 왔으니 얼마나 좋았겠는가! 그래서 결국 설 지나고 일주일간 하는 공동체 청소년 순례를 안 가겠다고 제낀 것이다. 더 이상 말릴 수도 없다. 아들은 늘 우리가 할 수 있는 것은 없다고 한다. 그러면서 모든 걸 하느님께 맡겨야 한다고 말한다. 나도 이제 내가 뭔가를 하려고 발악하는 것을 던져버려야겠다. 베드로가 그물을 버리고 처음 본 나자렛 청년 예수님을 따라갔듯이. 무엇이 평범한 가장인 베드로를 매료시켰을까!?

🌿 사보텐 여자

청량리역에서 3시 38분 기차로 고향 간다. 일식 레스토랑 사보텐에서 점심을 먹었다. 아들은 에비동, 나는 미소라멘으로. 캬베츠 샐러드(양배추 샐러드)를 듬뿍 주는 이 가게가 괜찮구나 생각했다.

아침에 늦잠을 자서 겨우 일어나 장미원시장에서 한라봉, 잡채 재료 사고 들어왔다. 이것저것 냉장고에서 꺼내어 짐을 싸고 택시로 청량리역까지 왔다. 도착하니 1시 차가 불과 2분 전에 떠났다고 한다. 2시간 38분을 기다린다 후후.

사보텐은 선인장, 사보텐 여자는 일본인들이 이기적인 여성을 가리킬 때 비유적으로 쓴다.

🌿 세 십자가

우리는 광화문에다가 십자가 세 개를 세울 것이다! 분단 71년, 우리는 무엇을 회개해야 하는가?

그리스도인의 회개는 하느님께로 돌아오는 것이다.
이 땅의 사람들은 어디로 돌아가야 하는가? 분단되기 이전의 시대인 일제시대 우리 민족이 하나가 되어 일제에 맞섰던 시대로 돌아가야 할 것이라는 생각이다. 물리적 시간은 되돌릴 수 없지만 그런 3.1

정신을 오늘날에 계승해야겠다. 미국 제국주의에 좌우가 하나 되어 싸워야 하는데도 미국이 아직도 우리의 우방이고 고마운 나라라고 생각하는 눈 먼 이들이 있다는 것이 문제이다.

🌿 가정전례

어제 오후에 간단한 회의 마치고 들어와 오랜만에 우리 집에서 가정전례를 했다. 그라시아가 떡볶이도 만들어 주었다. 맛있게 잘 먹었다. 어제 주제는 '생명'이었는데, 맙소사! 역사서, 예언서, 서간, 복음으로 예시된 구절 중에 선택해서 나누어야 하는데 정신없이 구분없이 좀 쓰다가 아차 싶어서 다시 써나갔다. 이렇게도 정신 없다니.

'나는 길이요 진리요 생명이다' 하는 말씀이 마음에 다가왔다. 오랜만에 이 구절을 대하면서 한동안 잊고 있었구나 생각했다. 말씀전례에서 봉독될 성경구절은,

    1독서 출애 23.20~26
    2독서 이사 40. 27~31
    3독서 2고린 6.14~18
    복음   요한 11. 17~27

"길이요 진리요 생명이신 예수 그리스도"

노래 가르쳐주는 기도회

어제 축일날 종일 기도회에 가서 잘 논 덕분에 오늘은 무척 피곤하다. 음악 하는 형제님이 생활성가 모르는 것을 가르쳐 주셨다. 오랜만에 가서 한 수 배우고 오느라 목이 간 것 같다.

오전에 일 마치고 쓰다가 거의 땅으로 꺼지는 거 같을 때 자리에서 일어난다. 만두와 떡을 넣어 아점으로 만두국을 먹고 외출한다. 바깥 공기를 쐬니 추운 가운데서도 생명력을 느낀다.

설이 내일 모레인 날, 나는 고향 갈까 망설이다 이번엔 안 가고 집에 머물러 있을까 한다.
그런데 자꾸 늙으신 어머니가 나를 기다리실 걸 생각하니 마음이 저려온다. 마음이 먼저 고향을 가고 있다.

성녀 아네스

오늘은 성녀 아네스님의 축일입니다.
동정순교자이시구요 소녀의 몸으로 그리스도를 사랑하다가 동정과 순교의 월계관을 받으셨습니다. 성녀 아가다, 성녀 루치아와 함께 동정순교자입니다.

아래 사진은 성녀 아네스의 성화인데 빨마 가지와 어린 양을 안고 있어요. 그녀는 예수 그리스도가 십자가의 어린 양으로 희생되었듯이 일생을 그리스도를 위해 바쳤기 때문입니다.

성녀 아녜스 축일 새벽부터 신부님과 주교님의 축하 메세지를 받고 성경을 읽다가 아들과 기도회 와서 기념 미사 드리려고 합니다.

오랜만에 복지기도회에 오니 어머니 자매님들 너무 반갑습니다. 점심도 같이 먹고 가지고온 귤도 나누어 먹고요. 아들이 앞으로 일하게 되면 돈 벌어서 주겠다네요. 사람들과 밥도 같이 먹고 교회 형제자매들과도 나누며 살라고 하네요. 말만 들어도 고맙네요.^^

🌿 전두환구속상 지킴이

광화문 전두환구속상을 지키고 있는 전두환심판국민행동 시민본부의 천막과 현수막을 훼손한 자가 보수쪽이 아니라 내부의 적이었다는 사실! 거기에다 오늘 전두환구속상 옆에 전시해둔 5.18 광주항쟁 사진자료를 지킴이가 추워서 천막에 있는 동안 훔쳐간 자도 동일인일 가능성이 높다는 사실은 충격이었다!

차라리 보수쪽에서 그랬다면 좋겠다고 생각했던 기대가 무너졌습니다.
아래 사진의 전시자료가 7개 중 6개가 도난 당했습니다.

🌿 박꽃 같은 남자

한 남자가 자녀 결혼식쯤에 첫시집을 수줍게 낸다. 그의 시에는 '나'에 대한 이야기가 없다. 그냥 꽃을 노래하고 하늘을 바람을 낙엽을 노래했다. 그 이유는 말못할 사연을 오래동안 마음 속에 담고 쌓아두고 곰삭히다가 병이 든 사연을 말하지 않으려 했기 때문에 그는 다만 꽃을 노래했다. 그리고 3분의 1언저리에서만 그것도 흥얼거렸다. 그러나 이제야 달빛 내리는 한밤중에 남몰래 핀 박꽃에게 마음 속 이야기를 전달해 달라고 한다. 그는 박꽃 같은 남자다. 여자보다도 더 여자답고 더 처절하게 자기희생을 한 한 남자의 아픔과 슬픔이 박꽃의 깨끗하고 처절함으로 내 마음을 한밤중에 울린다. 시인이여 좌절하지 말고 꽃 피어라, 꽃 피어라, 꽃피어서 하고픈 말 하고 생을 마치거라!

🌿 악몽

오늘 아침에는 좋은 기운을 느낀다!
병마도 떠났구나! 다시 즐거운 날이 왔다. 저녁 성찬을 준비하는 마음이 기쁘다. 끔찍한 꿈을 꾼 후 아팠던 게 사라진 것이다. 인간은 악의 권세에 대항하지 못한다. 악이 스스로 무너질 때를 기다려야 한다. 단정적일 수도 있겠지만 성경에는 그렇게 나와있다. 그래서 대천사 미카엘의 칼은 악의 권세를 물리치는 칼이라 했다.

속병

속병이 나도 제대로 나서 며칠째 밥을 먹으면 위가 아프다. 우울하고 기운 떨어지는 가운데 나는 미칠듯이 시를 쓰면서 스스로 병을 고치는 의식을 하는 중이다.

1인 1일 릴레이 단식투쟁을 시작하며

민족작가연합의 시인으로서, 평범한 시민으로서, 한 아이의 어머니로서,
저는 오늘 하루 단식투쟁을 합니다.

작년 2월 8일의 일부 의원들에 의해 광주항쟁에 대한 역사왜곡 이후, 아직까지 그들의 진실한 사과도 없이 북한군 개입이라는 망발을 하는 가운데 시대적 소명을 의식하고 이 책동에 대해 분쇄하는 일념으로 전두환심판국민행동과 함께 5.18역사왜곡처벌 농성단과 연대하였습니다. 김명신 대표는 같은 뜻을 지닌 동지이며 고 오종렬 열사님 장례식 엄수관계로 태어나서 처음으로 망월동 민주열사 묘역을 방문하였습니다. 저로서는 작은 시민에 지나지 않지만 묘역에 묻혀계신 영령들과 마음의 대화를 했습니다.

영령들이시여, 이 보잘 것 없이 작고 나약하고 제 일신 편안하길 바라는 인간에게도 하나 부탁할 게 있으시다면 말씀해 주세요. 작은 힘

보태겠습니다라고 했습니다. 우리는 바로 여기 묻혀 계신 분들의 억울한 죽음과 희생을 왜곡하는 자들이 우리들 투쟁의 대상이 되어야 함을 알고 있습니다.

이번 광화문 전두환구속상으로 광주항쟁관련 제 시민사회 단체만이 아니라 서울 시민을 비롯한 전국민적인 투쟁으로 나아가기 위해 이 추운 겨울 날 극악하게 어려운 현실 속에서도 연일 지킴이 활동을 비롯하여 신기선 동지의 14일간의 단식 투쟁과 종료 후 하루 쉬고 바로 이어서 1인 1일 단식 릴레이 시위를 함으로써 역사와 민족의 대의에 동참하고자 합니다.
이 소명에 동참하는 분들은 우리들의 작은 물방울이 모여서 큰 바다를 이루어 여의도 정치가 올바로 설 수 있도록, 역사적 정통성에 위배되고 민족의 앞날에 발목을 잡는 세력들의 철옹성을 거대한 분류로서 무너뜨리길 바랍니다. 여리고의 성도 사흘 밤낮으로 무너졌다고 합니다. 우리들의 선한 노력들이 이 역사적 과제에 반역하는 무리들을 분쇄하고 퇴출시키는데 힘이 될 것임을 믿으며 1인 1일 릴레이 단식투쟁의 변을 마치겠습니다 투쟁!

민족작가연합 시인 심종숙 올림.

🌿 위청수

일어나니 10시가 넘었다. 간밤에 저녁 먹은 것이 체한 것인지 잠을 잘 수가 없었다. 아들이 위청수 한 병을 냉장고에서 꺼내 주어서 마시고 났더니 잠을 잘 수가 있었다. 소화력이 떨어지고 식사가 조금 과했다 싶으면 속이 괴로워진다. 식사량을 반으로 줄여야 할 나이가 된 것이다.

🌿 주일 아침

주일 아점은 쉬림프 토마토 파스타와 봉골레 파스타로 요리를 만들어야 한다. 아들은 쉬림프 토마토 파스타를 좋아하고 나는 봉골레 파스타를 좋아한다. 아직 봉골레 파스타는 집에서 만들어 본 적이 없다. 그러나 두 파스타는 주일의 거룩하고 은총이 내리는 날에 맛있게 만들어져서 주일 오전을 빛낼게다.

🌿 쌍차

쌍차 약속을 저버리고 47명은 어떻하라고, 누구의 배신인가? 그리고 톨게이트 노조의 요구에는 왜 침묵하는가? 문재인 정권은 답하라!

이 사진은 레뎀또리스 마떼르 신학원에 놓인 구유인데 잘 보면 아기예수가 태어난 곳을 사람의 집이 아닌 동굴에다 만들어 표현했다. 가난한 자의 외아들로 태어나 내란음모죄로 돌아가신 예수의 일생 중 탄생 부분이다. 해고 노동자는 이와 같은 처지이다.

믹을 것, 입을 것, 살 곳을 걱정해야 한다는 말이다. 외식주가 보장
안 되는 사회가 제대로 된 사회인가!?

🌿기억 속의 보라색 원피스

오늘은 청와대 앞에서 국보법철폐 1인 시위를 하고 경복궁역에서
고향친구를 만나 아들과 셋이서 점심 먹고 카페에서 둘이서 이야기
하다 광화문 광장에 전두환 구속상지킴이 본부에 들렀다가 다시 조계
사 앞으로 와서 둘이서 151번 버스를 타고 명동으로 가서 이른 저녁
을 먹고 명동성당에 들어가니 주님의 공현대축일 미사 중이어서 같이
드리고 난 후 조용히 제단 앞에서 기도하다 나와서 1898광장의 지구
돌보는 코너에서 잠시 쉬었다. 거기에서 영상이 나오는데 코쿤, 양털,
모피, 거위, 알파카 이런 거를 생산한다고 동물들이 어떤 고통을 당하
는지 계속 흘러나와 보는데 나중에는 끔찍하여 둘 다 나와서 같이 전
철 타고 집으로 돌아왔다.

어제는 오전에 수도원에 가서 수사님의 이야기 들어드리고 수도원
에서 점심 먹고 이야기를 좀 더 나누다가 인사동으로 가서 후배를 만
났다. 이 2일은 후딱 지나갔다. 후배의 말은 내가 한 때 마산에 있었
을 때 후배랑 또 한 명의 언니와 헤어져 서울 간다고 셋이서 만나서
송별회할 때 내가 좀 야하고 화려한 보라색 원피스를 입고 셋이서 맛
있는 거 먹고 헤어지는 걸 섭섭해 했다고 한다. 그 이야기를 인사동의
귀천에서 했는데 나는 아무리 생각해도 그 원피스에 대한 기억이 없
었다. 후배는 그 좀 야하고 화려하고 보라색의 예쁜 원피스가 뇌리에

오래 박힌 모양이다. 나는 옷을 좋아하다 보니 이것저것 예쁜 거 입는 게 취미인데 나도 생각 안 나는 그 원피스를 말하고 셋이서 우쯔호모 노가타리를 좀 읽었던 생각이 난다. 일본고전문학책인데. 후후 나는 그 보라색 원피스도 일본고전문학책도 대학원생 때 학문에 대한 열정도 한 마디로 옛날 일이 되어버렸다. 심지어 가끔 만나는 사람들이, 특히 여성들이 내가 입고간 옷에 대해 늘 말하는데 그러다 보니 그들의 기대에 어긋나게 하고 싶지 않은 마음도 있다. 언젠가 영문학을 한 후배가 "역시 언니는 오늘도 패션이 내 기대에 어긋나지 않았어" 하면서 맛있는 거 사준다고 나를 데리고 외대앞 여기저기 식당을 찾아다닌 적도 있다. 후후. 참 즐거운 만남들과 여인네들이 내 삶의 행복들이다. 나도 그네들에게, 그네들도 내게 서로 행복이 되자꾸나.

🌿 JTS 동지

JTS 동지는 11년을 쌍차 관련으로 투쟁해오셨다고 한다. 30여분이 돌아가셔서 장례를 치렀다고 한다. 오늘 평택에서 출근시간에 투쟁한다고 하신다. 그 현장에 새벽에 가자고 하셨다. 노동자들에게 약속을 어겼다고 한다. 전동지는 그 말씀을 하시는 순간 눈가에 이슬이 맺혔다. 노동자들은 어긴 약속을 지키라고 회사에 다시 요구해야 한다, 이 추운 겨울날. 우리의 투쟁은 참으로 시리다. 자본가는 절대로 노동자의 편이 아니다. 김박사님이 함께 동행하실 예정이다.

광화문 전두환구속상 지킴이 다녀오면 목에서 기침이 난다. 자다가 기침이 나면 잠이 깬다.

처음으로 진동지를 소개 받았을 때도 그분은 눈에 이슬을 보이셨다. 자본가에 대해 노동자들의 서러움이 그분을 눈물 젖게 한다. 그분의 형님 전태일 열사의 투쟁역사까지 머금은 눈의 이슬이고 눈물이다.

잠이 안온다. 청와대앞에 가야할 일이 오늘 있기에......

아래 사진은 광주항쟁 기록 사진.

🌿 레뎀또리스 마테르 신학원

범사가 사랑에 그 바탕이 있지 않으면 안된다. 조직도 공동체도 사랑의 주춧돌이 공고할수록 오래 간다. 사랑은 생명이고 그 안에서는 상처도 불완전함도 고독감도 모두 회복과 치유, 완전함, 충만함으로 바뀐다. 새해에는 이 하나만 실천하면 되겠다.

성모님은 일생을 사랑으로 사신 분이다.

레뎀또리스 마테르신학원의 성탄 구유와 영원한 도움의 성모님. 레뎀또리스 마테르는 구세주의 모친이란 뜻이다.

🌿 동방박사의 별

　동방박사들은 별 따라 멀리 베들레헴에 갔다네
　새로 나신 아기예수를 만나러 산과 들 강을 건너 황금, 유향, 몰약을 선물로 가지고 왔다네

　마음을 고치고 마음을 다스릴 수 있는 사랑의 마음이 될 수 있게 해주신대요. 죽음에서 마음을 구해줄 몰약으로. 멜키올 황금, 가스팔 유향, 발타살 몰약.
　그들은 별을 보고 잠들 수 없어 별 따라 길을 나섰다네.

🌿 송구영신 가정전례

　송구영신 가정전례와 아가페로 떡국을 먹었어요. 준비해준 크리스티나와 공동체 가족 여러분 한 해 동안 수고하셨습니다. 새해에도 하느님의 사랑과 평화 속에 머물기 바랍니다.

　새해 복 많이 받으세요.

　성탄 8부 축제는 내일까지. 오늘 7일째.
　자매님네 댁에 만들어 놓은 구유 참 예뻤습니다.

🌿 아기 예수

아기로 오신 예수님을 보자 가슴이 매이고 눈물이 났습니다. 이 연약한 예수님이 저의 모든 짐을 가져가셨습니다. 성바오로수도원 성탄 전례에서. 구유는 성체 모양, 푸른 천은 성모님의 망토, 비둘기는 성령님, 장미는 성모님을 뜻합니다.

연약한 아기 예수님께서 인간의 고통을 가져가실 겁니다.

젊은 수사님들의 성가 하모니는 천상의 소리였습니다. 은혜로운 성탄의 밤, 참으로 감사했습니다. 아들도 성소의 뜻을 밝혔습니다 수사님한테요. 자신을 내어 드리고 싶다고 했습니다.

🌿 성탄 전야미사

성탄 팔부 축제의 전야. 설레입니다. 기쁩니다.

아기 예수님이 우리한테 와주시는 날, 전야미사를 기다리고 있습니다.

시장에 가서 이것저것 사들여 놓고 8일간 축제 분위기로 지내면서 한 해 동안 수고한 나에게, 아들에게 잘 먹이고 쉬게 하고 한 해를 돌아보며 내년을 준비하렵니다.^^

손

인간은 존엄하고 사랑 받아야할 존재이며 이 손으로 할 수 있는 것이 참으로 많답니다..

지난 몇 달간 나의 시집에 나오는 시를 매일 한 두 편씩 인스타그램에 공유해준 아들의 손에게 참 감사합니다.

선물

크리스마스에 열어보는 선물들.
사랑을 배달해준 택배님들 감사합니다!
사과, 화장품, 센베이. 감사합니다..^^

복수와 용서

용서가 되지 않는다. 왜 한 때 사랑했던 사람에 대해 복수라도 하고 싶은 걸까? 나의 문제일까 그의 문제일까? 둘 다 순수하지 못하고 이기적인 걸까? 아니면 그쪽이 나를 괴롭히는 걸까? 차라리 3년 간의 침묵이 나에게 편했던 것 같다. 이제 와서 나는 아무것도 하고 싶지 않다 그와는. 넌더리가 난다. 그 세월에 대해 복수라도 하고싶다. 오

로지 혼자 지내는 것, 하느님과 나 자신과 아들과 지내는 것 이것만이
나에게 평화를 준다. 정작 내가 필요로 할 때 사라지고 자신이 필요로
할 때 나타나는 뻔뻔한 인간, 나는 이제 그가 필요없다. 이게 내 마음
이다. 혼란스럽고 괴씸한 생각만 든다. 못된 놈은 계속 못된다. 아들
말처럼 인간은 절대로 바뀌지 않는다. 복 받을 인간은 복을 짓고 산
다.

다만 희망이 있다면,

나는 하나의 순수로 돌아가는 것,
나는 하나의 그리움을 가져보는 것,
나는 하나의 설레임을 가져보는 것,
모든 걸 떠나서
한 인간에게
진실해지고
내 모든 걸 던져도
아깝지 않는 미래의 그이를 만나는 것,
나는 성탄이 가까운 날에
구세주로 오시는 아기 예수께
그 소원을 하나 말하고 싶다
만약 네 소원이 뭐냐고
내게 물으신다면

오종렬선생의 장례식에 혁명의 도시를 가다

　　오종렬 선생님 장례식에 가기 위해 혁명의 도시 광주를 다녀왔다. 나는 두 번을 광주에 갔으나 모두 후배들의 결혼식에 참석하기 위해서였다. 동지들과 함께 이 도시를 간 것은 처음이었고 구 도청과 조선대, 금남로를 걸어본 것과 망월동 묘역에 간 것은 처음이었다.

　　망월동 묘역은 나에게 신비한 생각을 갖게 했다. 날씨가 흐리고 연무가 뿌연 가운데 널다랗게 자리한 묘역에는 많은 민주 열사님들이 잠들어 계셨다.

　　분신항거하다 돌아가신 박승희 열사, 고등학생 교복을 입고 돌아가신 소년의 얼굴, 당시로서는 멋쟁이 옷을 입으신 모습의 젊은 청년 등. 무명열사들의 묘소에 더욱 마음이 갔다. 우리가 도착하고 난 뒤 얼마 있다가 바람이 꽤 불기 시작했다. 무덤가에 심어진 키가 큰 도리솔들이 바람에 쓸리고 사이프러스 나무가 흔들렸다. 사람들은 어깨를 움추렸다.

　　이 많은 분들이 광주항쟁 때나 그 후 한국의 민주화를 위해 자신의 목숨을 던졌다. 이렇게 목숨 마저 던진 이 분들의 넋을 위해 기도했다. 저승에서는 행복하시기를. 한국 역사의 불행과 비극을 지고 가신 분들.

　　열사여 당신들이 저에게 부탁할 게 있다면
　　보잘 것 없는 몸이지만 힘 보태오리다.

🌿 통일포럼

내일 제가 통일포럼에 통일시에 대해 강연합니다.
광화문 아침 오후 4시입니다. 일요일 오후이니 좀 쉬시고 나오세요.

왜 우리가 통일을 외쳐야 하고 반공의 세뇌로부터 벗어나 통일시를 모든 운동가들이 지어야 하는지 알 게 됩니다. 모든 운동가들은 혁명가이며 혁명가는 시인입니다.

통일이라는 화두는 사회주의 리얼리즘에서 종자입니다. 이 종자를 우리는 어떻게 뿌려 어떻게 형상화하고 꽃 피워야 할까요!?

🌿 애인

나는 이제 나를 위해 도와주는 사람을 애인으로 하련다.

나한테 계속 빼앗아 가는 사람은 애인으로 할 수가 없다.

젊었을 때는 내가 주기만 했지만 이제는 그런 사랑은 싫다.

왜냐 나도 이제는 누군가의 사랑을 필요로 히게

되었기 때문이다. 이것은 아주 현실적인 문제이다.

이게 안되면 혼자 살 생각이다.

🌿 시인의 애인이 되고 싶은 사람이 갖추어야 할 자세

1. 돈 벌어라고 하거나 일 하라고 하면 안된다.

2. 사람을 가르치라고 하면 안된다.

3. 절약하고 살아라고 강압하면 안된다.

4. 그가 혹은 그녀가 외로워서 힘들 때
   일 하다가도 뛰어 와야 한다.

5. 좋은 풍광을 보여줘야 한다.

6. 전제적이거나 이것저것 지시하면 안된다.

7. 그가 혹은 그녀가 애인이 생기더라도
   눈 감고 돌아올 때까지 기다려야 한다.

8. 원할 때 놓아줄 자세를 갖출 것.

9. 뽀레뽀레 정신을 갖추어야 함.

10. 그 또는 그녀를 위해
    음식을 만들어 줄 수 있을 것.

*뽀레뽀레는 몽골어로 느리게 느리게라는 뜻.

이런 보석 같은 사람은
시인의 애인이 될 자격이 있고

시인의 연애시를 한 편 받을 자격이 있음.

추운 겨울,

남자 시인, 여성 시인의 애인이 되어 주세요!^^

🌿 연애시

나는 이제 연애시를 쓰련다.

삼라만상과 사람들 모두가 나의 애인이기 때문이다.

아들이 연애시를 쓰라고 적극 권했기 때문이다.

여자는 삼종지도.
나도 이제 아들 말 들을 나이가 된 거 같다
하하하.

🌿 크리스마스 전

그저께 친구랑 과천 갔다가 정부종합청사 건물이 들어서고 빈 공간이 널찍널찍 한 곳에다 갈대를 심어 가을의 손님들을 멈추게 하였다. 둘이서 몇 장의 사진을 찍었다. 수유리로 돌아와서 산마루식당에서 저녁 먹고 들어간 카페. 크리스마스 장식을 정성들여 유럽 풍으로 해 놓았다. 크리스마스는 사랑이다. 예수님의 미사다. 한 아기가 바쳐지기 위해 하늘에서 땅으로 내려온다 한다. 추위에 떠는 이웃이었던 예수님의 어머니와 양부를 생각한다.

🌿 밤중에 깨어나서

새벽 2시 30분에 깨면 참 막막하다. 그게 나를 짓누른다. 3시반에 깰 때는 그래도 덜 하다. 그려려니 해야한다. 그래 그렇구나 해야한다. 몸을 들고 사는 것도 만만치가 않다. 팔은 계속 무지근하게 아프고 왜 이런가!? 몸아 말 좀 해 봐라. 덜 답답하게. 스마트폰 많이 하면서 손이나 팔이 아픈 거 아닌지 모르겠다.

🌿 우키시마마루호 폭침

차가운 바람 많이 부는 월요일이다.

목감기로 목이 쌔하고 늘 일 좀 했다싶으면 팔이 또 느른하고 아프다. 이번 집정리가 팔을 아프게 만든다. 둘이 사는 좁은 공간이지만 만져야 할 것은 매일이다. 식사 챙기고 뒷정리하고 바닥 닦고 세탁에다 이런 게 늘 기본으로 해야 하는 일이고 이건 끝없이 해야 하는 일이면서도 아무런 표도 안 난다. 나는 주부이기도 해서 엄마들이 지치고 마음이 울적한 걸 충분히 공감한다.

어젯밤에 시 창작한 거 정리한다고 컴퓨터 작업해서 또 아프게 된 걸까. 어제 오전에 공동체 피정이 3시까지 있었다. 그 후에 비가 오는데 통일학당에 갔다. 거기에서 민족작가연합 회원인 전재진 시나리오 작가님의 우키시마 마루호 폭침 사건에 대해 들었다. 학술대회에다 강연 등 정보가 어마어마 해서 집에서 다시 꼼꼼히 읽어보고 생각을 정리해야겠다. 몸상태를 조심해야 해서 오늘은 집에서 머물다가 오후에 잠깐 병원 가서 목감기 치료약을 처방 받아야 할 것 같다. 기침이 나오면 심장에 좋지 않기 때문이다.

나의 외삼촌은 일본에 징용 갔다가 죽다가 살아 돌아왔다고 한다. 그 무렵 외갓집이 있는 경북 안동 사이 마을에는 일본으로 간 청년들이 몇이나 죽어서 여러 집에서 곡소리가 흘러나왔다 한다. 배를 갈아 앉혀서 그리 되었다고 한다. 우키시마마루호사건만이 아니라 배를 가라앉힌 다른 사건도 있다고 한다.

사진은 연세대 윤동주 문학 동산, 2019 11월 16일.

🌿 안개군단

안개군단이 점령한 겨울비 온 후의 11월 16일 토요일 아침입니다. 기형도 시인의 시 「안개」가 생각납니다. 공장 노동자들과 그 주변에 사는 서민들의 삶이 안개 속에서 툭툭 터져나옵니다.

안개가 심합니다. 운전하시는 분들 조심하셔야겠습니다.

오늘은 제기동으로 신촌으로 광화문으로 돌아다닐 예정입니다. 집 정리한 후의 주말. 어제의 조금 마신 술기운으로 조금 찌뿌둥하지만 일찍 일어나 일기 쓰고 나갑니다.

6시 15분에 눈이 떠졌습니다. 어제 1시경에 잤으니 5시간 15분 잤네요. 제기동 가는데 전철이 오늘은 내키지 않아서 버스로 가는데 151번 타고 가다가 미아 가기 전에 신일고 앞 정류장에서 120번으로 갈아 타고 갑니다. 왜냐하면 오늘은 안개에 싸인 시가지를 완상할 생각입니다. 서울이라는 도시의 안개에 싸인 풍경 속에 여기도 우리들의 삶이 툭툭 터져나오겠지요?

이 거대한 짐승의 배인 서울 안에서 나는 관찰자일수도 여기에 사는 시민일수도 방관자일 수도 도시를 여유하는 이방인일 수도 있겠습니다.

안개는 모두 걸 희석시킵니다.
월곡동 밤나무골을 지나고 있습니다.

🌿 전태일열사 49주기

어제 전태일 열사 49주기 추모식에서 열사님의 동생 전태삼 선생님은 전태일재단 핵심과 삼동회 친구 2명으로부터 모욕과 무시를 당하셨다.

유가족 대표로 발언 도중에 전태일기념관 사무총장인 사회자는 두 번이나 빨리 끝낼 것을 무례하게 말하였고 결국 두 명의 남성이 한 명은 앞에서 마이크대를 발로 차고 마이크를 빼앗아 땅바닥에 내던지고 다른 한 명은 선생님의 뒤쪽에서 선생님을 안아다가 바깥으로 끌어내듯이 하였다. 그 충격으로 전태삼 선생님은 극심한 어지럼증과 두통, 가슴 동통으로 어제 밤에 응급실에 실려가셨다.

전태일재단 관계자는 전태삼 선생님께 사죄하고 앞으로 유가족을 이렇게 무례하게 대하는 태도를 버리길 바란다. 그리고 전태일기념관 관계자들은 이 사건에 대해 소명하길 촉구한다.

식용 색소

핑크를 담근다!

이 잔의 음료수가 예쁘지요? 이것은 스크류바를 사이다에다 넣어서 풀면 핑크사이다가 됩니다. 그런데 문제는 이 핑크에 있지요. 아름답게 보이지만 핑크색소가 없다면 사이다가 핑크빛으로 변할까요? 인공색소의 위력이 이렇습니다. 거의 모든 음료수에 이런 식용색소가 들어가서 빨갛고 파랗고 노랗고 포도색이 나는 것입니다.

위령성월

오늘 나는 죽은 이 가운데 공부 못해서 자주 매 맞고 선생님이나 급우들에게 무시 당한 내 초교 동창생의 영혼을 위해 기도하련다. 불쌍하게 살다가 간 그 아이의 영혼을 하느님이 꼭 천국으로 불러 주셨으면 좋겠다, 이 11월의 위령성월에.

알

알,
다섯 개의 닭알.

다섯 마리의 병아리가 죽었다, 삶았으니.

다섯 마리의 병아리와
다섯 마리의 암탉과
다섯 개의 닭알을,
10개의 닭발을
10개의 닭날개를 잃었다.
다섯 마리가 걸어다닐 텃밭을 잃었고
닭장도 잃었고
닭이 알을 품는 짚으로 만든 시렁도 잃었다.
위의 예는 그저 상실감이다.

그런데 상대적 박탈감!

자본주의와 현대사회의 병폐는 상대적 박탈감이다.

가진 자와 공부 잘 하는 사람들,
잘 생긴 얼굴과 멋진 몸매

머리가 좋은 사람들, 외관이 멋진 사람들 틈에서 사는 이들이 느끼는 박탈감과 괜히 자신이 주눅 드는 이 심리적 현상이다. 이 현상이야말로 반동 중의 반동이다.

개천에서 용 나던 시절에 집안에 머리가 좋은 아이가 태어나면 그 집은 경사다. 여자로 태어나기 보다 남자로 태어나 머리가 좋고 계속 1등 하면 그 집은 찢어지게 가난해도 한 줄기 서광이 비친다. 온 집안이 온 동네가 온 교실이 온 학교가 온 마을이 온 군이 들뜬다. 그런데 그런 사람들의 말로가 별로 행복하지 않았고 그 사람 때문에 온 나라가 날벼락을 맞는 경우도 몇 번이나 있었다.

왜 이런가. 그가 뭘 잘못했길래? 그렇게 칭찬의 옷을 두르고 살았던 그가 그 모양이 되었을까. 또 입에 침이 마르고 닳도록 칭찬하고 뭘 갖다 바치고 했던 사람들은 어디로 간 걸까!? 참 웃기는 일이 일어나는 이 나라에는 참 볼거리도 많고 그렇다.

사람이 사람답게 사는 세상은 무언가. 그 존재 자체로도 최상의 대접을 받아야 하는 사회다.

지금 대한민국이 그런가!?

나는 머리가 나빠지고 늙어지니까 머리가 안 좋아 나한테 타박을 듣거나 무시 당한 아들한테 이제야 깊이 사죄하고 갈수록 멋이 나는 아들한테 상대적 박탈감을 느낀다.

🌱 공부 1등 했다면

아들이 오늘 점심상에서 말한다

"엄마, 만약에 내가 늘 공부 1등 했다면 아마 나는 다른 사람들을 무시하고 나만 잘 될려고 했을 것 같애"

"그래 니 공부 못 해서 다행이다. 어이구!"

인간은 사회적 존재이다. 공부 잘 한 사람의 많은 수가 사회적으로 성공을 하고 힘을 가지고 많은 사람들을 몰고 다닌다. 추종자들이 생기고 마침내 대통령도 된다. 한 나라를 들었다 났다 한다.

하느님은 그분이 왕이시므로 인간에게 왕을 주려고 하지 않으셨다. 그런데 인간들이 자꾸 달라고 졸라서 할 수 없이 판관, 왕 이런 걸 주었다. 아이러니하게도 사람들은 누구한테 추종하여 따르고자 한다. 복종도 하려고 한다. 어떻게 제 잘 났다는 인간들이 이렇게 복종을 선택하는 걸까? 인간의 왕들에게 복종하고 재산이나 시간, 조직, 재능, 물질 등을 갖다 바친다.

고대 로마의 콜롯세움은 이런 어리석은 사람들을 통치하기 좋은 왕들의 완구였다. 때때로 정치가 이런 왕들의 완구가 되곤한다.

🌿 공연

한국천주교회 로사리오 합창단 창단 30주년 기념 연주회 KBS홀, 한국 천주교순교자현양을 위한 칸타타를 봉헌하였습니다. 촬영을 금지하여 겨우 2컷 찍었습니다.

지난 월요일 천주교정의구현사제단 민족 통일 미사에 처음으로 참석했는데 거기에서 만난 데레사 자매가 이 귀한 공연티켓을 주어서 아들과 다녀왔습니다.

오늘 오전에는 위령성월이어서 돌아가신 분들을 생각하면서 몇 편의 초고를 쓰고 집을 나왔습니다. 천주님을 위해 치명하신 순교자들의 숭고한 삶을 잊지 말아야겠지요!?

🌿 붉은 사과

이 붉은 사과에 감탄하고 있습니다.
가난하지만 먹을 것 주시고 입을 것 주시고 거처를 주신 하느님께 사람들께 감사합니다.

어제 글라라님이 23일간 아드님과 함께 한 유럽 여행을 마치고 연락이 와서 만났습니다. 막 놀고 싶은 마음이 목요일부터 들었는데 불금날 나를 태워서 남산 밑에 갔다가 북악스카이웨이와 팔각정에서 서울 시내와 인왕산을 조망했습니다. 그리고 수유리로 넘어와서 늦은 점심을 먹고 4.19혁명기념공원에서 영령들을 위해 잠깐 기도를 마쳤습니다. 자매님이 사과, 고호의 그림 사진, 프랑스에서 사온 장바구니를 선물로 주었어요.

천주교에서는 11월이 전례력의 마지막달이며 위령성월이지요. 돌아가신 영혼들을 위해 기도하는 달이지요.

🌿 시막일기

20대 중후반에 읽었던 책, 뻴라지오와 요한 엮음 『사막교부들의 금언집』 분도출판사

다시 읽어본다. 글자는 너무 작고 책은 누렇게 되었다. 누런 책장이 나에게 사막의 누런 모래밭으로 광야로 산으로 이끈다.

혹자는 귀족의 가문에서 태어나 세상을 버리고 하느님을 만나러 사막으로 들어갔다. 그들은 은수자, 독수도자, 공동체 수도자들이었다. 그들의 삶이 일화를 통해 그려져 있다.

나는 한 때 이 책에 미쳤었다. 나의 시 「사막일기」를 이 책을 읽고 상상하며 쓴 것인데 연작으로 3편밖에 못 써서 실패하였다. 이 실패한 시를 다시 연작으로 써보고 싶은데 영성이 바탕이 되지 않으면 나올 수 없을 것이다.

실패한 데에서 다시, 그루터기에서 새순이 돋듯이 나에게도 영성의 새순이 돋기를, 그런 은총을 구하면서 다시 집중하여 쓰고 싶다. 이 가을과 겨울은 그렇게 보내면 될 듯 하다.

사막은 가장 치열한 사람들의 내적 투쟁의 현장이며 그 가슴에 가장 뜨거운 사랑이 불타오르는 곳이다. 사막은 죽음이 아니라 생명이다. 사랑만이 인간을 구원한다. 인간의 영혼에 대해 누가 책임져줄 것인가!?

🌿 빨갱이

나는 약한 사람이라서 얼마 전 국가보안법 철폐를 위한 집회에 이어 행진할 때 태극기들로부터 빨갱이라고 모욕과 조롱을 들었다. 그게 내 마음을 아프게 했다. 이번 콘비벤사에서 나는 아픈 마음을 치유 받았다. 조롱 받으면 어떤가, 핍박받으면 어떤가, 모욕을 받고 멸시를 받으면 어떤가!? 나는 용기가 없었다. 나약한 사람에 지나지 않았다.

분단의 아픔이 내 아픔에 비길 수 있겠는가!? 나의 아픔은 아주 작은 것이지만 분단으로 인한 고통과 아픔은 너무 거대하다. 이것을 외면하고 주먹을 쥐고 빨갱이 때려잡자라고 말하는 사람들은 반공 이데올로기에 세뇌되어 너무 완고한 자들이다.

당신들은 무엇으로 통일을 말했는가. 우리의 소원은 통일이라고 외친 당신들 통일 주장의 정체를 드러내어라. 국가보안법 있으면서 통일을 해야한다고 주장하는 당신들은 도대체 어떤 인간들인가!? 왜 이웃들의 고통에 눈을 감는가?

나는 빨갱이도 아니고 그저 내 생각을 그쪽 단체 사람들과 공유하여 행동한 것뿐이다. 그런데 이 어마어마한 말을 들어야 하다니, 대한민국은 아직도 60.70년대 망령들이 살고 있다. 나는 빨갱이가 아니다. 그저 작은 한 그리스도인이고 나와 같은 생각을 가진 분들과 함께 했을 뿐이다.

🌿 남이 곧 그리스도이다

하느님 마음에 드는 의인 하나가 세상을 구한다.
거룩한 그리스도인이 세상의 촛불이다.

네오까떼꾸메나도의 길, 그리스도교 입문을 걷는 이들과 전국 콘비
벤사를 10월 24일부터 27일까지 3박4일의 일정으로 다녀왔다.

삼천세기에 그리스도인으로 어떻게 살아가야 하는지를 가르쳐 주
는 영성 피정이라고 할 수 있다. 그 중에 한국 책임자 줄리아님과
벤야미노, 신부님의 말씀 선포가 나에게는 도움을 주었다.

인간은 고통을 감당하기에는 약한 존재라는 것과 유혹의 덫은 항상
놓여져 있으며 그리스도인으로서 살아가기 위해서는 항상 깨어 기도
하면서 이 모든 유혹과 싸워야 한다. 그 투쟁의 길에서 하느님께서 함
께 하시길 은총을 청하여야 한다고 했다.

특히 성에 관한 은폐된 모든 죄악에 대해서도 고해를 하여서 순결
한 인간으로 돌아가야 한다고 하셨다. 이 공동체에는 사제, 신학생,
독신성소자, 미혼의 남녀가 많으므로 숨겨진 부분에서도 그리스도인
은 하느님 앞에 흠없는 인간이 되도록 악과 싸워야 한다고 말씀해 주
셨다. 사막교부들의 말씀도 해주셨다.

매일 아침 기도 다 함께 바치고 말씀을 듣고 성경찾기를 통해 어떤
성경말씀에서 머물러 하느님께서 자신에게 특별히 얘기하시는 성경

구절에 머물러 있었다.

2019 전국 콘비벤사 성경찾아보기

"우리는 흔들리지 않는 나라를 받으려 하고 있으니 감사를 드립시다. 감사와 함께 존경과 경외로 하느님 마음에 드는 예배를 드립시다."(히브 12.28)

그 다음날 콘비벤사 설문

1. 오늘 그리스도와 당신의 관계는 무엇이며, 어떤 것이 이 관계에서 성장하도록 당신을 가장 많이 도와줍니까? 구체적으로 말해보세요.

2. 그리스도는 "내가 너희를 사랑한 것처럼 너희도 서로 사랑하여라." 하고 말씀하십니다. 당신이 생각하기에, 그리스도께서 말씀하신 것처럼 서로 사랑한다는 것은 무엇을 의미합니까? 구체적으로 말해보세요.

1959년 원죄 없으신 잉태 축일에 동정 마리아는 기꼬에게 이렇게 말씀하셨습니다.

"나자렛 성가정과 같은 그리스도교 공동체를 만들어야 한다. 그들은 겸손함, 단순함, 찬양 속에서 살게 되며, 남이 곧 그리스도이다."

나의 공동체에, 나의 가족에, 나의 일터에, 나의 활동처에 그리스도인으로서 나는 땅의 소금이 되기 위해 무엇을 해야하는지 잘 생각하고 그리스도의 말씀대로 사랑과 겸손을 실천하도록 해야 한다는 말씀이 좋았다.

❧ 철책선

저 철책선을 언제 걷어낼려나......

무심한 세월은 흐르고, 해가 뜨고 지고, 꽃이 피고 지고, 밀물이 밀려 들고 썰물이 70년을 빠져나갔건만.

철책선 곁에 혼자 서 있었더니 무섭더군요.

❧ 페북이라는 집

외로운 사람도, 아픈 사람도, 쉬고 싶은 사람도, 인생의 방향이 정해지지 않아 고통스런 사람도, 관계에서 어려운 사람도, 자신과의 싸움에서 이기고 싶은 사람, 참고 견뎌야 하는 사람도, 울고 있는 사람도, 허전한 사람도, 속았다고 느끼는 사람도, 가슴을 쥐어 뜯는 고통 속에 있는 사람도, 타인에게 실망한 사람도, 미움이 있는 사람도, 원망하는 사람도,

자신에게 실망한 사람도, 다시 일어나고 싶은 사람도, 깨어나고 싶

은 사람도, 좋은 사람으로 남고 싶은 사람도, 이제부터라도 세상의 가치와 결별 하고 진정한 나를 찾아가고 싶은 사람도, 상징 질서에 대해 개선하거나 전복하고 싶은 사람도, 사업이 너무 힘들어 먹고사는 일이 갈급한 사람도, 무기력하거나 삶이 건조하고 스산하게 느껴지는 분들도, 좋은 친구를 만나고 싶은 분들도, 격려 받고 싶은 사람도, 자기의 의견을 나누고 싶은 사람도, 폐쇄된 자아를 부수고 나오고 싶은 사람도, 이 외에 제가 헤아리지 못한 모든 사람도 제 페북에서 잘 살았으면 좋겠고 삶의 강을 잘 건너가기를 깊은 마음으로 바랍니다.

🌿 지리산 파르티잔

지리산 빨치산 추모제 갔던 날 저녁에 서울로 올라오기 전에 구례 장터에서 아는 분과 단골이라는 식당에서 저녁 먹을 때였다. 아들이 거기에 모인 분들을 의식하면서 아이 같이 "엄마 여기 계신 이 분들이 모두 투사야" 라는 질문을 했다. 나는 당황스러웠다. 그러나 나는 대답해야했다. "투사란 말은 참 어려운 말이란다. 그건 끝까지 봐야 안단다" 우리 모자의 얘기를 들은 거기에 앉은 분들은 표정이 굳어지면서 무거운 침묵이 흘렀다. 아들의 어린애 같거나 장난끼 어린, 제 나이에 맞지 않은 질문 때문이었는지 나의 대답때문인지, 아니면 오랫동안 싸워온 분들에 대해 내가 투사라고 말하지 않기 때문인지. 묘한 1분이었다.

그분들은 투사였다. 평생을 비전향 장기수로, 어린시절 산으로 들어가 소년병으로 있었던 경험이 있는 분도 한 분 계셨다. 그 분말고도 노두들 한 난체 이상에서 평생을 싸워오신 분틀이였나. 이 분틀이 평생을 싸워오셨는데도 통일이 70년간 안된 것은 반통일 세력이 너무나 강고하다는 반증이지 않겠는가!? 태극기보다 성조기보다 일장기보다 더 끔찍한 미 지상군의 한국 주둔이 아니겠는가.

한국은 아직도 미 지상군이 주둔해 있는 휴전 중의 전쟁터라는 사실은, 70년 흐르는 동안 둔감해졌다는 점이다. 주둔지의 백성이 반공교육을 통해 미군이 적으로부터 지켜준다는 신념이 머리에서 뿌리를 내린 것이다. 그 신념이 오늘날의 대한민국인 셈이다. 부르조아 정권은 여기에 기생한 뿌리에 난 꽈리인 게다.

🌿 채광석의 『사람됨의 철학 1. 2』

중고서점에서 이 세 권의 책을 샀다. 책 재질은 완전히 누렇게 변했고 80년대 후반 풀빛에서 출판되었다. 채광석의 『사람됨의 철학 1. 2』중 1은 서점에 재고가 없다고 연락 왔다. 민족민중문학론자 채광석의 저서이다. 읽어야 할 것은 많은데 나는 빨리 읽지 못한다. 하나를 오래 읽는다. 이런 습성 때문에 다독가는 아니다. 바깥 출입이 잦다보니 집중하여 책읽기 잘 안된다 요즘은. 책보다 책 바깥 세상이 너무 재미있게 돌아가기 때문에. 그 재미란 현상인데 나의 시선을 끌만한 현상들이 나를 바깥으로 부른다.

🌿 시인은 가난해야 글이 나오는데

가을이 되니 자꾸 술이 마시고 싶다. 마시지 말라고 의사 선생님한 테 주의 들었는데. 건강이 심각했을 때는 의사 선생님이 말씀 안 해도 마시고 싶지 않았다. 지금은 건강이 나아져서 그런 걸까!?^^

가을이 되니 이것저것 맛나는 것도 요리해 먹고 싶어진다. 결실의 계절이라서 시장에 가면 먹을 게 풍성해서 시장 보다 보면 벌써 배가 부르다.

아이 참 시인은 가난해야 글이 나오는데 잘 먹고 잘 마시고 기분 좋은 상태로는 어떤 시가 나올지 의문이다.ㅋㅋ

요런 집에 가서 한 잔만 홀짝이면 참 좋겠다 호호~~

🌿 총각김치 담그는데

집에서 총각김치를 담그는데 보더니 "이거 왜 해요?" 한다. 그냥 사 먹지 한다. "나는 너 먹으라고 만들어 놓는다" 했더니 감동인지 "어 그래!" 한다. 장미원 시장에 새로 생겨난 채소가게는 염가로 넘기는 식이다.

양파 한 자루 6000원

부추 1단 1500원

양배추 1통 1400원

노지 고추 1망 5000원

총각무우 1단 5000원

귤 한 바구니 3000원

단감 한 바구니 3000원

브로콜리 1개 국산 700원

무우 1개 1000원

양상추 1개 1500원

시금치 1400원

배 2개 2500원

나는 저렴해서 좋긴 한데 이렇게 저렴해서야 이걸 재배한 농민들은 어떻하나 하고 생각했다.

총각김치와 동치미를 담구고 나니 하루가 다 갔다.

그래도 총각무우가 무청이 워낙 시퍼래서 그걸 다듬을 때 나는 이 식물의 생명력이 내 손끝으로 전해와서 전신으로 퍼져나가는 걸 느꼈다. 무청을 뜯어서 푹 삶고 물을 빼서 비닐 봉지에 담아 일부는 냉장고에 3분의 2는 냉동고에 넣었다. 아들에게 추워지면 소고기국을 이걸로 끓여준다 했더니 기분이 좋은 모양이다. 먹는 걸 좋아하고 먹성이 있는 아들은 자기를 위해 이것 저것 사들여서 냉장고에 넣어두면 기뻐한다.

나는 한 때 심신이 다 아프고 일도 많이 할 수 없어 지독한 가난에 시달린 적이 있다. 그 때 우리집 냉장고는 거의 비다시피 하였다. 아들이 학교에서 급식 먹는 게 늘 고맙고 다행이었다.

지지난 겨울에 이웃에 성당 다니는 청년이 있었는데 혼자 살고 약간 장애가 있어 그 애가 살았던 시설에서 지속적으로 돌보고 있었다. 아들이 그 청년의 집에 그 무렵 드나들었는데 집에 올 때마다 우리 집 냉장고를 열어보는 거였다. 왜 그러냐고 했더니 처음에는 말을 않더니 "엄마, 형 집에 가니 냉장고가 텅텅 비었어. 형이 뭘 먹고 사는지 모르겠어." 이런 말을 몇 번 하더니 어느 날 "엄마 우리 집에 있는 거 라면하고 빵, 계란 좀 갖다주면 안되요?"라고 물었다.

나는 아주 둔한 에미였다. 아들은 처음 그 청년의 집에 갔다 오고 뭔가를 갖다주고 싶었는데도 내가 눈치가 없어서 모른 거였다. 그렇다고 아들은 나 몰래 우리 집 음식을 가져다줄 만큼 간이 크지는 못하다. 나의 허락을 받아야 한다고 생각했다.

몇 번을 먹을 거를 공수해주고 그 다음에 내가 그 청년을 우리 집에 밥 먹을 때 부르라고 했다. 그는 처음에 우리 집에 왔을 때 씻지 않은 탓인지 냄새도 나고, 머리도 감지 않은 듯 엉망이었고 표정도 무척 어두웠으며 우울해 보였다. 혼자 사니 아무도 돌보는 사람이 없어 그랬던 모양이다. 그날부터 세수, 머리감기, 목욕을 권하고 머리도 이발을 하라고 했다. 그 청년은 우리 집에 와서 아들과 겸상을 하고 먹고 갈 때마다 기뻐하고 표정이 밝아졌다. 겉모습도 깔끔해졌다. 나는 아들이 집에서 누군가와 밥상을 같이 하고 먹는 모습이 사랑스러웠다. 아들은 원래 먹는 거 좋아하고 그런데다 심성이 착한 청년이랑 같이 둘이서 먹는 모습이 이뻐 보였다. 그 청년은 사람의 정이 그리웠던 것이다. 지금은 이 동네를 살지 않고 이사를 갔다. 깔끔해지고는 돌보는 곳에서 어딘가 취업을 시켜주어서 이사 가기 전에 우연히 봤는데 모습이 완전히 달라진 것이다.

362

인간에게는 뭐가 필요한가?
인간은 무엇을 갖추어야 하는가?
인간은 어떤 사람이 되어야 하는가?
그 청년을 보면서 콩나물 가꾸듯이
사람도 사랑의 물을 주면 콩나물처럼 쑥쑥 자란다고 생각한다.

우리에게 필요한 건 사랑이다. 그런데 사람들은 이것을 잊어버리곤
한다. 일에, 지위에, 명예에, 돈에, 그밖에 정신을 빠뜨리는 어떤 것
에, 그게 그렇게 중요한가!? 중요한 건 하나다. 오직 사랑이다!

🌿 파마

아들이 태어나서 처음으로 파마하고 왔다. 수유 엘리시아에서 6만
4천원에 했다고 한다. 근데 좀 심술꾸러기 같아졌구나 싶다. 아들은
여친이라도 생길까 기대 중이다.

🌿 농사일

어릴 때 초등학생 때부터 농사일을 했었다. 오빠가 없으므로 아버
지를 도와서 김메기, 모 찌는 일과 참 나르는 일, 논에 모심는 일, 벼
베는 일, 볏단 묶는 일, 탈곡하는 일, 도리깨로 알곡 터는 일, 담배 심
는 일, 비닐에서 꺼내는 일, 북 주는 일, 담배를 뜯는 일, 담배는 엮는

일, 다 마른 담배를 줄에서 빼내어 묶어서 쟁이는 일, 그걸 늦여름부터 꺼내어 마당에서 가지런히 놓는 일, 거두어서 담배 분별 작업해서 묶는 일, 담배 뽑기나 콩팥 메는 일, 고추 심기와 줄 쳐주기, 따는 일, 뽑는 일, 콩을 찌는 일, 농사 일은 쉴 틈이 없다. 이 중에 담배농사가 제일 공정이 많이 들었다. 그런데도 담배는 감정할 때 품평을 잘못 받으면 손에 쥐는 돈은 얼마 안 되었다. 총대를 하셨던 아버지가 담배농사하는 분들의 돈을 담배인삼공사로부터 받아오면 어른들은 우리 집에 모여 돈을 나누어 갖고 읍에 있는 술도가에서 한 말 정도 통막걸리를 사다가 김치, 두부, 돼지고기 등 몇 가지 안주를 삼아 마시곤 했다. 담배농사는 많은 노동력과 시간과 갖가지 일이 필요했다. 그런데도 정작 그 농사를 짓는 사람들은 수고한 만큼 돈이 안 돌아왔다. 그나마 고추 농사 하기 전에 담배농사는 농민들에게 목돈이 들어오는 작물이었다.

나는 이런 농사일에 신물이 났다. 나는 고 2까지 이런 농사일 때문에 부모를 도와 해야했다. 그리고 25세부터 나는 부모로부터 경제적으로 독립했다. 20여년 넘게 강의를 했다. 그러니 내가 일을 더 하고 싶겠는가!? 더 하고 싶으면 나는 미련한 소다!

🌿 일과 먹을 것

나는 이제까지 정규직으로 일한 적이 없다. 나는 사회보장이 잘 되어 조금 일하고 자유롭게 살고 먹을만큼만 벌면 좋겠다. 일 하는 사람조차 이렇게 생각하면 일 안 하고 살려고 한다고 질책하고 경멸한다.

적어도 나는 시스템에 내가 돌려지다가는 죽을 것이라고 생각한다. 그렇게 죽을 바에야 이쪽을 택한 것이다.

무슨 일이든지 안 하면 안되기도 하고 의도적으로 안 하면 게으른뱅이에다 대책없는 인간이라고 비난을 듣는다. 그 결과 가진 돈이 없으면 모든 사회적 포지션이 전락한다.

가진 것 없고 늙고 병들면 우리 사회는 인간을 천시한다. 인간이 천대 받고 태어난 것이 축복이 아니라 경멸의 대상이 된다.

나는 일이 늘 나한테 스트레스이다. 스트레스였다. 시간을 지켜서 나가는 것도 일의 양이 많으면 신체가 힘들었다. 나를 아주 괴롭히는 게 일이었다. 안 하면 안되었지만 할 수 없이 하는 것에 지나지 않았다.

언젠가 한 달에 50만원 벌고 그 중에 20만원 정도를 책값으로 쓰고 일 하러 가는 것 이외에 나가지 않고 책만 읽은 적이 있다. 그 때가 제일 나한테 평화롭고 행복했다.

🌿 회개

어제는 청와대앞 국가보안법철폐 운동을 하시는 평화협정운동본부 송○○ 대표님의 천막농성 현장에 방문했다. 차도에는 한기총 사람들이 자리를 깔고 성경을 펴두고 읽거나 기도하고 있었다. 목사는 목선

소리로 계속 외쳐댔다. 회개하라 문재인이라고 했다.

여기에는 이석기 전의원 석방을 요구하는 이경진님의 천막과 전공노 천막, 전교조 천막 그리고 국보법철폐 천막이 있다. 나머지는 자한당이나 우리공화당의 천막들이다. 이들은 끊임없이 국보법철폐 천막에다 조롱을 하거나 시비를 건다. 이 백성들은 반공이데올로기의 피해자 극우파이다. 우매하여 극우가 되어 있다. 남쪽에는 이런 백성이 많다. 이들이 태극기이다. 그들은 한국전쟁의 트라우마가 깊다. 피해의식에 사로잡혀 거의 망상에 가깝다. 붉은 옷을 입은 여자가 시종일관 되지도 않는 말을 하면서 시비를 걸 때 나는 허수아비 인간을 보았다. 영혼이 이상한 마귀에 점령 당하여 조종 받는 인간을 보았다. 거기는 분명히 박상륭 작가의 『열명길』처럼 이데올로기라는 마약에 취하여 움직이는 꼭두각시 인형들이 떠다니고 있었다.
공산정권 수립 시에 종교를 철폐한 북을 피해 남으로 온 기독교의 일부가 극우가 되어 반공을 외쳐대고 반공정부의 하수인 노릇을 한 것이다.

🌿 정선 덕산기

아리랑의 본고장 정선에 왔어요. 정선의 맑은 물과 산새, 돌들, 나무들, 꽃들, 바위들, 바람소리, 물소리에서 가을이 점점 깊어가는 소리를 들었습니다. 여기는 덕산기라는 곳으로 작가 강기희씨가 소설 쓰시면서 숲속 책방을 하시고 그분의 이웃들이 사는 곳입니다.

🌿 월남전 전투수당

　국민연대 서형수 대표, 파월장병 전투수당 정부에 요구, 유신헌법 제 29조 2 6조 2항 폐기 요구. 월남전에 우리의 젊은이들이 34만명이나 미군의 용병으로 가서 고엽제 살포 지역에도 들어가 전투수행을 한 것은 박정권의 사악한 인간병기로 돈을 벌어 부정축재하고 정치자금이나 사재로 하기 위한 것이었다. 미국은 한국 정부에 월남전에서 사망하거나 부상 당하면 두 배의 용병 사용료를 주었고 정부는 그 금액의 10분의 1을 피해 장병이나 유가족에게 지급했다고 한다. 이런 놀라운 사실이 그동안은 흑막에 가려 있었다.

🌿 고공농성

　중간에 멀리 보이는 흰 건물 위 옥상에서 2명의 여성노동자가 고공농성 중입니다.
권영숙 사회적파업연대기금 대표가 발언하고 있습니다.
　영남대의료원 노조위원장님의 말에 의하면 원래 노조원이 1000명이었는데 영남학원측의 민주노조 탄압으로 850명의 노조원들을 분열시켜 탈퇴시키는 공작을 악랄하게 하여 그 과정에서 트라우마가 깊었고 현재 80명의 노조원들이 고공농성 하는 해고노동자와 가열찬 투쟁을 하고 있다고 합니다.

🌿 비정규직 여성 노동자

김천 도로공사 본사에서 3시부터 연대 집회에 참가하였습니다. 250명의 노조원들이 저 건물 로비에서 점거농성하고 있습니다. 사파 기금에서 투쟁현장을 방문 지원하고 연대하고 있었고 투쟁 중인 분들 이 이들의 방문에 새 힘을 얻었겠지요. 다만 우리 사회는 일하는 사람 들 중에 정규직 비정규직으로 가르고 비정규직은 그날 벌어 그날 사 는 인생으로 만들고 있고 일을 놓으면 안전하게 인간으로서 최소한의 것도 누리지 못하는 시스템이라는 게 문제죠. 매달 월급은 의식주 해 결과 자녀 교육비와 각종 세금 등으로 쓰이므로 저축 어렵고 일에서 손 놓으면 벼랑길입니다. 특히 비정규직은 퇴직연금 같은 것도 없고 4대보험도 안되는 것도 많으니 황당하죠.

저도 비정규직 강사로 96년부터 지난 봄학기까지 일했지만 황당했 지요. 대학에도 각종 비정규직에 속하는 일자리들이 많지요. 시간강 사, 강의전담교수, 연구교수, 초빙교수, 겸임교수, 특임강의교수 등 이름도 여러가지죠. 1년, 2년, 3년, 4년 이런 계약직 교수가 바로 대 학의 비정규직 일자리라고 볼 수 있지요. 저는 시간강사로 오래 일했 고 이제 그 일에는 재미가 없습니다.

새로운 일을 40대 중반부터 하기 시작했지만 저의 특성상 한 자리 에 오래 있는 것도 견딜 수가 없고 주 48시간 노동, 52시간 노동은 건 강상 꿈꾸지 못합니다. 현재 제가 하는 일에 그냥저냥 만족까지는 아 니지만 일하는 것도 싫어진 사람이라서 이 정도의 일로 이 정도의 수 입에 그냥저냥 하고있습니다. 저는 시간강사가 강의료도 적고 아무런 보장을 받지 않을 시절 저의 20대후반과 30대, 40대 초반을 보내고 그 중반부터는 새로운 일을 찾게 되었습니다. 물론 그동안 해온 것에 대해 그래도 하길 잘 했다고는 생각합니다. 이게 나한테 어느 정도 맞기는 하니까요. 그냥저냥요.

🌿 서울 캐노피 도착

고공 농성하는 7인의 여성 노조원들! 투쟁 96일째. (현장의 목소리)

1. 해고 되고 나서 할 수 있는 것은 투쟁밖에 없었다.
   도로공사직원들의 갖가지 방해에 힘든 적도 있었다.
   끝까지 싸워 직접고용 쟁취하겠다.

2. 처음에 연대하러 와주신 때 눈물이 났다. 열심히 싸우라는 격려라고 생각했다.
   우리가 이긴다 직접고용 쟁취하자

3. 연대해준 동지들 보니 눈물 난다. (울먹이셨다).

4. 시민분들과 연대해주신 분들에게 감사 드린다. 끝까지 투쟁하겠다.

5. (눈물 흘리심) 혼자 투쟁했다면 지금끼지 할 수 없었을 것이다.
   연대해주고 함께한 동지들께 고맙다.

승리합시다 여러분!

저 철탑 위에 사람이 있다!

삼성 해고자 김용희씨. 강남역 철탑 고공투쟁 116일째

해고는 삶을 파괴한다!

해고는 살인이다!

사회적파업기금 9차 작은 희망버스

강남역 김용희 동지와 김천 톨게이트노조 투쟁현장, 대구 영남대 의료원 노조 투쟁현장을 방문 연대하러 갑니다.

저 높이 빨간 조끼 입고 철탑 위에 있는 분이 삼성해고 노동자 김용 희씨입니다.

상팔담

선녀와 나뭇꾼의 전설이 서려있는 곳. 여기는 상팔담이라고 합니다. 8개의 물웅덩이가 있지요. 이 그림이 조선의 어디인지 몰랐는데

남북경협 법률아카데미 강사로 오신 분이 북한 사진 보여주셨는데 이산과 물웅덩이에 대해 알려주셨습니다. 목욕하는 선녀를 몰래 훔쳐보는 나무꾼은 이 그림 같은 물웅덩이와 선녀가 어떻게 눈에 비쳤을까요!?

조선에서는 12년 무상교육. 0세에서 5세 탁아소, 6에서 7세는 유치원에 보냅니다. 여기는 아이들의 천국입니다. 남한 어린이집 같이 아이를 힘들게 하지 않는대요. 여자 55세, 남자 60세로 정년하면 연로보장을 받고 쉬고 더 일하고 싶으면 해도 된답니다. 교육 부분에서도 공부만 하라고 하지 않고 놀게도 하고 벌 세우고 아이들을 괴롭히지 않습니다.

노블 우먼

게으른 탓에 오늘도 겨우 원고 송고하고 나간다.

인사동에서 로즈 박님의 한지공예 전시회에 초대 받아 나간다. 오늘 집에서 성서에서의 '여성' 에 관해 읽었다. 구약의 유딧과 신약의 성모 마리아는 성경에서 기억될 만한 여성이다.

성서에는 남자가 아름답고 지혜로운 여인을 얻는 것은 그 남자에게 행운이라고 하였다. 그런데 여자에게 멋지고 지혜로운 남자를 얻는 것은 어떻다는 말은 없고 남자에게 순종해야 하며 조용하고 정결하고 지혜롭고 알뜰하게 살림을 돌봐야 하며 자식을 잘 교육해야 한다고 가정 내에서 여성에게 요구되는 게 너무 많았다. 성경에서 남성은 여

성의 주인이라고 신분제 사회에서 주인과 노예에 비유되어 있다. 후
후. 최상의 노블 우먼. 쉽지 않을 듯 하다.

🌿 전복

보수/진보라는 진영 논리는 지금 20. 30 세대들에게는 안 통한다.
이들은 자신의 생활에 어떤 불이익을 주면 좌든 우든 상관없이 저
항할 것이다. 나는 젊은이들이 깨어나서 사기와 협잡으로 인해 부정
부패가 가득한 대한민국의 정치 풍토를 갈아엎었으면 좋겠다.

🌿 임박하여 송고

마감 임박하여 겨우 송고하고 아들 아점 차려주고 나는 버스로 정
동 프란치스코 교육관 나간다. 여성정책 토론회가 있다고 와달라고
해서 가본다.

정신이 없게도 굴비 조리는데 진간장을 넣어야 하는 걸 얼마 전에
산 북한콩으로 만든 전통 간장을 넣은 것이다. 굴비가 한쪽이 시커멓
게 장물이 들어버렸다. 아들은 그냥 저냥 먹어주었다. 오이만 넣은 반
찬을 안 하면 모두 문제없다. 다음부터는 아무리 바빠도 이런 실수는
하지 말자!

그래도 새벽에 일어나 세탁기에 빨래 두 통 돌리면서 원고작업을 마저하는 중이었다. 밥도 가스렌지에 해두고. 그릇도 씻어가면서. 나는 글귀가 안 풀리거나 쓰다가 좀 지친다 싶으면 냉장고 열어서 과일도 꺼내먹고 설겆이도 하고 부직포 밀대로 바닥 먼지도 닦고 세탁기도 돌린다. 그러다 보면 덜 피곤하고 안 풀리는 꼭지도 풀린다. 이 나이에는 책상에 너무 오래 앉아 있으면 신체가 안 좋아진다.

🌿 야끼소바

오늘 아들이 사온 야끼소바로 야식 만들어 먹고 원고 작업을 계속합니다. 살쪄도 어쩔 수 없습니다. 거의 포기 상태입니다. 날씬한 사람들을 보는 걸로 만족할랍니다 ㅋㅋ.

재료 야끼소바면, 소스, 양파, 양배추, 숙주나물, 부추, 소세지나 돼지고기 살코기 조금, 칵테일 새우, 양송이 등 야채 듬뿍 넣어 드시면 좋습니다. 일본에 있었을 때 자주 해먹던 음식입니다. 간편하고 맛있습니다! 스트레스를 날리는 요리!

🌿 꽃차

청와대 앞 천막농성의 터줏대감 이석기 전의원의 누님 이경진님이 꽃차를 내셨습니다. 이석기 전의원의 석방을 요구하는 천막 옆에 전

국공무원노조 천막 그리고 전교조 천막이 있고 약간 빈 공간도 이경진님이 이 땅을 확보하신 겁니다. 그 옆에 국가보안법철폐긴급행동의 천막입니다. 평화협정운동본부 상임대표 송무호님과 이경진님, 사진은 제가 찍었습니다. 천막노숙농성이 793일째입니다. 철의 여성인 이경진님의 투쟁은 대단합니다. 자한당 애국당 우리공화당 천막도 들었다 놓습니다. 오랜기간 노숙농성하셔서 건강이 안 좋아져서 꽃차를 드시게 되었다고 합니다. 여성 투사 이경진님이 여기에서 버팀목이 되어주시므로 다른 단체들도 든든하겠지요.

🌿 모태길

우리 아들 모태길을 걷고 있습니다. 아들 임신 중에 S대학 야간 강의가 끝나고 버스 타고 나와 중랑교에서 내려서 우창골프 건물 사이로 난 길을 외대 방향으로 걸었죠. 밤 10시가 넘었습니다. 이 길이 모태길입니다. 이 길을 걸어 외대역과 외대 지나 외대 뒷쪽 신접살림집으로 갔습니다. 아들에게 이 길을 걸으면서 태내에 자라고 있었던 아들과 대화를 하면서 걸었다고 했습니다. 아들은 이 길을 걸으면서 태아였을 때 어머니가 자신과 대화를 하면서 걸었다는 말에 감동을 받았습니다.

🌿 아버지를 여읜 두 여인

어제 동대문 메리어트호텔 커피숍에서 카페라떼와 샌드위치를 고향친구가 사줘서 잘 먹었다. 친구와 4시간을 어린시절 이야기를 했다. 문득 월화수, 나는 과거로 돌아갔다. 커피가 진했던 탓인지 아니면 샌드위치 때문인지 속이 불편하여 까스활명수를 먹고 나왔다.

우리보다 나이가 더 많은 70대 가까워 오는 부인네 네 명이 호텔 바깥에 내다 놓은 의자에 앉아 수다를 하려다가 호텔 여직원이 주문서를 가져가자 자리에서 일어나 가는 것이었다.

호텔을 나와 둘이서 청계천 동대문에서 청계광장까지 걸어 광화문에서 서대문 가는 버스 타고 남북경협 아카데미를 들으러 갔다. 우리 둘은 오랜만에 편안하게 이야기를 마음껏 했다. 나중에 12월쯤 한 해를 보내며 같이 하루밤만 호텔에서 투숙해 보자고 약속했다. 옛날에 고향에서도 친구네 동네에 가서 친구집에서 자고 놀다 그 다음날 집으로 돌아온 적이 있는데 그 때는 초등학교 졸업하고 난 뒤였다. 올해 친구네 아버지는 돌아가시기 전에 시골 우리 동네에다 밭을 사서 콩을 심어놓았다. 친구에게 어머니 같았던 할머니도 돌아가시고 아버지도 작년에 돌아가셔서 친구는 간혹 슬퍼진다고 했다.

🌿 푸른 하늘

하늘이 너무 푸르고 좋다! 인간사도 저렇다면 얼마나 좋겠는가!? 천국을 지상에 옮겨놓은 사람들은 모두 저 하늘처럼 아름다울게다. 눈이 부시고 기쁘다 그런 사람들이 있다는 사실이!

최소한 열심히 일하고 정의롭게 의롭게 산 이들이 이 세상의 주인이 되어야 한다. 껍데기들은 갔으면 좋겠습니다.

🌿 옷과 책

오늘은 오전에 책 보고 아점 먹고 오후부터 옷과 책 정리를 했다. 여름 옷을 창고에 들이고 상자에 든 책을 꺼내보았다. 이 집에 이사 올 때 책을 모두 책꽂이에 꽂을 수 없어 상자 몇 개 안에 책을 넣어두었다. 꺼내보니 내가 시를 습작할 때 읽었던, 나에게는 그리운 시집들이 꽉 차 있었다. 내가 좋아했던 시인들의 시집이었다.

어느 상자에는 아들이 초등학교 다닐 때 쓴 포스트칼라, 주판, 피리, 붓, 크레용, 토마스와 친구들 퍼즐 등이 있었다. 다른 상자에는 내가 대학강사로 처음에 강단에 설 무렵의 가죽 가방들이 몇 개는 아직은 써도 될 모양을 유지한 채 들어있었다. 신이 났다. 그걸 대충 닦아서 방에 들여놓았다. 나에게도 의욕적으로 가르치고 학생들을 만날 생각에 즐거웠던 때가 있었다. 또 어느 상자에는 어학 테이프와 비디오 테이프가 잔뜩 들어있었다. 전태일 열사 비디오테입도 있었다.

옷방의 서랍에는 아직도 아들이 어릴 때 다녔던 이문성당 젬마유치원의 원복이 들어있었다. 7살 무렵에 입었던 원복인데 아들이 이제 다 컸다. 저렇게 작았을 시절도 있었구나 했다. 조끼와 반바지가 한 벌인 원복이었다.

여름 원피스들을 비닐 팩에다 넣다가 올 여름에 입지 못한 채 내 기억에서 잊혀져 있었지만 너무 예쁜 원피스. 사이즈를 보니 이젠 살쪄서 입을 수 없는 원피스. 그러나 이걸 입고 날씬했던 시절의 나를 생각하며 행복한 기분에 휩싸였다. 무엇보다 내가 좋아한 시인들의 시집을 올가을에 다시 읽게 된 게 너무 좋다.

밤 8시부터 우리 집에서 가정전례가 있어 성경 말씀을 나누고 거의 11시에 마쳤다. 오늘은 집정리하면서 시간여행을 하고 말씀에서 하느님께는 불가능이 없다는 루카복음의 수태고지가 나에게 감동이 되고 격려가 되었다. 하느님은 전지전능하신 분이시다. 권능의 그분께 믿고 의탁한다.

🌿 영화 〈1987〉

우리한테 마지막 남은 것은 진실뿐입니다. 그 진실이 이 정부를 무너뜨릴겁니다.

영화 〈1987〉의 대사에서

🌿 태풍과 고공농성

태풍도 오고 날씨도 으슬한데 차가운 바닥에서 전기불도 없이 투쟁하는 톨게이트 노동자들, 강남역 김용희씨, 세종호텔 노조 여러분의 얼굴이 생각난다. 해결 되어서 편안해지면 좋겠는데 정부는 뭐 하고 있는지 모르겠다. 일을 하고도 마땅히 주어져야 할 것이 주어지지 않아 싸워서 얻어야 하는 서러움이 쌓인다. 그리스도인인 나는 기도하고 하느님이 개입하셔서 힘든 사람들을 구해주시면 좋겠다는 생각이다. 사람의 문제는 사람이 풀 수 있다고 한다. 그러나 하느님은 사람을 통해 사람의 문제를 푸신다. 그렇게 믿고싶다.

어제 아들이 민족작가연합분들께 시를 통해 구원 받기를 바란다고 말했다. 우리 모두 구원 받길 원한다. 나도 당신들도.

아래 그림은 북한 화가가 그린 그림입니다.

🌿 역사 제대로 안 가르치는 교수

이런 교수는 학생들 가르치지 말아야 한다. 역사의식 없고 진실을 알려고하지도 않는 자가 어떻게 대학에 있는가 모르겠다.

이번 추석에 어머니는 일본놈이 우리나라 처녀들을 공출해가서 10 대 소녀들도 조혼을 서둘러야했다고 한다. 그리고 외삼촌은 일본에서 돌아올 때 겨우 살아나왔다고 한다. 우키시마마루 폭침에 대해 이야기 하셨다. 어머니가 어릴 때 같은 마을에 일본에 갔던 장정들이 몇 사람이나 수장을 당해서 온마을이 초상 분위기였다고 한다.

🌿 달기 약수

어제 저녁에 달기약수를 넣고 어머니가 키운 정구지를 넣어 오리백숙을 해서 남동생네와 엄마랑 아들이랑 먹었다. 먹고는 뼈랑 껍데기 이런 것들을 그릇에 담아 뒤안 텃밭에 갖다났더니 어미 고양이와 새끼 고양이가 와서 딱딱한 뼈 몇 개만 남기고 물렁뼈와 껍질 등을 거의 다 먹어 치운 것이다. 그리고 오늘 아침에도 가자미전 먹고 남은 뼈와 머리 부분 등을 갖다났더니 둘이서 와서 얼마나 잘 먹는지 새끼 고양이가 너무 귀여웠다. 먹는 모습이 얼마나 이쁜지. 어머니가 늘 정지간에서 밥을 던져주면 받아먹는다는 길고양이. 고양이는 영물이라서 구박하거나 박대하면 안된다고 어머니는 늘 말씀하신다.

어머니는 여러 남매를 키우느라 늘 쪼들렸지만 내가 어릴 때 우리 집에 늘 걸인들이 오면 밥이나 보리쌀, 떡 이런 것을 주시던 생각이 난다. 보리쌀도 한 바가지 듬뿍 주면 걸인은 자루를 벌려서 받곤했다. 추운 겨울날 먹을 것이 없을 때 사람이나 동물이나 춥고 배가 고팠던 시절이 있있다. 어머니와 아비지께서 시람들을 많이 먹인 탓인지 나도 많이도 얻어 먹고 또 산다. 아마 어머니와 아버지가 많이 베푼 덕에 나와 아들의 먹을 걸 미리 마련한 모양인 셈이다.

남을 부하게 하면 자신도 부해진다지 않는가!

어머니는 아버지가 데리고 온 면 직원이나 보건소 직원들을 늘 밥을 먹여 보내곤 했다. 우리집은 건어물 가게하는 종이모네서 건어물을 늘 사 놓았다. 아버지가 각제(갑자기) 데리고 온 관공서 직원들을 먹여야 했기 때문이다. 아직도 생각나는 건 어머니가 한여름에도 집으로 온 직원에게 점심상을 차리고 하느라 부리나케 보릿짚을 때서 밥하고 북어를 패서 그걸로 고추장에 무치던 생각이 난다. 남을 부하게 하면 자신도 부해진다. 이 옛말은 너무나 맞는 것 같다.

정구지/부추, 정지/부엌, 각제/갑자기

🌿 행운유수

2019. 9. 16. 하오 14: 08분 안동 출발, 청량리 도착 17시 43분 도착.

두 분의 시민활동가가 나오신단다. 이런 경우는 난생 처음. 나는 어머니가 이것저것 싸준 비닐 자크가 고장난 무거운 가방 하나와 달기 약수물이 든 물통 하나를 아들과 나누어 가지고 간다. 하루 종일 하염없이 하늘의 구름을 바라본다.^^ 구름의 균열과 접합과 군단이다. 행운유수라 했던가. 사람도 가고 오고 서로 손잡고 틈이 생기고 금 가고 봉합하고 하나 되거나 둘이 되거나 무리를 이루기도 하거나 혼자 가거나 한다. 구름도 같구나 사람처럼. 그러다가 어느 곳에서 비를 뿌리거나 바람에 쓸려나가거나 눈이 되거나 얼음이 되거나 이슬이나 안개가 되거나 서리가 되거나 우박이 되어 떨어지겠지만. 변하지 않는 것이 없다.

안동댐 월영교와 주변 민속마을에서 찍은 사진.

🌱 연대 투쟁 가던 길

김천 한국도로공사 본사에서 투쟁중인 분들을 위해 연대 투쟁을 다녀왔다. 청송에서 진보 안동을 거쳐 예천 점촌 상주를 지나 김천을 갔다. 먼 길이었다. 아침 7시 차로 나가서 차편 관계로 김천에서 3시 넘어서 왔는데 다시 역순으로 버스를 타고 청송에 와서 어머니집에 오니 밤 8시였다.

이 길은 큰언니네가 상주에 살았을 때 몇 번 가봤던 길이었다. 안동은 자꾸 커지고 발전하는데 도청이 이전해왔으므로, 예천 문경 점촌 상주는 옛모습 거의 그대로였다. 발전이 늦고있는 것이다. 석탄을 캐던 시절 문경과 점촌은 꽤 변화했었다. 영주도 태백으로 가는 곳이라서 번화했었다. 그러나 석탄을 캐지 않고 폐광이 되면서 지역경제가 쇠퇴해갔다. 경상북도 도청이 이전된 안동 옆 일직은 청와대 모양의 도청 신건물을 비롯하여 현대식의 멋진 건물들과 고급스런 아파트들이 지어져 있었다. 세월이 많이 흘렀다. 내가 초등학교를 졸업하고 처음 큰언니네가 살았던 상주로 간 것은. 낯선 곳을 혼자 찾아서 버스를 타고갔던 기억이 난다. 함창이란 곳과 용궁이라는 지명도 오랜만에 들었다. 그 때 그 시절이 생각났다. 따분했던 시골생활을 벗어나서 낯선 곳으로 버스를 타고 여행 갔던 때를.

안개가 심한 이른 아침에 나가서인지 으슬으슬하여 안동시외버스터미날에서 아들과 소고기국밥을 둘이서 한 그릇을 먹었는데 역시 안동의 음식은 맛났다. 차시간에 쫓기므로 각기 한 그릇 다 먹을 시간이 없어서 한 그릇을 둘이 얼른 먹고 김천행 버스에 올랐다.

🌿 나를 위한 글쓰기 혹은 너와 우리를 위한 글쓰기

어디로 가는가
떠나온 곳이 그리워 잠시 발길 돌리는 자여
선잠을 털고 일어나 머물러 있을 만한 곳을 빠져나오는 자여
네가 비워두었던 곳과 네가 비워 둘 곳을
가늠하며 전사처럼 긴장의 시간을 팽팽히 당겼던 자들
언제가 화살을 맞고 쓰러져 전장에 뒹굴며
피흘린 기억도
그 날의 처참한 살육의 현장에 내렸던 궂은 빗방울
상처 구멍을 매웠네
싸우다 하나씩 마음의 팔과 다리를 잃어갈지라도
절뚝이지 않고 걸어온 용장이여
가슴에 품어온 이상의 불은 푸르게 타오르고

내 안의 나와 죽기까지 싸우는 하얀 수염의 수도사처럼
백합의 순결과
걸인의 겸손과
어머니의 사랑을 품고
머리에는 천상의 세계를
빛나는 이마에는 예지를
입에는 황금의 혀를
가슴에는 타오르는 이상을 지닌 자여
어디로 떠나려 하는가
한 사람이 오고
한 사람이 떠날 때
하나의 전장이 오고
하나의 전장이 사라진다
인간의 싸움은 그치지 않고
세계는 전장
승자도 패자도 없이
소리 없는 전장 속에서
다만 허공에다 대고 칼을 겨누었을 뿐
그 허공은 그의 마음에 뚫렸던 빈 자리였다네
어리석은 자들이여
뚫린 거기에 너는 무엇을 채우려고 했느냐
우상들을 만들어 세우고 스스로 경배한 자여
칼로 쳐내거라
우상들을 부수어라
조각을 내고 티끌로 날려버려라
너를 지배하는 우상과 싸우지 않으면

너는 영원한 노예
일생을 사슬에 묶인 채 어둠의 굴에서
짐승처럼 울부짖으며
더러운 잠자리와
보잘 것 없는 음식을 먹으며
육신의 병고에 시달리며
영적 굶주림으로
끝없이 갈증을 느끼며
앙상한 두 손으로
목을 부여잡으며 소리치리라
형제들에 의해 애굽에 팔려간 요셉처럼
절망의 굴에서
누군가의 손길을 기다리며
죽음의 올가미와 독사들
이리저리 피하며
차라리 죽음의 형제여 오너라고 외치리라
그런 날들이 지나면
스스로를 포기할 때
한 줄기 빛은 만신창이가 된 그 자리에 비추어
너를 포기하여라
너를 포기하여라
이제 내가 너를 살게 하리라
이제 내가 너를 살게 하리라
우상의 어둔 밤들은 사라지고
참 하느님의 흰 자루옷 입은 이가
저 먼 곳으로부터 다가오네요

누구인가요
누구인가요
당신은 누구인가요
예전에도 본 적 없고
이제도 알 수 없는 분
눈부신 빛이 내 어둠을 밀어내고
내 몸을 칭칭 감았던 녹슨 사슬이
한순간에 사라지고
내 목숨 노리던
죽음의 올가미들과 독사는 사라졌네
오 참으로 내 눈이 내 눈인가
내 눈은 무엇을 보는가
보라 이 사람을
신비스런 빛이 둘러싸여
나를 묶은 올가미를 풀고
사슬을 끊으시는 분
어제의 죽음은 가고
이제 온 삶을
드디어 꽃을 피우게 하는 저 사람
당신은 누구인가
보라 이 사람을

반도는 사슬을 감고 죽음의 어둠이 왔네
그 몸이 반토막 나서 철조망을 칭칭 감고
한 젊은 병사는 GOP에서
날카롭게 북녘을 보고 총을 겨누고

또 다른 젊은 병사는 남녘을 향해
총을 겨누었네
누가 이들을
낯모르는 이들을
서로 총질하게 했는가
말하라
너의 정체를
너는 어디에서
누가 보냈는지
분열과 통치와 억압과 수탈의
부정과 부패와 불의와 불공정
일으키는 사탄의 무리들
Deca!
어둠의 영이어
인간을 파멸시키는 영이여
하나는 전체를 위해서
전체는 하나를 위해서
우리는 싸운다
저 사탄의 무리들과
우리들의 용감한 전사들
사탄의 무리를 이기는 대천사 미카엘을
옹위하며 진군하는 우리의 하늘 군대
싸운다 쳐부순다
반만년 역사를 세운다
묶인 사슬을 칼로 쳐낸다
분열과 통치를

익입파 수팀을
불의와 불공정을
반도는 노래한다
반도는 춤춘다
신생의 봄을
빼앗긴 역사를 되돌리고
새로운 역사를 쓴다

동이 터오는 창가에서
시인은 무엇을 보는가
그의 눈은 바라본다
고요히 찾아오는 새 아침에
열어가는 역사를

어디로 가는가
한 사람이 오고
한 사람이 갈 때는
하나의 해가 지고
하나의 달이 진다

어디로 가는가
정처없이 머물 곳을 찾아가는 이여
오늘은 이름 없는 한 시인의 곁에서
머물러다오
한 사람이 오면
한 사람이 오면

하나의 세계를
하나의 세계를 부려놓는다

한 사람이 가면
한 사람이 가면
하나의 세계가
하나의 세계가 사라진다

우리가 떠나면
우리가 떠나면
너희들은
너희들은
어떻게 남느냐

한 때 우상에 눈 멀었던 이스라엘 백성들
거대한 성전이 무너지고야
하느님이 보였다
육신의 눈을 잃으면
마음의 눈을 얻는다
성전의 모퉁이돌이 하나라도 남지 않았을 때
이스라엘 백성은 그들의 나라를 찾기 시작했다
낯선 나라 바빌론에 끌려가
현인들과 율법학자들과 제사장들이 끌려가
남의 나라 남의 땅에서
굴욕을 겪으며
바빌론강가에서 울었네

시온을 그리며 울있네
암사슴이 시냇물을 찾듯이
그들의 하느님을 찾았더니
성전을 잃고
나라를 잃고
나라를 찾아 헤매었네
하느님을 찾아 울부짖었네
우상보다 못한 하느님
이웃나라 이방신을 섬기며
자기 나라를 우습게 보았지
자기 나라 백성도
자기 나라 땅도
발밑의 때쯤으로 생각했네
유배지의 백성이
시온의 노래를 부르라면
차라리 내 혀가
입천정에 붙으라고
맞섰다네
유배지의 이방신 믿는 백성이
시온의 임금님을 모욕했기에
그 땅에서는 시온의 노래를 부르지 않았다네

그 백성들은 숨어서
모세오경을 파피루스에 쓰면서
처절하게 가슴을 치며 울부짖고
자기 말로 망국의 역사를 썼다네

남의 나라 남의 땅에서
숨어서 썼다네

🌿 불면의 가을

피곤할텐데도 이른 새벽에 잠이 깬다. 가을이 되고 계속 이런다.
어제는 아들과 어머니가 홀로 사는 시골집에 왔다. 전날 밤늦게 문건
을 작성하고 새벽에 일어나 택시를 타고 나와 청량리역에서 기차를
탔다. 종착역인 부전역까지 가는 기차가 원주까지 오면 빈 자리가 나
는 안동역 종착역 기차하고는 달랐다. 서는 역마다 사람들이 내리면
빈 자리는 새로운 사람들로 채워졌다. 나는 표 예매를 못 한 관계로
오랜만에 줄곧 서서 안동역까지 온 것이다. 스스로 건강이 회복된 것
에 감사했다. 기분도 너무 좋고 3시간 반을 서온 건데도 거뜬하였다.
어떻게 나한테 이런 일이 생겼는가. 나는 40대 초반에 고통 중에 있
을 때 우울, 공포, 울렁증으로 삶이 괴로웠다. 인생의 꽃이 피는 40대
에 나는 제2의 사춘기처럼 지독한 일을 겪고 내 존재가 흔들리는 고
통을 겪었다. 그런 심산의 세월을 근 10년을 겪고 최근에 시민사회
활동을 하면서 좋은 분들도 만나고 그분들과 함께 하면서 자신이 다
시 회복되고 돌아오는 걸 느낀다. 나는 강해지고 있는 것 같다. 다시
담대함을 회복하는 듯 하다. 어제는 아들과 서서 오면서 도란도란 얘
기도 하고 원래 아들이 수다스럽다 나한테. 이런 참새같은 아들이 있
는 것도 고맙다.

83살의 어머니는 그저께부터 나를 기다리고 계셨다. 대개 추석 이

틀 전에는 오는데 이번에는 하루 선날 온 것이다. 지난 달 아버지의 기제사 때에 오고 또 오니 더 기쁘다. 그 기쁜 마음으로 피곤도 모르고 어머니랑 남동생이 좋아하는 잡채를 만들었다. 안동 홈플러스에 들러 이것저것 사온 걸 정리해서 넣고난 뒤에. 남동생네는 어머니의 집에서 2키로 떨어진 읍내에 살고 있다. 저녁에 남동생네가 왔다. 어린 조카가 여름 때보다 볼에 살이 올라 꼭 바로 밑에 여동생이 어렸을 때 얼굴을 닮아있었다. 조카는 나한테 업어달라고 하여 모처럼 아기를 업어보았다. 나는 고모가 되어 아기를 업으니 기분이 묘했다. 업힌 조카는 내 등에다 볼을 오른쪽 왼쪽 번갈아 기대보면서 좋아했다. 한 달만에 보니까 정이 나나보다. 어릴 때 동생들도 업었던 기억이 난다.

나는 7남매의 4째인데 어머니는 모두 9남매를 낳으셨다. 오빠와 남동생 하나가 어려서 병으로 먼저 하늘 나라로 갔다. 그래서인지 우리 부모님은 살아남은 여섯 딸과 아들 하나를 애지중지하셨다. 딸이 많은 것도 어머니는 자신에게 복이 있어서 그렇다고 늘 얘기하셨다. 아버지한테는 자식이 없는 관상이라나 하시면서. 근거가 있는지 없는지는 모르겠지만. 어디서 듣고온 것인지. 어릴 때는 아버지 형제가 이 동네에 같이 살았지만 큰 집이 용인으로 가고 작은 아버지네는 두 분이 돌아가시고 자녀들도 모두 고향을 떠나 살고있다. 어릴 때 소죽를 끓이는 게 내 당번이었는데 이 동네에 살았던 큰아버지는 2.3일에 한 번씩 우리 집에 오셨다. 그냥 별일 없이 낮을 숫돌에 가시거나 하시러. 지금 생각해보니 큰아버지는 왜 늘 오셨나 싶다. 아마 분가해 사는 동생네가 어떻게 지내나 해서 오신 거 같다.

저녁밥상을 앞에 두고 둘러앉아 남동생네가 사온 찜닭과 내가 만든 잡채에다 사온 초밥에다 맛나게 먹었다. 그 중에 어머니가 끓인 된장국이 제일 맛있었다. 이번에 조국사태로 좀 피로했는데 머리가 비워지는 것 같다. 모든 것에서 한 발 물러나 관망하면서 글도 써야지. 이제 추석이 지나면 본격적인 가을이 되는데, 본연의 자리를 지키면서 함께 할 일을 해나가야겠지 싶다. 언젠가 신부님께서 일도 사랑하는 마음으로 하면 즐겁고 좋은 결실을 맺는다고 가르쳐주셨다. 그 말씀 깊이 새겨야겠다.

🌿 민낯

가짜들이 드디어 민낯을 들어낸 하루였다! 성실하게 일하고 실력 있고 정의로운 이들의 시대가 가까이 왔다는 생각이다! 맑은 물이 흐르면 흐린 물은 갈라진다.

🌿 기억 속의 학생들

동양대학교라는 학교는 내가 오래 전에 강의를 했던 곳이다. 경북 풍기에 있고 그곳은 영주에 있는 경북전문대와 같은 재단의 학교로 알고 있다. 나는 이 두 군데에서 1박 2일로 강의를 했고 영주에 있는 친척의 숙박시설에서 묵었다. 서울에서 새마을호를 타고 아침 일찍 출발했었다. 그 때는 내가 이십대 후반이었다.

한 학기를 마치고 나니 재단과 관계되는 어떤 교수가 일어 전공은 아닌데 일본에서 유학하고 와서 그 당시에 그 사람이 가르칠 학과가 신설이라 입학생이 없는 관계로 수업이 없어 내가 담당했던 일어 과목을 그 사람이 하게 되어 나는 잘린 거였다. 비정규직 강사는 통상 6개월 단위로 계약이 되므로 학교는 아무런 법적인 하자가 없었다. 나는 그곳을 택한 이유가 고향에서 가까운 곳이었기 때문에 부모 곁에서 일할 수 있겠다 싶어서 대학원동기가 계속할 수 있는 곳이라고 소개하여 서울이나 경기권 대학에서 수업하는 것을 그만두고 내려갔던 것이었다.

한 학기 수업 후 학교로부터 아무런 통보가 없었고 나는 잘렸다. 다시 나는 시골집으로 옮겨놓은 짐을 서울로 가져오고 방도 다시 구했던 기억이 난다. 괴로운 일이었고 나는 그 해 가을학기는 강의를 못한 채 집과 성당만 나가면서 집에서 〈바람의 교향악〉이라는 동화를 번역했다. 그러면서 시를 썼다. 동화 번역을 마치고 동인회의 후배가 한번 읽어봐주었다. 그리고 출판사를 알아보는데 이 책의 판권을 성바오로회가 갖고 있어서 그곳에서 담당 수녀님의 허락으로 출판된 것이다.

나는 그 동양대학교에서 4학년 학생들에게 일어를 가르쳤는데 내가 얼마나 잘 가르쳐놨는지. 스스로 칭찬하고 싶지만. 문제도 시험지 두 장 될 정도로 내고 꽤 어렵게 냈는데 학생들은 거의 90점 이상으로 나온 것이다. 절대평가였으므로 노력한만큼 학생들을 성적을 받았다. 강의 후 학생들과 아이스크림 먹으면서 잔디밭에서 얘기를 나누었던 생각도 나고 그 때 그 학생들이 얼마나 순수하고 내 말에 귀 기울이며 들었던가를 생각하면 지금도 행복해진다. 나는 그 때 그 학생들이 성적이 좋았던 것은 나와 잘 소통이 된 때문이라고 생각한다.

처음 강의를 한 곳은 외대 용인이었는데 그 때만 해도 이문동 캠퍼스에서 두 시간을 학교버스로 교수들이 이동했었다. 그날은 비마저 오는 가을학기여서 첫수업에 늦게 된 것이다. 비가 오니 도로사정으로 버스가 막힌 것이 아마 30분쯤 늦은 듯 하다. 놀라웠던 것은 강의실 문을 여니까 한 학생도 가지 않고 학생들은 기다리고 있었다. 나는 늦어서 미안하다고 하고 수업을 시작했다. 아마 학생들은 그런 일이 왕왕 있어서 기다리는 듯도 했다. 첫강의라 떨리기도 했지만 그 진지하고 인내심 있는 학생들에게 나는 감동을 받았고 열성으로 가르쳤다. 나는 오랫동안 학생들을 믿고 그렇게 가르쳤다. 그런데 어느 순간 그 학생들이 평가가 상대평가가 되고 세대가 달라지고 입시위주의 교육이 과열되면서 학생들도 예전 같지 않다는 생각을 했고 한 학기 한 학기가 나에게 정신적으로 너무 피곤해졌다. 나의 나이도 들어갔고 나는 옛날과 같은 열정이 식어가는 걸 느꼈다. 나는 지난 봄학기를 끝으로 학교를 그만두었다. 그만할 때가 된 것이다. 최소한 열정이 돌아오지 않으면 앞으로도 하지 않을 생각이다. 지금은 시창작을 지도하는 일이 나한테 의욕을 느끼게 하고있다.

나는 대학교를 그만두기 전에 몇 년간 토론수업을 진행했다. 학기마다 주제를 정하고 텍스트를 정했다. 물론 어떤 학기는 내가 기대했던 것에 못 미치기도 했다. 이것도 처음 몇 년간은 학생들과의 수업이 재미있고 기대 되었다. 그 때 들었던 학생들이 사회인이 되어 페북이나 카톡을 통해 알고있다. 어떤 학생들은 상담도 해왔다. 그러다 보면 한 학기 후 또는 1년 후 고민했던 게 해결되기도 했다.

어느 학기에는 강남 8학군에다 그만한 부모님과 경제력이 있는 집의 학생이 대다수 학생의 생각에 물에 기름 뜨듯 처음 1달간의 수업에서 시큰둥한 경우가 있었다. 나는 그 학생에게 한 학기 동안 대다수의 학생들의 생각을 들어보고 왜 그렇게 생각하는지를 인내심 있게 함께 해보라고 권하였다. 그 학생은 나의 권고에 그러겠다고 대답해 주었다. 학기말쯤 되었을 때 그 학생은 다른 많은 학생들에게 아주 유익하고 자기의 생각을 많이 깰 수가 있었다고 하면서 이 수업을 듣지 않았다면 자신은 강남의 울타리에서 벗어나지 못 했을거라고 했다. 그는 학기말에 더욱 성숙하고 깊은 생각을 지닌 학생이 되었으며 무엇보다 대다수 학생들이 겪는 문제들에 공감하고 소통하며 함께 하는 즐거움을 누리는 학생이 되었다. 이 학생들도 지방에서 올라온 학생들은 낯선 환경의 서울생활의 어려움, 고독, 경제적 어려움, 학업의 어려움, 집안 문제, 부모의 이혼이나 위기로 겪는 어려움, 취업에 대한 고민, 이성 친구 문제 등으로 어려움을 겪고 있었고 그 나이에 지닐 수 있는 자신과 세계 간의 만만치 않는 문제들로 어려움을 겪고 있었다.

이십대 후반에 처음 강의할 때 야간수업을 맡은 학교에는 나보다 나이가 많은 학생들이 더 많기도 하고 심지어 어떤 학교에서는 학생 누가 와서 어느 학생이 선생님께 관심이 있다고 살짝 말해준 적도 있었다. 나는 그냥 모든 걸 좋게 생각했다. 강단에 서면 나는 선생이 되었기 때문이었다.

어떤 학교에서는 과대를 맡은 학생이 약간 조폭 스타일이어서 학생들을 좌지우지했다. 그 날도 수업을 하는데 그런 태도로 다른 학생까지도 수업 못 받게 하여 나는 화가 나서 문을 닫고 나와버렸다. 교수 대기실에 있자니 과대가 와서 스스로 무릎을 꿇고는 사죄하는 것이었다. 나는 부드럽게 다음에는 이런 일이 있어서는 안된다고 타일렀다. 무릎까지 꿇지는 않아도 되는데 이것도 조폭스타일 하고 생각했다.

나는 키가 작고 왜소하였고 그 학생은 등치가 아주 컸다. 두 카리스마가 부딪쳐 그 학생이 손을 든 경우였다. 그날은 수업을 해야하는 날이었다. 다른 학생들은 수업 받을 권리가 있고 나는 계약된 이상 수업해야할 의무가 있었다.

🌿 사이 좋은 고부 룻과 나오미

오늘은 룻기 묵상. 룻이 나오미를 따라 모압땅과 자기의 친족을 떠날 때 어떤 마음이었을까 싶다. 또 남편과 두 아들을 잃고 빈 손으로 고향 베들레헴으로 돌아온 나오미의 심정은 어땠을까싶다. 이런 처지의 두 여인은 함께 의지하며 나오미의 고향에 와서 룻은 나오미의 친족 보아즈와 재혼을 하여 나오미와 함께 그 친족들과 행복하게 새로운 삶을 살게 된 이야기이다. 그러니 어려운 처지의 사람들끼리 서로 굳게 손을 잡으면 현실의 문제도 초월하게 된다. 이처럼 지혜로운 사람이나 그룹은 어려울 때 서로 진정한 연대를 하여 어려운 국면을 헤쳐나간다. 그러나 어려울 때 서로 제 살 궁리만 하다 보면 나라는 갈라지고 한 집안은 쑥대밭이 된다.

우리가 목이 터지도록 자주 통일을 외치고 남녘과 북녘이 함께 손을 잡고 미래를 개척해야 하는 것은 바로 이 가난하고 가여운 두 여인처럼 함께 손을 잡고 걸어가는 것만이 해결책이기 때문이다.

🌿 콜레스테롤

삼겹살에 된장찌게, 밥 하고 먹고 싶은데 아들은 콜레스테롤이 높아진다고 피하고 라면 끓여서 밥 말아 먹자고 한다. 우리는 거의 삼겹살 안 먹는다. 다른 고기도 가끔씩만 먹는다. 비오는 날은 삼겹살을 고소하게 굽는 냄새가 그리운데 아들의 말을 들어야겠다.

낮에 대학원 동기랑 육개장국 먹었으니.ㅋㅋㅋ

🌿 손가락이 아파서

방금 샘터문학에 송고하고 나니 나는 드디어 손가락과 손이 또 붓고 딱딱해진다. 자판을 많이 쳤기 때문이다. 내가 약한 게로군. 이래서 소설 쓰겠나 생각한다. 작년 겨울에도 좀 썼다가 손과 손가락, 팔까지 아파서 이삼일은 밥도 못 해먹어 사먹었다. 허리나 힢 모두 나빠진다 오래 앉아서 일하면. 전신이 아파진다. 이럴 땐 찜질방에 몸을 집어넣어서 푹 구워서 내면 다시 뼈나 살이 제자리로 돌아오겠지 싶다. 좌우간 2일에 걸쳐 일을 마쳤으니 지금부터 푹 자고 내일 아침에 삼각산을 다녀오면 나아질게다. 자연이여 나를 고쳐다오! 대지의 어머니 가이아와 데메테르여! 나를 회복해주렴!

아래 사진은 심우장에 갔을 때 앞집의 밤나무에 밤이 주렁주렁 달렸길래 사신에 남았습니다.

🌿 라면 국물에 밥 말아먹고 싶은 날씨

아침에 성그란 날씨 탓에 점심은 라면 국물에 밥 말아 먹고싶단다. 먹방 아들 식미를 말릴 수 없다. 살 찌는 것도 팔자인 듯하네. 더 추워지면 들어앉아서 먹을 궁리만해서는 안된다. 쿠이고모리라고 말을 지어낸다. 이건 일본말이고 들어앉아 먹기만 하는 룸펜을 식충이, 식객이라 하제 아마. 나는 오전에 밥과 천도 하나, 아오리 하나를 먹어서 오늘은 여기서 그만 먹을까보다.

한국전쟁 때 한국군이 부려먹었다는 식기류. 그 시절의 배고픔을 아버지는 여러 차례 얘기해주신 적이 있다. 한국군들은 굶주림과 헐벗음 속에서 냉전 대리전을 치른 것인가? 휴전 후 군사적 안보가 불안하여 7년만에 그것도 겨우 시험을 쳐서 합격해서 제대할 수 있었다니 그런 생지옥, 감옥이 없었단다. 오죽 했으면 같은 하사관이었던 묘령의 어여쁘고 교육받은 여성이 접근해도 거절하고 부모형제들의 곁으로 고향을 오매불망 그린 것일까. 집안에서는 아버지형제가 모두 군에 들어가 남자들이 없고 여자들만 있었다니 기가 막히는 일이다. 여자들끼리 시골에서 농사 지으며 먹고 살아야했으니 얼마나 고달팠을까 싶다. 거기다가 집안에서는 여자들만 있는 집이라고 괄시까지 했다니 더욱 살이가 어려웠을게다. 허 참!

🌿 데오 그라시아스 Deo gracias!

답답하다. 잠이 깬다. 피곤한데도 가슴을 짓누르는 상념들이 있다. 상념의 잎들이 무성하다. 이파리 때문에 시원하게 보이는 하늘도 가린다. 나를 혼란스럽게 할 때, 주여 나를 도와주소서, 당신은 언제나 저와 함께 계시겠다고 두려워 하지 말라고 하셨나이다. 그 약속 늘 지켜시는 분이라고 믿나이다. 이 밤이 가기 전에, 아침이 밝아오기 전에 주여, 마음이 평안케 하소서. 창밖이 환하게 밝아오고 있나이다 주여. 설사 마음에 들지 않더라도 주여, 처음 시를 썼을 때의 저로 돌아가 그들과 한 마음이 되게 하소서. 감히 제가 무엇이라고 판단하겠나이까? 지난 시절 처음 습작한 시들을 보고 주여 제 얼굴을 가리나이다. 부끄러워 숨기고 싶나이다. 25여년이 지난 지금도 한 편을 쓸 때마다 어렵나이다. 주여 제가 낮은 자 되어, 처음 시를 쓰겠다고 고뇌했던 그 자리에 저를 옮겨와 주소서. 그런 마음으로 한 편의 시를 대하게 하소서. 스스로 못난 자라고 생각하고 한 편의 시를 만나고 바라보고 말을 걸게 하소서. 당신 앞에서는 모든 걸 내려놓듯이 한 편의 시도 당신을 대하듯 하소서. 처음 시를 쓰는 아기들에게 젖을 주는 어머니가 되게 하소서. 어느덧 마음이 평안해집니다. 감사하나이다. 아침이 밝았습니다. 당신의 빛이 이른 새벽의 불면의 괴로움을 덮어가나이다.

상쾌한 가을 아침입니다. 주님은 길이 찬미 받으소서. 데오 그라시아스 Deo gracias!

만해 스님의 심우장

만해스님께서 마지막까지 사셨다는 심우장에 오랜 전부터 와보고 싶었는데 마침 행사가 있어 지인의 소개로 오게 되었다. 나는 만해스님의 문학에 대해 3편의 논문을 썼다. 박사논문을 끝내고 나니 경희대 김교수님께서 만해학보에 실을 만해의 비교문학적 논고를 의뢰해 오셨다. 나는 비교문학자이므로 미야자와 겐지, 타골, 만해 이런 구도로 쓴 비교문학논문을 송고했었다. 만해학보 3호에 게재되었고 나는 박사논문의 결과를 알아주는 사람들이 있다는 것이 나의 고생을 위로해주는 것 같았다. 2003년 일본에 단신으로 갔을 때 1년간 만해 전집을 끼고지냈다. 소설을 제외한 나머지를 거의 다 읽으면서 소논문들을 읽고 정리했었다. 만남과 이별, 재회를 노래하는 만해 스님의 『님의 침묵』은 고통의 침묵 속에 휩싸여 있는 나에게도 많은 이들에게도 희망을 준다. 나라를 빼앗기고 뿔뿔이 흩어지고 궁핍한 상황에 내몰린 어린 양떼들, 정신적으로 고통 중에 있는 이들에게 구원이 되는 만해 스님의 『님의 침묵』은 그분이 말하셨듯이 저문 해질녘 헤매는 한 마리 어린 양을 위한 구원의 메세지를 담고있기에 더 깊은 문학세계를 지닌다. 오늘에야 심우장에 올 수 있게 된 게 너무 행복하다.

하느님은 사람을 세울 때

하느님은 사람을 세울 때 얼굴이나 겉모습을 보기 보다 그 사람의 마음을 보시고 세우신다고 한다. 형제들 중에 제일 어린 다윗임금을 세우신 것이 그 좋은 예이다. 이성 간에도 사람을 선택할 때 얼굴을 보고 마음을 보는 사람, 마음과 생각을 알고 최종적으로 결정하는 사람, 외관을 중시하는 사람 등 여러 유형이 있다. 어릴 때에는 그저 얼굴을 보고 홀린 듯 했으나 나이가 들어가면서 대화가 되고 생각을 공유할 수 있거나 이상을 서로 존중할 수 있을 때 친구가 될 수 있다고 본다. 법무부장관을 세우는 일도 그 사람의 마음을 보고 그 마음이 어디에 가 있었으며 어떤 행동과 결과을 지어내었는지 그 행적을 철저히 검증하게 되는 것은 법질서의 정의를 구현해야하는 법무부의 수장이기 때문이다.

🌿 잘 먹는 요즘

요즘 들어 잘 먹는 일이 생긴다. 결혼식에서 부페 먹고 오늘 저녁은 선배님 정년퇴임기념으로 저녁을 내신다해서 나갔다. 선배님은 서울에서 원주까지 출퇴근하시면서 대학에 나가셨다. 일본 사소설의 아버지 시가 나오야를 전공하셨고 나에게 강의를 두 번에 걸쳐 주신 분이다. 그동안 수고하셨고 감사의 마음을 담아 가을에 두르고 다니시라고 스카프와 과자를 선물로 드렸다. 선배님, 가족분들과 행복하시고 노후를 건강하게 잘 보내세요!

아래 사진은 가회동 한 뫼라는 식당에서 차린 음식으로 목기에 담아서 내주었다. 이곳에서 선배님께서 우리 후배들에게 저녁을 사주셨다.

🌿 모범택시

태어나서 처음으로 모범택시를 타봤다. 가회동에서 종로까지 나가는데 기본요금 구간이라서 6500원이라고 했다. 모범택시는 25년 전에 생겼다고 했다. 모범택시 아저씨는 친절하고 차도 편안했다. 선배님의 정년퇴임기념 모임이 가회동에서 있었고 시민사회 단체의 송대표님께서 주최하시는 갑질추방문화제를 늦었지만 참석하기 위해서였다. 대한송유관공사 직장내 성희롱 살인사건의 피해를 입은 딸의 어머니가 나와서 증언하였다. 직장 내에서 갑질 피해를 당한 분들이 용기있게 증언하러 나왔다. 갑질 피해 없는 일터가 되었으면 좋겠다.

🌿 축령산

축령산에 다녀왔다. 태조 이성계가 신비한 산이라고 생각하여 제를 올렸다한다. 바위와 곳곳에 계곡물이 흘러내렸다. 울창한 나무숲은 휴양림이 되기에 충분했다. 잣나무숲 야영지에서 사람들이 텐트 치고 쉬고있었다. 인간은 자연 속에서 하느님을 만나고 생명을 얻는다.

믿음은 확고함이다. 상처와 모욕을 받는다 하더라도 바위처럼 확고하게 서 있는 나는 상처 받지 않는다. 확고함으로 서있는 그 내밀한 자아 안에는 하느님이 계시기 때문이다.

🌿 믿음의 형제

　믿음의 이웃이 있어서 행복하다. 지난 주일날 공동체 자매님이 우리 모자에게 쫄면을 점심에 만들어 주었다. 사진에서처럼 면기에 고봉으로 담아주셔서 반은 덜어놓고 먹었다. 셋이서 주일날 낮에 풍성하게 먹으면서 얘기를 나누니까 주일다웠다.

　오늘은 명동성당에서 만난 자매님이 차로 축령산에 데려다 주었다. 유명짜한 감곡 복숭아 한 박스에 안셀름 그륀의 저서를 한 권 선물로 주셨다. 이웃이 있어서 늘 고맙다.

🌿 어떻게 살아가야 할까요

　'어떻게 살아가야 할까요'에 대해 깨닫게 해주는 책, 두 권을 소개합니다. 『천국의 열쇠』는 한 외국인 신부님의 중국 선교기인데 전 세계 가톨릭인들에게 베스트셀러였구요. 『객승』은 소설가 김중태 선생님의 신작소설입니다. 이 두 작품은 각각 인간을 향한 따뜻한 사랑이 물씬합니다.

🌿 페북 알림

　그동안 페북친구분들 늘이는 것에 소홀했다는 생각이 듭니다. 바깥

일이 바빠서 이리저리 거의 매일 나가다 보니까 그리 되었습니다. 문득 어제 주일 이른 아침에 친구요청 넣다보니 갑자기 문 밖에서 친구요청이 많이 들어와서 프로필과 올린 것들을 보면서 요청에 응할지 어떨지를 결정하고 친구로 받아 주었습니다. 페북 공간은 다양한 사람이 다양한 의견을 가지고 각자 자신의 삶의 자리에서 소소한 일상이나 관심사, 시민으로서의 책무를 다하고자 하는 분들이 자신의 의견을 말이나 이미지 등으로 표현하는 공간입니다. 서로 존중하고 다양성의 차원에서 접근한다면 분란이 생기지 않겠지요. 물론 노골적인 분단 적폐 세력들과 노골적인 종교 강요, 사업 사기꾼 이런 분들은 친구수락하지 않았음을 밝혀 둡니다.

🌱 삼복에 몸을 푸신 어머니

어머니는 말복 가까운 때 나를 낳았고 나는 초복쯤에 아들을 낳았다. 지인이 모바일 상품권으로 보내온 케익을 먹으면서 어머니의 산고를 생각해야 할 날이다. 하나 생각나는 것은 여아인데도 태어날 때부터 피부가 남자 아이들처럼 거칠게 태어난 나를 이 복 더위에 피부가 고와지라고 하루에 두 번을 씻겼다는 후일담을 들었다. 그 사랑 덕분에 나는 피부미인이 되었나?!^^ 강박사님, 보내준 케익 잘 먹겠습니다!

어제 19차 179일째 5.18 천막농성단 집회 후에

404

🌿 제만어서

아버지, 당신이 쓰시던 괭이, 까꾸리, 쇠스랑, 호미, 네모진 삽과 끝이 뾰족한 삽, 이런 것들이 녹이 쓸었어요. 7년 동안 이것들은 주인의 손을 타지 않았지요. 그리고 담배 하실 때 쓰시던 황초집도 그 흙벽도 아버지의 땀이 배어 있었어요. 비바람에 그 벽은 깍였지만 그 때 그 자리에서 담배잎을 새끼줄에 엮었지요. 엮다가 힘들고 제만어서 미숫가루도 마시면서 우리들은 이야기를 엮었지요. 담배를 말리는 담배굴이 당신의 젊었을 때를 기억합니다. 석탄 가루를 물에 개어서 황초집 아궁이에 넣고 석탄이 활활 탈 때면 가끔 감자도 구워주셨지요.

참고: 제만타는 사투리로 심심하다, 지루하다, 따분하다, 무료하다 이런 뜻입니다.

🌿 뭘 하고 살아야 하는 걸까?!

현재와 미래!
난 앞으로 뭘 하고 살아야 하는 걸까?!
학교는 이제 나와버린다. 오랜 집념에서 문을 닫고 나와버린다. 다만 새롭고 신선한 말을 낳고싶다. 낳기 전에 가득 배고 싶은 것이다. 스스로 살아나는 언어를 오랜만에 품는다면 메마른 언어의 자궁이 다시 살아난다. 나를 살리는 언어의 힘을 빌어보면서 나는 온종일 묵싱할 것이다. 그리고 기도할 것이다. 그 언어가 나와 모든 이들을 살리는 힘을 지니길 꿈꾼다. 노을과 어둠이 내리는 강의 젖줄처럼 영혼에 은총의 젖줄을 대어주는 어머니가 되고싶다. 어머니의 강을 꿈꾼다.

텐트 속의 한 가족, 아가의 불이 반짝 들어오는 신발, 큰 언니가 사온 원피스 입은 조카 아윤이, 아들과 나. 노을과 어둠이 내린 강줄기. 나의 기둥이 되어 주어서 고맙습니다. 나는 가난한 영혼이라서 당신들이 붙잡아 주어서 하루 하루 살아가고 있습니다. 너무 고맙습니다. 남동생의 차에 탄 나를 실내에서 바라보던 엄마의 얼굴이 생각납니다. 오래 오래 살아 주세요.내 곁에 오래 계셔 주세요 어머니!

🌿 꿈꾸는 자

나는 어떤 꿈을 꾸는가?
아직도 꿈꾸는 자에게 삶은 찰지다. 시간은 앞서가지 않고 뒤따라온다.

🌿 고향 가는 버스

드디어 버스가 고향 땅으로 데려다 주네요. 내 살들이 기억합니다. 기뻐합니다. 몸이 편안합니다. 저 흙과 숲과 내 살이 맞습니다. 남자와 여자는 살이 맞지 않으면 서로 못 살지요. 반란하게 되면 몸도 마음도 반란이 일어나 조화가 깨집니다. 객지는 나한테 착 맞지는 않는 곳일까? 몸은 맞지 않아도 살 수 밖에 없는 부부처럼 나도 그렇게 서울과 어찌어찌 사는 걸까!?

아버지는 여름이면 꼭두새벽에 늘 일찍 일어나 식전에 들일을 끝내고 오셨다. 시장하신 얼굴이 생각난다. 어머니는 늘 밥이 다 되기 전에 배 고픈 아버지를 위해 간식을 먼저 드렸다. 떡이나 미숫가루, 과일 이런 것들은 식전의 시장기를 가시게 했다. 일하고 들어와 배 고픈 사람은 밥 빨리 안 주면 신경질 낸다. 그런 신경질을 달게 받아야 한다. 외식이 많은 요즘은 이런 풍경은 별로 없다. 언젠가 친구가 신랑이 밤중에 들어와 밥 달라고 한 적이 있어 몸서리 난 적이 있다고 한 적이 있다. 살다보면 달게 들어야 할 때도 잘 썩어야 할 때도 있는 것 같다.

달달하게 썩읍시다.

아래 사진은 풍기역에 있는 풍기인삼 선전탑입니다. 이것은 옛날에 석탄 창고였지요 아마. 아시는 분 용도를 가르쳐 주세요. 페친분이 나중에 답글에서 저수 창고라고 가르쳐 주었습니다. 기차에 증기기관차일 때 물을 공급해야 했답니다.

🌿 주산지와 얼음골이 있는 청송

제 고향은 경북 청송이랍니다. 국립공원 주왕산과 달기 약수터, 겨울의 스포츠 청송 아이스클라이밍 월드컵 대회로 유명한 일음골이 있는 곳이예요. 그리고 김기덕 감독이 만든 영화 〈사계Four Seasons〉

를 촬영한 주왕산 이전에 있는 주산지라는 커다란 연못이 있답니다. 또 진보면에는 한국의 바스티유라고 불리어진 청송보호감호소가 있습니다. 5공 때 만든거지요.

요즘 같은 무더운 날 얼음골에 가서 바위 속에 손을 넣으면 너무 시원하지요. 덕천에는 청송 심가 문중이 있고 심부자댁 고택인 송소고택이 있지요. 청송군청 주위에 심씨네 제실인 찬경루와 만세루가 있구요, 그 앞으로 용점천 맑은 물이 흐르는 현비암 위에 망미정이라는 조그만 정자가 있어 운치가 있답니다. 노년지형의 산으로 둘러싸인 청송에는 부남면에 청송사과를 생산하는 과수원이 있답니다. 진보면에 김주영 문학관과 야송 미술관이 있습니다. 주상절리 지형의 주왕산은 작은 금강산으로 불리기도 하는데 기암절벽으로 아름다운 산을 3시간 좀 넘을 정도 산책길 수준으로 오르면 됩니다. 계곡의 냇가를 따라 수달래가 피는 봄이나 단풍이 드는 가을에 특히 아름답습니다. 많이들 찾아 주세요!

🌿 청송 내려가기 전날 밤

청송 내려가기 전날 밤은 늘 잠이 안 온다. 오늘 새벽 3시에 깨어나 있다가 지금 날이 밝아졌다. 날이 여름엔 4시면 벌써 샌다. 여름밤은 정말 짧다. 일본 전통시 와까에도 님을 그리다가 짧은 여름밤을 지샜다는 내용의 노래가 있다. 그런 그리운 님이 있다는 건 좋은 일이다. 사랑이 사람을 구원한다.

베란다에 놓아둔 화분에 달개비씨가 있었는지 싹이 올라와서 그대로 두었더니 요즘 파랑색 꽃이 핀다. 두 뿌리인데 나는 이 달개비꽃도 좋아한다. 청순하면서도 깨끗하고 파랑색이 신비하게 느껴진다. 파랑 꽃잎과 꽃술이 노랑색이다. 한색과 난색의 조화가 바로 이 꽃이다. 이성적인 남자와 따뜻한 여자를 닮은 꽃같다. 그리고 가녀려 보이는 모습이 애초로워서 이 꽃에 마음이 가는 것 같다. 약한 것은 마음이 간다. 하느님도 약한 인간을 들어서 강하게 하셨다고 한다.

🌿 아버지의 기일

내일은 드디어 고향간다. 청송 간다. 더위가 절정이 되는 때인데 아버지의 기일을 지내러 간다. 돌아가시고 장례 기간 내내 비가 3일간 내렸었다. 문득 아버지랑 엄마랑 언니들과 동생과 함께 밭일을 하던 생각이 난다. 봄에는 더 어릴 때는 담배 밭골에서 좀 더 커서는 고추 따는 일이나 그런 농사일을 아버지와 같이 했었다. 담배잎을 뜯거나 하던 일도. 아버지가 뜯어서 한 아름 묶어둔 걸 내가 머리에다 이고 골 밖으로 나와서 수레에다 싣던 일도 생각난다. 어린 몸이 힘들었지만 땀을 흘리면서 고생하시는 아버지를 보면 늘 애가 탔던 때가 있었다. 천성이 인품이 좋으신데다 시골에서 농부를 하기엔 잘 생긴 얼굴인데다 보통학교 때 공부를 잘 하셨다는 아버지. 기가 막히게도 아버진 부모를 잘못 만나 공부를 못 하신거다. 할아버지와 할머니가 이소리 들으면 고얀 손녀라고 하시겠지만. 그게 한이셨는지 자식 교육에 힘쓰셨던 분. 2012년에 소천하셨으니 올해로 7년째가 된다. 아버지가 돌아가시고 시골집은 텅 빈 느낌으로 나를 우울하게 했었다.

돌아가시기 전에 아들에게 너는 엄마를 꼭 배행해야 한다고 몇 번을 반복해서 말씀하시던 생각이 난다. 배행이란 에스코트의 의미를 지닌 옛날 말인 모양이었다. 아들은 늘 그렇게 해주고 있다. 아버지는 나의 아들을 사랑하셨다. 마지막으로 갔을 때도 꼭 끌어안고 주무셨으니말이다. 아마 그렇게 과해 보일 정도로 애정 표현하신 것도 세 달 후 돌아가시리라는 걸 예감하셨던 게 아닌가 싶다. 이제 생각하니. 내가 늘 집에 갈 때마다 나와서 손을 꼭 잡고 반갑게 맞아주시는 아버지가 안 계신 게 너무 낯설었다. 이제는 좀 많이 나아졌다. 나의 슬픔도. 부모는 하늘이다 자녀에게.

🌿 고공농성

김용희씨의 외롭고 힘든 투쟁을 위하여 힘을 모아주십시요! 7월 29일 저녁7시 46분 현재 한국작가회의와 민족작가연합 시인들의 피맺힌 연대 호소 집회 중. 저는 자작시 「늑대와 양」을 낭송했습니다.

🌿 해갈

비가 오니 너무 좋습니다!

며칠 푹 비가 내리면 좋겠습니다!

중부지방의 물 부족이 해결되길 바랍니다. 삼각산의 계곡에 물이 가득 차서 물고기들이 연명하길 바래봅니다.

🌿 삼성공화국과 싸우는 김용희씨

오늘 강남역 8번 출구에 있는 CCTV 탑에서 고공농성 중인 김용희 씨한테 찾아갔다. 물론 그는 좁고 높은 탑에서 50여일째 단식 고공농성 중이다. 삼성 계열사에서 노조설립 하려고 했다는 이유로 해고 되어 그 부당한 처사에 대해 항의하고 있다. 위압적인 삼성 본관이 그 주위에 있다. 삼성공화국은 끄덕없고 한 노동자는 생사의 기로에 서 있다. 그를 높은 곳으로 떠다 밀어버린 거대 자본 삼성그룹의 성은 너무나 견고했다. 그들에게 힘없는 한 노동자의 외침은 삼성 본관 건물의 위압적인 모습에 가려 비정하게도 손톱도 들어가지 않는다. 거기에서 큰 벽을 느낀다. 죽음을 각오하고 현재 물도 한 모금도 안 마시고 있다고 합니다. 이런데도 벽같은 삼성은 뭘 하고 있는지 한 노동자의 처절한 외침을 외면하고 있습니다. 이런 기업이 대한민국 대표 기업입니까?!

🌿 시민운동가님들을 위한 위로와 격려의 번개 모임 공지

더운 여름에 수고하시는 시민운동가님들을 초대합니다. 오시는 분들에게 특별한 맥주를 대접합니다. 많이들 오셔서 자유롭고 따뜻한 분위기에서 음식과 정담을 나누시고 위로와 격려를 받는 자리가 되면 좋겠습니다.

때: 2019년 7월 19일(금)
시간: 저녁 6시
장소: 광화문 메아리(5호선 광화문역 8번 출구 변호사회관 옆 수진 빌딩 301호)

『역』의 시인 심종숙 올림

시민사회운동가님들을 위한 위로와 격려의 모임에 20여분들이 와 주셔서 즐거운 저녁이었습니다. 여름 건강하게 잘 나시고 화이팅 하십시요!

🌿 강의신청을 그만두고

아침에 눈을 뜨고 거실의 조그만 상 앞에 앉아서 일기장을 펴고 한 페이지를 썼을 무렵, 어제까지 보내야했던 신청서 작성을 잊어서 얼른 양식에 맞춰 써 보내고 다시 상 앞에 앉아 일기장의 다음 페이지의 반을 써갈 무렵 지인으로부터 전화가 왔다. 열어둔 거실 사이로 삼각산 인수봉쪽에서 흘러나오는 신선한 아침 공기와 집 안의 고요 속에서 나는 읽던 소설, 『천국의 열쇠』를 들었다가 일기장으로 마음이 향한 것이다. 고요 속에서 평화를 느끼면서 지인과 한참을 전화 통화하다 보니 창가에 참새가 와서 **짹짹** 지저귀었다. 저 참새도 나한테 말을 걸고싶은 것인가 생각하면서 전화 통화를 하는 일상이 평화로웠다. 하루의 시작을 그렇게 한다.

지금 기자회견 가는 중이다. 다녀와서 그저께 교회 자매가 보내온 신부님의 짧은 말씀을 일어로 번역하는 일과 저녁에 가정전례가 우리 집에서 있으므로 준비해야 한다. 원래 어제쯤 김남조 선생님께 전화 드려야 하는데 그냥 지나왔다. 오늘쯤 전화 드려야겠다. 학교로부터 다음학기 강사 채용 비대상 통보를 받고 나는 오랜만에 힘들었던 것을 내려놓았다. 지원을 하지 않을까 했었고 일어과에는 아예 지원을 하지 않았다. 나는 더 가르치고 싶은 열성이 없는 듯 하다, 현재말이다. 가르치는 일은 가르치는 데에 대한 열정이 없으면 하면 안되는 것 같다. 나는 학교를 잊고 푹 쉬고 싶다. 하나가 끝나면 또 하나는 시작된다. 마음에 열정이 일어날 때까지 기다려야 한다.

🌿 5공의 영웅들

5.18 역사왜곡농성단 148일째 농성 천막을 찾았습니다. 더운데 고생하고 계셨습니다. 여기는 9호선 국회의사당 2번출구에 있어요. 이 분들은 밤낮 천막에서 농성하시면서 전두환, 지만원, 이희성, 최웅, 정호용 등의 집에 쳐들어가서 집회를 했습니다. 광주항쟁을 무력으로 진압하고 무고한 시민들을 학살한 죄를 자백하고 국민들 앞에 사죄하라고 요구했습니다. 그리고 학살자들의 처벌을 요구하고 그들의 은닉 재산 환수, 지만원의 북한군개입설, 역사왜곡 및 날조에 대해 처벌을

요구하고 있습니다. 국회에 가시는 분들 시간날 때 잠깐이라도 이 분들을 찾아가 격려와 위로 해주시면 고맙겠습니다.

🌿 코피

오늘 아침엔 새벽부터 눈이 뜨인다. 그동안 애한테 칭찬 보다는 잔소리하고 지적질한 게 마음이 아프다. 애가 얼마나 속 상했을까 싶다. 잘 따라주고 늘 배행해 주었는데 칭찬은 못할망정, 난 나쁜 애미다. 일찍 잠에서 깨니 좀 있다가 아들도 일어난다. 잠에 취해 화장실 다녀오더니 왼쪽 콧구멍에 흰 휴지를 끼고 나온다. 아주 간혹 코피가 난다 아직도. 살펴줘야 한다. 8시쯤에 원로시인님이 전화 와서 첫 시집에 대해 칭찬하시고 2주쯤 후에 만나자고 하셨다. 너무나 감사했다. 나도 오늘 하루 아들한테 칭찬하고 기쁘게 해주어야겠다. 애가 좋아하는 피자집에 데려가야겠다 점심에. 아침부터 칭찬을 듬뿍 들었으니까.

🌿 여대생 마리아의 슬픈 이야기

회유로 술좌석에 함께 했다가 귀가길에 교통사고로 피해를 입어서 현재에도 중증장애로 병상생활해야 하는 20대의 전 여대생이 있다. 그 여대생의 어머니는 이 문제를 간과하고 있다.
밤 10시반에 남자선배가 교수들과 마시는 술자리에 여후배를 불러

내서 술자리에 앉히고 1시 반이나 넘어서 집에 걸어들어가다가 달리는 택시에 치여 죽다가 살아나 아직도 병상생활하고 있다. 슬픈 일은 그렇게 걸어들어간 여학생은 집까지 먼 거리가 아니라고 심야택시 타면 비싸다고 걸어가겠다고 했다고 한다. 택시비 아낀다고. 그러다가 사고가 난 것이다. 여학생은 당시 홀어머니와 어렵게 살고 있었고 취업문제로 고심하게 되는 3. 4학년이었다. 남자선배는 그 시간에 집에 조신하게 있던 여대생을 취업에 대해 교수에게 말할 수 있는 기회라고 꾀어냈다고 한다. 문제는 왜 10시에 집에 있는 여학생을 남자선배가 불러냈느냐이다. 그리고 사고 후 병원에 교수는 코빼기도 안 보였고 남자선배는 한 번 병원에 찾아오고는 다시는 온 적이 없다고 한다. 그리고 사고 택시의 가난한 기사는 자신의 잘못을 책임질 길이 없어 자살하였고 결국 택시조합이 보상 주체가 되었는데 충분한 보상이 이루어지지 않아서 여학생의 어머니가 벌어서 병원비를 충당하고 있다고 한다.

🌿 이소선 어머니를 기리며
-고 이소선 어머니 8주기에

아드님의 불 탄 몸을 안으시고
당신은 무얼 다짐하셨나요

어제의 노동이
오늘의 먹이가 되지 못하고
노동은 사람을 먹었네

노조 만들면
빨갱이가 됐던 시절
근로기준법 외치며
기름을 쓰고 불 그었네

종일 웅크려 먼지 마시며
봉제공장 미싱을 박고
악덕 사업주의 착취에
12시간 넘는 노동시간에
어린 순이는 각혈하고
쓰러져 가네

태일아
내 아들 태일아
너의 가슴은
나의 가슴이 되어
훨훨 타오른다
훨훨 타오른다

타다 남은 재가 기름이 되듯
아드님의 뒤를 따라
어머니는 고요히 걸어간다

아드님의 불 탄 몸을 안으시고
당신은 무얼 다짐하셨나요

8.15의 아침에

만수대 아름드리 벚나무가 도끼에 찍혀나간다
식민의 나무가 쓰러진다

줄줄이 꾀여 조리돌림 당하거나
똥장군 지고 평양 시내 일본놈들
돌리고 돌린다
40여년 압제
연자맷돌에 돌리고 돌린다

꿈을 꾼다
남녘 하늘 펄럭이는 성조기
찢기는 그 날
사드 가고
평화의 파랑새떼
하늘 날아오른다
70여년 제국 통치
갈갈이 찢고 쳐부순다

이 시는 김 **신부님의 평양에서의 어린시절 광복절날 기억을 바탕으로 쓰여졌음을 밝혀
둡니다.

🌿 임대 해준 밭

아버지가 돌아가시고 임대 주고 있는 시골 밭, 돌아가신 아버지가 아시면 실망할 임대료, 기가 막혀요. 언젠가 도시를 떠나 농사 지으러 가야 하나도 생각하지만 햇빛에서 버틸 수 없는 건강 때문에 엄두가 안 난답니다.

🌿 된장과 바나나

죽 대신 된장국에다 야채로만 먹으니 장이 편안해진다. 다 나아가고 있다는 증거다. 위가 아플 때 된장과 바나나가 좋다고 했던 것 같다.

🌿 밤마실 가다

밤에 마실 간다. 안작가님 댁에서 양구멜론을 깎아 먹고 얘기하다 가게 문 닫으시고 같이 솔밭 공원 산책 중이다. 이렇게 자유로운 때가 이번 학기에 없었다. 어제 작가님은 이천 이문열문학관에 다녀왔다고 한다. 소설가 박선생님 문안차 갔다왔다고 한다. 수유리에는 소설가들과 시인들이 많다. 그래서 수유리가 좋다. 삼각산이 있어 좋고 글 쓰는 이들이 많아서 좋다. 우리시도 여기에 있고 강북문인협회도 작년에 출범했다.

🌿 우울을 털어내려고

현재 가진 것에 감사하자, 지나간 거 생각지 말고. 우울하게 하는 것들은 털어버리자. 생물학적 여자가 끝나가는 날들의 우울들. 이런 기분은 여자들만 안다. 엄마가 내 나이에 다 살았다고 어린 나를 보며 그 무렵 늘 하소연하던 생각이 난다. 엄마가 갑자기 왜 그런 말을 하셨는지 어린 나는 몰랐다. 많은 아이들을 낳았음에도 갱년기에는 우울해하셨다. 이 나이에 산부인과 진료 다녀오면 결코 기쁘지는 않다. 안 갈 수도 없고 허참! 자꾸 생각들이 내 촉수를 건든다. 말미잘 같은 생각들, 말미잘 같은 여자, 말미잘 같은 엄마, 엄마. 영화 〈말미잘〉이 생각나네. 페친 중에 임신하고 득남한 이들과 기쁨을 나누고 그 아기들이 잘 자라길 바라면서 이 우울을 잊는다. 공동체에 나오는 어린이들과 아기들을 보면서 기쁨을 나눈다. 이번 주 내로 바쁜 일이 끝나면 고향에나 애랑 다녀와야겠다. 점점 가족들이 끈끈해진다. 방학도 했으니까.^^

🌿 세탁하는 날

가을 겨울 옷을 묵혀 두었다가 장마가 오기 전에 다 빨래해서 널어 둔다! 마음은 칠팔월을 지나고 가을에 가닿는다. 패션은 한 계절 앞선다!

🌿 학기말

울화가 올라온다, 편하지 않다. 학기말에 장염과 강사법 시행으로 여러 가지로 피곤하다. 오늘은 삼각산 둘레길을 걸으면서 마음을 좀 쉬었다. 스트레스는 나한테 너무 안 좋은데.샘터문예대학 5기를 개강하면서 수강자들의 시를 보면서 조금 기분이 나아지고 있다. 머리도 염색하고 좀 잘랐다. 아들이 권유한 대로 밝은 갈색으로 했다. 떠나서 산 속에서 한 달간 두문불출하고 싶다. 그래도 위안이 되는 건 시밖에 없다.

🌿 선로 투신자살

일본에는 전철 선로에 뛰어내리는 사람이 간혹 있다고 한다. 어제도 한 명이 뛰어내려 사망하였다고 한다. 선로에 투신 자살하거나 술 취해서 선로로 떨어지는 것이다. 유학 중인 후배가 알려왔다. 후배는 알바하러 오가는 중 선로 투신자살로 전철이 멈추어 전철 안에서 기다릴 때마다 이 우울한 뉴스를 전해온다.

한국과 일본은 자살률이 높은 나라이다. 인간이 살기 힘든 나라인가라고 생각해 본다. 한국과 일본의 어떤 면이 사람 살기 힘들게 하는 걸까 생각한다. 먹고 살기 힘들거나 사기를 당하여 엄청난 재산 손실을 보거나 일과 인간관계에서 심한 스트레스를 겪을 때 등일 것이다.

지난 번에도 이런 소식 전해올 때 문득 조금 짜증 났다 솔직히. 그

날은 기분 좋은 날이었다. 그래서 너는 왜 이럴 때 나에게 소식 전해 오지라고 톡에 쓰고 말았다. 우울한 것을 접하는 것도 그러려니와 바다 건너 안 좋은 일을 내가 굳이 알아야할 필요가 있나 하는 안이함이었다. 그 때 마음을 고쳐먹고 어떤 절망으로 자살한 불쌍한 영혼 위해 한 마디의 기도 바쳤다. 그리고 무엇보다 그 순간 놀랐을 후배의 마음을 이해하고자 했다. 일본도 한국처럼 안전문을 해야한다는 생각이다. 안전문을 해서 좋은 점과 안 좋은 점도 있겠지만 선로가 투신자살처로 된다는 것은 문제이다.

살다보면 여러 가지 일로 누구나 이런 기분을 가볍게 또는 무겁게 한 번쯤 느낄 때가 있을 것이다. 자살예방 센터의 24시간 콜센터 운영과 이런 분들에 대한 지속적인 돌봄이 필요하다. 한 생명이 소중한 만큼 한 생명을 구하는 일은 너무나 값지다.

🌿 장염

아직도 장염이 낫질 않고있다. 지난 금요일부터 아팠는데 약을 진작에 먹었어야했기도 하고 지난 토요일 오전 진료를 신속히 받았어야 했다. 그런데 금요일밤과 토요일은 너무 아파서 일어날 수조차 없고 말하기도 괴로왔었다. 겨우 일요일이 되어 배는 여전히 단속적으로 아팠으나 말할 수도 다닐 수도 있었다.

지난 월요일날 드디어 이번 학기 종강을 했다. 월요일 이후 집에만 머물러있으면서 장염이 낫길 바랬으나 월요일 밤에는 결국 응급실에 가서 검사 받고 약을 지어왔다. 월요일 오전에도 병원 진료를 못 간거다. 물을 먹어도 속이 편치 않고 일주일 가량 죽을 먹고있다.

어제는 올해 처음으로 수박 사서 네오까떼꾸메나도 길 걷는 가족들과 우리 집에서 가정 전례를 했는데 살구와 수박을 돌아갈 때 싸주었다. 아들도 과일은 참외 외에는 별로 즐기지 않고 나도 장염이라 먹으면 배가 사르르 아픈 것이다. 무엇이나 맛나게 먹을 수 있었던 날들이 그립다. 무엇이나 먹을 수 있게 되면 문병 와준 이들을 불러서 제대로 먹으러 가야겠다.

🌿 성령강림절

지난 토요일 2주만에 공동체 전례에 참석했다. 성령강림대축일 전례여서 음식나눔인 아가페까지 하여 7시에 시작하여 10시에 마쳤다. 대축일미사이므로 7독서까지 있고 네오까떼꾸메나도 공동체는 메아리라고 하여 말씀 나눔 시간을 가지므로 꽤 오랜 시간이 걸리는 것이다. 나는 4시간 동안 성령의 품 안에 있으니 학기말과 출판기념회를 마치고 난 후의 지친 마음을 푹 쉬었다. 우리 3공동체는 2독서와 6독서를 해설과 함께 했다. 아들과 나는 각각 해설을 맡았다. 독서 중간에 들어가는 깐토도 감동적이고 생명감으로 넘쳤다. 성찬 때 성체와 성혈을 모시고 잠시 묵상 중에 나는 바람 부는 끝없는 벌판에 홀로 옷깃을 나부끼며 망연히 서 있는 나의 모습을 보았다. 그런 모습의 나와 그 모습을 보는 나가 있었다. 나는 그 순간 목이 메이도록 마음 깊은 곳에서 아버지라고 외쳤다. 순간 뜨거운 눈물이 하염없이 흘렀다. 성령강림대축일에 나는 그 드넓은 고독감 속에서 하느님을 부르며 찾았다. 그 하느님은 돌아가신 육신의 아버지이다가 전지전능하신 아버지 하느님이 되셨다. 주님은 내가 부를 때 나 여기 있다고 하신다. 아이가 엄마라고 부르며 찾을 때 대답하듯이 그렇게. 주 나의 이름 부르면 나의 이름이 존귀케 되리!

이튿날 오전에는 우이동 계곡에서 공동체 가족들과 함께 야유회를 가졌다. 아침기도와 말씀을 들은 후에 신부님의 강론이 있었다. 늘 변함없이 굳건한 신부님의 의연한 모습은 참으로 감동을 받는다. 기도 마치고 백숙으로 점심 먹고 오후에는 게임으로 들어갔다. 운동신경이 둔한 나와 아들은 잘 못하지만 너무 재미 있었다. 잘 해도 못 해도 모두 즐겁기만 한 이 공동체의 구성원들은 행복하다. 각자 삶의 십자가를 지면서도 그리스도를 따르고자 함께 하는 우리 공동체 사람들, 외국인 선교사와 선교가족과도 잘 어울리고 우리나라에 온 지 얼마 안되었는데도 우리말을 열심히 배워서 전례도 하고 깐토도 하는 그들의 용기와 충실함에 숙연해진다. 낯선 나라, 낯선 사람들, 낯선 언어와 문화 속에서 오직 말씀으로 하나 되려하는 공동체분들의 모습이 바로 천국인 것이다.

🌱 백련사 가는 길 1

심산 김창숙 선생, 현곡 양일동 선생, 동암 서상일 선생 유훈. 청년이 비겁하지 않는 나라 건설! 대학교육은 청년이 양심의 명령에 따라 살아가도록 가르쳐야 그 존립의 이유가 있다.

🌿 백련사 가는 길 2

　백련사 경내 비질한 작은 마당을 걷는다. 마당에 핀 꽃들을 담는다. 마당을 매일 쓰는 것은 마음의 티끌을 쓸어내리는 거겠지. 쓸어내고 쓸어내면서, 살다보면 평안이 찾아온다. 매일 넓은 마당을 쓸어야했던 힘겨움이 기쁨으로 바뀐 어린시절의 추억을 생각한다.

　추운 겨울의 어느 날 낮에 하느님의 말씀을 전하는 사람들이 찾아왔다. 매일 이렇게 쓰는 게 힘들지 않느냐고 물었다. 처음에는 힘들었다고 했다. 그러나 지금은 즐겁다고 했다. 마당은 곧 나의 마음이었고 나는 마당을 쓸면서 마음을 편안히 하는 법을 터득해갔다. 그리고 마당 쓰는 역할에 불평불만 하지 않고 기꺼이 싸리를 묶어만든 빗자루를 들었다. 도란 불평화을 극복하고 마음을 조화지경으로 평안하게 수행하는 일일게다. 마음을 평안하게 하는 것, 스님들의 손 정성을 받는다. 감사하다. 마음이 기뻐진다.

🌿 백련사 가는 길 3

　서상일 선생 묘역을 나와 다시 백련사길을 오른다. 이 길은 콘크리트로 되어 있어 운동화 정도로 가능하다. 길가에 핀 비비추꽃, 원추리꽃, 그리고 작은 꽃과 백련사 스님네들의 작은 연못과 정원을 담는다. 미풍에 흔들리는 나무잎은 지금 일하는 중이다. 겨울 양식을 저장하는 중이다. 일하는 무수한 잎들은 노동자들의 잎이다.

🌿 백련사 가는 길 4

오늘은 백련사길 오르다가 동암 서상일 선생 묘역으로 올라갔다. 그 길이 운치가 있었다. 나라를 빼앗긴 때, 청춘과 춘우와 공명을 버리고 국권과 민권을 위해 일생을 사셨다 한다. 선생의 묘역을 지나면 김도연 선생과 신숙 선생의 묘역으로 이어진다. 묘역 주위에서 노란 그물망 같이 생긴 독버섯을 카메라에 담았다. 독성을 지닌 이 식물은 제국주의자들 모습 같다. 파시즘의 독성이다.

🌿 미리내 천주교 성지를 다녀와서

비가 온다. 장마를 부르는 비인 것 같다. 기말이 다음주다. 분주한 것은 역시 별로 도움이 안된다. 정중동. 어제 미리내의 오후를 담았다. 천상의 은하 우주와 지상의 은하 우주가 만나는 이곳에서 천상 은하 우주의 영원한 생명을 꿈꾸며 소박하지만 신분질서의 엄격한 봉건 사회에서도 하느님 백성이라는 이름으로 천민도 귀하게 여기고 사람 대접하며 교우촌을 이루고 산 이들의 땅 미리내. 모진 박해를 피해 있고 없음과 높고 낮음을 넘어서 모두가 존중 받고 귀하게 여기는 공동체를 이루고 하느님만을 바라보고 살았다. 한국 초대 교회 김대건 신부님의 유해와 묘소가 있고 103위 순교자 현양 기념 대성전이 있는 친주교 미리내 성지..미리내는 그야말로 생명이 가득 차 있었다. 진리의 빛이 이곳 강물에 비친 별빛처럼 영원이 반짝일 것이다. 이곳에서 김신부님과 초대교회 신자들의 진리를 향한 열성을 생각하며 다소 지치고 산란해진 마음을 고요하게 가다듬는다. 먼저 내 가까이에 있는 사람부터 사랑하자. 명동성당, 미래내, 천진암 한국 천주교회의 뿌리이다. 미리내라는 말은 하늘의 은하수를 말하는 순수한 우리말이다.

🌿 김명인 시인의 시집 『東豆川』

어제 동두천에 갔다. K시인과 함께 동두천 중앙역에 내려 양키시장과 보산역 일대를 둘러보았다. 동두천 일대는 김명인 시인의 시집 『東豆川』, 『머나먼 곳 스와니』의 시적 공간이어서 문학기행 삼아 다녀왔다. 이번이 나에겐 세 번째였고 김시인에겐 초행이었다. 우리는 그저께 만난 미국교포인 미세스 정의 이야기를 들었다. 그녀는 동두천 출신이었고 미국인 남편을 만나 머나먼 미국으로 가기 전에 어린 시절 아팠던 가족사와 자신의 트라우마를 이야기 해주었다.

🌿 전두환의 사저를 보며

-KAL585기 가족회가 전두환에게 묻는다 기자회견에서-

학살자 전두환은 대통령직에서 물러났지만
80여명 경찰들의 호위와 연금을 받으며 살았다.

1980년의 5.18은 왜 지금도 계속 되어야 하는가?
남편을, 아내를, 자녀를 잃은 사람들의 피멍든 가슴에

장마비가 축축히 내린다

그들은 남편이 없어 태양을 잃었다
그들은 아내가 없어 달을 잃었다
그들은 자녀가 없어 별을 잃었다

그들이 남편을 아내를 자식을
목놓아 불러도 대답이 없었다
대신
전두환의 왕좌는
흔들림이 없었다

『역』의 시인 심종숙의 페이스북 단상집

불어오는 한 줄기 바람에 기대어

초판인쇄 2022년 04월 28일 **초판발행** 2022년 05월 03일

지은이 **심종숙**
펴낸이 **이혜숙** 펴낸곳 **신세림출판사**
등록일 **1991년 12월 24일 제2-1298호**

04559 서울특별시 중구 퇴계로49길 14,
충무로엘크루메트로시티2차 1동 720호
전화 **02-2264-1972** 팩스 **02-2264-1973**
E-mail : shinselim72@hanmail.net

정가 **25,000원**

ISBN 978-89-5800-246-8, 03810